外国文学
经典阅读丛书
美国文学经典

第二夫人

dier furen

［美］欧文·华莱士 / 著

王爱飞 / 译

谢显宁 / 校

百花洲文艺出版社
BAIHUAZHOU LITERATURE AND ART PRESS

内容提要

　　《第二夫人》是欧文·华莱士于一九八〇年创作的一部政治惊险小说。

　　作品以美苏两个超级大国在政治、军事上的激烈争斗为背景，描写苏联为获取美国关于非洲某国的绝密情报，绑架了美国总统夫人（即第一夫人），然后把经过三年时间训练的、面貌酷似第一夫人的一名苏联女演员送到白宫的美国总统身边，执行"第二夫人"计划。冒充的"第一夫人"经过如履薄冰般的艰险，克服种种生活、身体和心理上的考验，正当目的达到时，谁知突然发生意外，出现了谁也无法预料的结局……

　　作品险象环生，悬念迭出；情节跌宕起伏，曲折生动。读后有助于我们了解美苏为争霸世界如何不择手段地进行殊死争斗。作品有一定的教育意义。

　　当然，作者在作品中涉及的人物和事件纯属虚构，这一点敬请读者注意。

啊，当我们刚刚开始进行欺骗，就在编织一张多么扑朔迷离的网！

——瓦尔特·司各特爵士

一

她坐在那里，开始觉得要好些。严峻的考验已基本结束。

椭圆形的黄色房间里，路易十六时代的家具已经重新摆设过。她直挺挺地坐在条子花沙发正中，满心警觉，背朝拱形窗户和宽阔的南草坪，面对白宫记者——其中至少有二十名女记者，还有四名男的。他们大都坐在折叠椅上，全都那样冷酷无情。

她让自己坐在诺娜·贾德森——她的新闻秘书和朋友——和人事秘书劳雷尔·埃肯斯中间，觉得有了依靠和安慰。可是，沉重的担子却一直未曾减轻。自当上第一夫人两年半来，她还只举行过四次新闻发布会。这次是第五次，还是因为丈夫的催促（"多抛头露面对我俩都有好处"）才举行的。由于她长期默默无闻，记者们提的问题太多了。

过去的一小时虽没有一丝喘息时间，但大部分问题既好对付，又很琐碎。诸如，她是否真的一直在吃低糖食物？是否准备恢复网球课？是否打算积极参加丈夫的预选活动？总统是否向她吐露心曲，就国事问题征询她的意见？近来读过哪些小说？对当前妇女风尚有何看法？伦敦的莱德伯里是否还是她宠幸的服装设计师？对最近民意调查推举她为当今世界最受欢迎的妇女有何感想？诸如此类，问个没完。

接着，一个体态肥胖、带得克萨斯口音的女人提了个严肃的问题，"布雷福德夫人，关于你将在本周参加莫斯科国际妇女会议的公告，即陪你丈夫参加伦敦最高级会议之前——"

"噢？"

"——关于平等权利修正案或者流产问题，你的观点是否有所改变？在莫斯科，你准备谈这些问题吗？"

她觉得新闻秘书在身旁不安地蠕动，但她不顾秘书的警告，只顾说下去："我在会上发言时，两个问题都要论及。至于我的观点，那毫无改变。我仍然相信，美国的妇女平等权利问题早已解决——我们现在得到的支持与日俱增。关于流产问题，这方面已说了很多。"她打住话头，想听到新闻秘书如释重负地嘘那一口气。她果真听到了。她又接着说下去："但我觉得，用不着用立法来反对流产。我认为这应由个人，应由每个妇女自己来选择。"

"你在莫斯科会谈到这点吗？"

"毫无疑问。我还准备根据我所能得到的统计资料评价美国妇女目前对这两个问题的立场。"

另一个又高又瘦的记者站起身。她的波士顿口音抑扬顿挫："布雷福德夫人，你能否告诉我们，在国际妇女会议上，你还希望讨论些什么问题？"

"关于美国劳工中的妇女，我们军队中的妇女。啊，还有许多别的问题。我回国时会准备好一份详细的报告。"

《纽约时报》的女编辑站起身说："我知道你要在莫斯科待三天，能否谈谈会议外你准备进行的其他活动？"

"可以。因为此行是我对苏联的首次访问，所以我希望挤点时间观光一下——但我想，诺娜在这里，她更了解我的日程安排。"

她望着诺娜·贾德森。于是，她的新闻秘书很快接过话头，详细介绍起来，讲得兴致勃勃。

比莉·布雷福德松了一口气，第一次靠在沙发上。这一天，特别是从中午到现在，忙得喘不过气，而且她一直忧心忡忡。现在，她才觉得真是累坏了。她觉得衣着有点凌乱，低头看看淡蓝色的开司米外套，深蓝色的百褶裙。这身衣服还是那样鲜艳整洁。还该看看头发，她那柔长的金发梳在脑后，用丝带扎个发髻。和平常一样，又有几缕发丝松开了，垂在前额。她用自己特有的姿势，把那几缕柔发抚平。

诺娜滔滔不绝地向记者们讲着第一夫人莫斯科之行的日程。比莉·布雷福德真感谢她。她假装听得专心致志，思绪却飘回这严峻的一天，她回想着从上午、下午到现在所经历的一切。午前，她就处理好全部私人信件，特别是给在马利布的父亲和妹妹基蒂的信。告诉他们，从莫斯科回来动身去伦敦前，她一定要到洛杉矶去一天，希望能见到他俩。

后来，她进行紧张的交际活动。在家庭餐室为参众两院多数派和少数派领导人的夫人们举行了漫长的午餐，参加的还有另外几个重要委员会领导人的夫人。一吃完午餐，马上又接见全国残疾人协会举办的绘画比赛中的优胜者。然后，刚从伦敦赶来的莱德伯里又亲自为她试穿新上衣和礼服，那是在访问莫斯科和伦敦时，她要穿上的。接着，贴身女仆萨拉·基廷又帮助她全力寻找以前大学时的剪贴簿，盖伊·帕克代笔为她写自传时需要研究。一做完这些，她就赶快下楼，匆匆来到外面的玫瑰园。八月末的下午，空气温馨，在阳光下接见女童子军代表和领队，给那些在社区服务中表现突出的人发特别奖，对此她感到很惬意。

仅剩四五分钟时，她又和诺娜一道去楼上那间黄色椭圆房间。新闻界的代表聚集在里面喝茶，等待着她们的到来。

而现在，又过了一个小时，她意识到新闻发布会终于宣告结束。在她左右的诺娜和劳雷尔已站起身。她也急急忙忙从沙发上站起来，低声细语地致谢、道别。

房间已空空如也，她还站在那里，但已精疲力竭了。那张典雅、苍白的脸上，长时间冻结的笑容凝固成一条绷紧的直线。过去了，严酷的一天已经过去了，但事情并未完结。

还要演出最后的一幕。

她振作精神，独自离开房间，穿过长长的走廊，走进下楼的电梯。

几分钟后，她走进西楼，迈步直趋密议室。她很少有担心或紧张的感觉，但此时此刻既担心又紧张。大房间里，腾腾烟雾中充斥着皮革味。正如她预料的那样，他们都在。一共五人，都坐在离门边不远的华贵的桃花心木桌子旁，目光还盯着两个电视监视屏幕。屏幕上正放映着她刚刚离开的那间黄色椭圆形房间的图像。

这群人中职位最高的一个矮壮的男人，克格勃主席伊凡·彼得洛夫将军，一下子跳起来。他那宽大的斯拉夫人脸上挂着得意的笑容。

"啊，薇娜·华维诺娃！"他喊着，走过来，在她脸颊两边吻着，"我亲爱的，你真了不起，表演得天衣无缝。请接受我的祝贺！"

他身后有朱克上校、她心爱的亚历克斯·拉辛，还站着两个不认识的人向她道贺。

她的心不再跳了。"谢谢，"她说，"非常感谢你们。"

彼得洛夫将军又说："那么，最后一次彩排结束了。"他打量着她，"你觉得你准备好了吗？"

"我准备好了。"

"很好，"他抓起帽子，"我现在就去克里姆林宫告诉总理。"

她跟在后面离开了屋子。看着他们钻进汽车，驶离仿造的白宫,穿过了克格勃卫兵打开的高墙大门。她站在那里望着,眼光越过洞开的大门,越过远方金碧辉煌的圆顶屋和克里姆林宫里的尖塔,直到莫斯科遥远的天际。

还有三天,她暗自思忖。难熬啊,快三年了。

终于,薇娜·华维诺娃自己笑了。这次是由衷的笑。

不错,一点不假,她已准备就绪。

二

　　一跨出他在乔治敦的公寓大楼，盖伊·帕克就知道今天日子难捱。华盛顿一进入又热又潮的季节，全国也就找不到哪座城市比它更令人窒息了。刚拐上小路去车库，他就已觉得浑身黏糊糊的，从胳肢窝到腰部都是一片片的汗水，贴在身上的衬衣就像一大块发黏的绷带。他打开自己的新福特牌汽车的锁后，就脱下薄麻布的外套，松开领带，然后，钻进车，坐在方向盘后，叠好外衣，放在客座上，再把小型盒式录音机放在上面。

　　他启动、倒车，离开小路后就加速，飞快朝麦迪逊旅馆开去。他的午餐定在一点半。他不想迟到，因为客人忙得很，又是帮他的忙。以前，他曾两次和乔治·基尔德定好午餐时间，而每次基尔德都因急事在最后一刻取消了。一小时前，他打电话给《洛杉矶时报》驻华盛顿编辑部的基尔德，得到保证说，今天下午他们的约会如期举行。帕克更是决心不迟到，因为会面对他确有好处。这位编辑部主任会见帕克毫无好处，可帕克却会大有收益。全城都知道，至少新闻界同人之间都知道，帕克要得到出版商预支的给第一夫人写自传的五十万美元（还有五十万要捐给慈善事业）。基尔德本有种种理由嫉妒，找岔子不予合作。可事实证明他是好人，是个喜欢看到记者同行发大财的老前辈。

　　帕克提早四分钟到了麦迪逊旅馆。他提起录音机和外衣，把汽车交给看门人。一走进陈设优雅的门厅，冷气使他一下子清爽起来，又有了精力。他转身向右，走过接待处、收费窗，快步朝那个外表无华的餐馆走去。进门时，他看见女招待正领着基尔德去桌边。他朝他们走去，挥手招呼基尔德，而基尔德也挥手招呼他。

他不很了解基尔德，以前给总统写演讲稿的两年半中，可能遇见过基尔德六七次，也交谈过几次，但都很短促，谈的还都是政治问题。

对基尔德本人，他知之甚少。只知道他是新闻记者。由于对消息报道的固执态度、对报道准确性的近乎宗教的虔诚，他备受同事敬重。直到有一次开会，比莉亲自把他带来之前，帕克真不知道基尔德和第一夫人之间有任何联系。他们一直在谈论比莉作为新闻专业的学生从瓦萨毕业后的那段时间。在她父亲退休前，她在一家广告行工作过。这家广告行拥有对她父亲所搞的一些发明的经销权。她也在纽约一家公共关系公司做过一段时间，后来当过一阵公司驻伦敦的代表。以后她回到洛杉矶，决心写小说，但写到一半又撕得精光。

"不久，你就在《洛杉矶时报》找到了工作，是吗？"帕克问过她。

"不全是那样。事实上，我在报界的第一个工作——你如能那么说的话——是在圣莫尼卡干过一周免费分发报纸的工作。钱倒无所谓，其实我根本不需要钱。它使我了解许多事情，到过许多地方。不干这工作就根本不可能。嗯，有一天，编辑指定我写一篇关于吸毒康复中心的文章，我没按惯例去找中心主任了解情况。我读内利·布莱的传记产生了一个想法。"

"是那个想打破儒勒·凡尔纳《八十天环游地球》纪录的人吗？"

"是的。凡尔纳的菲力斯·福格在小说中用了八十天环游地球。一八八九年至一八九〇年间，内利·布莱实际上只用七十二天就走遍了全球。不管怎样，她一边开始当《纽约世界报》的新闻记者，一边开始对送到布莱克韦尔岛上的精神病人及他们的待遇问题做报道。可内利没有按传统方法写，而是乔装打扮，穿得破破烂烂，目光散乱，假装神经错乱，结果自己也被送上布莱克韦尔岛。作为病人，她目睹了其惨状及受到的虐待。出来后，她就以自己的经历写了两篇头版报道。这一揭露使她一夜成名。对了，那里分派给我的例行工作是写关于圣莫尼卡吸毒康复中心的报道。于是，我想起了内利·布莱。我对自己说，为什么我不那样干？"

"你也让自己作为瘾君子被送进那个中心了？"

"吸古柯碱的瘾君子。果然奏效，真是大开眼界。后来，我以病人的口气，用第一人称写的。嗯，我不敢说引起了轰动——毕竟，文章是登在那种免费散发的小周报上，报上还有乱七八糟的房地产、食品市场的广告。不过，这篇文章还是使我有点小名气，尤其是得到家人的赞赏。我父亲就很喜欢并深受感动，剪下后，寄给他在《洛杉矶时报》当董事的一位朋友。那位董事也喜欢我的文章，并因为这是克拉伦斯·莱恩的女儿写的——那时，我父亲因为他的发明很出名——于是，董事把文章送到了编辑部。总编辑召见我谈了一次，决定让我当试用记者。"

"你干得怎样？"

比莉·布雷福德笑起来："首次任务就失败。要不是乔治·基尔德，才干四十八小时的我就会被解雇。他是报社编辑，救了我的命。"

"出了什么事？"

"啊，我不想再提它了，问乔治·基尔德吧，他会全告诉你的。眼下他在华盛顿，是《洛杉矶时报》的编辑部主任。其实，你无论如何也该见他。许多我记不清的有关我搞新闻工作的趣事他都能告诉你。他有真正的记者的眼光，去问问他吧。"

"我有这个打算，布雷福德夫人。但我想先问问你，你第一次执行任务到底出了什么事？"

这样，布雷福德就把她所记得的告诉了他。

这已是几个月前的事了。那就是帕克最初所知的基尔德在比莉·布雷福德生活中所起的小小作用。因此，他想会见基尔德，并在最近做了尝试。而现在，通过第三次努力，帕克终于在麦迪逊餐馆坐到了基尔德的对面。

帕克马上向老记者的合作表示感谢。

"没什么。"基尔德说。女招待转过来要他们点菜。基尔德扫了一眼菜单，点了鸡汤面、奶酪、莴苣夹肉三明治。帕克打量着这位编辑部主任。只见他雪白的眉毛又粗又密，鼻子引人注目，肉墩墩的下巴上留下两条刮脸伤口，这一切全压在短脖子上。矮壮的身子被包在皱巴巴的灰衣服里。

帕克点好菜后，指指他们之间塑料桌上的录音机说："你介意吗？"

"说吧。"基尔德说，"我可不用这些浪费时间的东西。要誊写的东西太多了，大多数又不重要。不过，对录音机说我不在乎。"

帕克按下了录音机上的按钮。

"你在华盛顿有多久了？"他问。

"比莉·布雷福德进白宫前一年调来的。"

"大约有两年半了。"

"差不多。我真为她骄傲。她使老白宫有了新气象。她和杰奎琳·肯尼迪一样文雅，和贝蒂·福特一样精明、诚恳，又比她俩有创见，政治上更老练。当然，和罗莎琳·卡特一样，是伟大的天才。在我眼中，她是最美的美人。"

"我同意，"帕克说，"和她共事很愉快。自她当上第一夫人后，你常见到她吗？"

"不常见。我和东楼没多大关系。我的关系在西楼，全是总统在政治方面的事。但她很照顾我，让我参加过三四次国宴。"

"我过去不知道你和她的生活有任何关系。不久前的一天，她提到过你。"

"是吗？她说什么来着？"

"在《洛杉矶时报》，第一次指派她工作后，你怎样救了她的事情。"

"她把那件事告诉你了？"

"对。她说很感谢你。"

"任何人都会那样干的。见鬼，作为记者，她只是刚出大学校门的毛丫头，还没办过两件抛头露面的事呢。"他停了一会儿，"她告诉你什么？"

"就事论事，仅此而已。她认为，你可能会进行的详细加工，会为那本书增色不少。"

"说下去。"

"报社第一次指派她的任务，"帕克说，"对她来讲很要紧。而且总编——我记不得他名字了。"

"戴夫·纽金特。"

"谢谢。不管怎样，他指定她去采访某些要人。"

"乔纳斯·索尔克博士。搞小儿麻痹症疫苗的那位老兄，他从拉乔亚到洛杉矶讲演。"

"对。于是，她去采访他，成功了。索尔克很随和，把有趣的材料给了她。她到打字机旁写了报道，交给你转呈总编。你发觉报道写得糟透了，一知半解，错误百出。你没告诉她，把文章压了下来。你知道如果给总编看了，会解雇她的。所以，你就悄悄拿给一位好朋友重写了一遍，一个叫史蒂夫·伍德森的老记者。"

"史蒂夫·伍兹。"基尔德纠正他。

"对，谢谢你。是叫伍兹。他完全重写一遍后，应你的要求又退还给你了。你把他重写的报道给了总编。总编很喜欢，就给她一份长期工作。看到印出的报道时，比莉对所做的改动大为吃惊。她问你，你就开诚布公告诉了她。你对她说，她的采访很糟糕，还一五一十地告诉她哪里出了毛病。你说，已经请伍兹重写过了，指出伍兹如何把她的报道改得能让人接受。她领悟得很快。第二次及以后的每次都搞得不错。那就是布雷福德夫人所讲的情况，大体不差吧？"

基尔德已吃完最后一块三明治。"嗯，我想大体是这样。"他用手遮住嘴，用牙签剔着牙缝说，"只有一样不对头，那便是我从没告诉她真相。根本就没有一个叫史蒂夫·伍兹的为她改文章，这个人根本不存在。即使有此人，我也不会找他。我不会让他或任何别人知道她第一次办事就那么糟，也不会让话传到上司那里去。事实是，我把她写的东西拿回家，我自己重写后再交上去的。我一直没告诉她是我干的。我不想要她感到欠了我什么，只是想和她交个朋友，所以，她一直不知道是我干的。那时不知道，直到今天也不知道。因此，这部分对你没用处，别把它写进你的书里。我们彼此只是在闲聊，忘掉它吧。"

稀奇古怪的家伙，帕克心想，接着仰面把剩下的咖啡喝干。

这些不要别人感恩戴德的人眼下可不太多了。

"你这样做我很赞赏。"帕克说，"那么，此后，她就一直在编辑部工作，大约三年时间都在采访名人。"

"是的。最后一次就是采访加州参议员，安德鲁·布雷福德。对她来说，那才是个开头。"

"那当然。我想听听她遇见布雷福德之前她采访过哪些名人。"

"如果你喜欢的话。"基尔德说。

正在这时，餐馆出纳走到他们桌边说："对不起，你们哪位是盖伊·帕克先生？"

帕克惊异地抬起头说："我是。"

"白宫打电话来找你。电话在登记室隔壁。"

帕克感到不解，放下餐巾，道歉后进屋接电话。

另一端传来诺娜·贾德森的声音。

"找到你真不容易。"她说起来，"后来，我才想起你要去麦迪逊吃午饭。"

"和乔治·基尔德。关于书的事。"

"能否缓一下？比莉想尽快见到你。"

"可是，不到一小时我就要见她，搞我们的……"

"不，取消了。她的安排太紧。我是说，明天下午她就要动身去莫斯科。今天没时间和你搞书了，但她还有别的事和你谈。如果你能马上来，嗯，一刻钟左右……"

"好，我争取来。但要和基尔德会个面真不容易。"

"另找时间见他吧。请快点，不然，事就堆起来了。"

说完，她挂了电话。帕克放下话筒，不知该怎么对基尔德说。但一切是多余的，帕克回到桌边时，基尔德已站起身，正在收拾他的香烟、火柴和钥匙圈。

"我知道，"他做出很生气的样子，"又有什么重要事情了。白宫总是那样的。"

"真抱歉，"帕克瞟了一眼收费单，放下几张钞票，"很高兴你能谅解。你对我帮助很大，能再找时间把话谈完吗？"

"你什么时候准备好，打个电话就可以。"

他们一道出去，站在旅馆前。街道热得像烤箱。可帕克还是决定不开车，步行去一刻钟就可以到白宫。他需要一点时间醒醒脑子。基尔德叫车时，帕克再次向他致谢，然后转身走了。

虽然热气蒸人，他仍然走得很快。穿过街，两个记者从《华盛顿邮报》大楼里出来向他打招呼。帕克回了礼，仍然没停步。好几次他都从橱窗里看见自己移动的身影。每当这时，他总有一丝惊奇。从外表看，他显得衣冠楚楚，沉着自信。其实这是假象，他心中疑虑重重。

有时连他自己也觉得吃惊，自己竟然成了记者，虽然他无疑是精于此道的。不管人们出于什么目的，总说他像个记者。他身高将近六英尺，可算是个高个儿了，瘦瘦长长的，肌肉却很结实，无论如何也说不上肥胖。一头浓黑的头发分向一边，棕色眼睛深陷进高高的颧骨上方。鼻子有点像罗马人，嘴唇很动情（女人爱这样说他），突出的下颌部长着酒窝。

其实，他家从没出过记者。他父亲是威斯康星大学政治学教授，母亲是心理学家。帕克上过西北大学，怀着将来会教书的模糊意识埋头于美国历史。他的嗜好就是贪婪地读悬念和神秘小说。这就更增强他想过更活跃、更激烈生活的欲望。早在越南战争时，有人向他许诺说，只要入伍就让他进军队情报部门。尽管他认为美国在越南的行为不道德，却又希望有机会实现自己的幻想。他应征后，上了军官训练学校，毕业后去了五角大楼的情报部门。他一度觉得有刺激性，可最终厌倦了。而且，他所与闻的某些战争情报越来越激起他的正义感。越战是一场暴行，这使他觉得自己也受了侵害。

他迫不及待地想退伍。退伍后，他也想让自己远离军事部门，远离那场和地球另一边的千千万万黄种人的战争。帕克用自己菲薄的积蓄去了欧洲，他想单独考虑问题，散散心。那是他第一次出国旅行，置身于伦敦、巴黎、罗马这些名城、名胜之中，他既觉得胆怯，又知道这些大城市之所以成为名城，只是因为它们具有欧洲最有趣味的游览胜地而已。他觉得还是留在本乡本土好些。

他回到美国时，越战已恶化，抗议运动正值高潮。长期蛰伏在他心中的积极意识开始萌动。他情不自禁地去旧金山，参加了一个和平运动组织。这个组织缺乏记者，于是，帕克开始为它写东西，大多是谴责美国政府的传单和小册子。

越战结束时，帕克发觉自己在芝加哥也需要找个工作。一家庞大的私家侦探局在芝加哥报纸上刊登广告找年轻侦探，帕克申请了。因为他有在军队搞情报工作的背景，从情理上讲是不错，这样他找到了工作。开始，他喜欢这差事，很爱把自己想象成平克顿私家侦探公司的达希尔·哈米特。确实，跑腿、盯梢、调查违法案件、装置电子设备这类事相当多。但大部分还是和下贱、低级、单调恼人的案件打交道，诸如离婚案、儿童离家出走案、一般的诈骗案，等等。为了更具浪漫色彩，他开始信手写作，写了三篇纪实作品，全都卖了出去。

后来，听说美联社纽约办事处有个空缺，帕克急忙写个简历，连同发表的三篇文章的影印件一起交了上去。一周后，他就被召去纽约面谈。和美联社高级董事谈了半小时，被当场雇用，并被派去华盛顿写无足轻重的署名特写文章和周末航讯，工资待遇上还算不是最低的一类。不过，他完全被华盛顿迷住了。这在他的报道中也反映出来了。不久，文章也得到了稿酬。

一天，一个叫韦恩·吉布斯的人打来长途电话。他看了帕克写的每篇特写，印象甚佳。他说，他是刚刚赢得民主党提名竞选美国总统的参议员安德鲁·布雷福德的同事。吉布斯向帕克提出建议，并问他能否周末飞到洛杉矶，机票由他们付。帕克当然说能，他去了。建议很诱人，布雷福德的支持者们要编印一本关于他们候选人的书。一本新鲜、活泼、易读的民主党候选人的传记，可以加强他在公众中的形象。并且，出版商已找好。现在，就是需要一个能很快写出书来的作家，出价很慷慨。

对帕克来说，那笔钱听起来很有吸引力。可还有些东西比钱更具吸引力，那才是主要的东西。到那时为止，帕克对他的祖国、对美国民主的态度已经经历了许多曲折。在军队里，他取得了进步。但最终，亲眼所见的事使他产生了反感。于是，他离开军队，出了国。回国后，他和政府唱反调，攻击政府的政策和腐败，想拆政府的台。后来在美联社，从高层缜密、客观地观察了政府，想起在欧洲看到的政治弊病，他得出结论：尽管美国很糟糕，但它的民主制度仍是人类头脑所能设想的最好的制度，是任何地方都没有的最好的制度。这一结论既不轻率，也不是通过红、白、蓝三色滤光镜看到的。这是注重实际、成熟的制度。如果人们想在一个社会中共同生活，那么，这种制度是最好的。问题是这个肥胖、迟钝的巨人已经千疮百孔，除了选举，局外人几乎没有什么机会对它加以改进。但在这里，在洛杉矶，他有个难得的机会，不再是一个爱莫能助的局外人。他走进去，越来越接近了权力中心。

没有多加思索，帕克就退出美联社，成了专业政治作家。

准备写书时，他和安德鲁·布雷福德见过三次面。一次是和他夫人一道进餐，两次是进行一般的研究性会谈。书的本身多少是一种东拼西凑的事。他马上就对布雷福德有了好感，这个人只比他矮一点，却更强壮，举止潇洒。布雷福德四十八岁，那张脸仿佛经过精雕细琢，显得甚为英俊。他真诚、严肃、专注、直截了当。两边太阳穴上各长着一个灰色的斑点，戴一副角质架眼镜，说起话来简明、清晰，这一切都增强了他的权威。他有头脑，没有陈词滥调、旧套俗规，思维敏捷又见解新颖，比人们可能想象的政客要高明得多。

帕克将书如期写完。书在党派集会和宴会上销路甚佳。在好奇的中立派中，平装本超过了计划的销售数。他不再是党的帮闲，而在人们中间有了某些形象。韦恩·吉布斯不让他离开竞选委员会，要他帮助准备新闻发布会。

选举来临，接着又告结束。经过起初的势均力敌后，主要投票处投布雷福德的票超过他共和党对手六个百分点，他以领先百分之七的票数获胜。作为当选总统，在宣誓就职前，布雷福德开始组织他的长期班子。他铭记着盖伊·帕克和那本书。他从旧金山派人去请帕克，他确信自己没看错人。会谈还未结束，他就雇下了帕克。两个月后，他把帕克安置在白宫西楼，成了他三个演讲撰稿人中的一员。

那已是两年半前的事了。帕克对自己的作用甚感满意。他处在行动的中心，是决策者和反对者后隐形的人，而他又实实在在地存在着。后来，一夜之间他又消失了。纽约几家有威望的出版商，也是民主党成员，向总统建议说，当他面临改选年时，他夫人的自传可能会有广泛的读者，从而增强总统本人的形象。比莉·布雷福德已被证明是位多彩多姿、令人心醉的第一夫人。勉为其难、略显局促地——她仅三十六岁——比莉同意承担写自传，但条件是要盖伊·帕克参与其事。帕克开始不愿意，他认为这是降了级。从为自由世界的领袖制定强硬政策、写演讲稿转向搞琐碎繁杂、蜚短流长的茶馆闲谈似乎令人失望。使帕克相信这是一着好棋的是那预支的五十万美元将属于他和比莉两人。她一点也不琐碎，他很快便意识到这点。她和她丈夫一样认真，可能还更活泼，而且绝不乏味。和她在一起会陡生奋发之意。他尊敬她、崇拜她。终于，他原先的不情愿降到了最低限度，他从西楼搬到了东楼。

而且，他还有一笔外快。帕克被安排在诺娜·贾德森那套办公室旁边办公。诺娜是第一夫人的新闻秘书，第一夫人的社交生活和出头露面都有她出的一份力。能够承担这么多工作，而且还要做到井井有条，这是衡量这个年轻女人的精力和才能的尺度。帕克估计她大约二十九岁，他总爱把她想象为自己的追求目标。她光润的黑发、绿色的眼睛、顽皮的鼻子、丰腴的嘴唇、隆起的酥胸、姣美的双腿，在男人眼中都是一种享受。但她的理智却令人生畏：工作完结前，你根本别想和她说一句话。她可以同时把两件事干得完美无缺。从新闻发布会到去医院慰问和赴国宴，她都能搞得顺顺当当，毫无怨言。恼人的是，她总是那么冷漠和忙碌，或仅自己忙碌。要不然，她就是个离群索居者，愿意过那种孤僻的生活。帕克曾暗示过要和她一起饮酒和吃饭，可她全然不理。整整五个月来，帕克都没有能穿透那堵分隔他们办公室、分隔他俩的墙。她总是那样恬静悦人，总是那样落落寡合，真是要命！但她的存在——而且近在咫尺，就是一笔额外的补偿。

帕克同样也很忙碌。为第一夫人大加渲染的自传做准备，每天得干十个小时。开始，一直是收集阅读材料。凡是有关比莉·布雷福德的印刷品他都找来看了。他翻过成堆的报纸和杂志剪辑，做了无数页的笔记。接着，他动身到华盛顿以外的地区采访她的亲戚、朋友，私立中学和大学的老师、同学。甚至还飞到加利福尼亚，去和她父亲克拉伦斯·莱恩、妹妹基蒂、妹夫诺里斯·温斯顿和叫做里奇的外甥一道过了两天。

终于在最近，他带着数以百计需要证实的问题，进入到书的重要部分，开始了和比莉·布雷福德本人的谈话。她拟定了日常程序——一般是每天下午一小时——对着他的录音机回答问题。在这个过程中，他发觉她老练、直率、趣味横生。要不是他绝对需要细节情况，把这当作工作来干的话，谈话简直是种消遣。

而现在，在八月末这个热气逼人的下午，他正去进行另一次谈话——啊，不，今天不会了，他想起比莉·布雷福德刚刚取消了今天的谈话。她太忙了。对取消这次自他们开始以来仅是第二次的谈话，他觉得有些不解。可诺娜说得很清楚，第一夫人要尽快见到他是因为某些别的事。他纳闷到底是什么事。

他穿过拉斐特公园，跨过宾夕法尼亚大道，走近警卫室，例行公事地打开皮夹子，出示白宫身份证。穿过门，迈上弯曲的车道，朝北楼入口走去。到了铺着红地毯的主楼梯，他自顾自地向平台上的休伯特·胡佛像点了个头，一步两级楼梯地往上走过伍德罗·威尔逊和富兰克林·D.罗斯福像。到了楼梯口，诺娜·贾德森正巧站在他面前。

"我花了一刻钟赶到的吧？"帕克气喘吁吁地问，"我走得很快，我知道你急着要见我。"

"我急死了，"诺娜说，"我怕你被卡车撞了——或因你目中无人。"

"什么目中无人？我在小姐面前总是束手无策。"

"这事我们以后再说。"

"定个时间怎么样？"

"不。"她语气尖刻，领着他朝黄色椭圆房间走去，"不管怎么说，你准时来是对的。她的新闻发布会十分钟前就已结束。出版界的人已走了，电视台的人也差不多要走了。"

"她真的不能按我们的计划办吗？"

"她的安排已够紧的，一方面是因为明天下午就要去莫斯科；另一方面，莱德伯里从伦敦来——原估计是昨天应该到这里的——一定要比莉在下周去伦敦参加最高级会议前，最后再试试衣服。因此，我只好把一切都做了改动。此外她还要做居室美化布置，这个我们不能再拖了。接着还必须陪新上任的法国大使参观国家美术馆。然后，弗雷德·威利斯坚持要见她，简单谈谈莫斯科之行的礼宾问题。这些完成后还要收拾东西，萨拉一个人干她不放心。"

"她要见我是为的什么？"

"不知道。新闻发布会结束后，她要在试衣服前和你谈五分钟。我们去吧。"

他们来到黄色椭圆房间门口，站到一边。三大电视网的工作人员拿着电视设备走了出来。他们一走，诺娜就抬腿迈进，帕克也紧随而入。

房间里只剩比莉一人了。她伸手抓住沙发扶手，"扑通"一下坐在上面，背朝着他们，柔软的金发披在肩上。她双脚甩掉鞋子，看着他们走进。

"啊，诺娜，我正奇怪你去哪儿了。你好，盖伊，"她拍拍身旁的沙发，"坐这里。"

帕克走上去，毕恭毕敬地坐下说："您好，布雷福德夫人。"

"盖伊，求求你，"她打断他的话，做了个鬼脸，"这是第十次了，你别再叫我布雷福德夫人好吗？我说的是真心话。在这儿我们天天见面，很熟悉。我其实是在向你袒露自己，赤裸裸地暴露我的灵魂，暴露我的心，让你看到我最隐秘的事——可你还在拘礼。让我们马上来改变它，尤其是考虑到我必须给你讲的事。从现在开始，告别布雷福德，欢迎比莉。"

她把脸凑过去说："向我保证。"

他探过身子，笨头笨脑地在她脸颊上吻了一下说："你好，比莉。"

她问坐在她和帕克对面的诺娜·贾德森："情况怎么样，诺娜？新闻发布会怎么样？"

"你讲得太好了，开诚布公，不闪烁其词。他们真喜欢你。"

"但愿如此。看在安德鲁面上，我想我应该更经常举行发布会。"

"是的，应该这样。"诺娜说。

比莉转身向着帕克说："错过第一夫人生涯中今天这个激动人心的插曲，我觉得惋惜。哎，上次我们把我们的女主人公留在哪里啦？困在铁轨上了吗？"

"不，珀尔·怀特，不完全是。"帕克笑了笑说，"昨天结束时，你是在大学三年级，正动身参加学校资助的赴英国的文学旅游。"

比莉的脸上一下愁云密布。"是的，"她说，"就是那次旅游我认识了珍妮特·法利。你在研究中已经看到她的名字了。"

"那当然。英国儿童小说家。根据我所看过的资料，她是您最好的朋友之一。"

"她确实是，"比莉伤感地说，"昨晚去世了。癌症。以前我从不知道。英国大使今天早上送来便函通知我的，大使是知道我们亲密关系的少数人之一。真令人震惊。"

"我很遗憾。"帕克说。

"就是那次旅游时我碰到珍妮特·法利的，我和她住在一起。她是我在伦敦的女主人，比我大十岁。但我们成了最要好的朋友。已经有好长时间没见到她了。白宫这里的事处处使人不方便。我希望下周在伦敦见到她，可现在——哎，我要去拜访她丈夫和儿子。"

诺娜敲着手表说："比莉，我不想打扰你，可我们的时间不够了。"

比莉振作起精神说："很好。我一天都没想到这事了，总是这么疲于奔命。"她冲帕克笑笑，"刚才，你进来时，我们在谈什么？对了，关于取消今天的谈话。我会给你补起来的，这就是我要见你的真正原因。"

帕克等着下文。

过了一会儿，比莉·布雷福德心情好些了。"明天下午，我们要乘'空军一号'去莫斯科。路程远，又单调。路上，我要么读托尔斯泰的作品，要么谈我自己。那八个小时不是安娜·卡列尼娜，就是比莉·布雷福德。不用竞争，我会赢，路上，我给你谈我自己。换句话说，盖伊，我是邀请你一道乘'空军一号'去莫斯科，来回的路上我们都可以谈。你去过莫斯科吗？"

帕克大为惊愕地说："唔，不，不过——嗯，谢谢您。不过这有点突然——我是说，我需要时间准备一下，如办护照。"

"盖伊，真是，"她嗔怪道，"有什么大不了的？我知道你的背景——越战情报人员、侦探——所有那些你必须习惯迅速变化和发展。至于你的外交护照，我们会办的。你打点一

21

下我们就走。一路上你不会闲着的，我不能陪你时，还有诺娜。怎么样？"

帕克瞟了一眼诺娜说："那好，夫人。哦，比莉，我最好赶快收拾一下，把背包装好。"

他起身时，比莉说："关于起飞时间等问题，诺娜会详细告诉你的。明天见。"

有人在敲门，诺娜赶赶紧开门。侍者站在门口说："莱德伯里先生和夸尔斯小姐到了。"

帕克刚刚走到诺娜身旁，那对来客就一阵风似的跨进屋子，每人提了满满一箱衣服。莱德伯里只对诺娜打了个招呼，就径直走向第一夫人。罗恩娜·夸尔斯紧跟在后，对帕克视而不见。帕克只在他俩走过去时才瞥了一眼。莱德伯里似乎留着重新流行的奥布里·比尔兹利式淡黄色刘海式前发，鹰钩鼻，面容苍白、瘦削，步履轻捷，身材细长，年纪很轻。他尖声尖气地招呼比莉："亲爱的，您可好呀！"他身后那个叫夸尔斯的女人显然是他的助手。她的脸丰满得带有俗气，身材又短又粗，穿着花呢衣服（在这种天气里！）。肯定是个同性恋者，帕克心想。

诺娜把帕克让进走廊，领他朝楼梯走去。帕克在后面打着手势说："她怎么会用英国服装师呢？"

"啊，比莉到白宫前就认识和喜欢他了。可她当上第一夫人后，买美国人的东西就有政治意义了。所以，她又转向几个纽约的设计师。实际上，再请莱德伯里是弗雷德·威利斯的主意。他认为，这一姿态对比莉的伦敦之行来说，英国是会欣赏的。自然啰，她的曼哈顿设计师们大骂着表示反对，可这次比莉始终坚持要莱德伯里。"走近楼梯时，诺娜补充说，"吃饭时，我会把你的时间表、护照等全交给你。"

"谢谢。"

"这次旅行你应该高兴。她很好，不会睡很久，因此，去莫斯科的途中，大部分时间你都有机会和她交谈。"

"还有你。"帕克说。

她的矜持并没有打破。"我?"她说，"我正忙着读托尔斯泰的作品。"

在平台上他停下脚步，一把抓住她的胳膊说："诺娜，亲爱的，你怎么老是跟我过不去?"

她两眼冷冷地盯着他说："只是因为你和我的前夫一样，色眯眯的。"

"哦，前夫? 我可不知道。"

"这下应该知道了。"她说着转身走了。

莫斯科的午夜，十二点差五分。

捷尔任斯基第二广场旁边，离巨大的克里姆林宫不远，耸立着一处有新有旧的石砌建筑群。在苏联，人们叫它"中心"，其实是以克格勃闻名于世的国家安全委员会总部。在三楼宽敞套间的中心办公室里，克格勃七人领导小组的主席——伊凡·彼得洛夫将军，坐在他那张特大的办公桌后面，正凝视着格子窗外光线幽暗的庭院。

围绕着他的是代表领导者地位的饰物。四壁用桃花心木镶面，墙的一边挂着镶边的弗·伊·列宁肖像，肖像下面摆着华丽的沙发和软垫椅。地板上铺着东方地毯，这是为数很少的铺了地毯的办公室之一。摆满办公桌右边的是六部电话机。一部直通共产党总书记、总理德米特里·克里钦柯，其余几部则和政治局委员、国防部、同一层楼上他的六名副手以及同世界各地大使馆里的克格勃办公室有直线联系（用高频线路)。

可是，在这即将到来的荣耀之时，他的思想一下又被引到手中握着的一张纸片上。

这份密报几分钟前刚从他在华盛顿的间谍那里送来。情报看来并不很重要。但这一天不同往常，任何意外之事都会引起他的怀疑。情报说，明天陪同美国第一夫人来莫斯科的随员名单中新增加了一个名字。

彼得洛夫把纸片放在办公桌上，用干燥的双手揉着宽大多皱的脸上的那些胡子。他可以把这事留给九点钟来上班的助手去办，也可以马上解开这谜。他挺直身子，下意识地整整粗短的躯体上那件不合身的灰色短外衣，走到屋角的检索卡木柜前。他找到字母"P"，然后再找到写有"盖伊·帕克"并标有相互参照号的那张卡片。接着，他给地下室的计算机中心打了个电话。十分钟后，通讯员就拿着马尼拉纸文件夹来了。

彼得洛夫把帕克的档案放在桌上，坐进蒙皮转椅，翻开文件夹。帕克是什么人? 啊，有了，五角大楼情报人员，私人侦探，政治传记作家，总统演讲撰稿人。眼下，正和布雷福德夫人合作写她的自传。还有些别的情况,但对彼得洛夫来说，这已经够了。

那么，他寻思着，为什么突然派这个帕克陪第一夫人来莫斯科? 答案可能很清楚，让第一夫人有个陪伴，旅途中和她继续工作。要不，更可能是在三天逗留期间当中央情报局的密探。

彼得洛夫从便笺簿上撕下一张纸，匆匆给朱克上校写了几句话，告诉他美国代表团中新增加了人，命令他务必要克格勃密切注意这个盖伊·帕克。

他把字条放到一边，再次提醒自己，在这最后时刻绝不能有丝毫疏忽，绝不能抱有任何侥幸心理，绝对不能出差错。

彼得洛夫剥开一支古巴雪茄，眼光扫向台钟。半夜过了，莫斯科已沉入梦乡。他喜欢把自己看成是从来不睡觉的人。一天二十四小时里，现在是他最欣喜的时刻。街道外面一片寂静，总部里也一片静寂。除了无线电室、译码室和那几间夜班办公室外，这地方才是属于他的。他总在这时候进行反省和沉思。有这种机会的高级官员太少了，这真是一件憾事。当然啰，他是以牺牲睡眠为代价换取这种机会的，但这仅是小小的代价。很久以前他就认定，睡眠是生命的敌人和浪费，是一种屈服和不必要的死亡预演。在遥远的将来，会有足够的时间去死、去睡的。

他回味着这一天中激动人心的时刻。在他们那与世隔绝的波特姆金院子里，一天中的高潮就是薇娜·华维诺娃最后那次表演，简直妙不可言。她的表演不仅是无懈可击，因为这样说还有模仿的含义，而且她完全变成了美国第一夫人，成为比莉·布雷福德的化身。这是了不起的功绩，它的发生几乎是不可能的事。

但彼得洛夫清醒地知道，她仅是男人的产物，是自觉努力、刻苦训练的结晶，是创造性天才的杰作。他的私人助手亚历克斯·拉辛对此有一份小小的功劳，有了他的努力和工作，才使这一计划成为可能。不过，拉辛也只是用一个迟钝的凿子来执行着天才的计划。真正的天才从来就是制订计划的，这就是他伊凡·彼得洛夫本人。没有他的天才，就不可能有第二夫人。这一计划一旦付诸实施——对此他是乐观的——那就将成为有史以来世界上最大胆、最辉煌的间谍行动。但不幸的是世界史将永远不会记载此事。这项计划将永远是最高军事和政治机密。彼得洛夫心想，就像一件滴水不漏的罪案，如果罪犯能被人查出的话，那就谈不上滴水不漏了。假使一直无人所知，那就同没这事一样。华维诺娃的事业就体现了这种矛盾。

不过，彼得洛夫还是很愉快地想到有少数几个人知道这事，比如参与者。但最重要的是总理和政治局几位委员都知道，这让彼得洛夫感到自豪。近三年来，他一直努力让总理支持他，使总理从感兴趣、举棋不定直至表现出谨慎的热情。今天下午，总理在接到最后排演成功的报告时，就表现出谨慎的热情。三天之后，总理就必须做出最后决定，就会抛弃戒心和谨慎去行动了；或许会放弃这计划，但彼得洛夫不愿相信总理竟会使这计划流产。既然总理已经了解所取得的进展和将会带来的历史性成就，放弃是绝不可能的了。

一旦着手就别反悔，相信必定会成功。那时，只有在那时，尽管秘而不宣，他伊凡·彼得洛夫才能得到报偿。除了列宁勋章，还会因某些杜撰的功绩被奉为苏联英雄，在政治局内得到提升。上司、同事、妻儿通通都会承认他是天才。壮哉一生，更复何求？

他喷着雪茄，怡然自得。想到将来，他又从最初的构思开始，把整个计划和自己所起的作用重现一遍。为了不显得自我宽大，他假装是在重新体验这一计划，使它确已无懈可击、万无一失。由于加上了这个严肃的动机，他就能让自己心安理得地再次去享受、庆贺自己创造性天才的欢愉了。没费多大劲，他又让自己把时间退回到三年前首次萌动这个念头的那个值得怀念的夜晚。三年前的一切又重现了。

彼得洛夫将军正和随员对苏联一些主要城市进行旋风式访问。他要整顿每座城市的克格勃机构来提高效率。他来到莫斯科南面坐落在第聂伯河畔的基辅，这是俄罗斯最古老的第三大都市。一天劳顿后，随着夜幕的降临，他的心思已转向了伏特加和女人。可叫他扫兴的是当地克格勃官员请他及一行人看戏，并在列斯娅·乌克兰卡剧院定好了座位。这家剧院演戏说俄语，不说乌克兰语，演的是安东·契诃夫的《三姊妹》。一般来说，彼得洛夫讨厌正统剧院，尤其讨厌契诃夫的剧本。他觉得都是胡诌、做作，倒人胃口。可他不能扫主人的兴，因那是个有价值的老资格克格勃，于是，只好勉为其难地去了。

汽车开到列宁大街，朝普希金大街交叉口驶去时，彼得洛夫就一眼看到列斯娅·乌克兰卡大剧院灰色的正面，不觉心中一阵厌恶。下车后，他们一行跨过铺着卵石的大街，朝三个入口中的一个走去。快进门时，对面左边玻璃橱窗旁的一小群人引起了彼得洛夫的注意。一种好奇心使他离开随从，走到那群人中想看个究竟。一个警卫紧紧跟上，他用手肘拨开人群向前挤。终于看到那个主角是个年轻女人，风姿绰约，很有点北欧风韵，一头淡黄色短发，满面笑容地边挤过人群边匆匆签名。这本是件小事，只有一点不同：那女人的脸他好像见过。开始，彼得洛夫只当她是来苏旅游的有名的美国女人，到基辅来观光。他觉得这人熟悉，可又不知她的身份，为此，彼得洛夫困惑，因为忘记了自己曾经看过关于她的案卷。不管怎么说，既然她给人签名留念，还努力想从认识她的人中脱身，那肯定是个有点身份的外国人。

一会儿，他就不屑再去遐想。他回到自己人当中，走进剧院走廊，跟着主人穿过门厅，走进休息室，他已经把她忘记了。不久，酒性涌上来，彼得洛夫走下铺着绿地毯的中央走道，在他铺着厚绒、镀金的前排座位上坐下时，已经睡意蒙眬了。

　　但她登台演出时，他还没睡着。她扮演的是赌徒安德烈·普罗佐洛夫的妹妹奥尔加·普罗佐洛娃。三姊妹中她最小，想回到莫斯科。彼得洛夫伸直身子留意起来，尽管她化了妆，但毕竟还是他在外面、在剧院门口看到的那个年轻的金发女郎，那个他当成是美国游客的姑娘。可现在在他面前的是个苏联女演员，根本就不是美国人。

　　彼得洛夫从地板上捡起节目单翻开，在昏暗中找那个扮演奥尔加的女演员的芳名。名单上印着每晚扮演奥尔加的四个女演员的名字。彼得洛夫很清楚这点，这是个定期变换剧目的大剧院。接着，招待员轻轻地为他在她名字上做了个记号。

　　他眯眼一瞥，她真名叫薇娜·华维诺娃。

　　他抬起头，在舞台上找到她，紧紧盯着她的脸。马上，他就明白了为什么会觉得似曾相识，原来她酷似另一个美国女人。那女人的脸彼得洛夫从送到他办公桌上的许多进口的美国杂志、报纸上见到过。彼得洛夫一直注意着美国的总统选举活动、民主党总统候选人，一个叫安德鲁·布雷福德的参议员有个富有魅力的年轻妻子，叫米莉、迪莉还是比莉什么的，确切名字他记不清了——爱管闲事的美国新闻界对她兴趣颇浓。

　　彼得洛夫又抬头望着舞台。不错，那女演员——他又看看节目单——是的，她叫薇娜·华维诺娃。除了发式，其他方面和美国总统候选人的夫人完全相似。彼得洛夫眨着眼。过去，他还从未见过两个人长得如此相像，虽然最近看书时才知确有这种事发生。叫比莉——他想起来了——比莉·布雷福德和薇娜·华维诺娃一定能成为孪生姐妹。

　　说不出是为什么，彼得洛夫对剩下的契诃夫的戏专心致志地看了起来。同样不知为什么，剧终时，他觉得自己很想去后台向薇娜·华维诺娃道贺。剧院经理一知道他的愿望，马上激动地陪着高贵的彼得洛夫将军及其警卫来到后台，走进女演员化妆室。

几位女演员正在那间明亮的小屋里卸妆。彼得洛夫顾不上她们，和经理一道直奔薇娜，她对着镜子也在卸妆。经理提高嗓音，不无炫耀地向她介绍彼得洛夫将军。薇娜慢慢站起身，平静地看着他，和他握手。彼得洛夫仔细打量着她，一点不错，太像了。

"祝贺你，我非常喜欢你的演出。"

她羞涩地垂下头说："谢谢，您过奖了。"

他目不转睛地看着她说："请原谅，我很想知道你去过美国没有？"

"美国？啊，没去过。"

"在美国有亲戚吗？也许有个姐姐在那里？"

"没有，一个也没有。"她向他莞尔一笑，"我们家都是地道的乌克兰人。我父母住在布罗瓦里，离基辅十四公里的一个小村子。他们连莫斯科也没去过，更不用说美国了。除了我祖母外，我就是家里唯一一去过一些地方的人，但都在苏联。我在莫斯科学习过。"

"有意思。你会讲英语吗？"

他们一直在用俄语交谈。这时，她就改用纯正的英语回答了："啊，会的，将军。我能说英语和法语，还能阅读。其实，我讲英语时总带美国腔。我在莫斯科舍普金戏剧学校学了四年英语，有一千多学时。老师总说我学得快，有天赋的模仿力。我最好的老师是在美国长大的。您能听懂我说的话吗？"

彼得洛夫点点头说："能懂。说得很好。"他的英语说得笨拙、生硬，但听起来毫不费力。薇娜的发音太漂亮了。他不明白自己为什么对此很满意。

两小时后，他已在飞返莫斯科的途中。薇娜·华维诺娃和比莉·布雷福德两个人在他脑海里一起浮现，融为一体。当他抓紧安全带准备着陆时，大胆的计划已经形成了。

深夜，彼得洛夫回到克格勃总部，走进楼上自己的办公室。在连着办公室的私人卧室里脱衣就寝时，他猛然意识到：除非从现在——九月初起的两个月内能做点什么，否则，他的一切计划都是徒劳。那时，美国将举行大选，如果安德鲁·布雷福德参议员落选，那就没什么进一步争取的东西了；但如果他竞选获胜，当上了美利坚合众国的总统，那么，他的妻子就应是美国的第一夫人了，这样，苏联女演员薇娜·华维诺娃就会成为无价之宝。彼得洛夫急于想要执行自己的计划，但他还是竭力克制着自己，事情要有个轻重缓急。

一夜之间，彼得洛夫成了美国总统选举的热心关注者。

因为摆在他面前的事千头万绪，于是他召来克格勃第一总部副部长亚历克斯·拉辛做他的助手。拉辛的办公室就在四楼。他是克格勃第一部，即美国部的负责人之一，这个部是六年前改组克格勃时组建的。拉辛生在美国，在美国受过部分教育，但是在苏联接受训练。他是个精通美国历史、世俗民风、政治、体育和现代事务的专家。他今年三十六岁，富有吸引力。十多年来，他对克格勃忠心耿耿、全力以赴。彼得洛夫把拉辛从四楼召来，指派他和上司一起密切注意美国总统竞选的发展情况。拉辛很满意这项任务。作为日常工作的一部分，他注意一切竞选活动的消息，了解竞选人的态度，以便克格勃建立获胜者即下届总统的档案。新指令扩大了拉辛的兴趣范围。虽然彼得洛夫信任他的助手，但并没向他

（及别的任何人）吐露自己对美国大选特别感兴趣的原因。他只是命令副手每天在他办公桌上放一页概要。

竞选初期，有一次当布雷福德和他的共和党敌手在民意调查中并驾齐驱时，彼得洛夫曾和拉辛讨论过竞选的紧张形势。彼得洛夫不无神秘地说，政治局的意思是想要布雷福德获胜。他大声说，他很想知道苏联到底能干点什么保证布雷福德取胜。他曾考虑过让克格勃介入竞选活动——当然是秘密地干——散布关于布雷福德对手的莫须有的丑闻，以此来加大布雷福德的机会。拉辛表示强烈的反对。太冒险了，如果谣言查到出自苏联只会起反作用和表明布雷福德对共产主义的温和，只能使他在势均力敌的竞选中失利。由于彼得洛夫尊重拉辛对美国人心理的了解，他打消了这一念头，从此再也没提起过。

选举前夕，最后一次民意调查宣布了布雷福德已领先。彼得洛夫松了口气，但选举日那一整天，他还是如坐针毡。那天晚上，拉辛陪着他，整整用了四个小时观看电视卫星转播的结果。他一直看到共和党人承认败北，并向民主党对手祝贺才罢手。彼得洛夫再也克制不住自己的满意心情了。安德鲁·布雷福德一月份就要入主白宫，比莉·布雷福德将不离左右，他的妻子和心腹，将成为美利坚合众国第一夫人。在苏联，由于天造地设，也有一个酷似她，几乎能够以假乱真的女人。

彼得洛夫第一次允许自己把这项狂妄的计划完全转变为间谍史上的事实。

他扪心自问，这一计划要达到什么目的？现实情况如何？他发觉自己对此已有肯定的答案了，为此，一点不觉得突然。假如在某个适当的时候，转眼间把美国第一夫人换成他训练

31

出来的乌克兰替身，苏联就有了获取美国总统各种秘密的理想渠道。在发生全球危机或出现美苏对抗时——目前潜在的地点至少有三个——能造就这么个替身，并让她起作用，那么苏联就能取得政治胜利和国际优势。

因此，最终目标是清楚的，难的倒是开头。彼得洛夫认为需要三个阶段，他把这三个阶段变成三个问题：欺骗能否准备得恰如其分？骗局能否进行得顺利无阻？计划能否获得正式批准？

他决定，要成功只有一条路可走：马上行动，为整个计划做基本准备，即需要基辅那个女演员的充分合作。

彼得洛夫马上派人去接薇娜·华维诺娃。

这是命令，她马上赶到莫斯科。她走进办公室时，彼得洛夫要拉辛——他的美国问题专家和他在一起。看起来，她和那个即将成为美国第一夫人的人难分彼此，这再次使彼得洛夫惊叹不已——当然也很满意。他用眼角一扫，见亚历克斯·拉辛已是如痴如醉了。拉辛，到目前为止也许是苏联唯一知道比莉·布雷福德的人，他的态度就是一种重要的检验。彼得洛夫觉得拉辛的反应就是保证。

会见前，彼得洛夫曾想把实情告诉薇娜和拉辛，但后来又打消这个主意。他确认要说明计划还为时尚早。于是，他胡诌了个借口。他俩都不是傻瓜，但这没关系，他们必须接受，因为他们不知道这次会见的更深的动机。

待她落座后，彼得洛夫站了起来。

"欢迎您到莫斯科来，华维诺娃同志。还记得我们在基辅的会面吗？"

"我没忘记。"她说。

"这是我的助手，亚历克斯·拉辛。"彼得洛夫说。

他们低声致意。

"很好。"彼得洛夫说，"我就开门见山吧。您听说过一个叫比莉·布雷福德的女人吗？"

"没有。恐怕没有。"

"您会听到的。她是美国人，而且很快就会成为著名的美国人。她是新当选的美国总统夫人，明年就要作为那个国家的第一夫人搬进白宫了。"

薇娜没吱声，她还不明白。

"在基辅，我到后台拜访您，"彼得洛夫接着说，"就是因为您太像她了。这也是我请您来这里的原因。"

薇娜等他做进一步说明。

"您和她这么相像，这可能对您的国家有用处。我们想拍一部短片——可叫做纪录片那一类的——关于美国第一夫人比莉·布雷福德的短片。我想您能胜任这个角色。"

"真有趣，您太看重我了。"

"不仅有趣，而且很重要。您必须停下目前所有的工作，一定要演好您的角色。而且必须马上搬到莫斯科来。"

"可基辅，我在基辅的角色——经理不会让我来。"

"别说傻话了，我们会把一切办好。您会得到原有工资的四倍，一切开支都归我们。在莫斯科您还会有自己舒适的住房。"

"只为了在短片里演比莉·布雷福德？在哪里上演？"

"那无关大局。最终会告诉您的，可不是现在。还有一件事——您结婚了吗？或有没有男朋友？"

"都没有。"

"好。因为这暂时还是秘密计划，我们不希望这计划，或您参加这计划的事让其他任何人知道。您如果同意参加的话，就不要再去露面了。不能告诉家人、朋友或任何别的人您在哪里或干什么。我保证您应得的报酬，您将来会出人头地，某一天您会成为苏联最红的女明星。有兴趣吗？"

"我能否选择一下？"薇娜含笑问道。

"当然可以。"

"我不仅感兴趣，而且准备为祖国贡献一切。"

彼得洛夫一拍办公桌说："太好了！去会客室等一下，拉辛同志会更详细地告诉您。"

她一走出办公室，彼得洛夫就朝拉辛指着她刚才坐的椅子。

"嗯，拉辛，你是怎样想的？"

"对她？和你说的一样——几乎十全十美。头发再长一点，去掉脸上那块小疤，鼻子再稍许矮一点，那她就是比莉·布雷福德了。"

"不是这个。我是指我的故事，她会相信吗？"

"可能会。"

"你呢？"

拉辛似乎乐了。"不完全信。"他平静地说，"不过，我在克格勃好多年了，我对拍电影表示怀疑。"

彼得洛夫一阵大笑，随后又严肃起来。"真奇怪，拍电影。但你说对了，拍电影不是我们的目的。放心跟我干吧，很快你就会明白。"他打开抽屉，找出支雪茄说，"我们要马上行动，在我领导下，你全权负责。这部电影是你首要工作。你不能让她回基辅，通知剧院和她家里，随便找个理由都行。派人把她的私人物品取来，在大学旁边的要人住宅区安排一幢小别墅，几星期内要把她的长期住房搞好。但从今天起，任何时候都不能让外人看见她，明天上午我们再详谈。明天起，我们把薇娜·华维诺娃变成比莉·布雷福德。"

开始的工作是收集公开材料。彼得洛夫向拉辛指定了任务，于是，拉辛就利用克格勃间谍，利用和华盛顿、纽约的联系动手收集需要的材料。在开始阶段，需要显示比莉·布雷福德从头到尾的静态照片、录像片，以研究她的体形、步法、姿态等习惯动作，录音带则会显示她的讲话习惯。

在拉辛拼命收集情报的同时，彼得洛夫也雷厉风行地着手计划的另一重要方面。他把这一计划叫做"第二夫人"。在莫斯科城南十五公里处的环城路外有一处高地，高地旁边，通往乌拉科夫机场的大公路边有座松林，彼得洛夫在松林后面征用了五英亩荒地。他修了一条横穿松林的秘密公路和大路相连。穿过松林，他又监督着修建了大型、廉价的电影摄影棚。在棚里仿造了红房间、总统餐室、女王卧室、林肯卧室、白宫的椭圆形黄房间。里面的地毯、窗帘、壁炉、电灯、枝形吊灯、家具、墙纸及挂的画都是完全根据白宫内部静物画及电视拍摄的白宫内部情景复制的。根据彼得洛夫的命令，还用木头修建一道高高的安全栏把整个摄影棚围起来，只留一道大门和外面的秘密公路相通。然后，彼得洛夫又在摄影棚后面一百米处快速修起一幢小巧方正的两层楼房，包括一间放映室。一俟竣工，马上就让薇娜搬进去，成为里面孤独的居民。

与此同时，亚历克斯·拉辛也从美国弄到了所需的资料（这些都是克格勃剪下后送给拉辛的样照）。

比莉·布雷福德的体态真令人动心：身高五英尺六，胸围三十四英寸，腰围二十三英寸，臀围三十四英寸，体重一百一十磅。金发披肩，柔软秀美，蓝眼睛，高鼻梁（长一又四分之三英寸）略微上翘，嘴宽二又四分之三英寸。

薇娜·华维诺娃的体态同样令人动心。她搬进隐居室的当天，拉辛就叫她换上三点式游泳衣，让克格勃医生测量。她身高五英尺五九，胸围三十一英寸，腰围二十五英寸，臀围三十五又四分之一英寸，体重一百一十八磅。淡黄色短发，蓝眼睛，高鼻梁（长一又五分之四英寸）略微上翘，嘴宽二又四分之三英寸。

彼得洛夫召来拉辛，他已看过照片。不同的都是小地方，虽微不足道，但毕竟存在。薇娜的头发必须长齐双肩，色泽还要深些，鼻子要再矮二十分之一英寸。面颊上的小疤一定要去掉，体重减少八磅，腰围和臀围也必须分别减少二英寸和一又四分之一英寸。这能办到吗？莫斯科美容院的医生担保说没问题，薇娜会说什么呢？

"减轻体重我不在乎。"在她隐居室客厅里，薇娜这样对彼得洛夫和拉辛说，"可我不喜欢整形医生的主意。仅为拍电影，就要把鼻子弄小吗？为何非得一丝不差地像那个叫布雷福德的女人呢？我看起来已够像她的了。"

彼得洛夫显出克制的样子说："我重申有此必要。慢慢你就会了解的。"

"难道我现在就不能谈谈自己的想法？"

"我很抱歉——不行。至少现在不行。"

"你坚持这样做吗？"

"必须坚持。"彼得洛夫说，"你不会因此而遗憾。"

她生来就没有反抗性，以前就从没对任何事表示过反对。她觉得自己已竭尽全力，于是耸耸肩膀说："那好吧，一切依你。"

几天后做了整形手术，相当成功。接着是严格的饮食限制——土豆没有了，其他淀粉食物也取消了——每天还得做健美操和体操。

克格勃医生再来时，薇娜的体形已和比莉·布雷福德一模一样。

这时，在遥远的华盛顿，安德鲁·布雷福德宣誓做了美利坚合众国总统。比莉·布雷福德也进白宫当了第一夫人。

两个月后，应美国电视网之邀，比莉·布雷福德让成千上万的电视观众到白宫二楼的私人住房做短暂参观。她担任历史解说员，讲得认真、诙谐、妙趣横生。这场表演极得人心，赢得高度评价，提高了第一夫人的声望。这次电视游览的拷贝很快就由纽约空运回莫斯科。在薇娜的私人放映室里，彼得洛夫、拉辛和她一起观看。放映完后，薇娜受命连续看六个星期，每天看三次，每次十分钟。要研究、记熟第一夫人谈话时的每一细微差异、每一种姿势和每一个动作，然后，融合于整个表演，在摄影棚的仿造白宫里模仿、排练。

在这些工作间隙，薇娜还要上她的嗓音训练课和姿态课。由一个指导老师反复播放比莉讲话和会谈的磁带，薇娜努力模仿第一夫人轻微的美国西部口音，使自己的声音更厚实些，同时带上点喉音。她还要模仿第一夫人讲话时显得轻快活泼的节奏感和富有感染力的笑声。在比莉·布雷福德的电影蒙太奇前，别的教师还让薇娜学第一夫人走路时的跨度、转身听别人说话时优雅的脚尖旋转、静止时的泰然神情和她的许多姿势。

第六周周末时，拉辛告诉薇娜：“明天上午八点，你以白宫为背景作报告。我们要拍电影了。”

“那么说真要拍电影了？”她取笑问道。

他已被她迷住了，但还保持着公事公办的严肃：“当然啦，你就是明星啊！”

四个星期后，电影拍完了。彼得洛夫看了最后的剪辑。关键的时刻到了，如没有正式得到批准，他就再不能向前迈进——况且还需要一大笔预算。

彼得洛夫打电话给总理德米特里·克里钦柯，请求第二天在克里姆林宫放映室特别约见。

总理总是那样温和、镇静，说起话来却又很尖锐："放映室? 我没工夫看电影，能不能缓一下? "

"这事一定要优先安排。"

"啊，我整个上午和下午都排满了。"

"那么，晚上怎么样? "

"晚上? 晚上嘛——加拉宁、罗巴罗夫、乌姆亚珂夫——他们要和我共进晚餐。"

他们都是政治局的重要成员，特别是阿纳托里·加拉宁，他是克格勃及各种计划的坚定支持者。

"把他们也带来吧。"彼得洛夫说，"我只占用你们晚餐前的半个多小时。"

总理叹口气，好像是累坏了。"那么就按你的办吧，明晚七点半，放映室。"

他挂断电话。

翌日晚上，彼得洛夫到金碧辉煌的克里姆林宫放映室里，坐在六排深红色座位的头排，一直等到七点二十八分。他把亚历克斯·拉辛也带来了。此刻，拉辛正在放映间详细向放映师做些交代。七点三十四分，克里钦柯总理到了，身后是他的政治局同僚：加拉宁、罗巴罗夫和乌姆亚珂夫。总理始终威风凛凛，身高五英尺十一，结实得像一尊大理石塑像。条子花蓝色外衣干净整洁，长长的脸上挂着无边眼镜，胡子剪得很整齐，短胡被修成尖角。他和加拉宁一样，找了个位置坐下。加拉宁已有些秃顶，五短身材，一派学者风度。罗巴罗夫和乌姆亚珂夫看起来都像财运亨通的中年商人。

彼得洛夫站起欢迎他们。

"我们来了，"总理说，"什么事情这么重要？"

"一项新计划，"彼得洛夫说，"超级的。如果执行的话，将会改变世界面貌，它从两部短片开始。"

看见拉辛匆忙地从放映间出来，彼得洛夫坐了下去。拉辛从他面前走过，向放映间打个手势后，就在操纵台后坐下来。

灯光渐渐转暗。

银幕上全是比莉·布雷福德快步走进白宫林肯卧室的镜头。

"您认识她吗，总理？"彼得洛夫扭头问道。

"美国新的第一夫人，"总理回答，"赏心悦目。"

银幕上比莉开始向观众讲解。她讲到八英尺的花梨木床和林肯夫人买的那些维多利亚家具，连续镜头随着她从林肯卧室转向总统餐室。十分钟后，剪辑放完，灯光重新亮起。

彼得洛夫从折叠椅上半转过身说："这是最近美国总统夫人领电视观众参观她在白宫居室的电视片。现在再放映一部。"

"我们的安全首脑什么时候成电影发行员了？"总理笑起来，政治局委员们也笑了。

"你们会明白——会明白我的真正用意的。"彼得洛夫说。

灯光又转暗。但银幕上比莉·布雷福德的形象又马上使黑暗的放映室满屋生辉。她走进白宫的林肯卧室，指着那些史迹向人们介绍来历，讲完后又继续朝总统餐室走去。

总理不耐烦地叫起来："彼得洛夫，你在干什么？怎么又重放那部电影？我们刚看过呀！"

"我知道。"彼得洛夫说，"请再忍耐几分钟，我不是胡闹。"

电影接着放，第一夫人继续走向总统餐室，完全重复着刚才放过的镜头。总理懊恼的声音大起来。接着，电影结束了，灯也亮了。

总理大为光火，紧盯着他的克格勃首脑说："彼得洛夫，你疯了？把同一部电影放两次，竟敢这样浪费我们宝贵的时间。如果是别人干这种事，我一定要把他送进精神病院。你最好能好好解释一下。"

彼得洛夫泰然自若地站起来转过身说："我有理由。"

"哎，见鬼。你说，说出来呀！"

彼得洛夫一动不动地面对总理，声音柔和："您肯定这是同一部影片吗，克里钦柯同志？"

"你认为我是瞎子吗？把同一部电影放了两次。"

"头一部里有美国第一夫人？"

"当然。"

"第二部里有美国第一夫人？"

"有，当然有！"总理怒气冲天。

彼得洛夫停了一会儿才接着说："原谅我。但您完全搞错了，同志。第一部电影里才是真正的第一夫人——比莉·布雷福德；第二部里是苏联女演员——薇娜·华维诺娃，是她扮演的美国第一夫人。"

彼得洛夫显然看见了面前这几张脸上的震惊、迷惘。

总理打破沉寂说："你是开玩笑吧？"

"我没开玩笑，完全没有。头部电影里是美国总统的妻子比莉·布雷福德；第二部里是她的苏联替身，女演员薇娜·华维诺娃。她以我们仿造的白宫的一些内室为背景，扮演了第一夫人。我的助手拉辛先生在这里，他可以证实我的话。刚才你们看见在华盛顿的总统夫人，也看到了她在莫斯科的替身。"

加拉宁望着他身旁的总理说："妙极了。"

总理点点头："难以置信！"他从椅子上挺起身说，"好吧，彼得洛夫，戏演得不错，骗得太妙了。你究竟搞什么鬼！"

"一个规模更大、更大胆的骗局。"彼得洛夫轻松地说，"以后几年的某个时刻，世界政治舞台将出现危机，出现美苏间不可避免的对抗。这种对抗，正如我们都知道的，将发生在朝鲜、博恩代或伊朗。那时要么他们退却，要么我们退却，不然就是战争。那时为确保我们的胜利，我们将需要一种秘密武器，你们刚才亲眼在银幕上所看到的就可作为我们的秘密武器。要是我们有一个酷似总统夫人的女人，又能悄悄地把她安置在白宫，短时间地取代总统夫人，那么，我们就有历史上最有用、最重要的间谍，就能与闻美国总统以及他的总参谋长之类的战争贩子们的任何想法，就能预知敌人每一项阴谋和计划，在任何危机中，确保我们的胜利。"

屋子里很久都是一片沉寂。

终于，克里钦柯总理打破沉默："可能吗？真的可能吗？"

"你是说她真的能干这事吗？"

"她行吗？"

彼得洛夫点点头说："只要给她机会准行，她也愿意。您已经看了表演，她就是比莉·布雷福德。让我告诉您为何有此想法，怎么训练她，还计划怎样进一步训练和使用她吧。"

于是，彼得洛夫用了三刻钟，一口气做了详细说明，中间没有任何人插话。

讲完时，他已气喘吁吁："这就由您来决定了，克里钦柯同志。"

"可我能决定什么呢？"总理低声说道，"确实有想干这冒险玩意儿的人，事情就是如此。拍一部短片是一回事，但指望她支撑几天，说不定要几周。算了吧，真有点荒唐。她难免要暴露了自己。电影出了错可重拍，改过来就行，但在现实生活中……"

"克里钦柯同志，"彼得洛夫急切地打断他说，"预拍时她没出过错，一点也没有，在现实生活中她也不会出错的。她可以无限期地扮演下去，我愿用自己的一切为她担保。"

克里钦柯考虑着他的克格勃首脑的话。

"如她出错，可会要你的脑袋啊！"

"我明白。"

"如她失败，势将危及你的国家和同胞。"

"我也明白。"

"那就是说你仍然想这么干？"

"绝对如此。"彼得洛夫肯定地说，"因为她不会失败。我对她很了解，她会完全成功，会给我们带来在别的地方无法得到的利益。她会获知他们的战略、秘密，打败他们。危险当然有，但一切伟大的历史性的事业都有危险，同志。"

"一点疏忽，"克里钦柯说，"就会让我们在全世界丢脸——把我们拖进战争。"

"是那样。但如果我们成功了——这点我相信——就能保证未来几代苏联人对美国人的优势。"

总理坐在那里，陷入了沉思。

加拉宁靠过去，对他耳语道："一次绝好的机会。"

总理没吭声，抬头望着克格勃首脑说："您很会说服人，彼得洛夫同志。"他凝重的目光缓缓移向空空的银幕，"刚才，她也很说服人。"他又把目光定在彼得洛夫身上，"你需要什么？"

"两样东西。第一,您允许继续进行。当然,最终是否执行这项计划是由您来决定,但现在——是您的允许。"

"您已得到了。"总理说,声音低得几乎听不见。

"还有钱。"

"也给您。"

这几乎是三年前的事,彼得洛夫坐在办公桌后,又从沉思中回到现实。明天就要开始执行计划。事实上是今晚,因为桌上的座钟已是凌晨一点,还有七十二个小时。等待,简直难以忍受。

他不安地从桌后站起。夜已深沉,应该去隔壁房间尽量睡一会儿了,但他知道大脑太清醒的话难以入睡,满脑子是三年来的往事。事实上,他建立了一所三年制秘密大学,只开设一个科目,只招收一名学生,专业一直是比莉·布雷福德,全部学生就是薇娜·华维诺娃。现在即刻毕业,前面就是活生生的世界。彼得洛夫突然一阵冲动,想去见见这所学校的教务长,只有亚历克斯·拉辛才清楚他的学生是否已为进入荆棘丛生的世界做好了充分的准备。彼得洛夫需要支持和肯定,以确保没有忽略任何一个方面,确保毕业生已能够对付一切。但他不知道拉辛是不是像他一样的夜猫子,还待在办公室里。

在他隐修院似的克格勃四楼办公室里——阴暗的屋顶,淡绿色墙壁,光亮的镶花地板——拉辛从堆得满满的办公桌上提起棕色旧皮箱,把标有红线的文件夹塞进去。他给薇娜讲过他可能去得迟——而且确实很迟了——但她坚持要等他才睡。现在,他准备放下工作去和她过夜了。这是他们的最后一夜,至少要分别两星期,他看到自己的一只手在颤抖。

他身上的紧张感一直没放松过。在彼得洛夫领导下,他和许多人为这项危险的事业忙碌，为使准备工作完美无缺，唯一对此负责的却只有他自己。作为个人讲，他比别人陷得更深，每件事都得失攸关。他的学生，这项超级间谍活动的卒子，已不单纯是个间谍，而是他在世界上最钟爱的恋人，他对她的爱已胜过任何别的人。这种状况使他的工作变得加倍困难。薇娜的表演必须尽善尽美，她直接的、未来的安全并不仅仅在于赢得冷战的胜利，还要为他、为他俩保存她宝贵的生命，这种责任感使他浑身充满令人恐惧的寒气。

外面传来敲门声。当彼得洛夫将军意外来访，说要最后检查一下薇娜训练的某些方面时，拉辛才觉得一阵轻松。虽然他心中急切地想要在薇娜被人从他身边夺走前，再享受一下她肉体的温暖，但也乐于接受将军的命令，再检查一下他们的成绩。和彼得洛夫一样，他也想要有完全的把握，要预防一切可能发生的意外。他迟一点要薇娜没关系，即使她已熟睡，也可以叫醒她，让她知道，因他的警觉，她就会更安全。

"但愿你不会太累吧？"彼得洛夫说着，在助手办公桌对面的椅子里坐下。

"不会的。我想再检查一遍准备工作是有道理的，我们要尽量谨慎些，必须办得万无一失。"

拉辛朝档案柜走去，彼得洛夫说："啊，肯定万无一失，这点我相信，可不知为什么，总想再检查一下。可能我只是想分享一下完成一项工作后的欢乐——在她离开我们之前。"

"离开我们。"彼得洛夫最后一句话又使拉辛感到一阵惊恐。他打开档案柜的抽屉，在里面翻找着，抽出三大本关于第二夫人计划的案卷。

他把档案拿回桌上，放在彼得洛夫面前说："全在这儿。这里有每项备忘录的附本和进展表，关于我们必须做的和已经做的事的记录，包括从克里钦柯批准计划那天起的每周活动记录和特别费用的开支。"

彼得洛夫拿起最上面那本鼓鼓的档案夹放在膝上打开说："我只浏览一下要点，时间不会长，有酒吗？"

"有。但没有冰。"

"冰只能冲淡酒。"拉辛给彼得洛夫和自己倒了杯伏特加，克格勃头子正看着开头的那些文件说，"我还记得我们是从白宫开始的。大多数复制品都是按原样制作，又慢又费钱，真是不容易。"

拉辛拖过椅子，挨着彼得洛夫坐下，从他肩头上瞟着文件说："但很可靠，只要我们得到最后的修订计划和所有最新的照片，我认为进展得很顺利。"他靠回自己的座上，啜着酒。"唯一使我担心的是为了省钱、省时间而按比例缩小的一些房间。我一直担心她走进那些真正的房间时可能会晕头转向。"

"但她坚持说不会有问题。"

"也许不会。"拉辛说。

他们的设计师和建筑师复制了白宫一、二、三楼几乎所有的内部建筑。大楼外观和三面墙壁却很平常（又是因为开支、时间），但南门、椭圆形办公室外面和玫瑰园却仿造得一丝不差。

拉辛又从彼得洛夫肩头望去说："你还可看到我们在华盛顿的间谍人数和提供情报的人数也有了增加。这里的修建在进行时，我们也开始了那边的深入调查。"

一箱箱必需的资料、源源不断的重要情报都汇集到了莫斯科，大部分材料搞起来还比较容易。给薇娜上练声课用的比莉讲话的磁带更多了，也搞到了更多的比莉在白宫和公众中行动的录像带。他们反复地给薇娜放映，让她模仿、练习比莉的面部表情、举止言谈。他们并不满足于这些，越来越多的录音带，并不仅仅是发现和记录第一夫人的音色，还要了解她遣词造句的嗜好及她爱用的修辞手法和重复习惯。

真正的第一夫人的身材变化逐周受到监视。她额头上每添一条新皱纹，每剪一种新发式，甚至最微小的体重增减都被记录在案。远方每有一点变化，莫斯科的薇娜·华维诺娃也随之变化。

第一夫人不为外人所知的身体的其他方面也加以考虑。给她保险的公司遭到秘密侵袭，找到并复制了她的申请表、保险单以防上面留有某些尚未被发现的缺陷或瑕疵；偷窃、收买或复制了她牙齿的记录和 X 光片；白宫医生雷克斯·卡明斯博士的办公室也被光顾，拍下了她的体检记录以获得任何有关慢性病的情况。

经过两人裸体照片的比较，比莉的右下腹上有个极小的伤疤，那是阑尾手术后留下的，解决方法是给薇娜动手术。用手术刀割一条和第一夫人疤痕相同的口子。

说来容易做时难。正要做出决定时，薇娜却不同意。得到总理允许后，彼得洛夫就想全部托出实情。可他又一直拖着，因为他想尽量保持计划的秘密性。但他知道不可能无限期地对薇娜和拉辛隐藏他的真实目的，因为对他俩的要求太多又使他们不了解实情根本办不到。在新摄影棚里复制的白宫完工时，彼得洛夫就决定要告诉他们实情。

一天下午，经过漫长的一天排练后，他们在薇娜私邸的客厅里坐下，各人端着一杯酒。

彼得洛夫对拉辛说道："你知道我们在进行的工作的目的吗？"

"我认为能猜到。"

彼得洛夫转身向着他的女演员说："你猜到了吗？"

"我知道你们不是在拍电影。"她说，"我估计是我不明白的一些克格勃的事情。"

"你猜得差不多。"彼得洛夫说，"现在，你已很深地卷入这项工作——我觉得现在我能信任你了——所以，我现在要告诉你。"

他把整个计划，从最初方案直到眼下的实情毫无保留地告诉了她和拉辛。他承认可能是徒劳，布雷福德夫人在白宫期间可能根本不会执行这项计划，但希望能执行。美苏之间若干重大的对抗正隐隐出现，第二年就可能变成危机。由于那种可能性，他们必须早做准备。

"一旦发生，"他最后说，"你就要临时取代白宫的比莉·布雷福德，当美国的第一夫人。那可是一个女演员从没扮演过的最伟大的角色，当然也是最危险的。"

他对拉辛并不担心，因为拉辛很聪明，除细节外，她可能早已全部猜到了。他担心的是薇娜·华维诺娃。很久前，他曾估量过她的坚韧与忠诚，但程度如何，他还不得而知。现在，他就要知道答案了。

说完了。他预料她会畏缩、皱眉头或表示疑虑。

她平静地坐着，似乎无动于衷。

沉默了一会儿，他说："怎么样，华维诺娃同志？"

"我继续扮演这一角色。我喜欢它，再不会有比这更好的角色了。"

后来她去医院做了手术。

薇娜刚出院，和她身体有关的最后一个邮包也从美国的克格勃特工人员那里姗姗运抵。里面有几样东西——复印的比莉牙齿的 X 光片，她上下齿的石膏印模复制品。克里钦柯总理的牙医把这些资料和薇娜的做了研究、对比。

"吻合和排列得都极像。"牙科医生说，"只有后臼齿。"

"就是后面的牙齿吗？"薇娜问。

"是的。华维诺娃同志的不那么齐整，因此不完全相同。"

"有谁能看到或知道这事？"

"只有牙科医生。"

拉辛掂量着这事。薇娜仅暂时取代比莉，可能不用去看牙科。万一牙痛就只好强忍。如因某种不可预料的原因非看牙科不可，也可去外国医院，而不必在华盛顿，因为比莉的牙医在那里。

"还有别的不同之处？"拉辛问。

"X光片上只有一个地方明显不同。华维诺娃同志的牙齿全是自己的，没有做过任何处理，可布雷福德夫人左下第一、第二前臼齿和第一臼齿是钻过孔后补上的。这是两人牙齿的最明显不同。"

这使拉辛为难了："能让华维诺娃同志这几颗牙和布雷福德夫人的一样吗？"

"钻孔后再补上就行了。"

拉辛不想对薇娜说她必须把三颗好牙补上，也拿不准她的反应。可使他大为宽慰的是薇娜对此表示体谅，愿意合作。现在，她已经对计划入了迷，决心要把角色扮演得天衣无缝。

拉辛在办公室里，坐在彼得洛夫身旁。他边呷酒，边看彼得洛夫翻阅文件，看他一页页翻开，时而点头或微笑，有时还说上几句。于是，所有这些代表计划进程的往事都在脑中浮现出来。

这时拉辛回忆起薇娜已从扮演美国人的苏联女演员变成以美国方式生活和思维的人。她只被允许说英语，穿美国服装（从伦敦莱德伯里那里进口的除外），吃美国食品。早餐喝听装番茄汁，吃从美国买回的盒装脱糖麦片，看头天出版的《纽约时报》《华盛顿邮报》，听有美国旋律的唱片或流行曲。打开闭路电视，也只能看美国的新闻录像、系列幽默片、广播问答和重映的电影。

她被有关比莉·布雷福德的材料淹没了，但头脑清醒。她的悟性高，又聪明勤奋，记忆力特强。她通过吸取比莉本人在初中、高中、大学受的教育来教育自己。她看比莉的测验题、期末试卷、校刊和年鉴。在由苏联演员（他们相信自己在演电影，每个人都干不多久就被调走了）扮演的角色中，她会见第一夫人的老同学、讲师和教授。另外，还摘要地给她讲比莉的直系亲属，她父亲、妹妹、妹夫、外甥和十年前去世的母亲，家中的狗、伯母、伯父及在洛杉矶、丹佛、芝加哥、纽约的非直系亲属。逐渐地简介扩大到了她所喜欢的店主、朋友、过去和现在的熟人。研究范围扩大到丈夫的竞选班子、白宫职员、内阁成员、其他部门的首脑、议员和华盛顿的新闻机构。

但她每天接触最多的还是她丈夫安德鲁·布雷福德的背景、嗜好、偏见、习性及煞费苦心才找到的有关他俩的亲昵关系。

这时拉辛又碰到一个难题，几乎使彼得洛夫放弃这项计划。两年多来，拉辛都在设法了解有关布雷福德夫妇同房的材料。如果薇娜要取代比莉，她必须了解这一点。他俩的行为是怎么回事？可是，尽管派出一批批间谍去发掘线索，拉辛头两年里还是一无所获。随着时间流逝，彼得洛夫开始意识到，没有比莉·布雷福德私生活的这个方面，薇娜就不会有成功的机会，除非纯粹靠运气。可是，要使计划得以施行不能允许有靠运气的余地。

绝望之中，拉辛想设法避免这问题。也许，布雷福德总统遇到车祸，使他一个月内不能与妻子同房。这样，也可能会迫使他推迟会议而和克里钦柯摊牌。这不是办法，只好打消。也许比莉本人遇到不测，三四周内不可能同房。正讨论到这种可能性时，拉辛有了重大突破。

在华盛顿，而且就在白宫里，一个领克格勃高薪的美国间谍从秘书们的闲扯中偷听到，卡明斯医生的那个红头发的年轻护士有时也做总统的情妇。她叫伊莎贝尔·雷恩斯，在马里兰州的贝塞斯达有幢带阳台的小平房（以她的财力是无法问津的）。克格勃马上对她进行了监视，同时开始调查她的过去。很快就搞清楚了：只要第一夫人不在首都，总统总要和伊莎贝尔同床。刚证实这则情报不久，克格勃就搞到了伊莎贝尔以前活动的材料。五年前，她曾在底特律与一个臭名昭著的黑手党头目同居过。这样的话，就该去拜访雷恩斯小姐了。

两名得力的克格勃间谍，是华盛顿苏联使馆的克格勃情报组织成员，一名叫格里辛，一名叫艾尔夫，两人去贝塞斯达彬彬有礼地拜访了伊莎贝尔。谈话进行得很坦率，他们根本不想费神去掩盖公然讹诈的事实。伊莎贝尔由于过去在底特律的秘密已为他们所知，深知对过去的任何一点透露都会葬送她在白宫的美好职位，因此被吓得目瞪口呆。但尽管如此，她对总统夫妇的忠诚仍然坚定不移。不管出价多高，她都绝口不谈。她承认和总统同房过，但只是当总统夫人不在城里，或者最近她因病不能和他同房时才发生的。

格里辛和艾尔夫向莫斯科的拉辛报告了拜访雷恩斯小姐的情况，请示下一步采取什么行动。报告中有一行字引起了拉辛的好奇,也给了他希望,即:"第一夫人近来生病,不能同房。"拉辛立即和华盛顿的间谍联系,叫他们不要暴露伊莎贝尔·雷恩斯,没有命令不要再去找她。

办公室里,拉辛坐在手拿着过去那些报告的彼得洛夫身旁,继续回想着后来发生的事。因为缺乏关于比莉这方面的情报,他越来越感不安,不知道下一步应该怎么走。正在这时,他发现了机会,并且抓住了。在动身参加伦敦最高级会议前几天,总统趁夫人在洛杉矶,又在白宫和伊莎贝尔同房。第二天晚上,总统的一名助手和妓女鬼混时被当场拿获,总统雷厉风行,解除了那名助手的职务。第二天早上的记者招待会上,当被问到那名助手的情况时,总统又就政府中的道德问题,对记者们来了一通说教。

这对莫斯科的拉辛不会没有作用。这一次,伊莎贝尔·雷恩斯会比以前更害怕的。格里辛和艾尔夫应该再次登门造访了。

果然,伊莎贝尔被完全吓住了。如果拒不开口,自己的不道德行为将会公之于众,这就要损害总统形象,也会毁了自己。这次,她终于开口了。虽说不多,只那么一点点,可是完全够用了。总统给伊莎贝尔说过,他妻子有什么毛病,她的妇科医生要她六周内避免同房,直到他能分析判定她的病症为止。

就这样,伊莎贝尔·雷恩斯有口无心地满足了拉辛的要求。三周后薇娜就要扮演第一夫人,她和总统不能同房。

至此,派遣第二夫人的最后一道障碍扫除了。彼得洛夫心潮激荡,拉辛兴高采烈,而薇娜则如释重负。

这一切行动都是在薇娜继续学习、排练的同时,从早到晚有条不紊地进行的。不久,她的工作热情更加狂热,因为在她研究第一夫人过去的人和事时,还必须研究新结识的人和事。长期以来,非洲就是两大世界强国争夺的对象,现在"博恩代"又成了她所熟悉的专有名词。博恩代是中部非洲的一个独立国家，铀矿丰富，美苏两国都需要铀。博恩代是个民主国家，选出的总统叫穆瓦米·基班古，和美国有密切联系。在它的北部边境，有支由莫斯科训练的纳瓦帕上校领导的庞大叛军——人民军——在等待着苏联的命令去占领国家，发动革命接管政权，苏联已准备向叛军提供武器。问题是基班古的政府军已经由美国装备到何种程度。为未来下的赌注很高，不仅因为丰富的铀矿，还有对非洲腹地的控制。

对抗激化时，克里钦柯总理召见彼得洛夫去征求他的意见。听了彼得洛夫的回答后，克里钦柯放心了，于是第一步他提出召开双边最高级会议。抱着和平诚意，他和美国总统各自亲率代表团，在一个中立地点会谈。除了接受这一建议，布雷福德总统别无选择。接着就是技术性问题，最重要的是会议地点的选定。预备会议中常有的争吵开始了。赫尔辛基、日内瓦、维也纳都被提到，但每个地方又被双方以种种理由一一否决。后来，克里钦柯总理提出了惊人而又高明的建议，虽然美国人多年来都是英国的盟友，但苏联近来和大不列颠签订了好几个重要协议，他们的友谊已是空前热烈。为了强调他对英国的信任，同时又打击美国右翼保守派，克里钦柯提议最高级会议在伦敦召开。布雷福德总统猝不及防，无法表示反对，于是地点定在伦敦。布雷福德总统提出了日期，克里钦柯总理立刻表示赞同。

一周之后，几乎是作为补充计划，苏联总理夫人露德米娜·克里钦柯宣布，在伦敦最高级会议之前，她要邀请全世界的妇女领袖在莫斯科召开三天国际妇女会议，议题是——现在和将来的妇女权利问题。尽管比莉·布雷福德对长途旅行和在如此短的时间内要进行的大量活动感到担心，但妇女权利问题却与她关系密切，她找不出能被接受的谢绝的理由，于是首先响应。

在专门为薇娜安排和筹划国际妇女会议的同时，薇娜自己的准备却一点未受会议的影响。对会议本身她将不起作用，此后的伦敦最高级会晤却给她带来大量的额外工作。许多新人物进入了她的生活，有些是假定她已经认识的和她肯定希望见面的或必须了解的人。新的研究项目越发增加，突然之间，薇娜必须要熟悉伦敦——一个对比莉·布雷福德来说是轻车熟路，但对薇娜·华维诺娃来说是初来乍到的城市。英国女王、英国首相达德利·赫顿和夫人佩内洛普·赫顿、外交大臣伊恩·恩斯洛、博恩代总统基班古及博恩代驻英大使赞迪一类新人物的名单都摆在她的面前。

所有这一切塞满了彼得洛夫正在拉辛的办公室里翻阅的文件中。

彼得洛夫拿起三沓档案中最后一沓的最后一张，这是打印的关于九小时前薇娜着装排演的最后备忘录。

彼得洛夫将第三沓案卷放回桌上，接着把杯中剩下的一点点伏特加一口饮干，晃动着那颗大脑袋。"干得真漂亮。我希望三年的辛苦有结果。"他慢慢站起身说，"干得好，拉辛。没有漏洞，一点也没有，我觉得无懈可击。"

"第一夫人明天到——其实是今天。这要由我们安排了，从现在起第二夫人开始行动。好，谢谢你，晚安。"

彼得洛夫走后，拉辛拿起案卷，关好保险柜，合上皮箱。有个念头蓦地掠过脑子。作为无神论者，自从成为苏联公民以来他从没祈祷过，可掠过他脑子的却是在美国时，在母亲的膝头上学会的祷词。那么久远了，这是一句为他心爱的薇娜祈求安全的祷词。

亚历克斯·拉辛赶到莫斯科郊外的高墙大门时，已是凌晨两点二十三分了，两名克格勃夜哨让他进入禁区。他驶过迂回盘绕仿造白宫的砾石路——这将是他最后一次看到它，因为明天一早它就要被推倒——借着淡黄色路灯，他穿过夜幕，向后面那幢正方形的两层木屋驶去。

在前门旁停好车，他从外衣口袋里掏出那把打开幽居处的钥匙（一共三把，第三把在彼得洛夫手里），走进门厅。他穿过起居室，爬上楼梯，轻轻走进卧室。

薇娜给他开着两盏落地灯，一线灯光照着半开的浴室门。卧室宽大、舒适，按美国早期风格摆设。彼得洛夫在陈设上并不吝啬，他对他的明星寄予了莫大的信任。他相信卧室的每样东西都会提醒她是个美国人。

拉辛斜眼一扫那张大号床。

他早就想到她这时一定熟睡了，果然如此。她侧身躺着，光润的脊背正对着他，身上搭了一角毛毯，他能听见她轻柔、匀称的呼吸。

他脱掉鞋子，蹑手蹑脚朝浴室走去，随手关上门。在荧光灯的白光下，他在水槽边看见一张纸条，用铅笔给他写着：

最最心爱的：
　　睡觉之前叫醒我。
　　千万别忘了。
　　我永远爱你。

薇娜

拉辛悄然一笑，慢慢地开始脱衣服。他想起她，想起在彼得洛夫办公室和她的第一次见面，想起那次见面后最初和她相处的日子。

当然，对他来说是一见钟情。至少见到第三四次时就肯定自己是爱上她了。可他刻意不让自己对她的深沉的感情有所流露。

有好多次他都试图分析克制自己的原因，并一再做过这种努力。虽然他认识的女人不少，有些也能令他满足，可没有一个能像薇娜这样拨动他的感情。那些女人大多数都愿奉献很多，但她们不能尽如人意，使他不可能为她们承担严肃的义务。他等着，也许希望在未来。

这时他遇到了薇娜。但从一开始他就无法表达对她的感情。他发觉她对他有着十足的震慑力量：她超凡脱俗的美，她的性感，她的聪颖灵秀、自信从容及她的沉静泰然。还有她女演员的那部分气质注定了他只能从远处欣赏她，再加上这新角色，更使她奇特、宝贵，成为可望而不可即的珍品。

另外，他当初也曾想到自己是否相配。毫无疑问，按外观她能得到任何她想要的男人。她是一尊女神，而他仅是凡夫俗子，即使自己仪表不凡，也只是芸芸众生而已，而她就不是。拉辛继续脱着衣服，在浴镜中看到的自己是：平整的黑发往后梳着，浓密的眉毛，小眼睛，鼻子有点塌，厚嘴唇，一张黑黝黝的脸，三十九岁，身高五英尺十英寸，宽肩、细腰，看书时要戴眼镜。但人是比她更机敏，只是他的活动天地有限，是机器上的一个小齿轮，或许某天会变成大一些的齿轮，但仅此而已。她却前程无量。

但他们在这里相逢，从此形影不离已近两年。

第一年，彼此的日常接触是出于必要，最初的接近也变为亲近。她的生活、她的生存都依赖于他，因为她可以不了解别的任何男人，但必须了解他；同样他可以不了解别的任何女人，却必须了解她。一定要让她成功，因为他爱着她。使他吃惊的是他发觉她也爱着他，两人都知道自己需要对方的是什么。

由于共同的意愿，他们彼此越来越贴近。努力工作一天之后，他不是回办公室或回家，而是逐渐开始流连踟蹰，步行送她回去，陪她进屋，一道喝上一两杯。他们会感到松弛，有时就继续谈论工作，但更多的是谈他们的过去。从一道喝酒自然过渡到共同进餐。随着相互信任的加深，他们已经在谈知心话、谈理想和憧憬了。

没多久，拉辛就了解到薇娜的背景比他想象的还要单纯。她能成为有所成就的演员并不是靠机遇。他看过她的档案，而且记得里面几乎没有关于她对舞台生活有浓厚兴趣和经验的记载。他相信她是两位和戏剧无缘、目不识丁的工厂工人的结晶，是他们听任女儿纵情于当女演员的幻想。

其实正如薇娜所说的，她生来就有当演员的天分。她的外祖母——已退休，至今还健在——风华正茂时常和著名的阿娜·塔娜索娃一道在莫斯科艺术剧院登台演出。虽然她母亲没有这一天赋，却一直是（现在仍然是）剧院常客，而且戏剧知识丰富。薇娜还在儿童时代，母亲就鼓励、支持她对演戏的兴趣。十八岁那年，在外祖母帮助下，薇娜来到莫斯科，在马莱参加表演考试。申请入学的有八百人，但其中只有二十五人被录取，薇娜技压群芳。学习进行了四年——总共六千学时，三分之一时间是在以斯坦尼斯拉夫斯基方法教学的表演技巧班度过的。毕业时，她被派往基辅的演出新剧目的剧团以获得实际演出经验。当各种特别的荣誉一齐拥来时，薇娜脑中还从未有过一丝闪念，某一天她竟会成为马莱剧院或莫斯科艺术剧院的明星，并最终会当上苏维埃社会主义共和国联盟的一名人民艺术家。

彼得洛夫发现她时，正是薇娜第一次对未来感到茫然而备受煎熬的时候。按她的标准，她在基辅已待得太久，而莫斯科还没要她去一显身手，她害怕自己因年轻而被忽视和忘记。正在这节骨眼上，彼得洛夫来了，而且向她发出邀请并提供机会，这种邀请和机会超出了她最为神往的梦想。

拉辛曾大胆问过闯入她生活中的男人，她也开诚布公地承认以前仅有的两次风流韵事。一个是马莱学院黄毛未褪的学员，另一个是基辅剧团的要员，但她对那两人都没有感情的承诺，两人最终都令她失望。男人在她过去的生涯中根本没起过重要作用，她的生命已献给了她的艺术。

事后，他曾纳闷过，是否有男人——或某一个男人——能够成为她生命中有意义的组成部分。

后来证明这是能够的。事情发生得相当自然。在她厨房里，在他们之间存在的柏拉图式关系的第十一个月。她站在炉子旁，手拿煎锅，他在门口讲解比莉·布雷福德角色的某个方面。他走进厨房，经过她身旁，因为步子没有算准，一下撞在她背上。一撞上她，他马上停下脚步向她道歉，戏剧性地吻了一下她裸露的后颈。她把煎锅甩到地上，旋过身子，伸出手，忘情地吻着他的双唇，把他紧紧搂住。

没有谁说出一个字。他们互相搂紧，走出厨房……

以后的好多个月里，他们再也没有长久分开过。

他们本能地保守着秘密，不让彼得洛夫将军知道。

说不定彼得洛夫也知道，拉辛有时这样想。彼得洛夫应该是无所不知的人。即便如此，彼得洛夫也从未说起过。就算他真的知道吧，拉辛常常这样想，也无关紧要。他们的工作甚有成效，只有这个才事关重大。

从美好的回忆回到现实，拉辛看到了自己挂在浴室的衣服和自己赤条条的身子。她说要把她叫醒，而他也想把她叫醒，在她执行任务之前最后和她来一番温存。准备阶段已结束，从凌晨开始，她就是克格勃和政治局的尖兵了。拉辛再不能见到她，直至她返回之前，他只能孑然独处。

拉辛走进卧室，也不去管那两盏打开的灯，只顾爬上床，在她身边躺下。他的重量使她微微一动。

很快就要分别的意识迅速把他俩吸到一块……

终于，她挣脱身子，离开暖烘烘的床去浴室，去冲洗、擦干身子。

再上床坐好后，她从床脚的桌上拿起药丸，就着水一口吞了下去。

"为什么吃安眠药？"他问，"今晚你不用吃。"

"比莉·布雷福德要吃的。"她说着，溜进毯子里，"她总要吃一粒安眠药。我希望我的记忆力比你的好。"从毯子下面，她抓住他的手，"我爱你，亲爱的。"

"我更爱你。保留你的好记性，我要你平安归来。"

"我会的。"

"我们要结婚。"

"对，现在我要睡了。"她顿了一下，"晚安，总统先生。哦，我可以叫你安德鲁吗？"

他俩都笑了。他们知道，这是比莉和她丈夫常开的一个小玩笑。

拉辛凑过去，吻着她说："晚安，我的宝贝。"

她侧身躺着，把毯子拉过双肩，不一会儿就沉入了梦乡。

他躺回身。身体满足了，大脑却警觉、忧虑。躺了一会儿，他又坐起来，跳下床，动身去浴室找外套里的那包香烟。点上一支并关好灯后，他回到起居室，摸到扶手椅边，坐了下去。

他坐在黑暗中沉思。这时他憎恨起这项计划来。他恨自己对她在计划中担任的角色和她的安全所负的责任。什么东西使他参加了这件离奇惊人的事情？

他知道是因为他是半个美国人，这也是今晚使他清醒过来的原因。

直到他爱上薇娜之前，他都没有全力投入这项计划，从不希望这项计划被付诸实行和取得成功。自和她相爱后，他就知道计划必须成功，不能失败。

他准备去严重损害那个他暗中一直热爱着的，诞生了他的国家时，他有理由认为他真正的忠诚必须属于苏联。

拉辛的父亲是苏联人，生于斯维尔德洛夫斯克，是个从奥林匹克比赛明星转业的记者。塔斯社曾派他去华盛顿采访政治新闻。拉辛的母亲则是美国人，生于费城，作为一个宾夕法尼亚国会议员的秘书来到华盛顿。这个苏联记者和美国秘书相逢、相爱并结婚。他们住在弗吉尼亚的一间出租房屋里，拉辛就出生在那里。他在弗吉尼亚上的初中，当过童子军，还在少年棒球队打过球，是全国拼字比赛的候选人。十二岁时，他敬爱的、热情和可爱的母亲去世了。三年之后，他十五岁时，父亲被提职和加薪，回到塔斯社在莫斯科的国内办公室当一名高级编辑。美国使他父亲入迷，但因妻子去世和缺朋少友，他决定回到祖国。这意味着亚历克斯必须陪伴他父亲，离开学校、朋友和他所知道的唯一的家，到一个除父亲外谁也不认识的遥远的国家。十五岁离家，随后被送到全是陌生人的异乡，好几个月他都觉得恐惧和孤单。幸好他能操两种语言，从父亲那里学到的俄语是他的第二母语。因他懂得俄语，也因这是他父亲的祖国，亚历克斯·拉辛终于使自己适应了新的生活。

他曾希望像父亲那样当个新闻记者，后来又觉得能当个历史学家。到了上大学时，他报考了莫斯科国立文史哲学院。读到三年级时，他被克格勃选中了。他的背景和英语知识引起人们的注意，他们需要能讲英语的间谍。克格勃会见了他，选他去受训。父亲也鼓励他去，并提醒他，在苏联克格勃是特殊人物，享有比普通苏联人更多的自由，比普通熟练工的工资高三四倍。拉辛干下去了。他被送到在新西伯利亚那所四层楼的学校。经过紧张训练，毕业时，他在有三百名学员的班上名列前茅。经过在几个省城的见习，他被分配到莫斯科总部，直到如今。

他回忆起一段愉快的插曲。四年前，彼得洛夫命令他作为外国记者驻留美国华盛顿，公开身份为《真理报》代表。除了叫他注意观察外，没有给他下达特别的间谍任务。当然，最终会有任务的，他除了日常报道外，就是等待。拉辛激动了，他的心灵深处早就盼望能回美国，但从没向谁提过，即使是父亲。现在，梦想就要实现了。

从再次踏上美国土地那一时刻起，他心中就充满快乐。从十五岁起，他还从没有如此激动过。他不能呼吸足够的自由空气，于是全力投入工作中。他心中怀着叛逃的负罪感，但他知道，因为父亲生活在莫斯科，他不能走这条路。可他到了美国，决心享受每天的快乐生活。但好景不长，一天早上，也即到美国的第十一个月，他被联邦调查局逮捕，罪名是搞间谍活动，说他企图从一名海军军官那里获取军事机密。他承认曾接近过一名海军军官，想公开了解一些情况，但不是军事秘密，而是为他准备写的小说收集素材。他坚持自己纯属无辜，联邦调查局可不这样想。被监禁几天后，他才明白发生的事情。在莫斯科，美国使馆一名助理秘书因企图支持不同政见者被捕，关进了卢布扬卡监狱。美国政府必须报复，于是拉辛被选作替罪羊。被捕一周后，美国人把他空运到布加勒斯特和那个莫斯科美国使馆的助理秘书作了交换。

重返莫斯科，在克格勃总部他熟悉的办公桌后面坐下之后，这时他才知道父亲在他回国前一天已死于心脏病。愁苦、悲痛一齐袭来。要是父亲早几周去世的话，拉辛可能已经成为美国居民，重新当上了美国人。具有讽刺意味的是，这时他已绝无可能返回故国了，回美国定居的希望化为乌有。他已被定为间谍，被永远驱逐了。

他并不因美国匆忙驱逐他而伤心，那是政治，他只是一名次要的小卒，倒是为支配着他生活的命运而悲苦。但他是现实主义者，他收起想当美国公民的旧梦，投身于克格勃的工作中，完全效忠于苏联。以后的几年里，彼得洛夫逐渐对他看重。

甚至在他遇见薇娜，堕入情网之后，蛰伏的梦想还存留在幻想的形式中。如果哪天美国人赦免和重新接收他，他还能设法使薇娜跟他走。他可以用向中央情报局泄露"第二夫人"计划的照片来讹诈苏联当局，这就能够迫使苏联放走薇娜，他们就可以共享金色美国的欢乐。

今晚一想到这事，幻想变成泡影，而且永无可能。今晚他甚至不希望实现，因为苏联对他不错，又有薇娜在身边做佳偶，这里会成为天堂。目前最关键的是薇娜的安全和他们的团聚。

在黑暗中坐着，他能想象出她安静地躺在床上的模样。几小时后，她就要离开他。如果他的工作干得好，三个星期后她还会再和他一起回到床上；要是他或她有点失误，那他们就将从此永诀。

这整个计划太危险。她不可能从中脱身，谁也不可能。

在冷静清醒的那一瞬间，他发觉它不可能奏效，整个计划必须马上放弃。他想给彼得洛夫打电话去叫醒他，告诉他不可能，告诉他趁现在来得及立即放弃这个计划。

但他更清楚地知道这项计划已使彼得洛夫入迷，他绝不会放弃。

再说，也来不及了。几小时后，美国第一夫人就要起程……

再过几小时，她想她就要起程了。

比莉·布雷福德身穿镶花边的深蓝色透明睡衣，舒舒服服地躺在白宫总统卧室她床上的毯子下面。

她这次不想起程。一般说来，她也是爱旅行的人。新的名胜和声音使她心情振奋，但眼下的莫斯科之行确实太辛苦。那漫长的飞行，纷繁热烈的三天，还有单调枯燥的返程，她简直没有胃口。然后飞到洛杉矶，飞回华盛顿，接着还要飞往伦敦，分享那里强烈的喧闹声。

太紧张了，仅伦敦就足够了，可先去莫斯科就会把以后的安排搞得无法忍受，但莫斯科之行又非去不可。会议主题是妇女权利，而她是个热烈的女权主义者，拒绝参加就意味着舆论大哗，将引起她的支持者的愤慨。再者，安德鲁也要她去。他们正临近第二个选举年，他要在通风良好的屋子里再待四年。他觉得此行既会提高她的形象，也会提高他的形象。

安德鲁说过，今晚回来得迟，他要在椭圆房间会见总参谋长、海军上将里德利和许多助手。可能又是一次关于博恩代问题的会议和关于在伦敦最高级会议如何对付苏联人的辩论。唉，已经很迟了，安德鲁还没回来。她本想等他，以便在明天下午从安德鲁斯空军基地起飞前好好向他道个晚安，可她太疲倦了，等不得太久，最好还是先睡。

她伸手去拿安眠药，连喝了几口清水，把药吞下去。

二十分钟后药才起作用，她不想坐等药物生效，决定再去检查一下开着的行李。大部分衣物是女侍萨拉·基廷打点的，但她最好还是去看看她要用的东西是否都装好了。

她掀开毯子，跳下床，穿上雪白柔软的地跟拖鞋。她从五个打开的皮箱和衣橱前走过，一个个地查看里面的东西。她想起栗色开司米外套和方格花裙，又走进梳妆室找出来，放进箱子装好。接着她想起萨拉总是忘了给她带一些读物。或许她根本没时间去读，因为在飞机上要给盖伊·帕克口授自传，到莫斯科后也会很忙碌，但随身带些书总觉得心安些。她瞟了一眼四本新买的长篇小说、悬念故事、神秘故事的封套，从中选了三本，又看到诺娜留给她的两本关于苏联的非小说类书籍。苏联书还没看，但应该看，至少在这次去莫斯科途中应该浏览一番。她又放下两本小说，拿起两本关于苏联的书放进手提包里。

她一直跪在地板上，起立时觉得有点昏昏然，安眠药在起作用。她好不容易回到床上，随手抓起打印的莫斯科日程表。

她靠在床上，还想看一下表上的安排，但眼前已是一片模糊。她把纸片丢在地板上，蜷伏在毯子下，脑袋深深埋进了枕头。在迷糊之际，她听见开门声，这一定是安德鲁回来了。

她努力睁开眼，拼命使头脑清醒过来。她看见他穿着条纹睡衣，提着一瓶科纳克白兰地。

他在床头凝视着她说："比莉，我把你吵醒了吗？"

"我不……不知……道，我没睡。"

"对不起，要是我把你吵醒的话。"他走到床那边，坐在床沿上喝着白兰地，"真抱歉，太迟了。可博恩代是个大问题，海军上将又喋喋不休、固执已见。为对付克里钦柯做准备，我们太紧张了。我的天，真累人。"

他放下酒杯，关了灯，爬上床来。

她觉得他的脚碰到她了。"唔，脚指头很暖和。"她咕哝地说。

"你感觉怎样？"他问，"去莫斯科准备好了吗？"

"差不多了。"

"要是我不让你去就好了。"

"你真好。"

"嗯，不会有害处。特别在我们和苏联人有许多别的争执时，他们会喜欢你去那里的。"

"但愿如此。"

她感到他柔软的手伸到她胸脯上，头发挨着她的下巴。

"我什么时候才能那样？"他问。

"不会久的了。"

"不能等了。等起来有点那个。"他离开她，"晚安,亲爱的。"

比莉含糊地说："晚安，总统先生。哦，我可以叫你安德鲁吗？"

三

莫斯科，早上七点五十五分。

四个人都在薇娜幽居处的客厅里，椅子靠近她电视机的大屏幕旁。薇娜用发夹把柔长的金发夹在脑后，身穿粉红衬衫和蓝色紧身裤，足登皮凉鞋。彼得洛夫将军身穿旧式深蓝色西装，紧靠她右边坐着。他胸脯宽厚，肚子凸出，紧紧扣着的外套实在显得太小。他那双又小又亮的眼睛凝视着空空的电视屏幕。他的身旁坐着助手朱克上校和他在政治局里最好的朋友加拉宁。彼得洛夫扫了一眼他戴的黑色日本表说："她到了，打开电视。"

朱克上校一跃而起，走到电视机旁，转动旋钮，并等待图像出现。图像逐渐展开，阴森森的天幕下，模糊地现出旗杆上微微飘动的苏美两国国旗。朱克急忙调试图像，开大音量。声音较轻，正用俄语宣布从华盛顿来的美国官方代表团已在乌拉科夫机场降落。飞机离开跑道后开向候机厅。第一夫人下飞机后，要举行简短的欢迎仪式，然后，贵宾将由汽车护送，行驶二十八公里进入莫斯科。

朱克回到椅子坐下，屏幕上映出另一幅图像。那是女主人和随员正眺望前方，显然在等待"空军一号"飞机出现。

薇娜身子前倾，认出了总理夫人露德米娜·克里钦柯。她是个端庄的女人，宽胸脯，灰头发，外貌像个退休的女中音歌剧演员。在镜头转向亚历克斯·拉辛前，薇娜总盯着他。拉辛穿着棕色衣服，很富有男子气，英俊动人。薇娜很难忍

65

住自己欢愉的微笑。

彼得洛夫从口袋里抽出一支雪茄，因为全神贯注在看电视，他不在意地剥着包装纸。一架巨大的、漆有星条旗的喷气机进入了视野。飞机隆隆开过，随后停下。机场人员把活动金属舷梯和飞机的安全门接好。

舱门慢慢开启。开门时，一支屏幕上没有映出的乐队奏起了美国国歌。

薇娜的身子更向前倾，彼得洛夫则眯起眼睛看。一个运动员样的小伙子出现在机舱门口，抬腿走下舷梯，身后紧跟着两个美国人。

"她的特工人员。"薇娜用英语说，"第一个叫范·阿克，另一个叫麦金蒂。"

"他们后面的那个女人呢？"彼得洛夫问。

"她的新闻秘书，诺娜·贾德森。"薇娜回答。

"对。那高个子男人是谁？"

"盖伊·帕克。"

"啊，中央情报局特务。"彼得洛夫说着，露出一丝笑意。

朱克上校踌躇地开了口："我们不知道这事，我们只知他是帮助布雷福德夫人写书的作家。"

"中央情报局的。"彼得洛夫吸着雪茄，咕哝地说。

薇娜专注地盯着电视屏幕，她看着诺娜·贾德森和盖伊·帕克走下活动舷梯，一条红地毯已在舷梯前展开。她已多次看过这两人的各式各样的照片，但现在他们真的出现了，这使她有点畏惧。

"她来了！"彼得洛夫大声说，伸直了身躯，"看见了吗？比莉·布雷福德，第一夫人。"

薇娜的双眼像要穿透屏幕似的盯着第一夫人娉娉婷婷地

走下舷梯。她高个儿，端庄又娟秀，淡黄色头发泛着光泽，挽成一个玲珑的髻。那张端庄美丽的面庞轮廓精美，雪白的耳环和特大号太阳镜的雪白的镜框配得珠联璧合，徐徐微风把蝉翼般印花薄纱外衣紧贴在她曲线分明的肌体上。

瞪着那个她了解得比自己还清楚的女人，薇娜舒展的眉毛皱成一团。她的沉着立刻崩溃了。比莉·布雷福德美貌惊人，闻名世界，名不虚传。她无与伦比。世界上不会有人相信还会有另一个比莉·布雷福德。薇娜觉得喉咙在阵阵发紧，近三年来，薇娜第一次感到疑惧和怯场。

"她太美了。"薇娜急急地说。

彼得洛夫已把凝视的目光从屏幕上的比莉·布雷福德转向了身旁的薇娜·华维诺娃，审视着她。

"太美了？"他重复道，用他毛茸茸的手捏住薇娜精巧的手，"并不比你美，亲爱的。"

薇娜眼光不离屏幕地说："我真的像她？"话中带有惊愕。

彼得洛夫指指她前面说："那儿有镜子。"

薇娜的目光随着他的手指移向壁镜，她观察着自己映在镜中的面庞。她觉得这时的她不是比莉·布雷福德，而完全是她所知的女演员，基辅来的薇娜·华维诺娃。她又回头望着屏幕，比莉·布雷福德正从一名儿童手中接过一束红剑兰。

美国驻苏联大使奥蒂斯·杨德尔，一个高大、阔气、穿着华丽的男人，迈上红地毯去迎接总统夫人，在她面颊上印上一个吻。他挽住比莉的手臂，领她朝那群苏联人走去，他把她介绍给总理夫人露德米娜·克里钦柯。当亚历克斯·拉辛给她们翻译时，两个名女人握起手。露德米娜喋喋不休地对比莉说个不停。拉辛立即把她的话给美国总统夫人译成英语。

　　一会儿，亚历克斯就领着比莉·布雷福德来到那群苏联显贵面前。他把俄语的问候、谈论给总统夫人译成英语，又把她的回答从英语译成俄语。亚历克斯领着比莉在这群人中周旋时，用手拉着她的前臂，翻译时低头凑近她的耳朵。

　　目光随着他们的形象在屏幕上移动，薇娜嫉妒得心痛。她的心上人和世界上最美、最撩人的女人在一起，而且挨得那么近，以后几周甚至更近。他可能把两人混淆——甚至宁要比莉，不要她。

　　薇娜又回身对镜子再看一下自己的脸，意识到自己的这一切想象都是可笑的。如果比莉是世上最美、最撩人的女人，那她同样如此。亚历克斯现在所面对的仅是她的化身，她转过身，放下心来。

　　薇娜轻松了些，又聚精会神地盯着电视屏幕。比莉已由亚历克斯领到一排麦克风前。她用英语亲切地说她一直很想访问莫斯科，到了这里很激动地盼望和其他国家的妇女领袖就妇女权利的进展问题进行讨论。这一切很奇怪，薇娜想，那女人像是一直在模仿自己的一颦一笑、举止言谈。

　　美国总统夫人和苏联总理夫人由人领着朝汽车走去，两辆黄色警车和四名戴头盔、穿灰制服的摩托警卫分列两旁。薇娜简直看得入了迷。

　　当比莉·布雷福德消失在汽车里时，薇娜转身想对彼得洛夫说什么。她惊奇地发现，他正定睛看着她。

　　彼得洛夫朝电视屏幕点点头。"她使你害怕了吗？"他问得平平静静。

　　薇娜干脆利落地回答："不，绝对没有，那个骗子是谁？我才是第一夫人。"

　　彼得洛夫朗声一笑说："好，很好。千万别忘了。"

"我不会忘记。"薇娜说。她看得出来，彼得洛夫知道她不是说着玩的。

三重门是通往围墙环绕的克里姆林宫的入口，不远处，坐落着极为现代化的议会宫。宫中巨大的中心礼堂里，苏联的第一夫人露德米娜·克里钦柯站在讲坛上，正在向来自九十个国家的两千名妇女代表及代表团致开幕词。

这是国际妇女会议进行的第三天，也是最后一天。作为成员之一的比莉·布雷福德感到非常高兴。

她坐在第二排中央，疲惫不堪，但竭力做出专注的样子。她戴着耳机，里面的声音把克里钦柯夫人的闭幕词同步译成了英语。她身边是奥蒂斯·杨德尔大使和礼宾官员弗雷德·威利斯；另一边坐着亚历克斯·拉辛、诺娜·贾德森及盖伊·帕克。前后则坐着特工人员范·阿克和麦金蒂。下午会议刚开始时，她没戴耳机。由于七千多个喇叭全都暗装在礼堂四周，传出的声音嗡嗡作响。她宁愿让中意的翻译和导游亚历克斯·拉辛为她翻译。但当法国、德国和西班牙代表团团长登上讲坛时，拉辛就无能为力了，她于是只好重新戴上耳机。

她试图集中注意力听克里钦柯夫人的总结——关于妇女对世界及其未来所起作用的结论和建议——可脑子却已迷迷糊糊，难以集中了。

有条腿觉得麻木，她挪动一下，伸手进行按摩。她觉得骨头有些发酸。她自己是倒数第二名发言者，宣读一份关于过去十年来妇女权利在美国的进展的报告。快结束时声音已变得沙哑刺耳，可因言之有理、论据充分，她走下讲坛时，还是获得了热烈的掌声。

总的来说，国际会议正和她所预料的一样，主要问题上都不得解决。其中的议题及所讨论的各种问题听来感人至深，但三天会议期间，很少得到正面处理。大部分妇女代表都像商会傀儡那样对待自己的任务。会议和苏联安排的会下活动都令人乏味，甚至厌烦。另外，和许许多多到过苏联的旅游者一样，她觉得恍如隔世，总感到孤独难耐。而且，离开了安德鲁，她感到脆弱、空虚。她还从没这样想念过安德鲁，一回旅馆就耐不住给他打电话。

克里钦柯夫人的话太单调，而拉辛的快速翻译在耳边嗡嗡直响，她想竭力躲开这些声音，脑子里回忆起过去三天发生的事。到莫斯科的第一个上午，在罗西娅饭店的专用房间住下后，她曾想休息，也许还可继续和帕克讲写书的材料。飞来莫斯科途中，她没能像计划的那样给他那么多时间。抵达之后，几乎来不及洗澡、换衣，就被过分热情的主人从饭店请出去，旋风似的去城里观光。直到现在连想回忆一下那些万花筒般的景象的念头都使人头痛——红场上的列宁墓和圣巴兹尔墓；暗红色的克里姆林宫墙及十九座塔楼；围绕五座大教堂和四个礼拜堂的大门和两个广场；然后是特雷蒂亚柯夫美术馆，普希金博物馆，马克思、恩格斯博物馆，苏联经济成就展览，高尔基公园——全都心急火燎，一个地方最多待半小时。从那时起就头晕目眩至今。而且，那天沿途（她记不起时间了）还参观了模范保育中心医院和时装展览。人们都很友好、殷勤和诚挚，领导人也是这样，不过他们的真挚很值得怀疑，但确实到处都是笑脸。第一天的黄昏，就在这个礼堂里，她和其他代表会了面，欢迎的话没完没了。苏联妇女和她们在平等方面取得的进展的纪录片平淡无味。花了点时间吃晚餐后，四十个国家的代表就各自国家妇女地位问题做简要报告，一直持续到深夜。

第二天上午报告更多，下午和晚上又是关于选举自由、就业和性别平等那一类问题的无数个小组会和讨论会。第三天，也即今天上午，二十个国家的代表各自就自己对未来发展的希望做报告。下午，八个主要国家就妇女权利的未来做了长篇声明。现在，克里钦柯夫人正在用她的发言结束这次会议。

谢天谢地，今晚就是告别宴会，宴会一完，比莉就可以安心睡觉了。但她不快地意识到这个觉不会安稳。明天她又要飞回华盛顿，接着去洛杉矶就这次会议作报告。然后又要和丈夫一道去伦敦参加最高级会议。太紧张了，她的脑细胞失常了。她真怀疑身上还有哪条肌肉不酸痛。

她开始觉得耳中一片沉静。周围的人，全会场的人，都站起来鼓掌。克里钦柯夫人讲完后，比莉也觉得差不多了。她把耳机放在一边，也站起来鼓掌。

一会儿，她就朝过道走去，两个苏联保安人员领着她和她身后的特工。有四五次，她都被那些想叫她签名的妇女代表搞得无法脱身，她只得满足她们的要求。走进休息室，摄影师们又跟着跑过来，闪光灯闪个不停。

一个莽撞的中年妇女，一望而知是个印度记者，挤到她面前大声说："你为什么要穿那种透明衣服来和歧视女性者打交道？"比莉忍住火气，挤出笑容回敬道："因为我要男人看着我——不仅看作是和他们平等的人，而且还是个女人。"

外面，四级台阶的卵石街沿边，两辆黑色八汽缸的小汽车正等着他们。第一辆汽车的司机打开后门，比莉犹豫了一下，转身面对聚集在她四周的随行人员。

"我们的时间怎么安排的，诺娜？我想去商店买点纪念品。"

诺娜看了一下表，抬头说："时间不长，你可用一个小时。"

"那我们去吧。"比莉说，"过几天我就要回洛杉矶，应该给家里买点东西。"她又对翻译说："我应该去哪里，拉辛先生？"

"我建议去最近的伯尔扬斯卡商店，是外国人去的国营商店，可以用外币。那里的东西最好——皮货、手工切割的水晶、手工漆的盒子和酒。"

比莉皱着鼻子说："那只是对外国人，我要去看看苏联人自己能去的地方。"

"啊，那就到橡树商店吧，是国营商店。"拉辛说，"穿过红场就是。街两旁足有上千家商店，但你找不到多少有购买价值的东西，无非是衣料、厨房用具、儿童玩具等，需要卢布。"

"没问题。"杨德尔大声说。

"苏联人去那里吗？"比莉问。

"啊，当然。"拉辛肯定地说。

"那我要去看看。"

"让我给商店经理打个电话，他可以为你办快一点。他的英语很好。你们走吧，我马上来。"拉辛转身，快步朝休息室走去。

十分钟后，他回来了，和杨德尔大使、盖伊·帕克坐在第二辆汽车后排。拉辛指着挡风玻璃那边说："他们在那儿等我们呢，停车场就在他们背后。"

比莉·布雷福德的车停在螺旋形、用大理石和花岗石砌成的三层百货商店入口处。第二辆车还未停，拉辛就打开后门跳了下去，差点跌倒。"我叫经理来。"他回头说道。

没几分钟，拉辛就抓着胖经理的手腕，推着他来到正等在第一辆车旁的比莉等人身边。拉辛把经理介绍给比莉·布雷福德，接着又介绍给杨德尔大使、贾德森小姐和帕克先生。经理依次向每个人鞠躬致礼。

"不胜荣幸，不胜荣幸。请进，我给诸位带路。"

比莉对诺娜等人说："诺娜，你愿意去吗？至于别人，就在这里等着，逛商店只会累坏你们的，而且，我不想太招人注目。"

"我最好和你一道去。"杨德尔大使说着，随身跟在比莉后面。

拉辛和帕克留在车旁，望着他们走进橡树商店。

拉辛朝帕克说道："来散散步，抽支烟怎么样？"

"这主意不错。"帕克答道。

"我们不走远，"拉辛边说边走，"只在商店前面随便走走。"

他递给帕克一支香烟，自己也取了一支后，用打火机点燃。

足有一分钟，两人都没吭声。结果还是帕克先打破沉默："你说的不是英国英语，而是美国英语。是在哪儿学的？"

"美国。我曾在弗吉尼亚待过。"

"真的吗？出人意料。你显得很——很像苏联人。"

"我是苏联人，是半个苏联人，我父亲是。母亲是美国人，宾夕法尼亚的。我——嗯，我不想给你唠叨这些。"

"不，我很有兴趣。"帕克说。

"你会遗憾的。"拉辛认真地笑着说，又讲了些他父母的背景，自己在美国的成长和编造的同父亲回苏联的事。他没有提受训和在克格勃的工作。他说他是专职的政府翻译。

"就这些，你全知道了。"

帕克点点头，他们还在踱着步。他又接过拉辛递的烟和火。"奇怪，"他说，"你的有些情况我觉得很熟悉，我可能敢发誓在美国见到过你。但又不可能，因为你十五岁就走了。"

拉辛决定告诉他。"不是不可能，"他说，"我忘了告诉你，四五年前我又回美国过了一段时间。"

"旅游吗？"

"《真理报》驻华盛顿记者。"

"哦，那就可能是了，"帕克说，"我们可能见过面。在我成为布雷福德总统的演讲撰稿人前，我有几个月在美联社华盛顿办事处，断断续续地采访白宫，我们可能在新闻发布会上彼此见过面。"

"很可能。"拉辛赞同道。

"你喜欢在华盛顿的工作吗？"

"喜欢。"

"为什么走了呢？"

拉辛决心不失时机。"我不是走的，是被驱逐的。"

帕克停下步子说："你是被驱逐的？"

"是。处分我很轻率。你们莫斯科使馆的一个人勾结持不同政见者而被逮捕。你们的政府决心报复，于是，莫名其妙地我成了无辜的牺牲品。我受到某些荒谬的指控，被捕了。接着又和你们的那人交换，回到了莫斯科。在美国我恐怕是不受欢迎的人啰。"他摇摇头，"太糟了，我总把美国当作我的第一故乡。我生在那里，我爱它。现在恐怕永远不能再见到它了。"

"我真抱歉。"

拉辛根本搞不清到底是什么东西驱使他说出了后面的话，他以为自己已经埋葬了自己的梦幻。可这时和一名接近第一夫人，接近总统的美国官员在一起，他的希望又在复活。说不定他和薇娜的希望将来某一天能实现呢！"但愿那边有了解真情的人，也许能有助于取消对我的禁令，那可就好了，但我以为是不可能的事。"最后这句话是个哑题，帕克没有做出答复。当他们又迈步时，帕克耸了耸肩说："谁知道会发生些什么事？你不可能知道。说不定政治气候会起变化，禁令会被取消。"

"假如真有变化，"拉辛说，"那时你还记住我的话，我将感谢你，你联系很广，几句话我就受用不尽了。但我喜欢这儿的处境，我很愉快。要是知道我还能看看美国，那也是件好事。"

"我会记在心里的，"帕克允诺道，"但你知道，现在还不是那种时候。我们两国间的气候还不是最好的。如果现在比较好的话，下周就没有在伦敦开最高级会议的必要了。但将来呢？最高级会议能带来什么，谁说得清？我会为你留意的。"

"不会忘记吧？"拉辛热切地说。

"我不会忘。"

"感谢你了，"拉辛说，"我知道我要说的话很可笑，但如果我能回报你，为你尽点微力的话，我将乐于效劳。我承认，我不是很重要的人物，但我也有些有用的关系。"

"谢谢你，"帕克笑了笑，"我可能打电话给你——哪一天要一箱你们的伏特加。"

拉辛没有笑。"可以试试。"他说。

帕克指着商店入口说："那不是布雷福德夫人吗？"

拉辛瞥了一眼说："是的。她好像找到要买的东西了。"

比莉·布雷福德已和橡树商店的经理出现在门口，两人都提着塑料购货袋。诺娜·贾德森也抱着一包，杨德尔大使紧跟在后。

"最好我们去接一下他们。"帕克动身走去。

仍是思绪翻滚的拉辛跟在他身后。向美国人讲了心里话，是否做得不对或是轻率从事？万一他对美国的爱和想去那里的愿望传到彼得洛夫耳中，他会怎么样呢？

但他很快意识到这不可能。显然，盖伊·帕克并没认真对待他说的事。那仅是姿态，和所有的美国人一样，他是出于礼貌。

确实不会碍事的，拉辛思量着。美国之梦只是对自己青春的怀恋。现在他已成人，对他来说，只有一件事才重要。

他看见第一夫人比莉·布雷福德钻进了汽车，他眼前出现的却是薇娜·华维诺娃。

这才事关重大。薇娜要平安回到他怀中。

莫斯科，夜幕低垂。但灯光通明透亮的克里姆林宫里，活动仍持续不断。特别是苏联元帅、最高苏维埃主席团主席、共产党总书记、总理德米特里·克里钦柯那间宽大通风的办公室。

总理办公室，贴着白绸墙纸的四面墙上只有两件装饰品——一幅带镜框的马克思像和一幅同样带镜框的列宁像。房屋正中的枝形玻璃吊灯下放着一张盖了绿色桌面的会议桌。六角形办公室一角摆着总理的L形办公桌。桌上没有小饰物和别的什么设备，只放着三部白色电话、一个按钮式号码台。绿色书桌面上放有一本翻开的打印简要记事本、一架方形铜钟、一支钢笔、墨水池和一本日历。桌前有一把深棕色按钮复位皮椅。

此时此刻，克里钦柯总理一动不动地坐在椅子里，手摸胡须，透过无框眼镜，看着四周的助手。他对面坐着朱可夫斯基将军、朱克上校、政治局委员加拉宁和乌姆亚珂夫，还有两个非洲问题专家，他们膝头上放着记事本。

"好吧，"克里钦柯总理说，"我很欣赏你们的建议。既然现在没有分歧了，那我就来总结一下去参加伦敦最高级会议之前我的立场和美国的立场。"

他靠回皮转椅，取下无框眼镜，闭上眼，接着说下去：

"博恩代，"他拉长声音，"到目前为止还是中非南部一个三千万人口、无关紧要的国家。但一年前它受到重视。大量的铀矿被发现，并得到开采。苏美都需要铀。穆瓦米·基班古，博恩代的总统，实际上是美国的傀儡，为了保持其表面的中立，对应该卖给我们的铀规定了限额。同时，卖给美国的却是卖给我们的三倍之多。这种状况不能容忍。

"我们知道，基班古领导的政府缺乏可靠的群众支持。他的政府是靠美国支持的假民主政体；另一方面，纳瓦帕上校领导的人民反抗地下军却保证忠于共产主义原理。我们和纳瓦帕上校的联系很密切，他已通知我们，他已做好推翻美国傀儡政府的准备。背景情况就是这样。

克里钦柯总理睁开眼，手指晃动着眼镜。

"我们目前的形势就是如此。"他继续道，"纳瓦帕上校有取得成功的必要的人力，但他没有确保胜利的先进武器；另一方面，基班古总统宣称已用美国提供的军火、用那些最新式武器有力地装备起来了。他还声称已和美国签订了条约，当他的政府受到威胁时，美国将向他提供补充武器。这样，我们面对着一个重大问题，即基班古总统所说的是否确实？另有些次要的问题，如他的政府军已用美国武器完全装备起来没有？如果反抗力量真的进攻，基班古能从布雷福德总统那里得到帮助吗？

"如果基班古所言确实，政府军不用吹灰之力就能粉碎纳瓦帕。这样一来，我们就不敢从埃塞俄比亚给反抗力量空运武器，没有我们，纳瓦帕就别指望向前挺进。但要是政府的声明不实，要是美国没有加强他们的防卫，要是紧急状况下美国不增援他们，那优势在我们这里，我们就可向纳瓦帕急运足够的补给、技术人员和顾问，使他在一周内就能接管博恩代。纳瓦帕将领导这个国家，我们就能得到所需的全部铀。博恩代对美国的铀出口就会被切断，我们的核地位就会得到加强，获得对资本主义的优势。"

桌子对面那几个人都点头赞同。克里钦柯总理并不理会，只顾说下去：

"这就是我们参加伦敦最高级会议的原因。我们在这方面的情报人员不能肯定博恩代政府的力量。同时，布雷福德总统的中央情报局也无法了解反政府的力量。所以，我们都相持不下。敌人是想维持现状来掠夺博恩代的财富，我们却更喜欢用战争来解救博恩代人民。我们决定在最高级会议上打破和美国的僵局。我们了解布雷福德总统的计划，他会向我们提出我们能接受、签字的条约。他不仅维持博恩代现状，而且维持全非洲的现状，这是一项宣称外国不对非洲进行进一步干涉、不向任何非洲国家输出武器的条约。对这一计划中的条约我们如何考虑？万一美国过去和将来对博恩代的支持是虚张声势，而我们又无法证实，那签订条约对他们来说就是精明、重要的胜利了。如果我们事先能知道美国是在讹诈，那就可以拒绝条约，示意纳瓦帕进攻，我们就能占有博恩代和它的铀矿，获得目前逐步控制非洲的最佳立足点。

"我们如何在最高级会议上立于不败之地？我们如果没有拥有能确保重大胜利的一件秘密武器，那就不可能赢得最高级会议。"

克里钦柯总理的椅子嘎嘎直响。他坐直身子，扶正鼻梁上的眼镜。

"先生们，你们有几位已看到了我们秘密武器的研制，而现在大家也都听说了。这种武器将会侦察出布雷福德总统的实情，暴露美国的真实立场及博恩代的真实力量与弱点。一旦我们确知实情，就能知道在最高级会议上如何采取行动。先生们，我要你们大家都来看看发射之前处于充分准备状态的秘密武器。"

他从办公桌上抬起手，食指一按电铃，凝视着通往接待室的那扇门，所有人的脑袋都随着他的目光转过去。

门一转就开了。彼得洛夫将军神情严肃地走了进来。他跨向一边，向后一摆手势。

她出现了，款款穿过门，朝总理办公桌走来。

她扬起头，身姿挺直。灰棕色丝罩衫裁剪得很短，领口开在胸脯正中，金链上挂个小巧玲珑的金质纪念章。棕色喇叭裙轻柔飘逸，金发浓密，光润平滑。大大的蓝宝石般的眼睛晶莹闪亮。笔挺的鼻子下，红宝石般的朱唇上挂着一丝若现若隐的微笑。她线条分明的身体轻轻地移过来。

她从站在办公桌旁的那群人前走过，直趋办公桌后的那位主人。她伸出手来，他很快站起，庄严地握住。

"克里钦柯总理，"她开口说话了，"我终于荣幸地见到了你。我是比莉·布雷福德，我的丈夫，美利坚合众国总统，要我转达他热烈的问候。"

总理淡淡一笑，算是作答。"了不起。"他拉住她一只手，向她指着自己的助手。就连那些以前见过她的人也目不转睛地望着她。别的人看得目瞪口呆。

"对感到迷惑的人来说，这是可以理解的，对别的人，这就是完美的产品。先生们，欢迎苏联最伟大的女演员薇娜·华维诺娃同志。……彼得洛夫，给她拿张椅子来。你们大家都坐下。"等薇娜坐下后，他也在自己的椅子里坐下，对同事们说道："虽然你们多少知道了我们正在计划的事，但我并不认为你们大多数人都相信这事的真实性。但这是真的，她也是真的，你们可亲眼看看。"

老将军朱可夫斯基无法把眼光从她身上移开。"令人吃惊，"他咕哝着，"是的，以前我知道你们在干什么，但是我怀疑。"他晃着头，"现在我相信了。"

总理显出高兴的样子，身旁的彼得洛夫也是那样。

"这就是我们的秘密武器，"总理说，"是下周参加最高级会议时我们的力量。她的发现会给我们带来胜利。"他回过头，"辉煌的成果，彼得洛夫。"

"谢谢您。"

克里钦柯总理把目光转向薇娜。

"那么说，你已准备就绪了，第一夫人？"

"是的，总理。"

"你有信心吗？"

"绝对有。"

"那我就放心了。"总理说，"苏联的未来，世界力量平衡的未来，都已压在你的肩上了。"

"我完全知道，总理。"薇娜·华维诺娃说。

立刻，总理现出关切的神情说："也许我允许这项计划是愚蠢的，危险很多，只要有一丝错误，我们就会失败。"

薇娜·华维诺娃点点头说："克里钦柯总理，相信我不会出错，一点不会。我会完成任务。"

"那么，我们也会的。"他站起来，再次伸出手说，"祝你好运，布雷福德夫人。请转达我对总统的问候。"

比莉·布雷福德虽然很累，但不得不承认宴会情景热烈感人。

　　克里姆林宫令人目眩的圣·乔治大厅里沿墙摆开四张餐桌，她和她的代表团被安排在靠近中心的那一席。她坐在翻译亚历克斯·拉辛和美国大使奥蒂斯·杨德尔之间。他们两边的镀金椅子上坐着诺娜·贾德森和盖伊·帕克，以及礼宾司长弗雷德·威利斯。

　　她曾被告知，这间沙皇大厅长达二百英尺，宽六十英尺。十八根螺旋形镀锌圆柱支撑着挂有六盏巨型镀金枝形吊灯的穹状屋顶，三千盏灯明晃晃地照着大厅中央正方形镶花地板。三四个小时前，当告别宴会开始时，就是在这里由博尔肖伊剧团的演员演出了三部芭蕾舞的片断。

　　比莉抬头望望包厢，管弦乐团正在那里演奏著名的百老汇乐剧中轻快的混合曲。

　　穿白制服的侍者取走了她面前几乎还未动的牛肉片盘子和还剩一半摩尔达维亚红酒的酒杯，于是她的注意力又被吸引回桌上。比莉不知是何时，她估计已近午夜。现在因牛肉盘已移开，她知道该上甜食了，没完没了的白天和夜晚也该结束了。

　　尽管在墨西哥城、巴黎、罗马和白宫的国宴上，她品尝过好多异国风味的美餐，却从来也没拼命享用过像今晚这样的美味。她努力想记起第一道菜，然后一道道都记起。我的天，第一道是鲜鱼子酱和伏特加、鱼松、鱼冻，接着是伴有莳萝腌菜的鹿肉、色拉，这还仅仅是第一道菜。然后是有炸肉丸的野鸭汤，接着是一种类似冷啤酒的什么汤。再下面是烘白鲑鱼、小鲟鱼和加乔治亚白酒的苏联鲟鱼，随后又上牛肉片。她每样只吃了一半才没被撑死，但还有甜食要上。她要把它们记住，回去告诉安德鲁，白宫的宴会太寒酸了。

　　一想起丈夫，她记起晚餐前没给他打通电话的烦恼事。

换上晚礼服时，她就给白宫打电话要找安德鲁，可找到的是他的私人秘书多洛丝·马丁。她得知安德鲁在开内阁会议，留下话说不要打扰他，比莉失望了。她渴望和他谈话，打发孤独和疲劳。马丁小姐问她，是否需要总统给她打个电话回来，她回答说当然需要，因为半夜时她会回到饭店的。

她的思路又被侍者打断。他正把一杯草莓冰激凌摆到她面前，旁边还放上一盘水果，她的咖啡杯已斟满。接着，她看见他正把香槟倒入水晶玻璃杯。她想制止——她讨厌香槟，可已迟了，快要到杯沿了。

她发觉所有的脑袋都朝离她十来张座位的中心餐桌转去，有个男人的身影站起来向人们高举起香槟酒杯。她惊奇地认出，原来是总理克里钦柯。刚才他的椅子还是空着的，只有他的夫人在主持。显然他是刚到，正用俄语在祝酒。亚历克斯·拉辛在低声翻译时，比莉觉得他呼吸的气息都吹到她耳朵里了。总理在祝各国妇女取得成功，祝她们都有工作，和她们的丈夫会有孩子。他的玩笑引起一阵大笑。接着他认真地祝即将到来的伦敦最高级会议将带来地球上永久的和平。

比莉看见大家都站起来干杯，她也赶快起身，举起香槟，勉强地凑到唇边啜了点，扮个苦相。她发觉拉辛正注视她，于是说道："我干不完，我讨厌这东西。"

拉辛弯腰对她低声说："请干吧，夫人，您一定得干。不干可就违礼啦，特别是您。"

她无可奈何地转向一直在听讲话的杨德尔大使，他点了点头。她又把目光越过大使去注视诺娜·贾德森。诺娜和她一样讨厌香槟，正皱眉把自己那杯往下吞。比莉耸耸肩后闭上眼，把酒杯举到唇边，几口咽了下去，比平时更苦。她咳嗽了好几声，终于她放下空杯坐下来，庆幸祝酒结束。

扩音器在用俄语宣布什么，拉辛忙着翻译。晚会将以苏联妇女的表演终场。

灯光转暗。聚光灯一齐射向大厅正中的芭蕾剧团，他们准备好再演二十分钟令人难忘的芭蕾小品。

不顾疲劳厌倦，比莉还是努力全神贯注地看着在地板上旋脚、转体、跳跃的演员。慢慢地她感到身体的疲乏愈发沉重，几乎要把她压倒了，身子也开始下沉。一意识到这点，她又赶快振作精神，用模糊的目光看着演员的特技动作。刚开始打盹，比莉便听见音乐停了，聚光灯也慢慢转暗、熄灭。大厅里的人都在鼓掌，比莉也想鼓，可手掌老拍不到一起。晚会完了，她觉得宽慰，把椅子推回去想站起来，可拉辛的手轻轻把她拉开。

"布雷福德夫人，请别动，"他小声说，"还有个表演，是我们的女子体操世界冠军表演。"

比莉傻乎乎地笑了笑。聚光灯又转亮，照出地板上的平衡木和各种其他体操设备。苏联的女体操运动员身穿紧身运动衣走出来。她们都很年轻，像一只只小鸟。和着雷鸣般的喝彩声，她们如阵阵轻风般蹦跳和翻滚，在平衡木上旋转。

优雅的常规体操动作在进行，比莉也努力想集中注意力，但又做不到。地板上的六个人变成了十二个，接着又颤动地变成十八个，甚至更多。她揉着双眼想看得更清楚些，谁知连整个表演都不见了，眼睛黏糊糊地闭了起来，脑袋无力地垂向一边。

后来记得的就是有人把她摇醒了。杨德尔大使抓住她的肩膀，大厅里已是灯火通明。

"走吧，布雷福德夫人，"大使说，"该回饭店睡觉了。"

他扶住她的胳膊，帮她站起身。

"睡觉，"她含混不清、喉音沉重地咕哝道，"我是……肯定……我必须睡觉了。"

她挤在蜂拥而出的人群中，她的特工人员和克格勃卫兵护卫着她步步前移。

她不知道诺娜现在在哪里，她是否也这样睡眼蒙眬了。她跌倒了，但又被有力的手扶了起来。

她心里在想，拥抱我吧，亲爱的睡神，快来拥抱我。

他们跨出电梯，走进罗西娅饭店的三楼走廊。

下汽车进饭店时，比莉已清醒过来。从门口进厅里时，有一阵她还觉得体力已经恢复。可现在，迈进走廊，慢慢朝自己房间走时，她又觉得脑子迷迷糊糊，四肢也几乎麻木了。

值夜班的特工人员奥利芬特和厄普丘奇分别在她两边，一人抓住她一条胳膊。每当她显出要跌倒的样子，他俩扶她的手也随着用一下力。他们身后几步，盖伊·帕克则扶着踉踉跄跄的诺娜·贾德森。

比莉觉得走廊似乎无穷无尽，但他们终于还是走到第一夫人住房的那庄严的双扇门前。门旁，比莉的贴身女侍萨拉·基廷代替那个平时发房间钥匙的苏联妇女，一下从椅子里跳起来，手拿钥匙，急忙把门打开。

女侍关切地看着女主人说："我可以帮您收拾一下床铺吗，夫人？"

比莉吃力地举起一只手让她走开，说："不必……必要。你走吧。我很好，好。我能自己脱衣服。"

盖伊·帕克把诺娜·贾德森交给特工人员厄普丘奇后，走过来说："你好吗，比莉？"

"很好……非常好。我想只是太累了。"

"记住，我们七点去机场。"

"别担心，闹钟已上好了。"

"那就休息会儿，你肯定需要。"

帕克退回到厄普丘奇身边，他正扶着诺娜。帕克托起她垂下的肘部，两人拐过弯，把这个负担送进她自己的双人房间。

比莉扶住门框，看着诺娜被送走。诺娜的身影越来越模糊，终于看不见了。"可怜的东西，累坏了。"

她转身向着打开的门。

奥利芬特还抓着她的胳膊，面露忧色说："我扶你进去，夫人？"

"不，不。"她抽出胳膊说，"睡觉去吧。"

她步履蹒跚地走进起居室。

"一晚上我都在你门外，"奥利芬特在身后喊道，"需要我时就叫一声。"

她用力点点头，一下关上门。

起居室里的灯都亮着。她扫了一眼，屋子在晃动，就像刚地震过似的。她昏头昏脑地抬腿走过摇动的房间，撞在家具上，最后撞在壁灯开关上，她一下子把灯熄灭了。

她双腿软绵绵的。走进寝室，除了那盏照着双人床的黄灯，屋里一团漆黑。比莉想上床，但走到一半又停下来。她身子摇晃着，脱掉浅口皮鞋，拉开轻柔的长袍拉链，任它落在地板上，用力从上面跨过。她使劲拉下连衬裤的长筒袜，扯下袜子时差点跌倒。她赤裸着身子，一步步地踩上离床不远那块小小的长方形薄毛毯。她的绿色睡衣整整齐齐放在床上，比莉伸手抓起来，费力地把头钻进去，双臂穿出后才用力把睡衣拉下来。毯子的一角被折起，她提起来抛到一边。迈出一步，又迈一步，摸到床垫边后，她放开手，像块石头一样栽在床上。

比莉仰面躺着，在毯子上蠕动，费力地想把毛毯拉上来盖住胸脯。她使劲睁开眼，头顶上像有几个天花板在晃动，四周墙壁也不停地打转。她看见床边有几盏灯，就盯着看，后来发现只有一盏。灯下面，她的旅行钟滴滴答答响个不停。钟走得太快，认不出钟点，但后来还是瞥了一眼。几点过十分？十二点……是十二点十分了，半夜已过。她冷冰冰的手摸到灯座——熄了灯。

黑暗中，她把头埋进羽绒枕，苏联人的枕头真妙。她让沉重的眼皮合上了。远处什么地方传来丁零零的响声，也许是她的电话，是安德鲁打电话回来了。安德鲁，她费力才想起来。可肩膀、脊骨却不听使唤，她打消了这念头，让电话见它的鬼去吧。

她纹丝不动地躺着。以前，她从未有过像这样的感觉，无法动弹，无依无靠。只有脑袋还能感觉，里面像有架纸风车。她对自己说，一定是醉坏了。

纸风车转动着。

一阵清醒又取代了风车。吃的那些东西不可能使她醉成这样，是被麻醉了吗？是否给大使打个电话？或叫门外的保镖？脑子苦苦思索，想做个决定并努力抓住它，可全滑走了。

风车又回来了。转得更慢，并向后退去，退到正被黑暗充满的空间。她身子往下沉，飘入梦乡。脑袋失去记忆，和身子接合起来。

比莉·布雷福德酣然入睡。

床前的钟指着十二点十四分。

黑暗。

床前，钟指着两点十分。

比莉·布雷福德还在睡，睡意正酣，对夜毫无知觉。

她一动不动，卧室一片寂静。不一会儿，什么东西动了，那张小薄毯，是她床边镶木地板上那张四英尺的东方地毯在动，动得很慢，不可思议。地毯的一头开始升起，一英寸，两英寸，三英寸，四英寸，五英寸。

地毯下面的橡木地板越升越高，一共四块。地毯旁边伸出一只关节粗大的手和穿着袖子的手臂。粗短的手指摸到地毯穗子，抓紧，拖到一边，露出四块正向上升的木板。最远那块升离地面足有十二英寸的木板正被往上举起，接着又轻轻放下。很快，另外三块木板也一块接一块地被轻轻推起、举平，斜到一边，又悄无声息地放下。

这时，卧室地板上出现了一个不规则的方形洞口，有五英尺长、四英尺宽。

黑暗中，一个模糊的人影开始从下往上冒。一个瘦长的、身穿黑衣的男人身影从洞口爬上来。他膝盖着地、伸起身子站直了。一会儿，又一个幽暗的男人身影从洞口冒出来，站在漆黑的卧室里，这人更为粗壮。

两个人影蹑手蹑脚地向床边靠拢，停下来，低头望着熟睡的女人。其中一个向另一个点点头，好像预演过似的，两人同时把手伸进外衣口袋。一人拉出条手巾，另一人摸出皮下注射器，他们又点点头。眨眼间，手帕在比莉嘴边一抖，塞进她口中，注射器的空心针头同时扎进比莉手臂。压力和刺痛使她动了起来，她挣扎着想醒过来，身子直朝上翘。无法视物的眼睛跳动着睁开，凝视着，显出恐惧，目光不能集中，又开始合拢。眼皮往下垂，当她的脑袋又落在枕头上时，已经闭得紧紧的了。嘴唇在动,随后又松弛下来。手帕扎得更紧,空针头抽了出来。

她软绵绵地躺着,完全失去了知觉。

毯子已从她身上拉开。两个人影弯下腰,四只手臂穿过她的双肩、两腿,托着她,轻而易举就把她从床上抬下来。四只手臂抬着她,四只脚轻轻地移动,把她往地板上的洞口边抬。

她被小心翼翼地放下洞口,又有四只手伸出来,接过从上面递下的柔软的身体、晃动的手脚。那四只手也是小心翼翼地捧着她往下缩,直到柔软的身体和绿睡衣从视野中消失。

卧室里的那对人影等着。然后,一个跪下腿,爬入洞中不见了。一会儿,另一个也蹲下腿,在洞中消失了。

卧室里空无一人。

只过了一分钟。

洞口又有脑袋顶部往上冒,出现一个完整的脑袋的轮廓。然后,一个女人的身形顺着地板向上撑,跪在地板上。她站起身,整整她的绿睡衣,静静站在那里,努力使眼睛适应黑暗。

她很沉着,动作利索、优雅、干净,目的明确。她拿起一块取下的橡木板,搬到洞口,小心翼翼地装回去,就像在拼凑七巧板。接着,捡起第二块,巧妙地放回地板的原处,把洞口又盖上一部分,然后是第三、第四块。洞口不见了,地板又现原样。她弯腰取回那条东方薄毯,平整地铺在镶木地板上。

这时,她已适应了黑暗,并仔细查看这间卧室。就像她所能看见的那样,每件东西都收拾得熨熨帖帖,一样不少。她站在通往起居室的门口,抬头对着中间的那扇门。万籁无声,美国特工人员还在他走廊上的单调烦人的岗位上,一点也没受到惊扰。

她笑了笑，赤脚走到床边，打量了一会儿，重重地在床边坐下，转过身，使自己舒舒服服地躺在搞皱了的毯子下面。她伸展在余温尚存的床上，把毯子朝下巴拉了拉，脑袋放在枕头的凹坑里。

她凝视着夜光旅行钟。

两点二十六分。

她伸手去拿安眠药，在水杯旁找到了。看来她的前任还没吃，她觉得她也不应该吃。

她很满意地躺回床上，想认认天花板。她听着自己的心跳，激烈，但很稳定。根本就没有睡意，肾上腺素还在静脉里流，她的神经末梢还在搏动，由于危险而引起的紧张使她的身子发颤。毋庸置疑，她被激发起来了，就和她在舞台边等待上场那一刻完全一样，觉得紧张不安。她认为，这种感觉、亢奋和迅速是个好兆头，这通常预示着一次完美的表演。

可她必须下场，必须松弛。睡觉是必要的事。脑中又回忆起最近过去的高潮：基辅，彼得洛夫第一次到后台来的那个夜晚；莫斯科，她被召去克格勃的那一天；知道了要扮演的真正角色的那一天；还有她知道自己需要拉辛的那一天；他第一次与她交欢的那个下午及最后那次……她的思绪又离开了过去三年的日日夜夜，以慢动作跳入未来。待到计划完成，她就是苏联女英雄，就是芸芸众生中的公主、名流显贵的宠儿。除了她自己，还有拉辛。

她意识到头脑开始缥缥缈缈。昨天和明天的图画渐渐淡化，四肢也变得舒缓轻松，她打了个哈欠，一阵睡意袭来。她欢迎睡神，五点钟必须醒来，那时，幕布就拉开了。

她侧身而卧。

明天，她必须记住自己的角色、身份和台词，要设法记住。可是一样也记不住。但眼睛边的睡意压抑了惊慌，她要记住，她能记住。幕已拉开，戏就要开场。

连最后的一件事都记住了。

再见，薇娜·华维诺娃。

您好，美利坚合众国第一夫人。

四

她从沉睡中醒来，就像爬一道陡峭的、永远爬不到头的楼梯。

可是，比莉·布雷福德虽然眼睛还闭着，脑子却已苏醒。额头后面隐隐作痛，脑子乱得像团泥，口渴得厉害，带点苦涩的余味。

思绪艰难地越过泥淖，最后停在昨晚的记忆上。宴会、疲惫、醉酒，对了，喝得酩酊大醉。难怪现在还这样难受。

她让眼睛闭着，这样脑子会清醒起来，头痛会消失。

过了一会儿，她仍静静地躺着，觉得头痛缓和了，开始消退。思维已从泥淖中解脱出来，开始运转，她又变得机灵起来。回忆起自己在什么地方，是什么日子，准备去哪里。

早上五点应该起床，离开莫斯科回国。

她睁开眼，从枕头上掉转脑袋去看床边的旅行钟。旅行钟告诉她现在是四点。谢天谢地，没睡过头，一个钟头后钟才会响。她还能睡上一小时。

她刚想蜷起身子，闭眼再睡一会儿。突然，什么奇怪的东西使她心中一震，钟没有放在床边的桌上。真怪，不是她那个有红皮套、很准时的小旅行钟，放在胡桃木框子里的是个大钟。是不是女侍萨拉来过，另给她换了个钟呢? 不会的。她脑袋在枕头上来回移动，察看着卧室。这下浑身一震，她意识到自己不在罗西娅饭店自己的卧室里，而是在另一间不同的、完全不同的房间里。从细绒墙纸、现代家具到床头板的杆子都不同了。

她大惑不解地坐起身来。

可别的东西还一样，指头上的结婚戒指，绿睡衣，地板上她那双轻软拖鞋，精巧的淡绿色罩衣还搭在椅子上。

但房间肯定不是她的。

接着，她听见有两个男人的声音从隔壁传来。有人，有两个人在起居室里。可能是她的保镖奥利芬特和厄普丘奇。她决心搞明白，搞清自己怎么在另一个房间里。

她爬下床，脚伸进拖鞋，站起身，抓起外套穿在身上。扎上腰带后，她去摸总放在口袋里的那把备用梳子，还在里面。她走到穿衣镜前，把乱蓬蓬的头发朝后梳，打量着自己。酒已清醒，看来她已几乎恢复正常。

隔壁的嗡嗡的人声又使她警觉起来。声音使她奇怪，周围的东西使她迷惑。她离开卧室，朝起居室走去。

开始她没看见发出声音的人，只看见另一间不同的房间，一间从没见过、远比昨天和两天前在罗西娅饭店住的那间更宽畅、更高级的不同的房间。接着，她看到那说话的人就在她左边靠后一点。她大吃一惊，原来这两人都不是她的特工人员。

看来两人都是苏联人，一个熟悉，一个完全陌生。他们在这儿干什么？她又在这里干什么？她目不转睛地盯着他们，想找到这件怪事的答案。后来，一个男人从扶手椅里看见她后，朝另一个点点头，回视着她。

熟悉的那个人是她过去三天里的苏联翻译，亚历克斯·拉辛；另一个男人，矮墩墩的个子，一双小眼睛目光锐利，以前从未见过，两人都站起身来。

"哈，布雷福德夫人，"壮实的那个说，"我们正等您醒过来。"

比莉不睬他，只顾对拉辛说："怎么啦？这是怎么回事？"她的手势在起居室里晃动，"我怎么在这儿？我不明白。"

拉辛跨上前来。"我来解释一下。"他不无歉意地开始说。

壮实的那人举手制止他："我来回答你的问题，布雷福德夫人……拉辛，给她拿点咖啡来。"

拉辛顺从地赶快穿过餐室，走进厨房。

"到这来。"壮实的那人说道，朝离壁炉两旁最近的两张精巧的米黄色沙发走去，她茫然不解地跟着他。"我建议你坐下。"他说。

她想蔑视他，可还是坐下了，把罩衣遮住膝盖。壮实的那人依然站在她面前。

他又用低沉、沙哑的声音对她说："可以理解，你是搞糊涂了。"

"岂止糊涂，"比莉愤慨地说，"这不……"

"莫名其妙？"壮实的人打断她。"会的，会明白的。我来介绍一下自己，我是伊凡·彼得洛夫将军。你听说过我吗？"

"没有。"

他伸进口袋，掏出身份证，递到她面前，并指着他照片旁边三个大大的古俄文字母说："克格勃。"

她面无表情地看着证件。

"我是克格勃的主席。"他说着，把身份证装回口袋，"我会回答你的问题。你问你在哪里？你是在克里姆林宫的宾馆。你问你是如何到这来的？昨晚我们把你从饭店搬出来，送到这儿来的。"

"你……你，什么？"

"把你搬出来，送到这儿的，"彼得洛夫心平气和地重复了一遍，"有这个必要，你为什么纳闷……"

"等等!"比莉发火了，"你在告诉我——你们绑架我了?"

彼得洛夫耸耸肩说："我认为也可以那样说。"

比莉大惊失色，几乎说不出话来。"你们绑架我，劫持我，在我睡觉时? 不可能。谁能……"她说不下去了，"除非……除非我被麻醉了。你们放了药?"

"当然啰。"彼得洛夫用肯定的语调回答她，"放在宴会的香槟里。"

"你们疯了?"比莉大叫起来，声音也抬高了，"你们一定疯了，神经完全失常。我丈夫一听说……"

"布雷福德夫人，你丈夫不会听说的。"彼得洛夫露出令人气愤的微笑说，"我保证他不会听说。"

她张口结舌，完全不知所措。

拉辛端着一盘咖啡、奶油、糖，以及一盘黑面包和果酱出来，他把盘子放在她面前矮桌的玻璃上，避开她的目光。

"拉辛先生，告诉我这不是真的。不可能是真的。"

他没有回答，抽身回到彼得洛夫身后，仍然避开她的目光。

她又盯着彼得洛夫说："我在做梦，告诉我，我是在做梦。"

"你没做梦，"彼得洛夫很干脆地说，"是真的。"

"我肯定要疯了，"她声音里有点歇斯底里，"不可理解。你们绑架我，没有谁绑架一个……一个第一夫人，除非他们神经错乱。你们一定不正常，你们知道这会导致……你们知道后果吗? 知道吗? 你们要干什么? 要赎金还是讹诈? 你们想讹诈总统? 办不到。不可思议，完全是胡来。告诉我，你们要干什么? 让我们把事了结掉，再过几小时我就要上飞机。我们明天早上八点离开。"

"八点早过了。"彼得洛夫平心静气地说，"现在是下午四点。

你的飞机好几个小时前就起飞了。"

"不会。没有我飞机不会起飞。"

"从某方面说，你完全正确。"彼得洛夫同意道，"没有布雷福德夫人，'空军一号'不会起飞，不会的。我要你放心——布雷福德夫人在那架飞机上。"

她不可理解地瞅着他。

"我知道你还蒙在鼓中。"彼得洛夫接着说，"我就直说吧，等我老实地告诉你发生的事后，你就明白了，我也可以走了。今天我很忙，你如果还有疑问，我讲完后，拉辛先生会受命回答。"他顿了一下又说，"下周，你丈夫布雷福德先生和我们的总理要在伦敦最高级会议上会面，这对世界和平影响重大。从我们来讲，要了解你丈夫脑袋中想什么，他对付我们的秘密计划是什么可至关重要。为了实现这目的，我们希望在白宫安插一个耳目，一个能参与或接近你丈夫思考的人。这不是什么超凡行动，而是你们中央情报局经常使用的方法。我们很幸运地预计到需要这么个耳目。几乎三年前，甚至你还没进白宫时，我们就开始执行这个计划。也是天意，我们偶然发现在苏联有个看起来和你一模一样的人……"

"和我一模一样？不可能。人同指纹一样，没有两人是一样的。"

"不是完全不可能，"彼得洛夫说，"相信我有此可能。我们发现的这位年轻女士和你无法区别，一样的脸蛋和身材，她还说得一口顶呱呱的英语，是有些不同之处，但都解决了。我们用了三年时间，耐心地把她训练成你的替身……"

"我的替身？"比莉惊恐万状，"我从没听说过这样疯狂、这样荒唐的事，一位名人的替身？"她用力摇头，"绝不可能奏效，这种事从没发生过。"

彼得洛夫冲身后的拉辛喊道："拉辛，你是历史学家，为了提高确切性，告诉和说服她。"

拉辛走上前，勉强地说："恐怕你是……唔，错了，布雷福德夫人，我们在讨论的事一点不新鲜，就和历史一样古老。过去出于各种原因，替身成功地扮演了正身，这样的例子不计其数。拿破仑有个叫尤金·罗博的替身，你们的罗斯福总统有时也用替身。你肯定听说过二次大战期间，英国将军伯纳德·蒙哥马利如何使用名叫克利夫顿·詹姆斯的替身。这事以前都发生过。"

"对，而且现在正在发生。"彼得洛夫对比莉说。

"不会奏效。"比莉坚持道。

"已经奏效，还会继续奏效的。"彼得洛夫说。

比莉又在摇头。"我就是不信。"她盯住彼得洛夫说，"还有我，对我你准备怎么办？"

"没事，布雷福德夫人，一点没事。你的生命不会有危险。你以为我们是野蛮人吗？你很安全。当我们的人——让我们叫她第二夫人吧——在获取我们需要的情报前，我们要把你留在克里姆林宫这套房间里，大约两个星期不能与外界接触。在最高级会议最后那天，待我们取得胜利后会送你回去，用飞机把你送往伦敦，用你换回我们的替身。于是你就能与你丈夫一道回家，无人能知这件事。"

"谁也不知道吗？"比莉喊起来，"你以为我会对此保持缄默吗？我要揭露你们，我要告诉我丈夫和所有的人，我要大声疾呼，揭露……"

"别这样，布雷福德夫人，为你自己着想，别这样。难道你认为你丈夫会相信？任何人会相信你，相信你如此疯狂——就像你说的那样——的唠叨吗？你，你自己都说不可相信。如果你都不信，谁还会信？要是你坚持你的狂想，坚持你那个妄想狂的故事而又拿不出一点证据，那你就会使你丈夫在全世界面前难堪。你也将毁在……拉辛，那地方叫什么来着？"

"梅宁格诊所，先生。"

"对，毁在精神病医院里。没用的，布雷福德夫人，你回家时，一定要保持安静，就像什么也没发生过那样。我们不怕被揭露，正是因为我们计划的大胆性和不可思议，会使我们安然无恙。"

彼得洛夫捡起咖啡桌上的雪茄盒，塞进双排扣紧身外套里的口袋。"好了，我必须走了，"他对比莉说，"拉辛先生将保证您过得舒适，祝您过得有意思。吃、睡、运动、看书，我们为您准备了英语小说，都是您喜欢的作家，还有美国电影录像片，您可以在电视里看。有两部收音机，您可听'美国之音'或英国广播公司的节目。您的提包和旅行衣箱的复制品都在你卧室里，如果您接受现状，对您是不会有害的。"彼得洛夫脸色阴沉起来，"企图逃跑，或把事捅到外面，那就会取消你这些舒适的东西，你会受苦的。为了你自己着想，使自己适应暂时的安排和短暂的假期吧。一切都会为你安排好的。如果需要什么，只要合理，拉辛先生都会提供。我嘛，我会随时亲自来看望你的。"

他朝门口走去。

比莉在他背后喊道："你们绝不会侥幸成功！"

彼得洛夫手把门钮，冲她微微一笑。"绝不会侥幸成功？"他重复了一遍，"我们已经……拉辛，给她看看。"

他走了。

亚历克斯·拉辛上来，犹豫地在她对面沙发的边上坐下。

她迷惑不解的眼光和拉辛的眼光相遇。"真有这事吗？"

她怀疑地问拉辛，"这是真的吗？"

拉辛郁郁不乐地点点头说："恐怕是真的，夫人。"

她皱了皱眉头说："你……你也参与了？昨天、前天你似乎还是个很好的人。"

"我今天也不坏。"他严肃地说，"至于参与的问题，可说是，也可以说不是。我反对这项阴谋，认为不可容忍，但这全是克格勃的行动。我不是克格勃，我被迫参与，也许是我有一半美国血统的原因。我母亲是美国人，我在美国长大，我父亲是苏联人，母亲死后他把我带回来，那时我十五岁。"

"你怎么不回美国去呢？"

他踌躇着没有回答。他站起来走到放收音机的桌旁，打开收音机，拨到音乐节目，接着转动旋钮，调大音量。回到沙发后他向她腼腆一笑。"只是为小心起见，"他解释说，"现在……你的问题是为什么我不回美国？我以前想，现在仍然想，但我不愿你再提这事。虽然我作为新闻记者去过华盛顿，但在一桩间谍案中受了株连，尽管我清白无辜，还是被驱逐出美国了。"

"我可以让你回去——对我丈夫说——如果你能帮助我的话。"

"帮助你？现在？你是在克里姆林宫，在堡垒里，你被监视起来了，就连想要逃跑都是危险的。相信我是乐于帮助你，可是……"

"不是逃跑，"她说，"只是让某个人知道，美国大使……"

拉辛打断她的话说："他不会相信我的话。而且即使他相信，又怎么能找到你？如果他上这儿来就什么也找不到，那时你一定远离莫斯科了。至于我自己，万一被察觉是我报的信，那我就会被枪毙。我告诉你，任何想逃跑的行动都是徒劳。"

"你说得对，"她无力地说，"他们两周后真会放我走吗？"

"我想是的。"

"他们不会伤害我吧？"

"他们没有理由这样干。你平安无事是符合他们利益的。他们还需要从你那里得到更多情报……某些东西第二夫人可能不知道的。最高级会议一结束你就能安全返回。"

她沉思着，考虑着自己的处境和别人给她讲的现实。

"不会得逞，"她抬起头，半是自言自语地说，"你不明白吗？根本不能得逞。她走出直升机，一踏上白宫草坪，我丈夫就会知道——他会知道那人不是我——他太了解我了，只要一见她就会知道她是骗子。"她犹豫地问，"那个……那个刚才在这儿的人……"

"彼得洛夫将军。"

"是的，彼得洛夫。当我说他绝不会侥幸成功时，他说'我们已经'，接着，他又对你说'给她看看'。他是什么意思？给我看什么？"

拉辛点点头，离开沙发走到提箱旁，拿出一小卷录像带。关上收音机以后，他把录像带拿到和闭路电视相连的录像机旁，把录像带放进机器。"他要我给你看这个。"拉辛解释说，"我们刚从卫星转播的美国电视上录到的。"他打开电视机，"这是你今天回到白宫的情景。"

比莉目不转睛地盯着电视屏幕。从安德鲁斯空军基地飞来的总统直升机在白宫南草坪盘旋，慢慢在跑道上降落。活动舷梯接上去，直升机舱门打开。是——她——比莉·布雷福德钻出飞机，站好、挥手。

比莉一看到这里，发出清晰可闻的叹息。

屏幕上是她，是她自己，没错。她的头发、面容、身体和衣服，她走下飞机，踏上草坪了。她丈夫的镜头朝舷梯脚移动，是安德鲁。她倒在他怀中，两人拥抱着。他亲吻她，抓住她的胳膊。他再次吻她，领她朝记者、摄影师和麦克风走去时，镜头外传来欢呼声。她在做简短讲话，她说莫斯科国际妇女会议是个成就，明天她要去洛杉矶，在美国妇女俱乐部集会上讲话，就莫斯科会议所取得的成就做演讲。她说，她觉得莫斯科热情、亲切、迷人，但同时又说还是回家好。

坐在沙发上，比莉定睛凝视屏幕。她听见了自己的声音、音调的变化，看见了自己的姿态，全都无懈可击，全都出自于一个苏联骗子。她注视着安德鲁领她向南楼走去，注视着他们走进外宾接待室。安德鲁把她当成自己的妻子领进他们家里去了。

"你绝不会侥幸成功的！"

"我们已经……"

比莉坐在那里，呆若木鸡。

拉辛关上电视，闷闷不乐地坐在她对面。"你已经看了彼得洛夫要我让你看的东西。没有人知道她不是你，甚至你丈夫。恐怕彼得洛夫说得对，他已经侥幸成功了。我很抱歉，布雷福德夫人。"

她双手交叉抱在胸前，手指抓住两肋，在沙发上颤抖起来，好像在哀悼。可憎的克格勃真厉害，调包计、替身，搞得天衣无缝，毋庸置疑。克格勃在白宫内部很安全，她自己的处境却孤立无援。

可她脑中在寻求希望，想找一条能抓住的、不很牢固的绳。

明天她要去洛杉矶，后天要讲话。讲话后将和克拉伦斯、她的父亲团聚，那是她亲生的父亲啊！要是丈夫真是那么麻木、疏忽，竟然意识不到是和另一个女人，不是和他的第一夫人而是和冒名顶替的第二夫人打交道，要是他竟被如此愚弄，那她的父亲可就是另一回事了。没有哪一个冒充比莉的人能够骗过父亲，他一眼就能看出有的地方不对劲，而且他会找到缺口，发现克格勃的阴谋。

接着，又有个想法使她振奋，因为不用等到去见父亲，骗局今晚就可能被揭穿。今晚当安德鲁和那个骗子上床时，骗子不可能知道至少四周内她必须避免同房，她可能会犯错误，于是安德鲁立刻就会生疑。

如果这不行，那么和父亲的对抗也会暴露她的。

见鬼，有希望。

她努力使思想回到拉辛身上，装出笑容，表示同意说："好吧，第一轮是你们的人赢了。不过注意我的话，还没完呢！对你们的第二夫人来说，还仅仅是开始——大麻烦的开始。"

在白宫总统餐室里用晚餐后，他们三人都到休息室去看电视。

对这个房间及楼上别的房间，薇娜·华维诺娃都得到过详细介绍。她知道，不管第一夫人何时看电视都是坐在靠西墙的条子花长靠椅上，而且是在第 1767 号本杰明·富兰克林的油画下边。薇娜此刻就坐在那个地方。她两旁的两张绿布面的雪里顿①桃花心木扶手椅里，坐着诺娜·贾德森和盖伊·帕克。

因为这是极度紧张的莫斯科之行后，第一夫人回家的第一个夜晚，今晚不安排工作是能理解的。这应该是松弛的时间，应该早早睡觉，明天还要飞往洛杉矶。

---

① 托马斯·雪里顿（1751–1806）——英国家具设计家。

他们都认为电视是最合意的镇静剂，最好是看一部旧电影。所以他们拨到《卡萨布兰卡》，有一小时他们就只沉浸在汉弗莱·博加特和英格里德·伯格曼的冒险里。薇娜知道帕克以前看过三次，诺娜也已看过两次了，她还知道比莉·布雷福德也看过一次。薇娜虽没看过，却又必须装作看过，这不是新片子，她装出多少有些熟悉的样子，并且在特别精彩的镜头后评论过两次，"不精彩吗？甚至比第一次演出还好。"

薇娜表面上虽专心致志在看电影，内心却在重映到白宫第一天的前前后后。

她看见了这一天里的她，看见了整个第一天中的她，她为自己所看见的她兴高采烈。从她走下飞机，受到布雷福德总统——安德鲁的热烈拥抱那一刻起，她的信心就高涨起来。从到达以来的十一个小时里，她已成功地通过了每一个能想象到的考验。

实际上，考验早就开始了。从踏进"空军一号"那一瞬间起，她就感到会处于密切注视之下，不久她又发觉根本就没有人特别注意她。大家都希望比莉·布雷福德在飞机上，而她就是比莉·布雷福德。飞行中也完全没发生问题，真正的诺娜·贾德森和第一夫人那么密切，也没给薇娜出难题，这是因为从莫斯科到华盛顿整个旅程中，真正的诺娜一直在她座位上酣睡。拉辛曾告诉过她，在告别宴会上他们要给比莉和诺娜下麻醉药，事情显然如此。飞行途中，盖伊·帕克也不成问题，他认为薇娜就是比莉。飞行开始不久他就来过，问她是否喜欢再录点回忆录。她以疲劳相推托，说需要休息。帕克也能体谅。"昨晚你太累了，"帕克说，"只要能睡，就抓住机会睡吧。"

在她心目中要克服的最大障碍将是她所谓丈夫的直接欢

迎，直到直升机在白宫南草坪降落、机舱门打开前，恐惧的浪潮都一直冲击着她。走下草坪时，恐惧消失了，她突然觉得沉着，有了把握和主见。扑进总统怀抱中时，她就成了比莉·布雷福德。从那以后，除了短暂的一刻，事情进行得都很顺利，在白宫里——通过排演，她已经熟悉它了——还是有过恐惧、惊惶的揪心时刻。她知道她已成功地穿越了真正的白宫，美国最重要的宫殿，而且用了很大的努力来克制情绪，在环境中显得完全平静、舒适。同时，她身上演员的血液又流动起来，她又是地道的比莉·布雷福德。几乎没有时间和总统在一起又进一步帮助了她，他忙忙碌碌、心力分散，埋头在繁重的工作中。上午、下午或晚上再也没有看见他，几小时前他还从椭圆办公室里打来电话，为没能和她吃晚饭而致歉。在讨论迫近的伦敦最高级会议和博恩代问题时，他和顾问们只好吃送去的三明治呢！

在楼上总统卧室里，她督促萨拉打开箱子，拿出衣物。她选好明后天去洛杉矶要穿的衣服后，让萨拉去收拾。在家庭餐室里，她是给三位参议员夫人举行午餐的主人，因早已做好了充分准备，所以没出一点毛病，还给她们讲莫斯科之行的趣事，听她们谈论女权问题，唠叨别的夫人。黄昏时，莱德伯里和助手夸尔斯小姐来给她最后试穿将在最高级会议时穿的新衣服。莱德伯里有点忙乱，老是说不会有问题，因为他已定好那晚回伦敦的机票。除了一些小改动，一切都合适，新服装做好后将在伦敦给她。

帕克拿来她要在洛杉矶讲话的初稿，她提了几点活跃气氛的建议，帕克也乐于修改。她还想修改几处关于苏联妇女生活的不准确的评论，但马上又提醒自己，她已不是叫薇娜·华维诺娃的忠诚的苏联公民，而是叫比莉·布雷福德的爱国的美国第一夫人。因为当丈夫没空回来时比莉常常邀请帕克和诺娜共进晚餐，薇娜也就按例邀请帕克和诺娜等会儿和她一起进餐。

她小睡了一会儿后，萨拉把她叫醒。她换上了毛线衣和裤子。晚餐前，她给自己要了一杯酒，小心地记着不能要她爱喝的伏特加，而必须是比莉爱喝的加苏打的苏格兰威士忌。

晚餐时，薇娜和诺娜、帕克已相处得更自如和愉快。诺娜把话题转向昨晚莫斯科的告别宴会，她说今天一天还觉得醉意、疲乏，并总考虑这件事。她开始怀疑宴会上把她和比莉麻醉了，薇娜嘲笑这个离奇的想法。"苏联总理麻醉美国第一夫人和她的新闻秘书？"她哈哈大笑说，"为什么呢？真的，诺娜，太过分了。我们还是面对现实吧，我和你喝醉的原因可能是他们的酒比我们的浓两倍。"

晚餐进行时，帕克又捡起比莉家庭的话题。他以前曾短时间会见过她家每一个人，而这些人后天他都会再次见面的。回忆起早已去世的母亲以及鳏居多年的父亲，薇娜开始大动感情。她意识到帕克在寻根究底，他的磁带上有一些这方面的书面材料，但薇娜很快判断出帕克的兴趣纯属职业习惯，毫无怀疑成分。

晚餐后，他们就到休息室看电视重演的《卡萨布兰卡》。当电影进入高潮时，一意识到她的同伴，薇娜让自己做出对结尾看得更加专注的样子。

电影终于完了。

帕克起身说："很有意思，除了该死的广告。"他走到电视机旁，"还看别的频道吗？"他问比莉。

薇娜忍住哈欠，瞅了一眼她的金表说："十点过了，这一天真长。我想，我看够了。"

"我也是。"诺娜说。

帕克"啪"的一下关了电视。"明天我们什么时间动身去洛杉矶?"

"我想下午四五点。"薇娜说。

"五点五分。"诺娜说。

"我估计你明天又太忙,不能工作。"帕克对比莉说。

"洛杉矶之行结束前,我们最好忘掉写书的事。飞机上我们可以再看看我的讲话稿。"薇娜站起身,伸了个懒腰说,"祝你俩晚安。"

薇娜独自一人在总统卧室里慢慢脱下衣服,她感到扬扬自得。一整天,她做到万无一失。在敌方心脏里,她独当一面,没有伙伴,但她把他们全都骗了。接着又一闪念:也不是完全没有伙伴。动身前做详细情况介绍时,她就被告知,白宫里有两个人是她的朋友,他们知道她的真实身份。她要尽可能不和他们或任何安插在华盛顿的克格勃间谍联系。其实,在参加伦敦最高级会议之前,她都不想和他们联系——除非发生紧急情况。那边给了她遇到紧急情况时从华盛顿往外打的电话号码,她迫切需要帮助时,接到她电话的人将转而通知白宫内部的一个克格勃联络员,那个人再用特别暗语向薇娜亮出他或她的身份。

她脱下长筒袜,觉得有信心不会出现这种紧急情况,因而没有联系任何苏联间谍的必要。

她走进比莉的化妆室,从抽屉里拿出一件鲜艳的桃色睡衣穿在身上。怀着好奇心,她查看了有一长排比莉衣裤的大衣柜。比莉对穿着的口味比她还要轻薄和有刺激性。薇娜发觉只要是她扮演比莉的角色,她都能纵情享受。

一钻进双人床,她一下子又因为自己的胜利觉得干劲倍增。多亏有了亚历克斯。他，她的良师，应该为他的学生而自豪。这时她才意识到整整一天没有想到亚历克斯。当然他应该理解——理解她的专心、紧张和内心的激动。他可能不能完全理解她为自己表演的成功感到多么得意，为行使权力感到多么高兴。不管她的真实身份是谁，此时却是这个国家的第一夫人。她马上又想，不知亚历克斯自己现在在莫斯科过得如何，现在他又是被废黜的那个第一夫人的老师了。接着薇娜又想到比莉，不知她怎样了，可怜的东西。她立刻又打消了这一念头，要关心的只能是一个比莉——即薇娜自己。

她手伸到床边的桌子，把安眠药放进口中，用杯里的水吞了下去。她捡起诺娜打印的明天活动日程表。由于明天下午动身去洛杉矶的时间较晚，日程有意安排得很轻松。

她刚要翻页，看见总统走进卧室。她丢掉日程表，他弯腰吻她的双唇并脱下外衣，解开领带，心不在焉地问她旅途的情况。

"愉快吗？我们的苏联朋友对你如何？"

"太好了。他们的殷勤和伏特加把我搞得精疲力竭。"

他还在脱衣。"你见到克里钦柯没有？"

"只从远处看到。别忘了全都是女人的事，我和克里钦柯夫人愉快地交谈过几次。"

"真的吗？她怎样？"

"看起来很容易把她当成家庭主妇。不说了，她可不好对付。"

"我也这么听说的。"

他走进浴室，她的声音追随着他。刷牙时他让浴室门开着，她说了莫斯科之行的一些精彩场面。

"今天怎样？"他大声说。

她又简要地把整天的活动讲了一遍。

他身穿花条睡衣出来了。"我很高兴你能从容行事。"他熄掉她的灯，绕到床那边说，"现在我又要有两天失去你了。"

"加利福尼亚，我到这来了。"拉辛教的这句话使她很满意。

"代我向你父亲问好，以免明天我忘了。"

他关了灯，爬上床，在她身旁躺下，把她搂在怀里亲吻着。"我想你，比莉。"他低声说。

"我更想，亲爱的。"她说。

他躺回枕头后说："我的天，累死了。"

"你非得干到这么晚吗？"

"非洲的事，相当紧迫，博恩代正在成为重大问题。苏联人把我们逼得太紧了，最高级会议将很艰难。"

她还想再问问他，但克制住自己。她想起彼得洛夫的指示：不确定他会讲，就不要逼他。

他不想再讲。她保持沉默。

毛毯下面，他的手指摸着她的手说："你回来了真好，比莉。"

"回来真好，亲爱的。"

他翻过身离开她，很快响起轻轻的鼾声。

黑暗中薇娜双眼睁开，情不自禁地发出一声轻松的叹息。她逃过了和他的第一个夜晚，他已吞下她撒下的钩、线和坠子，这就意味着以后有大鱼上钩。更重要的是，他们需要禁止同房的事得到证实，克格勃真不寻常。

她也翻过身，背朝着他，在枕窝里笑了。她到家了——这是拉辛教他的美国表达法——是的，她成功了。

除了后天和比莉父亲的团聚是最后的考验外，以后的事就好对付了。今后就像今天这么表演，她真的会成功。

离洛杉矶还有一个半小时，飞机朝着西沉的红日飞去。

这时，薇娜·华维诺娃把盖伊·帕克召去，让他在总统座舱的沙发上坐下。

她说她并没有计划要工作，但讲话稿已拟好，又毫无睡意。她说女人有权改变主意，现在她又想工作了，当然是指写书的事。这样可使旅程快一点，再说书也必须完成。

盖伊乐了，马上去拿他的便携式录音机，装上新磁带，开动机器。

"我们上次的详细谈话，"他提醒她说，"是在去莫斯科的飞机上，我们就从那儿开始吧。"

"我准备好了。"薇娜说。

"早些时你给我首先讲的是你在《洛杉矶时报》的第一项实际工作。你告诉我，在你恋爱初期怎样带你丈夫去海滨和你父亲见面的。在飞机上，我们谈的是你和安德鲁·布雷福德的恋爱。但在我们完成这件事前，我想完成你在《洛杉矶时报》的记者生涯。我们就回到那件事吧。"

"乐于从命。我想我已给你讲过了我为时报做的第一次采访和我怎样差点砸了锅。"

"乔治·基尔德救了你的驾。是的，我……"

"不全是基尔德，"她说，"还有斯蒂夫·伍兹，那个重写我的故事的人。你全知道了吧？"

"知道。"他很犹豫地说，"我想，可能有些事情你应该知道，我是几天前才从基尔德那里听说的，我肯定没对谁讲过。但无论如何你应该知道实情。这是件小事，不是斯蒂夫·伍兹重写你的故事，是基尔德自己重写的。"

她似乎懊恼起来："他给你说的？"

"他说的。"

她笑着摇摇头说："那么说，这个可怜的人健忘了。因当我知道是伍兹为基尔德改写时，我还向伍兹道谢，而且他也承认是他写的。"

"斯蒂夫·伍兹向你承认是他重写了你的故事？"

"对。"

帕克竭力想掩饰自己的惊讶："我明白了。"

可他并不明白。

在麦迪逊餐馆，乔治·基尔德对他说过，没有什么斯蒂夫·伍兹重写那篇报道。他根本就不存在。说这话还不到一个星期呀！

现在，比莉·布雷福德刚才还坚持说她去找了伍兹，对他说她多么感谢他的帮助。也许她是不喜欢被人反驳，也许是她记忆力有问题。但看来她不像是那样的啊！

"好，那就清楚了。"帕克说，"我们继续谈吧。"

比莉兴致勃勃地回答他的问题。

三刻钟之后，她停下话头说："我想，这次我们谈的已够多了。我累了，在洛杉矶降落之前我想打个瞌睡。"

帕克咔嗒一声关上录音机。"谢谢你这么多好材料。"他说。

"谢谢你，盖伊。再见。"

帕克走出座舱，慢慢踏上过道，朝座位走去。

他大为震惊。就他所知，这是比莉第一次对他撒谎。

他很纳闷，她到底是怎么啦？

在洛杉矶的一天也很奇怪，不过现在已过去了，他们正飞回华盛顿。

盖伊·帕克斜靠在座位上，望着窗外漆黑的夜和过道对面的诺娜，发觉她和别的许多随从都想打个盹。他解开安全带，靠着椅背伸个懒腰，思虑重重地啜着加水苏格兰威士忌。

　　过了一会儿，他把酒杯放在活动桌子上装有他私人日记的活页夹旁边。从他同意和比莉·布雷福德一道写她的自传以来，他就一直在记私人日记，他不知为何这样做。每天入睡前都要记下一天的事，这是个负担。他忠实地记下白天的所做、所见和所思。还常补充一些写书用的工作笔记：加上一些观察和评论，不过这是仅供自己看的。写这个日记似乎是件无用的事——但这会唤起他的记忆力，使他想起某些工作笔记里遗漏的事。

　　他只用一刻钟就记完了从清早直到晚上动身为止，第一夫人和他自己各种活动的概况。一天的经历强烈吸引着他，他想重温一下，就拿起活页夹，翻到刚刚写上的几页，又把才写上的重看一遍。

　　"和比莉在她的洛杉矶故乡，她以前的落脚之处过的一天，真是难以想象。"

　　"今天上午九点，她在百年广场总统下榻处分别会见了《洛杉矶时报》、洛杉矶《先驱考察者报》和合众国际社的专栏记者，谈她的莫斯科之行和回洛杉矶故乡的感想（无论她隔多久回一次洛杉矶，总有一些新东西值得报道），以及下周陪同她丈夫参加伦敦和苏联人举行的最高级会议的想法。早上一般心情都不很好的诺娜也是妙语连珠，她认为会见极为成功。事实证明比莉对苏联有着惊人的了解，对所有问题反应敏锐。

　　"我陪第一夫人一行去百年广场的洛杉矶大舞厅就莫斯科国际妇女会议的成就作全国电视报告，这个报告她曾给参加美国妇女俱乐部会议的代表们做过。那里举行了盛大的午餐会，简直座无虚席，大家都是自动到场的。毫无疑问，第一夫人具有魅力和吸引力。

“比莉落座时，首席上出现过小混乱，她有点困窘。诺娜告诉过比莉，她的席位在妇女俱乐部主任和她在洛杉矶的老朋友艾格尼丝·英格斯特洛普中间。比莉落座时，两人中的一个已坐好。比莉一下抓住她的胳膊，招呼她说，'艾格尼丝，亲爱的！'那女人惊恐地望着她，说她不是艾格尼丝·英格斯特洛普，而是妇女俱乐部主任。这时，诺娜把另一个女人带到桌边，对比莉说：'你的老朋友艾格尼丝来了。'于是，比莉向妇女主任深深致歉，解释说：'对不起，我搞糊涂了。事情太多。'

“我被安排在诺娜旁边。他们开始送菜时，我听见诺娜发出低声的呻吟，我不知道出了什么事。诺娜说：'糟了，我忘了告诉他们比莉不吃牡蛎。瞧，头道菜就上牡蛎。嗯，这可是麻烦，她不会动的。'我暗暗瞥了一眼比莉，她正大口大口地往下吞，诺娜不相信。我说：'她也许是出于礼貌吧？'诺娜摇摇头说：'以前，她对那东西从来不会讲礼貌的，可谢天谢地，她也会享乐了。'

“除比莉和诺娜这两个小失误外，事情全都进行得很顺利。午餐完毕，把比莉介绍给大家。她站起来泰然自若地讲了话，讲话好极了，特别是她坚持加进去的那部分，她谴责了还没有给妇女选举权的那部分国家。包括印度和巴基斯坦，他们只允许妇女参加地区性选举，而不能在全国选举中投票。自始至终，都有欢呼声打断讲话。结束时人们起立欢呼，一次大成功。诺娜激动得抓住了我的手。

“比莉被簇拥着走出大厅。她被告知，一小时前总统亲自批准对安排做紧急改变。原计划是直接把比莉送到马利布，

第二夫人 美国文学经典

111

准备回华盛顿之前和家人团聚几小时，现在则要把第一夫人送到道奇尔体育场，为洛杉矶道奇尔斯棒球队和加利福尼亚安吉尔斯棒球队的内部义演赛开第一个球，她与家人团聚只好推迟一下了。汽车里，比莉表示为难和反对。'日程上没这个安排。'她说。诺娜则安慰她说，昨晚道奇尔斯队的老板给总统的新闻秘书蒂姆·希巴德打电话，邀请比莉去看比赛，说第一夫人到场将有助于义演赛。直到今天早上希巴德才见到总统，总统认为这事对比莉是意外的乐事，因为她父亲是个棒球迷，而且把比莉也培养成了棒球迷。'你必须到那里去看两局喽，'诺娜说，'然后我们就可去马利布了。'

"我看出来比莉对此不高兴。最后，她叹口气同意了。去棒球场的路上，她一直呆坐着，沉默寡言。

"在体育场，我们受到道奇尔斯队老板热情洋溢的欢迎，把我们送到预先保留的包厢。扩音器宣布第一夫人到达，她走进包厢时，更受到喧喧嚷嚷的欢呼。

"比莉被领上座位时，加利福尼亚安吉尔斯队已经上场。道奇尔斯老板把球递给她，她小心翼翼地接过手，摸着接缝处。老板扶她站起身，带圆手套的安吉尔斯的捕手在打手势。比莉站在那儿好像不知该干什么。我听见道奇尔斯队老板对她说：'我听说你是个好手，布雷福德夫人。现在你可以亮一手了，把球投进他手套。'比莉站在那儿似乎没听见。后来，老板又打手势叫她把球投给捕手。突然，比莉热烈地点点头就退后，猛地把球抛出去。一阵哄笑。不一会儿，比赛开始了。

"作为一个我所知道的热切的棒球迷，第一局中比莉却显得有点漠不关心，实际上她大部分注意力都用在看邻近包厢里的人。有个老人在给孙女说话，第一局的大部分时间比莉都靠过去听他俩的话。有一次，她还和他们谈过。第二局的

112

下半场时比莉才快活起来，注意观看起场里的比赛来。第二局结束时该走了，比莉和别的人离开座位，跨上走道朝出口走去。

"我拖在后面，想知道她对旁边那老人和小姑娘说了什么。他有幸能和第一夫人谈过几句话。'她对你说了些什么？'我问。他重复她第一句话时满面笑容。'你孙女真乖，我也想听听你给她讲的比赛，你在意吗？'他告诉比莉说，既然她已懂了，向他学不到多少东西。于是她说：'但我想学学怎样给孩子们解释棒球。'奇怪的插曲。

"一车电视操作人员和摄影师跟着我们开上太平洋海岸公路。漫长的旅程中，比莉一直郁郁寡欢、心事重重。她父亲克拉伦斯·莱恩住的是两层木结构房子，宽四十英尺，坐落在卡博恩海滨上。就我最近对比莉家的拜访所能回忆的，房里有间相当大的起居室，里面有一排书、一个石壁炉、一扇大玻璃窗，从玻璃窗可以眺望木阳台和碧蓝的大海。

"护送我们的警察的两辆汽车和摄影师们的汽车停放好，我们下了汽车。房子前门一打开，比莉的妹妹基蒂扑向比莉怀中，摄影师们也拥过来抢拍镜头。比莉和基蒂成鲜明的对比，基蒂一头棕发，狮子鼻，身材更矮。她俩彼此搂着，热烈地说着，给摄影师们提供拍照的机会。

"我们马上进屋，身后跟着两个合伙的摄影师。我进屋时，比莉已问候过她父亲，把他拉到屋角说悄悄话。他们有好一阵谈得很高兴。基蒂忙着倒水、端咖啡、拿英国饼干。

"最后，比莉分送一些她的苏联礼品，我们围坐在咖啡桌四周，摄影师离得稍远。交谈大都是关于比莉的莫斯科之行，关于伦敦、看的电影和读的书。这时门铃响了，基蒂急忙把丈夫和儿子让进来。我一下就认出他们。诺里斯·温斯顿是牙科医生，比莉的妹夫，还有十四岁的外甥里奇。比莉吻了妹夫，又弯腰吻外甥，然后拉住他的肩膀打量着他。'天呀，我都认不出你了。'比莉说，'从我上次看见你，这一年里你长高许多。'基蒂走上去说：'姐姐你说啥呀，你看见里奇还不到一个月啊，怎么你忘啦？'比莉似乎显得慌乱。'甚至一个月也不到啊！'基蒂又说，'你不记得了？我送他去东部地区找预备学校时，我们事先没约定就顺便到白宫去看你了。'比莉用手拍着脑袋。'看我的记性。'她叹息着说，'原谅我，里奇。你长到我这个年纪时，脑细胞也会变得很快的。'她把他拉到身边又吻吻他。

"诺里斯·温斯顿朝门口走去，'还有个客人等着要见你。'他回头喊道，'再等会儿。'他朝外面的汽车跑去。半分钟后，抱回一团毛茸茸的黑东西。我认出这是比莉曾给我讲过的苏格兰小黑狗，因它患关节炎需要晒加利福尼亚的太阳，比莉就把它留给温斯顿。狗名叫哈姆雷特。温斯顿把狗放在瓷砖地上，比莉高兴得尖叫起来，弯腰伸手去抱。'来欢迎我，哈姆雷特。'她喊道。狗不动地站着、嗅着，然后紧张地后退，朝她吼叫起来。比莉想把狗哄过去，可它还是叫个不停，比莉很尴尬地站起身，'我从小把它养大，'她并不特别对谁说，'它总是跳到我怀里，吻我。它怎么啦？'她向狗摇摇指头，'淘气鬼，哈姆雷特。你要是不听话，我就不再看你了。'她随着别人笑起来，改变了话题。我们谈了半个多小时，后来就只好离开了。

"这不合道理，但在今天发生的所有事情中，狗的不听话给我印象最深了。我一直在想着《奥德赛》。俄底修斯离开伊萨卡岛长达十九年，回来时假扮成乞丐。是谁立刻认出和迎接他的？是他那条忠诚的老狗啊！我意是无论分别多久，狗绝不会认不出归来的主人——或者女主人。

　　"当我们在洛杉矶国际机场，准备登机回华盛顿时，我和诺娜单独待了一会儿。'唔，事情很顺利，不是吗？'我说。'不能再好了。'诺娜说。'除了一件事，'我说，'只是比莉以前的狗要咬她，这事不是有点奇怪吗？''你在说什么？'我说它奇怪。''胡说，狗消化不良，就是这样。''是的，可能就是这样。'我说。"

　　因为比莉从洛杉矶回来得很迟，总统留下话说，十点之前不要叫醒她，她需要睡眠。

　　他下楼到白宫游泳池很轻松地游了一会儿泳。泳后冲好身子，穿上衣服，吃早餐。八点来到椭圆形办公室，准时参加在伦敦和克里钦柯举行最高级会议之前召开的关于博恩代问题的第二次正式会议。

　　安德鲁·布雷福德觉得一身清爽，他在自己的高背转椅上坐下，别人就都围坐在布坎南①办公桌旁。他在已到的人名旁做上小记号，有总参谋长萨姆·里德利、国务卿爱德华·坎宁、非洲事务主席杰克·蒂德威尔，总统私人秘书多洛丝·马丁拿着速记簿。布雷福德发觉只差总统顾问韦恩·吉布斯。他正要按铃叫他，问到底何事使他脱不了身时，吉布斯拿着一沓装订好的意见书走进来了。

　　"对不起，我来迟了。我必须等到这些最新情况。"吉布斯道着歉，开始分发意见书。把最后一份递给总统时，他说，"请告诉第一夫人，昨天我在电视里看了她在洛杉矶的讲话，太令人激动，太好了，是她最好的讲话。这对你俩大有好处。"

---

　　① 布坎南——美国第十五届总统。

"随着选举的到来，我们要采取一切可能的手段。"总统不无讽刺地说，"这也使我们开始解决博恩代问题，这不仅是国家安全问题，而且是重新当选的一个因素。"

他打开吉布斯递过来的文件夹翻阅起来。

"啊，博恩代，"总统接着说，"根据这个最新情报，我们来考虑一下双方的立场吧。在博恩代内部，有政府和叛乱分子的立场。就最高级会议而论，有我们和苏联的立场。杰克，你是非洲问题专家，开个头吧。"

总统靠在椅子上，手指捻着铅笔，准备听取发言。

杰克·蒂德威尔在阿拉巴马大学取得非洲历史教授头衔后来政府任职，他早已成竹在胸。"我们在博恩代的代理人基班古总统有人力，但没有必需的武器。在直接对抗中，如果双方都没有外部援助的话，就我们的情报——军方和中央情报局的——估计，基班古的军队能够抵抗纳瓦帕的人民军，为我们维持住那个国家。纳瓦帕如果不能从苏联得到武器和顾问，他是不会有机会的；如果有最现代化的武器和技术人员，纳瓦帕就能轻而易举地为苏联人夺取这个国家，然后苏联人就会百分之百地控制博恩代的铀资源，获得渗透和颠覆大部分其他中非国家的基地。但如果我们提供装备进行干涉，抵消苏联人准备给叛军的武器，那么纳瓦帕就不敢行动，我们就能保持优势。"

"是的，我认为几个月来这种局面已经很清楚了。"总统转动着椅子说，"怎么样，海军上将，你的看法如何？苏联人已经准备好足够的武器了吗？"

海军上将里德利总参谋长点点头说："无疑他们是准备好了，但不是完全够了，而是接近够了。他们在埃塞俄比亚聚集了大量军火，全都准备停当，一夜之间就能空运到博恩代。"

他从公文包里取出几页递给总统，"这是我们所能收集的最详尽的苏联在埃塞俄比亚标明给纳瓦帕的军火清单。"上将清清嗓子又说，"你会看到这清单很可怕，其中有 SA-2 导线地空导弹、SA-3 小羚羊地空导弹、SA-6 根弗地空导弹、苏制赛格和斯拿波反坦克导弹、陶式导弹、AKM 攻击步枪、火箭炮、122 毫米攻城火箭、T-54 坦克、米格 21 喷气式战斗机、安 22 运输机等，应有尽有。我再重复一遍——很可怕。"

考虑着上将的话，布雷福德总统摸着脸说："那么我们在博恩代的军备状况有无变化？"

里德利上将用力摇摇头说："毫无改进。我们给基班古的武器主要是报纸宣传和伪装的防卫力量。但我们向全世界已宣告——主要是告诉苏联——我们向博恩代出售、运送了大量的物资。但实际上我们给博恩代的援助仅是最低限度的或等于没有，如果苏联人知道这点，他们在当地的叛乱分子不用一周就能接管这个国家。"

总统高高扬起里德利给他的军火清单说："如果我们的物资能与此相等，你认为基班古能平息任何叛乱吗？"

"没问题。"上将说，"当然，我们最好的武器将要求我们运送相当数量的军事技术人员。在某些地区可能会被认为这完全是美国干涉——但考虑到利害关系，这可能不是个坏主意。"

"等等，我来提点看法。"总统顾问韦恩·吉布斯说，"从严格的政治观点来看，总统先生，武装博恩代政府，投入我们的军事人员将会造成你的自我毁灭。昨晚，我从纽约的最新民意调查得知，有百分之五十二对百分之二十九——其余的人尚未打定主意——反对美国在非洲的任何形式的干涉。到目前为止，即使苏联支持非洲任何地方的叛乱分子，反对我们干涉博恩代的仍是百分之四十六对百分之三十四。至于大量输送武器支持非洲盟友，公众投票是百分之四十八对百分之三十一反对。公众的声音是明确的，对他们来说，这样做颇有点越战开始时的味道。总统先生，任何违背公众意志的行动都会危及你的名声，也会使你明年在势均力敌的选举中失败。"

总统显出赞同的样子说："那么，在政治上我们准备在伦敦最高级会议上采取的态度是对的。我们支持、有力地支持苏联或我们不以任何形式进行干涉。"

"完全正确。"吉布斯说，"使苏联人同意，你就赢得了最高级会议——重新当选总统。"

国务卿坎宁举起手说："我倾向于赞同我们唯一的立场是不干涉非洲。以前我如果动摇过的话，现在已毫无疑虑了。在绝对的不干涉的后面，我强烈地感到美国公众根本不关注非洲问题。公众不等于无知的黑人土著，公众不明白为什么控制一个小小的黑人共和国会影响他们的生活，也不能明白铀的重要性。因此，让苏联人在不干涉条约上签字是我们在军事和政治上的胜利。"

海军上将里德利也表示让步说："我认为问题不在于我们，而在于克里钦柯及其同伙。他们认为我们已经给了基班古大量的军火，他们相信我们已做好提供更多军火的准备。如果下周在伦敦他们还是这样想的话，那他们就不会发出进攻的信号，就会在我们的不干涉条约上签字。可如果他们知道了真相——我们在博恩代军事上的软弱，导致我们的无能为力——或知道任何一点风声，那他们就不会在最高级会议上签约，而会干脆把军火空运进博恩代，控制那个国家。如果总统先生决心不插手的话，那么，未来就不取决于我们，而是取决于克里钦柯。"

"对。"总统说，"先生们，所以一切都取决于他们不知我们的实情，取决于对我们的意图保密。"

"取决于此。"国务卿坎宁也表示同意，"我们的秘密武器就是保密，如果内情被泄露，我们就输了——以后十年的形势都将于我们不利。"

"如果，"上将说，"我再重复一遍——如果你已做好准备，总统先生，这次的积极干涉才能制止和打退他们。"

"而且也制止我，打退我。"总统说，"我竞选就失败，我们就会有新总统，你们也都只好另谋生路了。"

"说得对。"吉布斯说。

总统手掌按住桌子，直起身，带着决断的语气说："先生们，我们别无选择，只好照此办理。如果情报有了变化，我们再做考虑吧。但就现在情况看，我们必须按计划进行，必须假装强大来继续欺骗他们的情报机构，必须保持秘密，这样才能获胜。就这样，到伦敦后，我们再开最后一次会议，进一步确定我们的立场，向最高级会议进军。目前，我们都喊一句第二次世界大战的口号——紧闭你的嘴唇。谢谢，先生们，再见。"

中午刚过，薇娜·华维诺娃和诺娜·贾德森在白宫总统餐室吃完工作便餐。

上周的旅行、活动和对角色的要求仍使薇娜疲惫不堪。她用汤匙慢慢搅动咖啡，使它冷下来，做出专心听新闻秘书说话的样子。

诺娜手捧第一夫人下午活动的日程表正念着。每当她念到一个约会，都要挪开日程表，谈谈自己对会见有关人员或组织的重要性的评价及介绍背景情况。

对薇娜来说下午的活动既容易又是预料之中。坐着让别人再画一张《妇女家庭杂志》封面像；接见一批参观白宫的外国学生；会见从纽约来的她自传的精装和平装书的出版商，盖伊·帕克要参加；和中国使馆高级外交官的夫人们共进茶点；抽时间回一些最迫切的信件和晚餐前休息一会儿。总统和她要举行一次非正式晚餐，招待八位民主党筹款人及其夫人。

很轻松。

诺娜解开她塑料封面活页笔记本的金属环，抽出这天的日程表递给薇娜说："这份给你。这也是你的。"她拿起一沓剪报和电传单也递给第一夫人。"这是关于昨天你在洛杉矶电视演讲的第一批报道和评论。这会使你感到高兴的，比莉。你大受欢迎，就像我们大家告诉你的那样。"

薇娜翻开剪报，忍住笑容，报道使她高兴。在她整个演出生涯中，无论是在莫斯科当学员，还是在基辅当专业演员，都从没有得到抵得上现在摆在她面前这么多评论的十分之一，这还仅仅是一次短暂的露面呢! 美国真是个新闻、宣传工厂。

"啊,还有件事。"诺娜又开口说,"刚安排好你明天的日程。因为后天早上你就要出发去伦敦参加最高级会议，明天是你在这里的最后一天，我想你最好也要备一份看看，好安排空余时间去收拾一下东西。因为你四点钟还有约会，我有意把你明天的日程安排得轻松点。我认为你并不喜欢动身前太忙。"

她递过一份明天的日程表。

薇娜啜着咖啡，把日程表举到杯子上方，从上到下看起来。她看到四点钟时停住并念出声来：

"四点……三点一刻动身，四点在默里·萨迪克医生办公室有重要约会。五点结束、返回。"

这平平常常的一行话却像标枪一闪，刺中了她。

她仍瞪在"重要约会"几个字上。她惊骇不已，面容呆滞，坐在那里一言不发。

在诺娜面前，她竭力恢复和保持沉静。大脑计算机般飞速旋转，输出亚历克斯·拉辛讲的关于她的医生们的信息。他们的习惯、个性、外貌都详细地给她作过介绍。雷克斯·卡明斯博士，当然是白宫医生。还有布朗、阿佩尔、斯托列夫、萨迪克都是专家。对了，她想起默里·萨迪克博士是妇科医生。可详情介绍并没告诉她诺娜所描述的"重要约会"是去他那里呀。怎么回事呢？全然不知使她懊恼。是不是每三个月的例行体检？或者是不是在此过程中发生什么特别问题？"重要"这个词排除了"例行的"而表示"特殊的"，如果这样，又是关于什么事呢？她不能盲目地、在不知应如何处理自己身体问题的情况下去赴约。

"萨迪克医生，"薇娜说，"我已经忘了。"

诺娜望着她很吃惊。

"还是重要的。"薇娜接着说，"是否因为是医生的约会你就加以强调？"

"比莉，这是你告诉我后才写进去的，记得吗？就在你动身去莫斯科之前，你对我说'重要'，所以我在日程表上也就注明'重要'。"

"啊，我想起来了。嗯，肯定我是反应过头了。无论什么事都可等我从伦敦回来后再去，现在我简直被搞昏了。除了你表上的，我还有好多紧急的事要干，为什么我们就不能推迟到……"

诺娜打断她说："比莉，医生坚持这次约会，你也很想去。

你去莫斯科前见过萨迪克医生，他要你回来后尽早去他那里。去洛杉矶前你没法去，就同意去伦敦前再去找他，因此他才推辞别的病人，明天挤时间给你看。当然，我不知是否真的那么重要，这只有你才知道，但当我今天进一步落实这事时，他的护士要我告诉你，检查已准备好了。"

"检查？啊，对了。"薇娜声音茫然，"我不知道我在想什么。当然，当然重要。我最好还是去见见他。"

诺娜脸上的迷惑消失了。"我很高兴，"她放心地说，"可能难以……"

"没关系……再谈谈明天别的约会。"

她们简要地讨论着。刚刚讲完，诺娜放在身旁地板上的手提包就发出嘟嘟的叫声。

诺娜一下跳起说："我的信号。请原谅，比莉。我最好去看看是谁。"

她急忙走到电话旁，拨动楼里通讯队的中心号码。最后从电话旁回来说："是蒂姆·希巴德。他要我去参加他的新闻发布会。那个沙文主义者真的抬举我了。我猜想，自从你昨天讲话后，他就决定承认妇女的地位了。"她抓起提包，"你是否还有别的事，比莉？"

"谢谢，诺娜。你去吧。"

"我和外国学生回来之前，你自己还有半小时。"

"我在蓝房间等。"

诺娜一走，只剩她孤身一人时，薇娜的沉着一下子消失了，她感到焦虑倍增。她离开桌子，走进大厅，忧心忡忡地来到蓝房间。到目前为止，事情进行得都很顺利。诚然，洛杉矶之行不是一帆风顺，尚有一系列的小失误，但她是老练的女演员，把它们都克服了。她相信不会有任何人注意到什么漏洞，当然，比莉的父亲和妹妹真相不明地接待了她。只有狗，那条狗娘养的狗才知道，可谢天谢地，它是个哑巴东西。不，尽管洛杉矶出了点问题，她都已设法处理妥帖了。而伦敦呢？因为远离那些熟知比莉的人，也不会有什么问题。在她与成功的使命之间只站着一个萨迪克医生。如果她不能克服这个新的、出乎意料的障碍，对她的妇科医生的这次意外拜访可能导致她的毁灭。

走进蓝房间时，她还在想着。她转身朝着白色克拉拉大理石壁炉台旁的扶手椅走去，颓然坐下，目光阴沉地瞪着壁炉。她心乱如麻，但仍努力控制自己的感情，绝不能惊慌失措，必须考虑危险的处境，冷静行动。显然，她唯一的保护在于了解萨迪克以某种方式预先警告过的、想明天见她的原因。

她为什么要去见他？他为什么觉得重要？为什么事？

她只有可怕的二十六个小时去了解要见比莉的——她自己的——妇科医生的原因。

彼得洛夫将军会把这叫做紧急情况吗？当然会的。她被告知，除非遇到可能引起严重后果的紧急问题，否则都不要去和在美国的克格勃间谍联系。那么，现在就是紧急情况，她必须冒险联系，求得帮助。

她脑子里回忆起万一出了问题要采取的步骤，这包括打两个外线电话。她要给总机一个号码，得到回答时，这就要史密斯先生，有人会告诉她拨错了。她挂上电话，再给总机同样的号码，只是最后一个数字不同，当另一个人回答她时，她再要史密斯先生。她将再次被告知拨错了号码。电话打完，就是给克格勃发出了她需要帮助的信号。这意味着克格勃将和安插在白宫的一名间谍联系。这名间谍很快就会来找她，对她说："迪斯尼乐园有。"她就尽量轻声、迅速和简明地把问题告诉他。此后,另一名安全的克格勃间谍会回答她的问题。

薇娜的手表显示,在诺娜和外国学生回来之前还有二十分钟。

立即动手。薇娜离开椅子,走到吉尔伯特·斯图尔特画的门罗总统画像下面的那张桌上的电话机旁。画像并非真人,尽管门罗的双眼在头顶上凝视她,但她并不觉得被发觉。她把听筒举到耳边,报了号码,叫史密斯先生,有人告诉她号码错了。她挂断电话,又重复一次,这次号码又错了。

她把听筒放回听筒架,觉得轻松了。求援的电话已有人听见。有人正用某种方式和这幢大楼里某处的某个人联系。这人是她的盟友,而他会来和她联系,她不再孤军作战了。

怎么样,何时那人才来,他是谁,她都不知道。她只知道这将以一种神秘的方式发生。

她沉思默想地在蓝房间里转着圈子,想以简洁的方式告诉白宫间谍她和萨迪克医生的约会,以及约会之前她必须知道的事情。

薇娜等着诺娜的外国学生游览团,但她知道她会继续思考自己的问题。这太使人不安,需要分分心。她决定去卧室把翻边外套换成毛线衣,然后再回来。刚走到门边,身后的电话就响了,声音大得像发警报,她一转身朝电话跑去。

"布雷福德夫人吗?"是个带法国腔的男人声音。

"是的。"

"我是你的厨师长莫里斯,在厨房里。"

她想起那个又矮又胖的生在里昂的法国人。她管辖白宫的厨师,见过他两次,觉得他和蔼可亲。

"你好,莫里斯。"

"对不起,打扰你了,夫人。可我想,你也许想和我一起看看今晚的菜单。"

她可没这闲心。"不必要,"她说,"菜单托给你办,准备你认为最好的东西就行了。"

"对不起,夫人,可我觉得主菜可能会使你感兴趣。迪斯尼乐园有卖的。"

开始她还不明白,差点就错过了。但接着意识到他已漫不经心地说出了关键的暗语。迪斯尼乐园有。这个法国厨师!

她紧紧抓住话筒,凑得更近说:"我不知道,莫里斯。可能是很了不起的菜。也许我们应该商量一下才好。请马上把你的建议带到我这儿来,我在总统起居室。"

她放下电话,觉得浑身无力,然后鼓起精神,急忙朝卧室走去。

打发女侍萨拉去告诉诺娜,说她要迟几分钟。她换上毛线衣,拉直,这时门上传来几下短促的敲门声。她不打招呼,把大肚皮厨师让进屋,小心地关上门,朝椅子打打手势。她拉来一张空椅子,紧挨着他,椅子已靠着他的大腿了。

她靠过去。"今晚的菜单吗?"她轻声说。

他把一本黄色本子放在她膝盖上,"我想,"他嘶哑的声音低得几乎听不见,"你说什么我都听着。"

"麻烦。"她耳语道。

"说下去,夫人。"

"几周前定的意料之外的和医生的约会。我必须见我的妇科医生默里·萨迪克博士——"

"默里·萨迪克医生。"莫里斯应道。

"明天下午四点。我提前一刻钟离开白宫,他们说这是重要约会。以前做过一些检查,我必须知道为什么我要见萨迪克医生,我要去检查什么。不知道这些,我可能严重失误。"

她身旁那张愚钝的脸仍然漠无表情。"明白了。"

"我必须知道一切。"她说。

"我会报告。"

"还有，"薇娜低声说，"可能萨迪克医生要对我做体内检查。以前他多次检查过第一夫人，对此他很了解。这对妇科医生来说，就如指纹对侦探一样能说明问题。用扩张器检查盆腔后，他要用手指触摸和检查内部，我不知道妇科医生这样做能发现多少问题，是否觉得两个女人的器官会有不同。但他如果意识到我和第一夫人的不同，他就可能生疑。两种危险中，这种可能要小一点，但危险总是存在。如果萨迪克医生本人不能检查我就更好些。你明白吗，莫里斯？"

"完全明白，夫人。"他咕哝了一声，站起来，"今晚一切都会处理好，早上通知你，别着急。祝你晚餐愉快，大开胃口。"

"谢谢你，莫里斯。"

他从她膝上拿走黄本子，鞠躬后摇摇摆摆地走出卧室。

由于脑中的问题转到了别的能干人的手里，薇娜这一天剩下的时间过得很快。晚餐时，她甚至欢乐起来。

只是到晚上，她和安德鲁上床时才又使她想起这个问题。她先上床，在床上等着安德鲁，她漫不经心地提起了最高级会议的事。

"你准备好对付苏联人了吗？"

"还没有。"他扣上睡衣说，"但我们会的。"

"会是严重的对抗吗？"

"我说不定。"

"能折中解决吗？"

"但愿如此。"

他隐晦含糊，令人恼火。她决定不再追问了。

"在伦敦只工作不玩吗?"

"可能,一旦我知道我们要去哪里会全告诉你的,比莉。"

这时,他俩都上了床,灯熄了。

"明天你一定不要紧张。"他说。

"有一点。"

他想消除她的疑虑:"我可不担心,萨迪克是这儿最好的医生。"

"我也想不担心。我想任何女人去见她的妇科医生之前总是有点忧虑的。这是无意识的,我并不特别担心。"她想获得更多信息,"你呢,安德鲁?"

"当然不。"他躺回枕头说,"让我们等着瞧吧。不管发生什么事,我们要相信医生。晚安,美人。"

"晚安。"她无力地说。

他是什么意思?不管发生什么事。

不知道这事真使人丧气和恐惧。

她的忧虑还没增强,另一种想法又使她觉得安慰。

她会知道的。

此时此刻,克格勃正在为她找答案。它的间谍从没失误过。当他们要寻找什么东西时必能找到,他们无所不知。他们说要把她安插到白宫,她就到了白宫,睡在美国总统的床上。他们说要告诉她见萨迪克的原因,那么明早就会告诉她的。

她感到更安全了,准备睡个好觉。

五

第十六大街的这幢十层现代化大楼，是华盛顿特区的新建筑之一。眼下，大楼里的住户大都是些律师、会计师和医生等从事专门性职业的白领阶层。现在时近午夜，大楼内外幽暗无人，万籁俱寂，只有门廊里一盏灯发着昏暗的光亮。灯下，一张高高的条形桌紧靠着离玻璃大门不远的大理石廊柱，一名穿制服的私人保镖正坐在桌前的木凳上，低头看一本书。

这时，两个身穿工装、清洁工打扮的人出现在门口。其中一个是留着小胡子、身材魁梧的中年人，扛着一个重型真空吸尘器；而另一个是身材修长、脸刮得光光的年轻小伙子，他则扛着一个木制工具箱。两人推开门，步履艰难地进了门廊，走向登记柜台。

保镖的目光从手中的那本平装小说上抬起来，注视着两人。

"嗨！"年纪大的那个清洁工招呼一声，放下吸尘器，伸手去拿柜台上的铅笔。

保镖来回打量了两人几眼说："以前怎么没见过，新来的？"

"哦，"那个年轻的回答，"头一回呢！清洁服务站叫我们加加班，到四楼的几间房里再干点活。今晚最后一趟啦。"

"怪事。"保镖觉得有些蹊跷。经理并没给我提过此事。也可能是他忘了。"有业务卡吗？"

中年清洁工手伸进工装里的口袋摸了一阵，最后掏出一个折得皱皱巴巴，上面满是污痕的业务卡，递给保镖。

在保镖看业务卡时，年轻的清洁工吹着口哨慢悠悠地转了有几米远，然后又走回到桌前。保镖将业务卡放到他面前，拿起了电话说："我给你们服务站打个电话，要他们证实……"

"他们一定会证实的。"中年清洁工有些不耐烦。

"我还是要打电话问问。"

保镖的手指刚刚触到电话，突然，他坐在凳子上的身子一硬，畏缩地朝前一耸。

年轻的那个手拿一把短筒黑色左轮枪顶在保镖后背上。"现在行了吧，嗯？"他用低沉严厉的声音朝保镖威逼道，"照我们的话做，不然保不住脑袋。先让我卸下你身上那块多余的东西吧。"他手伸向保镖，从他枪套里抽出一支警察用的小手枪。他看了看上面的保险栓，把枪递给他的同伴，让他装进衣袋。"好了，别想逞能了，乖乖地从凳子上下来，像没事一样去第一排电梯，我们跟着你。"

脸色灰白的保镖滑下凳子，身子僵直地走向楼下最前的那排电梯。电梯门一直开着，中年清洁工扛着笨重的吸尘器和清洁工具箱抢前一步走进电梯内。年轻人用枪戳了戳保镖，命令道："你进去。"

中年清洁工按下八楼的按钮，门轻轻关上后，电梯开始向上升动。

到了八楼，三人一齐走进光线微暗、空空荡荡的走廊。年轻清洁工又用枪戳一下保镖说："向右，到女厕所去。"

走进厕所，中年清洁工将他扛着的吸尘器和工具箱放进门内，拉开了电灯。接着他手伸进工具箱，从里面掏出两根绳子和一卷宽宽的胶带。两人都像是精于此道的老手，动作干净利索。他们将毫无反抗之意的保镖的胳膊拧到背后，紧缚住他的手腕。为了不使保镖叫出声，他们又用胶带交叉封贴在他的嘴上。然后，中年清洁工将他拖进卫生间，按在便座上，而那个年轻人则上前半跪着将保镖的脚绑在一起。

将保镖处置完毕，两人退出了卫生间。那个年纪大点的还回头说道："晚安了，先生。明天早上，如果哪位女士来此撒尿，免不了会大吃一惊的。"

关上了卫生间的门，两人又扛起了他们的工具，再拉灭电灯，沿走廊走向电梯。

"很顺利，艾尔夫。"中年清洁工朝那年轻人说道。

"你可是个干活的好搭档，格里辛。"年轻的清洁工回答。

两人将电梯开下四楼，轻松自在地走到走廊的第一个拐角，在通向套房的接待室门口停下。门上有块写有字的小木牌：

<blockquote>
医学博士　默里·萨迪克

医学博士　罗丝·达莉

产科

妇科
</blockquote>

臂粗腰圆，留着小胡子的格里辛低下头，仅用了十几秒钟就撬开了门上球形把手的锁。

走进黑黑的候诊室，两人放下手上的工具。他们没去开电灯，一人从身上摸出了一支手电。

"这儿真不错啊！"艾尔夫感叹道。

"第一夫人总不会去乌七八糟的地方嘛。"格里辛接上话。

两人低低地打着手电，开始在套房里一间间地搜寻。先是候诊室和预约、存放病历的办公室，萨迪克医生布置得漂亮、整洁的办公室。接着是检查室，又是一间检查室。一间实验室和浴室。第三、四间检查室。最后是达莉医生的办公室。

"就这些，"格里辛说道，"到病历室。"

两人的手电光又照着他们回到漆成绿色的病历室。屋子里，一格格的架子上全堆放着马尼拉纸的文件夹，每个文件夹上都贴着有病人姓名的标签。艾尔夫将两只手电合起来，照到第二只病历夹格子。翻找一阵，格里辛见到了贴有"比莉·布雷福德"标签的病历。

"呀，找到了。"格里辛满心高兴，"先看看再说。"

他手拿病历走向接待桌，身子歪坐在无扶手的转椅上，艾尔夫则放下手电在自己衣袋里找寻什么。

"浑蛋，手电举高点我才看得见。"格里辛骂道，"你等会儿找你的东西不行吗？"

艾尔夫赶忙举起手电，将光照在格里辛刚翻开的比莉·布雷福德的病历上。

夹子里共有六七张纸。格里辛先翻看第一张，接着又仔细看着第二张。"都是两年半来她找萨迪克门诊检查的日期和记录。"格里辛皱起眉头说，"全是定期例行的门诊。没有什么特别异常的，见不到有急诊的记录呀！"

"说不定最后一页上有她最后的那次门诊，或许有点什么我们感兴趣的东西。"艾尔夫提醒道。

"说得不错。不过还是先看完别的门诊记录，看看有没有……"他突然停下，念着病历上的一段文字，"阴道感染，去年十二月……"他略略迟疑，"身体不适。三星期后病状消失。"他又翻了几页说，"没有，什么也没有。这就是最后一页，两星期前的。"他脸色冷峻地停住口，沉默了一阵，咕哝道："他妈的是怎么回事？"

他哗的一声把最后一页放在手电光下，叫艾尔夫看。

"这是速记啊！"艾尔夫有点吃惊。

"没见过这么写的。"

"估计是医生自己写的。"艾尔夫说道,"很多人都有他们自己的一套记事方法……这上边有红铅笔写的字,'需誊译'。"

格里辛将病历又放到自己面前说:"为什么那个混账护士没把它誊译出来或用打字机打出来,让人能看得懂? 别的全是打字机打出来的。"

"这是最近才写的,可能没顾得上。"

"哼,这个速记对我们来说简直是天书,"格里辛无可奈何地说,"一个字也不认识,真他妈的碰到鬼了。"

"别急,格里辛,我有主意了。我知道萨迪克的护士能把它译出来,她肯定认得这些,而且能把它用打字机打出来。"

"你说怎么办? "

"我看咱们对她来个半夜拜访,要她把上面的意思告诉我们。如果她不干,我们就给她来点硬的,直到她乖乖地同我们合作。"

格里辛盯着他的同伴看了一阵,然后慢慢地摇摇头说:"艾尔夫老弟,如果我们把她弄得人事不省,你还会像这样自在吗? 这个主意太蠢了。你是说我们把萨迪克医生的护士弄来痛打一顿,直到她告诉我们布雷福德夫人最后那次门诊的情况? 那样一来,事情就得暴露。那护士会向警察大叫大嚷,说是有人谋杀,并通知白宫有两个刺客想弄到第一夫人的情况。我想,这位新第一夫人绝不希望引起人们的注目。我了解彼得洛夫,他不会同意的。"

"说得不错。"艾尔夫道,"那这事就算了。"

格里辛将诊断记录放回夹子。"弄不清这个浑蛋别出心裁的速记。"他将病历夹递给艾尔夫,"把它放回原处,注意除掉我们留在上面的指纹。给我支手电。"

艾尔夫接过他递来的病历，走回到柜前。而格里辛则回办公桌里找寻，最后打开了中间抽屉，拿出看病预约登记本，查找起第二天的预约栏目。一点不错，上面清楚地记着比莉·布雷福德夫人是明天下午四点。他放回预约本，关上了抽屉。

格里辛扭头朝黑屋子里喊道："艾尔夫。"

"我在放病历夹。"

"我们才走了第一步，现在得再走第二步。给我再拿六个女人的病历夹来。"

"好的。"

几分钟后，两人已在查阅去年找萨迪克医生看过病的六位妇女的病历。他们仔细地看过每人近期的病情记录，将其中的三份放在一边。格里辛拿起第四份，看过最近一次的门诊记录后，他抬起头，咧嘴一笑说，"哈，太妙了。"他将桌上的白色电话机拉到面前，"下一步该从这儿入手。"

格里辛伸手猛拨萨迪克医生家里的电话号码。医生的管家拿起电话。

"我叫乔·麦克吉尔，我妻子有病，想请默里·萨迪克医生。她是医生的固定病户，现在病得很厉害，我只得打电话找他。"

"你肯定她的病不能等到明天早上再找医生吗？"

"病人就在我身边，她痛得很厉害，需要马上治疗，事很紧急。"

"那好吧。我去看看能否请他来。您能把您的电话号码告诉我吗？"

"啊，不能。我家里的电话坏了，我是在电话亭里打的，上面的电话号码看不清楚。"

"这要麻烦点，我要先去看看，请不要挂电话。"

格里辛拿着电话朝艾尔夫眨眨眼。话筒里寂然无声。过了一阵，传来一个困倦的声音：

"我是萨迪克医生。麦克吉尔先生吗？"

"是的，医生。我是为我的妻子格丽丝·麦克吉尔打电话，她是您的病人……"

"哦，我当然记得麦克吉尔夫人。你说说她是怎么回事？"

"是这样的，她骨盆四周感到剧痛，同时，胃下面出现痉挛。她说她觉得就像您去年给她做手术时的那种……"有格丽丝·麦克吉尔的病历表在面前，格里辛随意挑选着医学术语来描述麦克吉尔夫人的病状，并故意将一些词的音发得不准或拼错。

萨迪克医生沉思了一阵答道："既是这样，今晚我得去看看她。您要继续让她休息，告诉她我马上就来。您能告诉我地址吗？"

格里辛照着病历上的记载念了地址。

"我大约四十五分钟后赶到。"说完萨迪克医生挂上了电话。

借着手电光，格里辛将电话放下，并向艾尔夫得意地一笑。然后，他又抓起电话，极为熟悉地拨了一个号码。

电话里立即传来了一个男人的声音。

"G和I①都在指定地点，"格里辛报告，"第二步计划已开始实施。"

"时间？"

"立即开始。他正在穿衣服，准备上病人家门诊。你们有

_____

① G——格里辛名字的第一个字母。I——艾尔夫名字的第一个字母。

他家的地址，这里是他要去的地方。"格里辛报出麦克吉尔家的地址，"大约四十五分钟后到，能赶到吗？"

"可以赶到。"

"祝你们好运。"格里辛放下电话，站起身来。"艾尔夫，检查这四周，不要留下痕迹。我去拿我们的清洁工具，门口等你。"

一分钟后，两人在候诊室门口碰了头。

"行了，我们完成了第二夫人希望的一半。"格里辛轻松地说道，"另一半嘛，妈的，她不是个演员吗？走吧。"

下午，白宫二楼的绿色房间里，薇娜·华维诺娃坐在硬沙发椅边上，假装认真听取她的新闻秘书的汇报，而眼睛则不时地瞅着墙上的挂钟。新闻秘书诺娜不停地在讲着比莉伦敦之行时第一、二天的时间安排，薇娜则对时间渐渐临近感到焦急不安。再过一小时二十分钟，她就要去见萨迪克医生，但对医生将同她讨论什么问题和对她进行什么检查则一无所知。墙上那个老式大钟在滴答地响，她同她的妇科保健医生的这次约见越来越近。而她仍同昨天一样，由于对将面临的情况心中无底而感到惶惑不安。她不知克格勃会在何时、用何种方式同她联系，不知同她联系的特务会告诉她些什么情况。

随着指针的缓缓蠕动，她的信心也渐渐受到动摇，但她仍坚信克格勃会给她摆脱困境，就像她在乌克兰的母亲曾始终坚信上帝一样。

"所以我们要注意伦敦第二天的行程。"她听见诺娜在说，"不过，我想英国人也不会围挤得您太厉害的。"

"不会的，这个安排很好。你能否把第二天晚上的安排再讲一遍？"

"我刚才说了，头天晚上没安排，依情况变化而定，但这会使社交宴会什么的要推到第二天晚上开始。英国首相达德利·赫顿和他的夫人佩内洛普·赫顿将为您和总统——当然还有苏联的克里钦柯夫妇，举行一个大型的正式招待宴会。"

"在哪儿？"

"在白厅①里的宴会厅。"

"我还从没去过白厅呢。"

"那儿漂亮极了，比莉。它是亨利十三留下来的，现在的宴会厅是由他当年修的宴会厅改建而成的。"

"我真想……"

电话铃响了起来，薇娜的心紧张得怦怦直跳。她想这一定是莫里斯打来的，他是白宫的厨师长。诺娜正要站起接电话，但薇娜已抢先从沙发上站起来。"我来接，诺娜。"她说道，"我在等一个私人电话。"

电话正响起第四次铃声，薇娜伸手拿起听筒说："你好。"

"是布雷福德夫人吗？"电话里的声音很高，略带点儿咬舌音和有些做作的英国腔。她一时竟搞不准对方是个男人还是个女人。

"我是布雷福德夫人。"

"我是弗雷德·威利斯。"对方说道，"我是礼宾司的。"

这是个男人，她常见到他，本应轻易就分辨出他装模作样的腔调，但实际上却一次也没能做到。他继续说道："我必须马上见您，有关去伦敦的正式访问问题。"

她大失所望。她一直在盼望那个电话，眼见时间一秒秒

---

① 白厅——英国的政府机关所在地。

地消失，她绝不想听别的什么胡扯。"对不起，我现在很忙，"她语气比她心头想的还要严厉，"我们另找时间谈吧。"

"布雷福德夫人，我必须马上见您。"威利斯喊道，声音里带着歇斯底里的尖叫。

"我得换衣服了，我……"

"我请求您，布雷福德夫人，"他向她恳求道，"我下楼来了。"

他的声调中带有某种意味使她又思索片刻，终于改变了主意。"唔，那好吧。但只谈一分钟。"她说。

她放下电话，对他的打扰有些恼怒。

诺娜已将她的各种文件收在一起，提起了公文包。"有人要见您？"她问。

"弗雷德·威利斯。如果我不见，他可能会发疯的。"

"讨厌的家伙。"诺娜答道，"不过我看，他倒是忠于职守。我先走，别忘了同医生的约会啊！"

"不会的。"

薇娜看她走出房间。等门关上，她又一次望了望挂钟和那座此刻寂然无声的电话机。给她送消息的人出了什么事？直到目前，克格勃还没使她失望过。不到一小时，她就得去萨迪克医生的办公室，毫不知情，孤立无援。这真是难以想象！

外面响起了敲门声。

"请进。"

弗雷德·威利斯猛冲进屋，将薇娜吓了一跳。这人真是滑稽可笑，诺娜说得不错，他可能是个恪尽职守的人。他矮个子，有洁癖，两眼突出，鼻子很尖，下巴和嘴都往里凹进，很像一个扮演少年的大龄演员，穿着打扮却像个伊顿公学的老学生。

他向她欠了欠身子说："很高兴您同意我们会面，布雷福德夫人。"

"恐怕时间很短。"她在一张椅子上坐下来，等着他开口。

"要不是事关重大，我也不会来打扰您的。"令薇娜大为惊异的是威利斯竟然从屋中拖过一把椅子，紧挨在她身边。

他坐下来，向她凑过身，压低声音对她耳语："为了迪斯尼乐园。"

薇娜顿时大惊失色，但仅一瞬间便镇静下来。"迪斯尼乐园？"她问。

她半转过椅子，使自己能更清楚看到他的脸。"你？！"她小声道，"刚才你打电话说有急事要见我时，我曾想到过，但又觉得太不可能。"她曾猜测过所有可能会同她接头的人，但绝没想到过会是威利斯。克格勃办事太精明、太使人捉摸不透了，他们竟然已渗透到国务院和白宫这么高层的人中。"我没想到会是你。"她说道，"谢天谢地，你终于及时来了。"她尽力想从他脸上看出点什么迹象。"你说吧。"

他开始用他尖细的声调小声说道："我来回答你所要求的事。首先是你这次约见保健医生的目的。我们已尽了很大努力，但一无所知，简单地说，是见不到这些材料。"

她身子往后一缩，说："哦，不行。这次约见太让人担心了。总还是搞到点什么吧？"

威利斯摇摇头说："一点也没有。不过也并不像你说的那么叫人失望，因为我们已成功地满足了你的第二项要求。这也就对你的第一个要求产生了影响。很幸运，四点钟你见不到默里·萨迪克医生了。"

"见不到？"

"他已为他的助手罗丝·达莉医生所取代。昨晚他在去给一个病人看急诊的路上发生了一起严重的车祸。他的车被从边道上急冲来的一辆车撞翻——肇事车上的两个人逃走了——而且，他们驾驶的是一辆偷来的汽车，所以不会被查出。等救护车赶到时，萨迪克医生已昏迷不醒。后来他被急送进医院，经检查，他受了严重的脑震荡，两处地方骨折，还有别的创伤。据说他不会因此丧命，但得在医院里待上好几个月，而且不能再当医生了。但不管怎样，他的助手达莉医生会接过他的部分病人来。除了你，今天她所有的门诊都已取消。"

"糟糕。"

"考虑到你的身份和你就要去英国，达莉医生取消了同原来的病人在今天下午四点的约见，只准备给你看门诊。"

"更糟糕。不过比见萨迪克又好多了。"

"达莉医生给你做过检查吗？"

薇娜想了想第一夫人过去的医疗情况，答道："没有。"

"那你就不用担心了。"威利斯也放了心。

"可我还是不知去那儿干什么呀！"

"要是遇上萨迪克医生，可能会碰到麻烦和难堪。不过达莉医生嘛，那就容易对付多了。除了看萨迪克的诊断记录，她并不了解你的病情，对你的身体状况也一无所知。"威利斯缩回他凑在薇娜耳旁的那张白鼬似的脸，站起身，朝她笑笑说，"布雷福德夫人，事实已证明您足智多谋，是个天才的演员。我敢说你会应付自如的。"

他转身走向门口，又扭回头大声说道："去伦敦的路上我们再谈这些情况。那时我就会弄明白，您在伦敦时女王会不会从百慕大群岛回来。再见，布雷福德夫人，祝您快乐。"

下午四点零五分，薇娜·华维诺娃略施脂粉，脱去首饰，只穿着普通的罩衫和裙子走进诊所，静静地坐在扶手椅上。

对面的办公桌前坐着罗丝·达莉医生，那份印有"比莉·布雷福德"的病历夹就放在她的手边，尚未打开。

保护她的秘密特工，已被她留在门口。越是步步走进这间套房，薇娜就变得越小心谨慎。她心中暗暗揣测，第一夫人认识达莉医生，萨迪克医生早就向她们彼此做过介绍，后来两人也偶尔见过几次面。所以，她一定不能先打招呼，以免认错人。很幸运，一个带着对她十分尊崇态度的年轻护士走过来，将她径直领进达莉医生的办公室。

达莉医生热情地上来拉住她的双手。她是个和蔼的中年妇女，身材矮胖，满头粗密的褐发，圆圆的脸，上唇微微下凹，手臂又短又胖，两腿很粗，身穿一件又大又长的白色外衣。

"很高兴又见到您，布雷福德夫人。"她热情地说道，"虽然我从未想过您会来找我看病。"

"听到萨迪克医生遭车祸的事，我吓坏了。唉，真不幸！"

"是呵，真令人可怕。"

"到底是怎么回事？"薇娜语气中充满了焦急不安。

"确切细节不知。"达莉医生答道，"我们从警察那里听说，车祸是半夜里发生的。萨迪克医生出门去一家病户看急诊，没想到……"

达莉医生花了几分钟讲述撞车时的情况，然后又详细介绍萨迪克的伤势。

"现在，我们只有但愿他早日康复了。"达莉医生说完，把转椅靠近办公桌。她伸手翻开病历夹，认真地看着病历上的记录，直到翻完最后一页。"还没有译过来，"她半是自言自语地低语，"上面还是速记。不过除他的护士外，我也能认出萨迪克医生自己发明的这些符号。好了，先看看他上次的记录。"她抬头看着薇娜说："您去洗过澡了吗，夫人？"

"还没有。"

"那趁我看这些速记时，您先去洗个澡，浴室在门厅的对面，把您的小便抽样瓶放在化验室里。"

薇娜离开达莉医生进了浴室。几分钟后，她重又回到办公室。

"好了，您的情况我基本清楚了。"达莉医生对薇娜说道，"您知道，我们得解决两个问题。"

"是的。"薇娜心里充满了紧张不安。

"自从上次就诊后，您的感觉怎样？我知道您做了多次出访，您觉得好些吗？"

"好多了。"

"很好。"达莉医生从椅子上站起来说，"下结论前，我给您先检查一遍。请跟我来。"

薇娜跟达莉医生走入就近的检查室。"您知道检查过程的。"达莉认真地说，"先脱掉衣服，衣挂钩在那儿。桌上有睡衣，旁边是被单。换衣服后请到桌上去，我马上就回来。"

达莉医生随手关上门。薇娜立即动手脱衣服，心中却十分恐慌，不知她究竟要检查什么。脱完后，她拿过桌上的睡衣披在身上。睡衣的后背开着口，只到了她的膝盖。她又拿起比浴巾大不了多少的被单，坐在桌子的边缘上，将被单抖开盖住双腿，让它遮住小腿的裸露部分。她正想让自己坐得舒适些，却看见门开了，一个皮肤浅黑的年轻护士走进来说："我看您都准备好了，我先给您量血压。"

量过后，护士将血压计放在一边说道："医生马上就来。"话刚落音，达莉医生已快步走进来。

"我们开始吧。"达莉说道。薇娜随即仰身躺在检查桌上。"再往下一点。"达莉帮薇娜往下挪了挪躺得过于朝上的身子。

薇娜支起双膝，两腿分开，让达莉医生将她的两只脚放到桌子两边的金属支架上。

达莉医生一边调节桌边的灯光，一边询问道："出血情况怎样了，布雷福德夫人？还在出血吗？"

出血！原来如此。

她有了第一个线索。"嗯，是的，原来一直出血，老不干净。后来断断续续的，越来越少，五天前全停了。"

达莉医生点点头说："很好。萨迪克医生就希望这样。"

达莉往右手戴上了一支透明薄膜手套，并从护士手中接过一个温热的扩张器。

扩张器将薇娜的下部向四周扩开。达莉医生既像是对护士，又像是对自己低声说："里面很平滑、结实，呈粉红色。上次我们曾取过样的。"

薇娜仰躺在桌上，心里一直在想达莉医生所说的第一夫人身体状况的那条线索。她一直在出血——不是她，是比莉——而现在，出血停止了。那又会怎么样？

她感到扩张器插得更深了。过去，她也在莫斯科和基辅做过类似的骨盆检查，但却从未想过这么多。现在她身处异国，扮演着并非她自己的角色，装成这个国家最为重要的那个女人。这种检查会不会使她暴露，揭露出她不过是个冒名顶替的骗子？

她不由得浑身一阵战栗。

达莉医生以为自己失了手，忙道："哦，对不起，布雷福德夫人。"

她感到扩张器已完全抽出，接着妇科医生的手在里面四处摸动，轻轻地触压她的内部器官——美国人把这叫做触诊——看看有无其他的畸形或不正常的情况。

　　她看见达莉医生的脸上露出了笑容。"好啦，"她对薇娜说，"一点也别担心。"她脱下手套，扔进污水槽边的盖桶里。"请穿上衣服后到我办公室来，我们再简单谈谈。"

　　达莉医生转身走出检查室，薇娜大松一口气，起身坐在检查桌上。等护士也出去，屋子只剩下她一人时，薇娜才掀开被单，脱下睡衣，很快又穿戴完毕。她走到水槽前，踩动脚踏放水板，洗净了双手，再用纸巾擦干。然后，她坐在梳妆台前，将头发向后梳理整齐，又重新涂上口红。

　　薇娜起身走向达莉医生的办公室。她尽力使自己保持住警觉，希望自己能应付这最后一关。

　　达莉医生正坐在办公桌后，手里拿着电话。薇娜刚坐下来，达莉便放下电话，转身对她说："布雷福德夫人，今天的检查结果有喜也有忧。"她脸色显得十分严肃，"先谈谈忧的情况。您去莫斯科后，我们看到了化验室送来的关于您已妊娠的检查报告。由于第二天您就动身出国，所以您显然没有时间再见到萨迪克医生，而他当时也未想到要打电话通知您。虽然第一份报告说有些征兆，说您有可能已经怀孕，但刚才的检查清楚地表明您并未怀孕。我真为您难过。"

　　薇娜几乎是在凝气屏息地分辨达莉医生说的每个字。现在，她才了解到这次约会的主要目的，禁不住浑身一阵轻松。但她立即意识到，作为比莉·布雷福德，她必须做出可以预想到的那种反应。比莉·布雷福德想要怀孕，但又失望了。在基辅的舞台上，薇娜常因能按导演的意图嚎出眼泪而颇得人们的赞赏，说她有非凡的表演才能。而现在，正需要她施展这种才能，失望、悲伤，但又不能过分。她的双眼立即湿润，转过脸，从提包里摸出一块精致的手帕，轻轻抹去流出的眼泪。

　　达莉医生走上来挽住她，安慰她说："我完全理解您的心情，相信我布雷福德夫人，这仅是暂时的挫折。您和总统都想要孩子，我担保你们会如愿的。您的身体很健康，完全可以怀孕生孩子，您一定会有的。"

"谢谢您。"薇娜声音发抖，"请原谅，我是太想要孩子了。"

"我再说一遍，您一定会有的。"达莉回到办公桌前坐下说："现在再谈谈喜的情况。出血的问题。"她伸手取过放在桌边一堆病卡单上的检查报告。"这本来也不严重，这种过多和过长时间的出血——在萨迪克医生对您那块小息肉进行烧灼治疗后，加上您自己的担忧所引起的情绪波动，这是难免的。我看您也不必知道更多的细节，重要的是出血已完全停止，这个问题也算解决了。您先前说血是五天前停的，我的检查也证实了这一点，您已完全康复了。"

薇娜顿觉如释重负，心中荡起了说不出的轻松和愉快，先前笼罩在这次约会上的阴云全都消散。在毫无准备的情况下，她居然过了这一关。但本能又提醒她，在对出血已停止表示高兴时，仍然要显出因妊娠失败而需要流露的忧伤。她的一举一动必须是比莉·布雷福德。

她强使自己淡然一笑，但眼睛和脸上依然保持先前的忧伤，说："听到这消息我很高兴，达莉医生，我一直为出血的事担心。"

"现在好了，您已完全正常了。"

"真是谢天谢地！"

薇娜正想起身告辞，达莉医生又把她叫住。

"还有一件事，"达莉面露笑容说，"一个额外的好消息。"

薇娜疑惑地望着她，不知还有什么能使她高兴的事。

"我刚从萨迪克医生的病历记录上看到，"达莉医生说，"他曾嘱咐您和您丈夫六个星期内不得同房，——也就是说，到今天也还有四个星期。不过现在我很高兴告诉您，我可以解除这个禁令了。您的身体情况使你们几乎马上就可以恢复同房。但为了保险，得再过四五天——干脆再过五天吧。这样不用多久，您就会再受孕的。这使您高兴吧！"

薇娜一惊，怦然心悸："同房——再过五天？"

"一点不错。"

薇娜虽竭力保持镇定，但心中却纷乱如麻。她强使自己做出沉着的样子说："我……我的确很高兴。我恨不得立即告诉我丈夫。"她心里明白，她是绝不会把此事对他说的。她会对他撒谎，说他们还得等上四个星期，而他也绝不会知道实情。只有这样才会使她免陷困境。

"哦，很抱歉，"达莉说道，"我已告诉您丈夫了。我本想让这个会使他高兴得吃惊的消息由您亲自告诉他，但您上这儿来的路上，他来了电话。对萨迪克医生——或我的诊断真是急不可耐了。我答应他，一给您检查完就给他回电话。刚才他对您没能怀孕的事有点不悦，但同时又对您出血的情况感到放了心。老实说，他听到你们在一周内就要恢复正常的夫妻生活的消息感到非常高兴。"

薇娜心中真是充满了难言之苦。"他知道就行了。"她有气无力地说道，"谢谢你为我做的一切，达莉医生。"

谢个屁，这个爱管闲事的蠢货，她心里骂道。

薇娜走出房间，在特工人员的簇拥下走向电梯。她心中一阵忐忑不安，对今后难以预料的复杂情况茫然无措。

她沉重地坐在白宫汽车的后座上，感到它就像一座要将她埋葬的坟墓。她看见一些好奇的行人认出了她，正围向汽车，想领略第一夫人的风采，还有几个人在向她挥手致意。但她第一次没有理睬，车缓缓驶离路旁，开向宾夕法尼亚大道，她一直冷冷地盯着前方。

一种寒彻骨髓的恐惧使她感到自己的处境愈加变得险恶。她曾一度把不知妇科医生的检查内容看作是不可逾越的障碍，而现在所面临的则是令她胆战心惊的陷阱，这无论是拉辛还是克格勃都没料到。

还有五天就得和总统同房。这就是说，在同真正的第一夫人进行交换，她得以安然脱身前，还得与总统同房两个星期。

这简直是一场噩梦。

薇娜回想起在她漫长的训练阶段中，亚历克斯和克格勃一直在苦心收集他们所缺少的这部分情报——比莉·布雷福德的床上习惯。起初，亚历克斯对把这个情报搞到手信心十足，他为把薇娜训练成比莉完美的替身竭尽了全力。随着时间的推移和国际妇女代表大会会期的日渐临近，他的这种信心受到了挫折。没有这个必不可少的情报，第二夫人的计划就不能得以实施。而他们所做的一切努力也将付诸东流。可在这最后关头，他们交了好运。总统告诉他的情妇说，他和他的妻子在六星期内不能同房。薇娜至今仍记得，刚听到这个消息时，她和拉辛，还有彼得洛夫感到是何等的宽慰和振奋。正是由于解决了这一难题，计划才变得畅通无阻，得以实施。

薇娜的思维又回到现实之中——她急需克格勃当初没能给她搞到的情报——所不同的是，她目前的处境较之当初更加险恶。因为这次，她已真正担当起了比莉的角色，眼见总统就要和她同房，可她对其中的细节仍一无所知。

这里的陷阱太多了，真叫人始料不及，难躲难避。

要是没有总统夫妇同房的情报，她便会功亏一篑，一败涂地。能救她的只有希望很小的侥幸。任何不当的举动，任何与比莉不同的行为或反应，都会使总统惊讶、不安，疑窦丛生。他会发出疑问，产生怀疑。

你不是比莉，你究竟是谁？

这将导致这场秘密计划和她个人的彻底毁灭。

现在她面临的处境不只是危急，而是险象环生，充满绝望。世界的一切都在她心中消失了，她关注的只是目前如何设法渡过这道险关。

只要等会儿进了白宫，身边没了人，她便要同厨师长莫里斯或礼宾司长弗雷德·威利斯取得联系。不，不能同他们本人联系，她只能用电话。只要拨两个表示紧急的电话，便会有人——也许是莫里斯、威利斯或别的什么人前来给予援助。不管同她联系的是谁，都会立即将情况报告给莫斯科的彼得洛夫。

只有这么一个难解之忧了，彼得洛夫将军，只有这一个了。

"见他妈的鬼，我们怎么知道？"彼得洛夫气急败坏，将手中这份从华盛顿发来请求提供情报的电报递给办公桌旁的亚历克斯·拉辛。

拉辛匆匆读过电报，脸上的表情由吃惊转为深深的关切。"真没想到会冒出这个。"他低语道。

"在这种生死攸关的行动中，没有任何疏忽的余地！"彼得洛夫仍是怒气冲冲。

通向彼得洛夫的克格勃密室的门被推开了。朱克上校、政治局委员加拉宁，还有克格勃的首席精神病专家伦兹医生鱼贯而入。他们全都是接到紧急通知赶来参加会议的。几个人相继同克格勃主席打过招呼，神情严峻地坐在沙发上。彼得洛夫从拉辛手中一把抓回那份电报，忧虑重重地凝视着上面每一段词句。

"一个难题，一个重大的难题啊！"彼得洛夫阴沉地说，"我们杰出的女英雄薇娜·华维诺娃遇到麻烦了。"

"不是一切都想好对策了吗？"加拉宁有些吃惊。

"并非一切，"彼得洛夫抢白了一句，然后将目光射向他的美国问题专家，"拉辛同志忽略了一个问题。"

"有人向我们担保过，说六个星期内他们不会同房的。"拉辛急忙辩解。

"可这种担保毕竟不是事实。"彼得洛夫大声嚷道。他扭头看看眼前这几张感到困惑的脸，解释道："布雷福德夫人曾同她的妇科医生商定了一次约会。其具体内容华维诺娃同志一无所知。但作为第一夫人，她又只得前去赴约，找医生就诊，最后成功地渡过了这一关。她了解到，第一夫人的阴道一直在出血，六个星期内她不得同总统同房的原因就在于此。就是说今后的四个星期里他们不会有性的接触。这也意味着，在总统夫妻恢复性生活前，华维诺娃同志有足够的时间完成她在最高级会谈期间所承担的使命，然后和比莉·布雷福德进行交换，安全地返回祖国。但现在，华维诺娃同志发现，她阴道出血问题已不存在，那个给她看病的妇科医生告诉了总统，说五天后他便可以同他的妻子云雨求欢了——注意，就是从今天开始的第五天。现在，大家明白我们夫人所处的险境了吧？"

"很清楚了。"伦兹医生点点头，"这很不幸——"

"远远不止是不幸，伦兹医生，"彼得洛夫打断伦兹的话，"这里包含着一个潜在的灾难。五天后的晚上，那时我们都到了伦敦，我们的薇娜·华维诺娃必须上床去满足美国总统的性欲。可是，她对总统夫妇以前的性行为一无所知。第一夫人和她的丈夫在床上是如何做爱的？我们的第二夫人毫不知情。但是她必须了解——不然，就得冒被揭露的危险。现在，我们要么弄到这个情报，给她以援助——要么就让整个计划半路夭折。"

"这么急匆匆地撤销计划能做到吗？"朱克上校问道。

"怎么做不到？在总统要同华维诺娃同志做爱的头一两天，我们把她弄出伦敦，用飞机送回到莫斯科——同时，让比莉·布雷福德回到她原来的位子上。这可以做到，只不过我不愿意这么做罢了。在薇娜取得总理所要求的最高会谈中美方的情报以前，我不想让薇娜·华维诺娃回来。"

"要是现在把她弄回来，"加拉宁皱起眉头，"三年的苦心经营就全白费了。"

"还要糟得多，"彼得洛夫说道，"这等于使总理在最高级会议上被解除了武装，只能在黑暗中摸索，而且还可能迫使他不得不向那帮资产阶级寡头屈服。不行，我绝不能这么做，绝不能让这种局面出现。我们必须弄清第一夫人同他丈夫在床上的性行为细节，再将我们的情报发送给薇娜·华维诺娃。"

"这怎么弄清，可能吗？"拉辛茫然地问。

"叫你上这儿来，就是出主意，想办法的。"

"有些秘密是难为人知的，"拉辛提出疑问，"夫妻之间的性生活是很隐秘的事情。"

"并非一定要从他们夫妻那里了解，"彼得洛夫说道，"他们中间也许有人曾找过某位精神分析学家？"

"都没有过。"拉辛肯定地回答。

"或者同某位密友谈起过？"

"这可说不准，"拉辛仍持否定态度，"即使有过我们也没有时间——"

"那么这个世界上清楚总统夫妇性行为的只有他们自己了，"彼得洛夫无可奈何地说道，"显然，我们不能去问总统。剩下的只有他妻子了。她现在我们的掌握之中，兴许能从她那儿获得这方面的情报。"

"可能性不大，将军。"

"听着，拉辛，你那位比莉·布雷福德可不见得是位贞洁烈女吧。我从材料介绍上看到她曾有过几件私情纠葛的。"

"她过去同别的男人有过性关系？"拉辛问道。

"这可不知道，"彼得洛夫承认，"没有证据。而且也不可能去找那几个男人了解。"

伦兹医生插话道："同总统结婚后，她有没有过别的通奸行为？"

"没有这方面的材料。"彼得洛夫回答，"但我敢肯定，还有别的可能性。"

"您想到了什么可能？"克格勃的精神病医生问道。

"一种是直接途径，找她，直截了当地告诉她我们想从她那儿得到什么。要向她表明，她今后的人身安全就取决于她的合作与否了。"

伦兹医生摇摇头。"她的档案材料表明，她绝不会同我们合作。这是因为婚姻的神圣感啦，隐私啦，道德上的约束啦，等等。自始至终她都会以沉默来蔑视您。"

彼得洛夫皱紧了眉头。"那么我们只有像对待其他妨碍我们的人那样对付她了。"

"您是说用刑？"伦兹医生有些惊讶。

彼得洛夫耸耸肩，"干吗不行？"

拉辛连忙插嘴道："对不起，将军。要是在她身上留下了任何伤痕，交还给美国人时可就麻烦了。"

"谁叫你留下痕迹呢?"彼得洛夫做出一副清白的模样,"总还有别的劝服她的方法嘛!比方说,断绝食物。"

"那也会留下痕迹。"

"那就用药物。"

"靠不住,"伦兹医生说道,"药物可能会破坏她的正常反应。有时连用催眠法也靠不住,特别是当她有强烈的对抗意识的时候。"

彼得洛夫越来越不耐烦。"够了够了,"他吼道,"这也不行,那也不行,那我告诉你们什么才行。到她那儿去把她强奸了,这不就明白是怎么回事了么?而且还是第一手资料。"

"明白什么?"拉辛立即表示反对,"你以为她对暴力强奸的反应会同自然主动的性交一样么?这绝不可能。"

伦兹医生点点头。"拉辛同志说得对,将军。强奸所引起的反应是不足以为据的。"

彼得洛夫怒容满面。"你们老是同我唱反调,可又拿不出一个切实可行的主意来。只是一味的不行,不行。我叫你们到这儿来干吗的?是因为我把你们全当作克格勃的高级智囊。今天我们必须想出办法来,依此采取行动,而且只许成功。要不然,一切全完了。"

接下来一阵沉默,所有人都像是陷入了沉思。

过了好一阵,拉辛扬起一只手打破了这种沉闷的气氛。

"彼得洛夫将军。"他喊了一声。

"嗯?"

"还有一种可能——这不失为一个好办法。请听我说。"

拉辛缓缓地谈出了他的想法,马上就把密室里的人吸引住了。

在克里姆林宫她那间戒备森严的套房——或者说是她的

监狱、拘留所，她的伪装了的软禁区里，比莉·布雷福德身穿灰色T恤衫和白色便裤，无精打采地坐在餐桌旁挑着早点送进口里。这桌苏联式的早点中，有色拉米香肠片、带糖的家常乳酪，还有满满一盘点心，上面堆着酸奶油、酸乳酪；另一个小盘子里，则放着些面包。但所有这些都引起她心里的反感和厌恶。况且，她并不觉得饿，她东挑西拣地勉强吃一点，完全是为了保持自己的精力，以应付眼下难以预料的局势。

几分钟以前，彼得洛夫将军的到来令她吃了一惊，因为她没想到苏联人的头目会上这儿来。在过去闲得无聊的三四天里，只有一个人来看她，就是那个译员，亚历克斯·拉辛。她被关在这里的第二天，他到这儿短短地待了一阵，扔下几种近期的美国报刊，问了问她的身体情况就告辞离去了。当然，她没算那两个一声不吭，没佩武器，只穿着便服的克格勃警卫。他们日夜看守着她，每天换三班。他们负责给她端送三餐饭。早餐和午餐通常是煮得过老、一切两半的鸡蛋，上面涂着些鱼子酱、油腻的熏鲑鱼，用莳萝泡菜煮的菜汤及基辅鸡子。晚餐则通常是下饭的猪肉汤或牛肉汤、白菜卷心、水果汁冰激凌等。他们也送来些香烟和饮料、洗干净送回来的衣物，还有些不断换新的录像带。每次送饭时，一名警卫站在门口盯住她，另一名则端放食物，检查房间，看看一切都无异常后，又关上门守在屋外。

她独自一人默默地打发着漫长的时光。在她一生中，她已经惯常于应付这种孤独，但眼下这种身陷囹圄的孤独境地却使她难以忍受。她竭力想从因身处孤境而滋生的内心反省回忆中摆脱出来，转移自己的注意力。于是，她在房间里做起健身体操，整理房间床铺，在厨房里漫不经心地做些无人问津的快餐，扫扫屋里的灰尘，读几页报纸杂志，看一天前

152

美国的网球新闻和电影的录像，再听听"美国之音"和伦敦的 BBC 广播。

但大部分的时间，她仍是在沉思默想中度过的。她一遍遍地对自己说，发生的这一切全不是事实，它不过是一场噩梦，她很快就会从中醒来。当她意识到这确实并非梦幻，而是活生生的现实时，她又想她的敌人们怎么会想得出这么一种难以置信的把戏，苏联人究竟是怎样找到和训练出另一个女人来做她的替身？她的思维又转到那个女人，那个冒充她的第一夫人身上，去想她是如何在自己的位子上举手投足，言谈张目；她是怎样和自己的丈夫朝夕相处，鱼水相亲？

并非所有的人都会上当受骗。总会有人识破这个掉包骗局，她常这么想。她指望安德鲁会发现真相，或者是诺娜、盖伊、韦恩·吉布斯或秘密特工处的什么人，总会有人识破的。当然，更不用说她的父亲了。他会一眼看出破绽，向人们发出警告。那个女骗子会遭到当场揭露，丑闻将传遍世界的每一个角落。后果令人不堪设想。她细心地收听英文广播（并特地将它录制下来），她想，骗局一经揭露，好多天里都会是头条大新闻。她时刻期待着这间囚室的门被砰然推开，拉辛或彼得洛夫沮丧地进来，承认他们已遭到失败，要马上将她送回美国；也许杨德尔大使会推门进来，告诉她说冒名顶替的骗子已遭逮捕，他将陪同她登上飞机，直抵白宫。

但几天里一直没有人带来她日思夜盼的消息。而现在，她所盼望的人当中，已有一个走进了屋，就是那个策划了这场阴谋、囚禁了她的恶棍。他也许是带来了立即释放她的消息。但看起来他又是那么扬扬得意，没有一点来向她承认失败的迹象。

她抬起头，见他正端着一杯热气腾腾的咖啡从厨房里走过来。

彼得洛夫十分自在地坐到了她对面的沙发上，将手中的杯子和托盘放上咖啡桌上，搅了搅咖啡，端起来喝了一口。

比莉心中断定，他知道他的"第二夫人"计划已失败，遭到了揭露，但只是不想向她坦白而已。他还想欺诈她，这个虐待狂、野兽。她不会，绝不会发问，使他得到卑鄙的满足。

但她终于忍不住了。"计划失败了，是不是？"她脱口而出。

"什么？"他似乎完全不明白她的意思。

"你们的阴谋。"她鄙夷地说道，"我在洛杉矶的父亲，你们骗得了他？"她一动不动地盯着彼得洛夫。

"哦，是这么回事！"他仰头哈哈大笑地说，"亲爱的布雷福德夫人，您的父亲非常疼爱您，他过去疼爱您，将来也会一如既往地疼爱您的。几天前你们在洛杉矶重逢，他高兴得喜滋滋的。你们俩相处得十分融洽和睦。还有您和您丈夫也更为亲密了。"

她像遭到了沉重的一击，不由自主地瘫坐在沙发上。

她感到身上的每个器官都变得麻木和迟钝了。

彼得洛夫的两眼越过他手中的咖啡杯，直愣愣地盯着她。

"说真的，布雷福德夫人，您真的以为，经过我们漫长艰苦的训练准备之后，我们的第二夫人会被识破？叫您失望，我很遗憾——但在整个美国，您比以往任何时候都更得人心了。您一定已经从收音机里听到了，您在洛杉矶的讲话受到了各界的热烈赞赏。"

她的确已在录像里看到过，也从收音机里收听到了这个讲话，但她根本没把它放在心上。

"没有人会想念您。布雷福德夫人，"彼得洛夫得意地咧嘴一笑，"他们怎么会想到您现在是身处异国他邦呢？对美国人民和那些熟悉您的人来说，您不是还一如既往地待在他们身边，而且几天后就要去伦敦吗？"

她紧咬住嘴唇，为包括她丈夫在内的所有人全都上了当而感到极度的痛心和激愤。

"它还是会失败，"她固执地说道，"会失败的。"

"难道还要我重复刚才的话，布雷福德夫人？难道还得再告诉您说这个计划正在顺利进行吗？"

"它不可能顺利到底的，迟早你们这个疯狂的阴谋会暴露在光天化日之下。趁着它还没毁了这次最高级会谈，你我两国间的关系还没遭到破坏，赶快停止你们的计划。想想看，要是你们的人民发现美国绑架了克里钦柯夫人，让一个美国女间谍冒充她，而把克里钦柯夫人囚禁在戴维营，你们会作何反应，导致什么后果？你难道看不到一旦事情败露后所带来的巨大灾难么？"

彼得洛夫做出一副对她的话感到有趣的表情。"我敬佩您的想象力，布雷福德夫人，不过您忘了最重要的一点。它绝不会以相反方式再出现一次。你们美国人没有我们这般智力。你们还没有聪明到能采取这种行动的程度。你们没有这么大胆的冒险精神。你们的中央情报局里都是些十足的笨蛋！他们所干的不过是些业余的粗制滥造的玩意儿。你们所谓的民主自由——不是真正的自由，它不过是一张许可证——使你们的人民更加软弱。对这种类似的计划，他们甚至都不可能接受。至于我们计划所涉及的在最高级会谈上的那个冒险，不错，是冒险，但它各个细节都已经得到了充分的考虑。如果我们成功了，那我们就将取得维持世界和平的权力。如果我们输了——嗯，老实对您说，我们还没有拟定应付这方面的应急计划，因为我们不能输，也不会输。"

"走着瞧吧。"比莉仍然十分固执。

"布雷福德夫人，我们不是已经看见了吗？"彼得洛夫一口喝光杯里剩下的咖啡。"最明白不过的证据就是迄今我们所取得的进展。您现在在苏联，在克里姆林宫的这个房间里，除了拉辛和我们中央政治局的委员，再没有人知道关于您的实情。而我们的第二夫人在你们的白宫，没有人知道她是您的替身。我已经对您说过了，您丈夫、您父亲，还有您的那些朋友，全把她当作了您。明天第一夫人将在伦敦受到英国人的热烈欢迎。"他停了停，"布雷福德夫人，如果您还抱有这种幻想，以为我们的计划会出现什么闪失的话，那最好还是忘了它。接受您的命运吧，与我们采取合作的态度，那您就可以在两个星期，甚至更短的时间内回到美国。同我们合作，您不会感到懊悔的。"

"同你们合作？什么意思？"

"不要同我们过不去。别想从这儿逃走或同外界的什么人进行联系。回答我们提出的所有问题。事实上，现在我就要问您几个问题。它们都无关紧要。我们已经知道了我们所需要的一切情况，之所以想听听您的意见，不过是为了印证一下我们的材料。"

"什么意见？"她问道。比莉心里明白，现在才触及了彼得洛夫今天来看她的真实意图。

"关于您丈夫。"彼得洛夫装得满不在意，剥着雪茄的透明包装纸。"关于美利坚合众国总统的意见。"他小心地去掉雪茄头，又说道，"他总是像他在公众面前那么镇定、克制吗？"

"你说过你无所不知。"比莉讥讽道，"为什么还要我多费口舌，重复你所熟知的东西？"

"我们听说他背地里脾气十分暴躁。"

"是吗？"她狡黠地一笑，"真是有趣得很。"

这时，她的目光转向了彼得洛夫后面的房门。翻译拉辛正推门走进。他朝她微微点头，轻轻走来坐到她旁边的椅子上。彼得洛夫没理睬拉辛，细眯两眼，注视着比莉。

"这就是说，布雷福德夫人，您是不愿意合作啰？"

她紧抿双唇，迎击他射来的目光。

彼得洛夫怒容满面。等他重新开口，声音已变得十分严厉。"夫人，我建议您重新考虑一下您的态度。许多东西对您来说都是生死攸关的，比如您的健康。"

"这是威胁吗？"

"您怎么看都行。"他停住口点燃雪茄，又继续说道，"不错，这是威胁。您要知道——我们有的是办法叫您开口。只不过现在我不想使用它们。但要是我不得不这么做的话，我不会手软，您不要把这些当成是温文尔雅的客厅玩笑，布雷福德夫人。这也不是社交拜访，您同我并不平等。就现在而言，您没有权利，也没有选择余地。如果再顽固不化，您会受到严厉的惩罚。"他喷出一口烟，"好了，我再给您一个机会，让您表明您的诚意。现在，再来谈谈您的丈夫吧。他晚上喜不喜欢与您同床？"

比莉顿时怒不可遏。"这与你毫无关系，"她吼道，"太放肆了！"

彼得洛夫面带惊恐地霍然站起。"夫人，什么事我都要过问，明白吗？我要再问您一遍。如果您拒绝回答，我只得让您去回答我的警卫了。我要把他们叫进来——"

拉辛急忙起身，拍着彼得洛夫的肩膀打断了他下面的话。"将军，请您——"他使劲将克格勃首脑从咖啡桌前拉开，"您答应过的，先生，不——不使用武力——"

"那她得要照我的话办。"彼得洛夫吼道,"这个不进油盐的臭婊子——"

"等等,请听我说。"拉辛不顾彼得洛夫的大喊大叫,使劲将他从桌前拉到门边,压低嗓门对他的上司耳语。

比莉一动不动地坐在沙发上,注视着门边的两人。她完全被恐惧镇住了,不知道接着会给她什么惩罚。

她听见彼得洛夫鼻孔里哼了几声,抽开身子,轻蔑地看着拉辛。"别嘀咕了,我看你身上的美国味还是那么浓,优柔寡断,自作多情。"他猛吐了一口雪茄,又说道,"这次就这么办吧。单独同她谈谈,可别再惹得我不耐烦啊,拉辛。"说完,他瞪了比莉一眼,转身大步走出了房间。

门砰地关上了。但拉辛还在愣愣地朝它注视。过了好一阵他才慢慢扭过身,走回到比莉身边坐下。

"我很抱歉。"他说道。

"天哪,我对他憎恶透顶,"比莉大声叫喊道,"他——他真不是个人!"她又感激地看着拉辛,"你对他说了些什么才使他住口?"

"我只是对他说,他不懂得美国女人。我说动刑只会是一无所获,事实上会适得其反。我提醒他说,您是一位有身份的女人,一位既有教养又富有情感的女人,我说您是会通情达理的。您之所以这么强硬,完全是因为他那些太过分的提问。"

她带着谢意,向拉辛报以一笑。"谢谢你了。"

他站起来。"我看我们都需要喝上一杯。"他走到收音机跟前,拧开开关,开大音量,从餐具柜里给她倒了一杯苏格兰威士忌,又给自己倒了一杯伏特加,说道:"这里的大多数男人根本不理解西方女人。我是由美国女人哺养大的,长大后,也曾同姑娘们约会过。我懂得她们。后来我被带回到莫斯科，立即就感到苏联人对女人的态度与西方截然不同。这儿的男人，虽然也让妇女参加到劳动大军中去，但实际上是把她们看作自己的财产。女人只是被当作囚徒、奴仆，当作逆来顺受、任人摆布的性工具。这是我总不喜欢苏联的一个方面，也是我总想回到美国的原因之一。"

"如果你这么向往美国，为什么还要让自己卷入这场阴谋？"

"为了自我生存。"他坦率地回答，一边向她递过酒杯和一块餐巾，然后坐到沙发上，朝她举了举自己手中的酒杯，"为您的健康干杯！布雷福德夫人。"

"我也为你的健康干杯。"苏格兰威士忌使她感到一阵温暖，她又喝了两口才放下酒杯，"先前我同彼得洛夫单独待了一会儿。我本想知道我的——我的，该叫什么？——替身——是否在她的行动中露了马脚。但彼得洛夫肯定说，她现在干得天衣无缝，没有任何人对她产生过丝毫的怀疑，包括我丈夫、我的朋友和我的父亲。这真叫我难以相信。真的是这样？"

"恐怕是这样，布雷福德夫人。这是真的。"

"我还是觉得难以相信。那个装扮顶替我的女人怎么会知道得那么多，应付得下那么多的场面？"

"她是个演员。"

"演员？"

"一个杰出的演员，刚好和您长得相像。我奉命对她进行训练，这是因为我有出生在美国、并在美国长大的经历，还因为我精通英语。我讨厌这项任务，但又别无他法。其实，在对这个女演员的训练中，倒有一点把我吸引住了。但吸引我的不是她，而是她在扮演的角色。"

"她是在扮演我。"

"当然。自从您公开露面以来，我就注意到了您，并且被您迷住了。"

"为什么？"

"我也说不清。也许因为您是那种典型的加利福尼亚美国姑娘。您极为秀丽端庄、坦荡畅快、真诚直率，而且生气勃勃、热情奔放。年轻时，我曾同这样的一位美国姑娘有过交往。"

"你对我太过奖了。"比莉笑着说。

拉辛做了个怪脸。"别这么说。后来，我完全地被吸引到了塑造您的工作中。现在看来，我真后悔当初我的工作做得太好了！"

"那我的希望就一点不存在了？"

"您是说我们的女演员会出现疏忽，从而暴露实情？不会的，我不这么想。"

"那么我唯一的希望就是靠我自己的力量从这儿逃走，逃到美国大使馆去？"

"根本没有这种可能。"

"要是有你的帮助，这是可以办到的。进这房子的第一天我曾答应过你，我能把你弄进美国。"

他两眼凝视地板，思考着比莉的话。沉默一阵，他微微地摇摇头，"不行，即使有我的帮助，您也绝不可能逃出去。他们会发现我与您有牵连，他们会……"

"就是死我也不会说出你。"

"不行，"他断然否定道，"我们别再谈它了。"

比莉无可奈何地叹了口气，拿起酒杯，将剩下的酒一饮而尽。"好吧，我们再谈谈彼得洛夫提出的关于我和总统同房的问题。他问这些真是想证实什么吗？"

　　拉辛一笑。"当然不是。"略略迟疑后，他又说道："我把实情告诉您吧。他们遇到了个问题，但又不想让您对此有所了解。现在出现了一件计划中未曾料及的事。我本不该告诉您，但只要您严守秘密，守口如瓶，我就讲出来。"

　　比莉举起一只手说："我起誓。"

　　"您曾经预约，这个星期要去见您的妇科保健医生？"

　　"我的妇科保健……"她重复道，有些困惑，"你是说……啊，萨迪克医生，我记起来了，是的。"于是，她立即问道："你们的演员也只好去赴我的约会啰？"

　　"是这样。不幸的是您的医生遇到了车祸，因此，您的替身只好去见医生的副手。她经过了检查，并得到了对您上次检查的诊断报告。我很难过地告诉您，布雷福德夫人，您还没有怀孕。"

　　这个消息使比莉心中感到针刺一般的失望和痛苦。她僵直地坐在沙发上，任这个消息带来的痛苦渗透全身。她为安德鲁，也为自己感到伤心。但是还有希望，完全有希望，下次一定会有孩子的。

　　拉辛不安地注视着她。"我知道，这会使您很难受。"他轻声说道，"您觉得不舒服吗？"

　　"没关系，我很好。"她答道，"想想我现在的处境，也许没怀孕倒还好些。"

　　"至于您出血的事，"拉辛继续说道，"当然，由于您的妇科医生检查的是另一个女人，发现她很正常。但这并不是说您本人的情况也正常。您还在出血吗？要是还那样的话，我可以……"

　　"没出血了，"比莉有些难为情，"已经好了。"

　　"那就好。几星期前您开始出血时，医生嘱咐您六个星期内不能同您丈夫同房，彼得洛夫觉得这就给您的替身创造了更好的条件。"

比莉顿时坐起身。"他们是怎么知道这一切的？"

"我一无所知，但克格勃都了如指掌。现在他们又了解到您已经好了，您的替身已经治愈康复。医生说您和您丈夫……也就是您的替身和您丈夫……五天后便可以恢复正常的夫妻生活了。"

"五天以后。"脸色苍白的比莉点点头，"我明白了。现在我的替身必须知道我丈夫和我同房的细节？"

"您猜中了。"

比莉扭头微微一笑，但当她回头看拉辛时，脸上又变得严峻了。"拉辛先生，我相信你会明白，任何情况下，我都不打算谈论这个问题。我不打算帮助你们的演员。"

拉辛同情地说道："这个，我不怪您。"

"很高兴你理解这一点。我会获得自由的，但不会让这些东西也传开，我认为有些事情是不可公开的。"

"我同意您的观点。但这给我造成了一个难题。我之所以能把彼得洛夫从这儿劝走，以免他伤害您，是因为我坚持说，只要把这一切对您讲明白，便可能会得到您的合作。我得向彼得洛夫表明，我的办法是最为可行的。但如果我两手空空去见他，他势必还会对您审问。从您的安全着想，我必须得给他点东西，什么都成，哪怕是微不足道的。如果我能得到，就可以向他表明，我的主意比他的高明一点。"

她两眼盯着他说："你要什么呢？"

"哦，什么都行，什么都行……不管多么细碎……只要是真实的就行。"

比莉思忖着该怎样回答。显然，拉辛对她讲的是真话。

如果拉辛能证明他同她打交道的办法有效，那她就可以摆脱彼得洛夫的纠缠。然而，要把安德鲁的性行为向陌生人——还不仅仅是陌生人，而是一帮恶棍——谈出来，确实令她反感。身边的这个人虽然是他们的同伙，但至少还没有失去正派的本性。况且，他还有一半的美国血统。这种选择虽说很可怜，但毕竟也是一种选择。

于是，在拉辛和彼得洛夫之间，她终于选择了拉辛。"好吧，"她吞吞吐吐地说道，"这……这很难开口，你知道……"

"我并不想听到令您害臊难堪的事。"他急忙稳住她，"但只要不使他暴怒就行了。"

"嗯……我丈夫……我想你可以告诉他们，在我们同房时，我丈夫……他不喜欢正常的……"

终于说出了口，说给那帮恶棍了，这可以稳住他们，不至于又来威逼纠缠了。也许这还能给她以拯救。

拉辛显得十分高兴。他倾身拍了拍她的手说："谢谢您。我知道这对您是件很难堪的事。但这已足够了。不用再说一个字了，我俩都可以借此渡过难关。"

"我……我感谢你对我的关心。"

拉辛从沙发上站起身来。

"我愿意尽力为您效劳，布雷福德夫人。您可以信赖我。再见。"

六

　　"空军一号"总统专机从马里兰州的安德鲁斯空军基地起飞已经两个小时。现在，这架四引擎大型喷气式飞机，正以其最大上升高度飞临一碧万顷的大西洋，穿云破雾直飞伦敦的苏美最高级会议。

　　足足三十六英尺长的总统座舱，既宽敞又舒适。会议室的角落里，盖伊·帕克和第一夫人相对而坐，倚靠着蓝色的安乐椅。中间的桌子上摆放着帕克的一部袖珍录音机。此时，帕克正探起身子，想看看录音机里的磁带是否快转到了头。一瞧计数器，他却发现它还得转上好一阵子。

　　他放心地坐回到椅子上，全神贯注地思考着如何从第一夫人比莉·布雷福德口中获取更多的素材，以使她的自传写得更为精彩动人。"很好。"他说道，"我想我们已有了自传所需的总统向您求爱和你们结婚的材料了。下一步是你们的婚后生活。在进入这个最为精彩的高潮部分前，我想进一步了解迄今您和您丈夫的个人关系情况，我指的是不为外人所知的私情细节——你们如何朝夕相处，厮守结伴，从早餐一直到同床。请不要回避，尽可能坦率地讲出来。当然，我的初稿完成后，您还可以进行删节。但现在您要照我的话做。比莉，我再说一遍，每一个私情细节。"

　　他见她脸上蓦然变色，忙将下面的话戛然刹住。她的脸上现出几乎像是被惊呆的表情。

　　"盖伊，你疯了。"她盯着帕克说，"你很清楚，任何情况下我都不会谈论安德鲁和我的私生活，永远不会。我还以为一开始你就明白了。"

帕克惊愕不解地说："可是您曾经……"

"不行，"她加重语气，"咱们别谈它了。"

"比莉，我不是指……"

"请别再同我争辩了。"她弹弹桌上的烟盒，从中抽出一支香烟说，"最好还是谈点别的。"

帕克仍感到不解，他给她点上火，倚靠到椅子上说："好吧，谈点别的。那请您谈谈您对您丈夫个性的看法。"

"你是指他的情绪、性格之类的东西？"

"是的，他的性格、情绪、脾性，想到什么谈什么。"

她喷吐出一缕烟说："让我想想。"

她开始回忆她丈夫的琐事。全是赞美之辞，大都没有什么激动感人之处。帕克有点无精打采。磁带仍在缓缓地转动。

枯燥无味，他心头自语。过去，她总是生气勃勃、卓有见地的，跟现在简直判若两人。她已谈了大约十分钟，帕克耐着性子，一直等待着某个契机，能让他把她引回到他先前的话题上去。

"这很有趣，"他终于插上了嘴，"总统竟是个电影迷。他过去常同电影界的人士交往，是吗？"

"他有几个这方面的朋友。"

"听说总统在同您相识并公开带您外出后，他甚至还和一位女演员、一位电影明星有过一次约会——如果我没有记错的话，他是带您去一个宴会，那位女明星也在，你们碰上了。"

"不是那样的，盖伊，他是和那位电影明星去的，她和我……没有，从没有见过面。"

"我听说是……"

"无论你是怎么听说的，我们从没有见过。"第一夫人从安乐椅上站起身，伸了个懒腰。"谈得够多了。"她显然是有些疲倦，指了指那间放有两个单人床的卧室说，"我要去躺会儿，最好到伦敦前我们都休息休息。谢谢你了，盖伊。"

她刚说完，帕克便立即关掉录音机，提起来就朝门口走去。

"到了伦敦我们再找时间谈谈。"她在后面说。

"非常感谢。"

出了总统座舱，帕克转身往后走。经过隔壁分隔间时，见到里面正坐着四名秘密特工、四名空军警卫，还有一位海军护士。他继续往后走进了供白宫随行人员们休息的宽敞座舱。复印机对面的两部打字机中，有一部正空闲着，他本想走过去用它来做点记录，但随即又打消了这个念头，纷乱的思绪使得他什么也不想干。

他环顾四周，见舱内一张张宽大的座椅上，大多已坐着和他一样的随行人员，有的昏昏欲睡，有的则在看书读报。所有座椅全是两把相对，中间有张小桌。帕克看见其中的一对正坐着总统顾问韦恩·吉布斯和礼宾司长弗雷德·威利斯，两人正饶有兴趣地玩着金美乐纸牌游戏。他们的另一边是在伏案疾书的诺娜·贾德森，她对面椅上还空闲无人。帕克心一动，想坐到那张空椅上去。他觉得他应当把自己的心思向白宫里的什么人吐露一番。也许诺娜并非他想与之共商的最佳人选。她好像一直在回避他，每次见到他总是不理不睬，摆出一副拒人于千里之外的姿态。但眼下确又没有别的人可与之倾谈。

帕克走到诺娜对面坐下。她连头也没抬，继续往本子上写着什么。

"我抽烟你介意吗？"他试探地问道。

"这是个自由的国家。"她冷冷地答道,仍然没停住手。

他从衣袋里掏出他那只古色古香的烟斗,装满烟丝,然后,从一面印有总统徽章,另一面印有"空军一号"字样的火柴盒里拿出根火柴点上了烟。他沉默地靠在座椅上,一边听着飞机低沉的轰鸣声,一边回想着刚才同比莉的那番谈话,不觉眉头紧锁,百思不得其解。

他又回到眼前的现实中。正当他翻来覆去地想打破沉默,与对面这个冷美人搭上腔时,诺娜抬起头,两眼注视着他。

"你怎么啦?"她说道,"你看来不大高兴啊,有什么不顺心的事?"

她的这种兴趣鼓动了他。"我给弄糊涂了,"他答道,"你的比莉太叫人费解了。"

诺娜放下铅笔,往椅背上一靠,将两手的指头交叉在一起说:"怎么回事?"

"我刚才同她谈了一阵,想了解一些她和总统的私生活。你可能会觉得我这是冒犯了她,她不肯同我谈这事,讳莫如深,只字不露。但是你要知道,诺娜,两个月前,我们着手写自传时,她首先就说,她会无所保留地告诉我她和总统的私生活,条件不过是她要审定初稿。她答应会尽可能地使书丰富多彩,将他俩都写得富有人情味。这仅是两个月前的事情。但半小时前,她却只字片语也不谈了,说她绝不会将他们的私生活公之于众。她还说,这一点我早就应当明白。"他从口中取下烟斗,"你不觉得这很奇怪吗?"

诺娜微微耸了耸肩说:"有什么大惊小怪的?过了两个月,她完全可能改变主意。"

"就全推翻前约?而且还做出我们以前从未谈过这事的样子。我真不明白。"见诺娜正专心地听着他的话,他决定把心里的疑团全抖出来。他倾靠着桌沿，继续说道："还有件事，兴许你能解释。我们第一次就自传问题谈话时，曾扯到许多话题。我对比莉说，我在一篇材料上看到，她和总统相识时，他已同一位有名的电影女明星过从甚密，经常结伴外出了。他是在这种情况下同比莉开始约会的。有一次，他陪同比莉去参加一个宴会，却意外撞上了这位女演员，那的确很尴尬。我问比莉这是不是真的，如确有其事，她能否再谈点这类韵事。我记得她听了我的话后哈哈大笑，说一点不假，有意思极了。她还对我说，以后写入书时，她再详细告诉我。可刚才在总统的座舱里，我就书的这部分内容重提这事时，她却对我勃然变色。她一口咬定说她从没在什么宴会上见过那位女演员，她绝没有见过她，匆忙地想把我打发了事。"他又向烟斗划了根火柴，"告诉你，诺娜，我真不知该如何解释，前后的反差太明显了。"

诺娜好奇地看看他说："你录下了这些所谓前后矛盾的话吗？"

"没有全录下，但这次是录下了。"他用手拍了拍录音机说，"上次的谈话没有录。开始我们没用录音机，只是交谈，各方面都谈了点。"

"噢，是这样。你真太相信你的记性了。"

诺娜的话使他不快，"我还不至于这么健忘，诺娜。"他说。

"我不是这个意思。不过你毕竟是人，有时难免会把事情混淆起来。"

"一点没搞混，她太自相矛盾了。既然我们已谈到这个，那我再给你谈点别的情况。自她从莫斯科回来后，我觉得她好像变了个人。过去我们的谈话都很轻松愉快，她总是那么风趣，兴致勃勃，而且不乏智言妙语。可现在，现在则枯燥沉闷，简直可以说是废话。你绝不相信是出于同一个人之口。我是说，有那么一个我所了解的比莉。后来她去了几天莫斯科，现在就好像换了人，变成了另一个比莉。"

"唔，她是给累坏了，仅此而已。你没见总统总在叫她干这干那的。她一直马不停蹄地在奔忙。"

帕克摇摇头说："不，这不能解释，诺娜。她在莫斯科时好像被人洗过脑子了。我还可以给你举出至少六七个她最近举止反常的例子。"

诺娜打断他的话说："别胡扯了，盖伊。都是些捕风捉影的无稽之谈，我不想听了。许多地方我都喜欢你，但要是你疑神疑鬼，想入非非，老在这上面纠缠个没完，就难免使人生厌。到伦敦之前，我劝你抛开这些胡思乱想。要面对现实，专心工作，把你那些多余的想象力用来写一本小说。我保证，等你写出来，我一定买一本。但刚才这些，我一句也听不进。对不起，我得到盥洗间去一次。"

晚上，英国官方对他们到达伦敦表示了热烈的欢迎。首相达德利·赫顿和夫人佩内洛普·赫顿为苏联的德米特里·克里钦柯总理和美国总统安德鲁·布雷福德及他们的夫人举行了盛大的欢迎宴会。

要是心里没有那件烦恼，薇娜觉得这一定是她一生中最为激动辉煌的夜晚了。一想到三天后就得同房，她就禁不住心头愁云密布。七十二小时内，要是她得不到克格勃的情报，那就会遇到严重的麻烦。由于毫不知情所产生的恐惧折磨着薇娜，败坏了她一切轻松愉快的情绪。

昨晚在诺思沃特机场降落时，她本应集中精力思考怎么应付伦敦的各种场面。她从没有来过伦敦，而比莉·布雷福德却并非首次来访。好在拉辛曾就伦敦的风土人情、名胜历史给她做过详尽细致的准备。在她整个训练期间，她一直盼望能有机会去伦敦，为自己留下一段难忘的回忆。但是面对着亮如白昼的机场上盛大的欢迎仪式，她很难摆脱紧随而来的忧虑和恐惧的阴影。

欢迎仪式后，她乘坐的豪华锃亮的罗尔斯·罗伊斯轿车汇入了长长的车流。在开往伦敦西区的整整十五英里的途中，她一直显得激动和好奇，而心里仍然翻动着滚滚愁云。轿车开进布洛克街，稳稳地停在了预定的气派宏伟的克拉里奇饭店的旋转门前。她做出一副对这里很感兴趣的模样，在秘密特工和英国安全军官的簇拥下，走进铺满地毯的门厅，举目扫视着眼前的底楼。她的左边，有一张不大的门房办公桌；它的后面，大约是用来存放钥匙的柜台；门房桌子的对面，有一座漂亮的单厢电梯。正前方是一个宽大的休息室，里面有一支化装管弦乐队，一些人在悠闲地喝着饮料，身穿长及膝盖短裤的侍者们正来回奔忙；她的右边，是门厅会议室，旁边是宽宽的曲回形楼梯。

身穿燕尾服的饭店经理引导着总统夫妇从底楼踏上铺着地毯的楼梯走上二楼，拐向左廊，"当然，这次你们是住那套皇家套房。"经理告诉总统。

走到拐角处套房的门道口，经理十分殷勤地向薇娜介绍他们下榻的房间。虽然她早已筋疲力尽，也只好跟随着他，听他那喋喋不休的介绍。门道直通餐室，再往前的右手是起居室。一行人跟着经理进了就餐室，他拍拍椭圆形的桌子，炫耀地说道："这是摄政时期留下来的，共有八把椅子。如果你们想要，还可以增添一些。"他指着他身后装有两道镀金把手的褐色房门说："从这儿进去是一个稍大的相邻套间，有三间卧室和两间起居室。你们来前，总统先生，我们已把它们改装成了几间办公室，包括您私人秘书的办公室。那里的另一间起居室已改成了您个人的办公室；套房里的卧室，当然，也都改成了办公室。好了，如果你们还愿意看看，请跟我去你们的卧室。"

两扇相对的门已打开，将他们引入这间皇家套房的起居室内。的确是富丽堂皇，薇娜心里感叹道。脚下是平滑柔软的地毯，顶上是白色浮雕瓷天花板，中央装着一盏枝形吊灯。她四下打量，见到两把各是红绿颜色的扶手椅，一只曲形绿色长沙发，后面则是一部古典式淡褐色大钢琴。"这部钢琴曾为多伊利·卡特所有，他是萨伏伊轻歌剧团[①]的经理，也是吉尔伯特和沙利文的代理人。"经理介绍道。房间里还装有落地玻璃窗，可使房子光线充足。薇娜的眼睛继续打量这个摆满鲜花的屋子，见那张维多利亚式的办公桌上摆放着两部电话机。房间里还有一座白色的壁炉，上面装有一面大镜。经理上前推开壁炉旁的褐色门说："请再看看卧室。"

已对屋里的堂皇奢华颇感吃惊的薇娜走到了总统前头。两张一模一样的床并排着，各有一个床头柜和一盏床头灯。一边床头柜上摆着两部灰色的电话，另一边床头柜上则只放一部电话。床下的踏脚板是由藤料制成的，天花板和四周墙壁全涂成淡雅的绿色，整个房间使人感到舒适恬静。这真是个令人心旷神怡的地方。此外，房间里还有一个雅致的梳妆台，上面有两盏白色小灯和一副三面镜。桌上还放有一个托盘，里面装有一杯冰、一瓶香槟酒、几只酒杯。总统往床上一倒，想试试床是否舒适，他满意地站起来，薇娜则对此报以一笑。

---

① 萨伏伊轻歌剧团——由吉尔伯特作词，沙利文作曲，演出过十几个轰动一时的轻歌剧的剧团。因这些歌剧最初在伦敦萨伏伊剧场演出而使剧团得名。

卧室的前端是个全用大理石镶嵌起来的浴室，无论以什么标准衡量它都显得大了些。凹进去的小间里，相对装着一只坐浴盆和一个抽水马桶。对面的凹室中则放有一只镶边的精制浴缸。两凹室之间，是两道水槽。薇娜断定，在这里一定会像在家一样舒适方便。

"我希望这里的一切能使你们感到满意。"经理说完，转身准备离去。

"太满意了。"薇娜立即答道，"谢谢。"

虽然她对这一切安排感到由衷的满意，但房间的精美和舒适丝毫没有冲淡充塞在她心中的惶恐和忧虑。

临出房间，经理又向总统补充了一句："请允许我提醒一句，您的随行人员住二楼的其他房间。"

总统早就想去看看他的办公室。等经理走出门，他离开薇娜去视察了整个二楼，看是否一切都安排妥当，他的随行人员是否全都有舒适的房间。在萨拉的帮助下，到半夜，薇娜已打开了所有的行李，随后便与总统上床就寝了。虽然一天劳顿，但她毫无睡意，即将到来的恐惧折磨得她辗转反侧。

昨天一天就这么过来了。

今天的大部分时间总统一直待在办公室里，同他的智囊班子进行磋商，而薇娜则把大部分时间都花在他们的英国东道主所安排的观光游览伦敦的日程表上。要看的地方太多了——英国博物馆、威斯敏斯特教堂，还得在苏联代表团下榻的多切斯特饭店外做短暂停留。此外，还要观赏整个伦敦的市容——对于比莉·布雷福德来说，这一切应当是旧地重游了。她曾在学生时代访问过伦敦，后来又作为公共关系的代表在这里逗留过一段时间。因此，薇娜不得不装作缅怀昔日，追忆往事的样子，而实际上，这一切对她都是既新鲜又陌生，过去对它的朦胧了解也才第一次得到现实的印证。

当萨拉帮着她在克拉里奇的这间卧室里为出席正式宴会梳妆打扮时，薇娜的脑海里一直浮现着那两张舒适安逸的床，把它们看作是自己将遭遇惨败的见证。一阵愁绪又降临到她的头上。几分钟后，她进了官方的轿车，坐在总统与英国外交大臣伊恩·恩斯洛的中间。一路上，这位衣冠楚楚、喋喋不休的官员不停地指着窗外的历史名胜向他们唠叨，而薇娜则尽力认真听着他做的每一处介绍，将他的话默默记在心头。

轿车迎着远远就望得见的白厅街奔驰。"就是前面，往左的那个角落，那幢棕色的三层楼房，看见了没有？那就是宴会厅。"恩斯洛还在滔滔不绝，"马上我们就到骑兵卫士大道了。有一个很不起眼的边门是用来供重大的社交事件用的。楼房后的那片场地用来停放轿车和运送宴会食物的卡车——说来奇怪，这个宴会厅没有厨房膳堂，但是这里的食物，我向您保证，全是第一流的。"轿车开进了骑兵卫士大道，这时，恩斯洛大叫起来："天哪，这么多人！全伦敦和舰队街一定被挤满了，等着领略最吸引他们的——您，总统先生；还有您，美丽的第一夫人的风采了。"

车停在宴会厅的走廊上，两边警察林立，一直伸延到古朴的宴会厅门口。一大群围观者被戴着头盔的警察挡在一定的距离之外。他们一次次地拥上来，想仔细瞧瞧这些国际知名人物。刚从轿车里走出来的英国外交大臣上前为薇娜打开了车门。十几个摄影记者蜂拥而上，把照相机举过挡在前面的警察的肩头，一个个镜头全对准薇娜。一下车，薇娜便脱去了她的貂皮大衣，以使这群高声请求她的摄影记者们能拍下她身上这件织着金线的外衣。这时，安德鲁·布雷福德也走出了轿车，在薇娜身边稍稍停留，以让这些记者们拍下总统夫妇的合影；然后，两人随着恩斯洛走向门口，进入了这个十七世纪遗留下来的古老宴会厅。

穿过一个饰有花卉图案的绿色小门，薇娜到了门厅。旁边的一个垫座上，放立着一尊詹姆士一世的黄铜胸像。男人们正脱下身上的大衣，薇娜也伸手将自己的貂皮大衣递给了一位衣帽间的侍者。这时恩斯洛向他们指了指通向宴会厅大厅的宽阔石级台阶。

薇娜仍置身在总统和恩斯洛中间，开始跨上楼梯。

"您还没有来过这儿吧？"恩斯洛对她说道，"确实是个令人难忘的古迹。最早是亨利八世为安妮·博林建造的。后来又翻修过好几次。宴会主厅出于英尼格·琼斯之手，他可是一个杰出的天才，为詹姆士修建了这么个华贵漂亮的地方。我想您不会有时间把这儿都转完，但如果您要看的话——唔，一定得看看鲁宾斯^①画在天花板上的油画，一共九幅。当年，鲁宾斯因外交事务出使伦敦，奉查尔斯国王之命画了这些传世之作。为了今晚的欢宴，整个一百英尺的大厅都重新粉饰一新，做了改造。噢，到平台了。看看里面，首相正等着与你们欢聚呢！啊，还有那位苏联总理，他已捷足先登了。"

门口站着几名英国的保安军官，他们后面是一些美国的秘密特工。薇娜望了望大厅，暗暗告诫自己不要慌张。三人快步走过高大的入口，首先进入斯图亚特大厅。它早已同宴会厅隔开，现在仅是当作了一个客厅。薇娜穿过两旁巨大的白色石柱，听到前面阳台上的管弦乐队正奏出欢快优美的乐曲。蓦然间，她发现自己被人们围了起来。

他们的东道主和女主人，和蔼的圆脸上堆满笑容的赫顿

---

① 鲁宾斯（1577-1640）——荷兰画家。

174

首相和比他高出一个头，举止优雅的首相夫人，正对总统夫妇翘首以待。薇娜牢牢记住，去年夏天，她应当是在白宫的游园会上同首相夫妇见过面。她迅速在脑海里搜寻亚历克斯给她做过的情况简介。赫顿上过哈罗公学，毕业于伯利欧学院，保守党人，是卡尔顿俱乐部的成员，爱喝葡萄酒，是美国《时代》杂志的忠实读者。这时，宾主迎在一起，彼此热情地招呼握手。赫顿首相凑到薇娜耳边，小声对她说，那次白宫游园会叫他很开心；这次她来伦敦，令他十分高兴。

宾客们已经济济一堂。三百人的寒暄和谈话声在客厅里嗡嗡响成一片。薇娜一手挽着缀饰着珍珠的手提包，一手挽着总统，由恩斯洛引着，走到身穿礼服的客人中间，每移动不了几步便会遇到似乎永无止境的引见和介绍。薇娜觉得她的两个嘴角和脸颊，已经被不停的微笑和做出感到有兴趣和全神贯注的表情搞得有点酸痛了。停留的时间最长，而又最为重要的，是同克里钦柯总理和他夫人露德米娜的相互介绍。薇娜注意到苏联总理今晚那张贵族似的脸庞，他的无边眼镜，梳理得光滑整齐的尖胡须，还有他身上的燕尾服，都使他看起来像个家资百万的沙皇大臣。他那位体态臃肿的夫人露德米娜，身穿一件十分难看的透明丝绸长裙，使她显得更为肥胖。薇娜提醒自己，作为第一夫人比莉·布雷福德，她应当是从未见过克里钦柯总理，而与露德米娜也只是在最近的莫斯科国际妇女代表大会上刚刚相识。此时，她见总统和总理紧靠在一起正握手寒暄，而她和露德米娜则无话可说。因为露德米娜只会勉强讲几句结结巴巴的英语，比莉·布雷福德对俄语则是一无所知。双方正尴尬时，一个长着肉鼻子，身穿深蓝色西装的矮肥男子突然溜到了露德米娜身边，总理夫人笑着用俄语对他做了介绍。作为比莉，薇娜失望地耸耸肩，表示一点也听不懂；但作为薇娜，她得知眼前这个人叫扬科维奇，是总理夫人的私人保镖，显然是个克格勃。

薇娜和总统继续往前，同一群群的宾客们相互致意。大部分的介绍都是点到即止，因而也是转瞬即忘。只有一次给薇娜留下了印象，即遇到非洲博恩代国的总统穆瓦米·基班古那次。早在莫斯科的训练中薇娜就得知，他仅是个资产阶级的工具。但这个身材矮小，举止中带着一种尊严的黑人，却显得那么聪明机智，富有幽默感，薇娜不禁对他产生了好感。当她准备从他身边走开时，她眨眨眼睛问道："那我得见见纳瓦帕了——他在哪里？"基班古和布雷福德一听，顿时哈哈大笑。总统用一只手搂着薇娜，像是耳语般地对她说："嘘，纳瓦帕并没有得到正式的承认——不过，这个宴会倒是为他而开的。"

接着总统离开她，被人引着去见英国的内阁大臣，剩下薇娜独自站在这群宾客之中。她从一个穿着漂亮制服的侍者手中接过一杯白葡萄酒，走到桌旁，想要点鱼子酱。

这时，她从眼角的余光中瞥见露德米娜·克里钦柯也是独自一人坐在大厅边远角落的双人沙发椅上。也许她是腿站累了。薇娜意识到这是个难得的机会。这些天里，她一直没能通知克格勃，告诉他们她急需总统和比莉同床的情报，而这将可能危及整个"第二夫人"计划。借这个机会，她可以越过克格勃，直接将她的紧急情况通报给苏联的首脑。只要把这一切告诉了克里钦柯夫人，便能立即转达给总理，使他迅速给彼得洛夫下达命令，要么立即向她提供所需情报，要么干脆放弃"第二夫人"计划。就这么办了，她心中自语，这不失为一条妙计。

她转身离开摆满小吃和调味品的餐桌，疾步穿挤过密匝的人群，走向她的救星，猛地坐在露德米娜的身边。总理夫人先是一惊，但一见是她，脸上顿时堆起了笑容。薇娜四下望了望，看看旁边是否有人。还好，起码在这一刻，四下里再无别的人影。

薇娜靠近总理夫人。"我急需您的帮助。"她悄声说道，"请转告您丈夫，我……"突然停住话。想起克里钦柯夫人很难听懂英话。于是，她立即改用俄语，开始向总理夫人解释她目前的危难处境。

但还没等她说上两句，克里钦柯夫人便慌忙凑过身，打断她的话。"别说俄语，"她小声道，"第一夫人不懂俄语。太危险了！"

接着，总理夫人蓦地站起身，离开薇娜，消失在了人群之中。

薇娜呆呆地坐在沙发椅上，感到极度失望。当然，克里钦柯夫人没说错，但身处困境的人难免做出铤而走险、孤注一掷的事来。她感到孤独，感到自己是那么悲凉可怜。突然，她发现沙发椅背后一个人影一闪。啊，是那个克格勃扬科维奇。他一定是在她们开始谈话时躲到了她们后面，想在那里保护两位夫人的。她朝扬科维奇做了个傻笑，但见他已匆匆背转身，跟随着总理夫人走开了。

客厅里的客人们都开始缓缓走向宴会厅的大门。薇娜朝前一望，发现同基班古站在一起的丈夫正在向她招手。她赶忙起身回到丈夫身边，和基班古一左一右地簇拥着总统进了宴会厅。

布雷福德小声对薇娜说道："这情景倒不错，苏联的第一夫人和美国的第一夫人融洽舒适地坐在一张沙发上。你们谈了些什么？"

"我一点也没闹清，"薇娜回答，"没办法，她不懂英语，而我又不懂俄语。真不知她到底说了些什么？"

总统笑了。"我看终究会知道的。"他压低声音说，"像苏联人一样，我们在客厅里也安插有间谍，这是我们的策略。"

他们已走进了宴会大厅。薇娜心上一紧，脸涨得通红。"你说这儿有我们的间谍？装成苏联人搞情报？哦，安德鲁，我不信你的话。"

总统仍在笑。他小声凑向薇娜。"你转过头看看，那个短平头、大鼻子的苏联人，就是正和总理夫人讲话的那个。看见了吗？"

她回过头，见扬科维奇正同克里钦柯夫人讲完话。

"你，你是说那个苏联保镖？"

"哦，他可不是保镖，"布雷福德压低声音说，"他是英国情报局几年前安插进克里姆林宫的间谍。好啦，不谈这个了。我们去宴会桌吧。"

一阵恐怖的浪潮顿时席卷了薇娜。

她刚才用俄语同克里钦柯夫人谈了话。对俄语一无所知的美国第一夫人的她居然说起俄语，丝毫没觉察到那个英国间谍竟从她背后钻了出来，而且很可能偷听到了她的话。真是愚蠢至极，一个多么不可挽回的过失。如果扬科维奇将此事向英国情报局作了报告，那她就算完了。她将毁于这个致命的错误！

她又回头瞥了一眼。扬科维奇正从克里钦柯夫人身边走开。

"就在这里。"她听见丈夫说。

总统为她拉开椅子。她坐下来，不禁微微发抖，一心想着该如何摆脱这个险境。她的左边坐着赫顿首相，正指点着侍者给贵宾们斟酒。她的右边是总统，一坐下来便和基班古谈开了话。面对摆在桌上的橙红色奶油冻点心，薇娜连看也没看。她明白她的当务之急是立即采取行动，避免这场灾难。

她尽可能不引人注意地往后挪挪椅子，往上微微撩起她的金线长裙，然后轻轻从椅上退下，急步走回到客厅。一些迟到的宾客正三三两两向宴会厅走来，除此之外，客厅里再无他人。她转向左边，见扬科维奇正奔向平台楼梯。薇娜更是心神不定，急于想找到人为她解救危难。她的目光转回到那几个姗姗来迟的来宾身上，突然，她从中见到了彼得洛夫的助手，克格勃的朱克上校。

她竭力保持着镇静走向朱克。两人的目光碰在一起。薇娜微微点头示意，要他跟着她走开。然后，她转身走向了平台门。她知道，朱克上校这时定已离开客厅，跟在她的身后。到了平台门口，朱克上校抢上一步，殷勤地为她推开了门。

薇娜意识到，她必须装出是偶然与朱克相遇的样子，而且要同他保持一定的距离。她是美国的第一夫人，而他则是苏联的国家安全局首脑。他们素不相识。

"谢谢，"她轻声向朱克说道，"那个正在下楼，离开客厅的……"

"扬科维奇？"

"他是英国间谍，"她脸上现着微笑，"他偷听了我用俄语同克里钦柯夫人的谈话。"

"英国间谍？你能肯定？"

"总统亲口告诉我的。"

朱克上校也对她一笑，但眼里却透出一股冷酷的凶光。"回到宴会厅去。千万不要显得紧张。我来处理这件事，如果还不太晚的话。"

她转身走开，见朱克上校急步匆匆地往楼下而去。

宴会厅里的管弦乐队刚刚奏完乐曲，薇娜回到座位上，感到周围的人似乎都注意到了她刚才的骤然离开。她刚一坐下，赫顿首相——此时他正听着身旁的译员将他的话向克里钦柯夫人译成俄语——点点头，站起身向大家祝酒。薇娜偏过脸，见丈夫正皱起眉头盯着她。

接下来又进行了些什么，她真记不清了。她只觉得头脑里一片昏。

祝酒后的几个小时——桌上的俄罗斯甜菜汤、冷盘烤小羊肉、谈话、音乐——在她脑里全都朦朦胧胧、模糊不清。她对一切的反应都像是一架机器人，呆板而冷漠。她先前的严重失误，她的沉痛自责，画面般一幅幅在她脑海里闪动。即刻面临的扬科维奇对她的揭露，在她心里引起了巨大恐慌，取代了将和总统同房而产生的恐惧。同房还在三天之后，而扬科维奇就在眼前。他的揭露拖不过今晚。

宴会在缓慢地进行，似乎是永无止境。对以后的事情，薇娜已毫无兴致，漫不经心。

终于，接近凌晨一点时，他们回到了克拉里奇饭店自己的房间。薇娜刚走进卧室，还没来得及脱下她的貂皮大衣，总统便朝她发起火来。

"你究竟跑到哪儿去了？"总统吼道。他庄重的脸上因愤怒而显得有些可怖。在训练期间，薇娜早已了解到总统偶尔会发火暴怒的脾气，并将此牢牢记在心里。但她毕竟是第一次领略，不禁有些惊慌。

"我……我不知道你是什么意思。"

"你他妈的当然该知道我的意思。"他怒气冲冲地打断她，用力拉下自己的蝴蝶领结。"宴会刚开始就从大家面前离开了，走了！不见了！以前你从没这么干过。这么不理不睬的真叫人吃惊！特别是在英国人面前，这么不礼貌太丢脸了！"

"我当时真的熬不住了，安德鲁。"她结结巴巴地说道，"我，我只是去一趟卫生间。"

"进宴会厅前你就该去嘛！"

她尽力使自己保持镇定。"不是的，我突然感觉难受，想呕吐。后来我都是硬挺着的，我能想象我走开很使人败兴。"

他把礼服扔到一边说："你本可以对付一下嘛！"她从总统的语气可以听出他的怒气已消散，心思又转到别的事情上了。

她仍做出后悔的样子说："我真的很抱歉，安德鲁。"

"没什么了，"他的语气已经平缓，"我只是觉得应该提一下。"他边说边解衬衫扣子。

"我给你解。"她走近安德鲁。

但他已将衣服解开并脱了下来。"好了，睡会儿吧。"他短短说道，将衬衫扔到椅子上，光着上身走进浴室，关上了门。

薇娜摘下首饰，开始脱衣服。她心中暗暗告诫自己，今后的一举一动都得加倍小心。这几天为了高级会谈，总统一直很紧张。他可能已估计到了克里钦柯会采取的策略，因而明白会上将出现各种起伏，但他没有因此而忽略她的不当举止或对此听之任之。

要是他的这番烦躁心境继续下去，那他一定不会随便同她讨论美国代表团的会谈计划。太不可能了，除非有一件事可以帮她的忙，那就是三天后他们重新开始的同房。它有可能助她一臂之力，也可能使她彻底毁灭。今晚她太沉不住气了，居然莽撞到去把她的忧虑告诉总理夫人。她当时太天真了，竟然没有去想客厅里会渗入双重间谍。她毫无必要地伸出了自己的颈脖，而危险的刀斧随时都可能斫落下来。

她换上睡衣走进起居室。她竭力想镇定下来，以使自己能用睡眠度过这个难熬之夜。可等她回到卧室，仍不见安德鲁的人影。浴室的门还紧闭着。她在犹豫是否要等他回来才一起上床睡觉。但她确实不想再同他聊什么了，他今晚心绪不佳，还是少说为妙。

她找出比莉通常服用的安眠药片，用水冲服了，然后上了床。

但睡意迟迟没有降临。她睁大眼躺了约有十分钟，尽量克制自己不去胡思乱想。浴室那边传来了开门的声响，她忙将眼睛闭上，装作已熟睡的模样。过了一会儿，屋里的灯啪地熄灭了，旁边的床传来了安德鲁上床的响声。

她终于感到了睡意的侵袭，一切都变得模糊。突然间，一阵持续不断的电话铃声将她从昏昏欲睡中惊醒过来。

安德鲁一惊而起，支撑着坐起拧开灯，抓起了电话。

"嗯……是的，我是总统。"他回答着电话里的问话。"谁？……赫顿首相？这么晚还来电话？……好吧，你等着，我去接。"

他放下电话下了床，披上他那件蓝色的丝绸睡衣。这时他才看见妻子已被电话吵醒。

"是赫顿首相找我，"他解释道，"我得去办公室，他要我用保密电话。你睡吧。"

但她已睡意全消，看着他走出卧室，接着又听见他打开当作他办公室的隔壁套房门，听见了他在电话中同通信台夜间值班员的对话声。接下来便一切都沉寂了。

薇娜大睁双眼躺在床上。先前的睡意已全为一种提心吊胆的忧虑所取代。首相竟在凌晨三点一刻给美国总统打电话，是为了什么事？薇娜觉得蹊跷，但也没让自己去瞎做猜测。

八分钟后，安德鲁又回到卧室，脱去身上的睡衣。

"出了什么事，安德鲁？"薇娜问道。

"大事。"他含糊其辞地回答，走过去坐在床头，摩擦着他的两臂，"我们在苏联代表团中最管用的间谍——刚刚被他们识破——死了。"

"死了！"

"半小时前，苏格兰场①的人在泰晤士河里打捞起他的尸体，浑身全是刀伤，被刺死的。"

"真可怕。是抢劫杀人吗？"

"他们认为不是。他的钱一点没动，看来是政治谋杀。"

"他是我们的间谍？"

"英国人的，当然也是我们的。几年前，英国人在莫斯科发展他。这次他随同苏联代表团到伦敦，是克里钦柯总理夫人的保镖之一。今晚的宴会他也去了。我记不得当时指没指给你看过？他叫扬科维奇。"总统摇摇头说，"重大损失啊！这可不是最高级会议的吉兆！"

他拉灭电灯，上床盖上毯子。

"我弄不清，"他在黑暗中说，"究竟是谁把他出卖了？"他打了个哈欠，"算了，还是睡觉吧。晚安，比莉。"

"晚安，亲爱的。"

又过了一阵，直到听见了他发出熟睡后均匀的鼻息声，薇娜才敢去思索这件事的究竟。凶杀的残暴令她心惊肉跳。

她翻身侧卧，将头深深沉在羽绒枕中。

她感到一阵宽慰。她又安全了，起码三天内不会再有危险波及。现在她的处境不再那么胆战心惊、凶险逼人了。正如亚历克斯在她临行前保证过的，克格勃会保护她。今后，

---

① 苏格兰场——伦敦警察厅刑事部。

他们还会再次给她救援的。

虽然总统、第一夫人以及一些主要的助手们都去了伦敦，但在白宫的这一整天里，伊莎贝尔·雷恩斯仍然忙得不可开交。那些仅仅因为一点小病痛就捅到雷克斯·卡明斯医生办公室来的白宫工作人员，竟像小河一般绵延不断。眼下，由于这里的护士仅她一人，因此她不得不在正常的工作之外再加班加点。

现在，她驾着她这辆 BMW 轿车，拐上了通向她在白沙德街住所的车道。时间已有些紧了，她早已约好同两位她最要好的女友到乔治敦一家餐馆吃晚饭，她不想比她的朋友们晚到。她很欣赏这种每月一次同女友们的聚会，一边喝着酒、饮料，一边闲扯着各自的趣闻逸事，谈谈自己的生活和对未来的打算。这样惬意的会餐她一次都不想错过。要是赶快一点，她心想，还可在换衣去餐馆前洗上个澡呢!

伊莎贝尔慢慢将车开进车房，拉下手刹，熄了火。正当她伸手要开车门时，眼睛却从她散乱的红发旁的后视镜里看到了什么。先前她将车拐过来时，就曾注意到一辆福特牌轿车停在她家对面，里面坐着两个相貌衣着都很平常的男子。她对他们毫不在意，以为他们仅是在等对面房里的什么人罢了。

但她想错了。现在她才从后视镜里注意到，那两个男子起码是他们中的一人，正在静候她的到来。

这时，已有一人跨出福特轿车，过街走上了这边的车道。这是一个满脸络腮胡子的大个儿，戴着一副墨镜，远远看去，像是个从未见过的陌生人。她从后视镜里望着他一步步从后面走近她的车，镜中的人影变得越来越大。她心头一惊，以为他们要抢劫，但又觉得光天化日之下不大可能。她仔细地盯着反光镜，开始觉得来人有点面熟，接着马上认出了他。

"西特！"她喊道。

她立即掀开车门打算跑开，但他已进了车房，猛地拉开了另一边的车门。

"雷恩斯小姐，"他对她说道，"我建议你待在车里别动，我有几句话想同你谈谈，车里毕竟舒服方便些。"

她的一只脚已伸出车外，"现在不行，"她厌烦地回答，"我有急事，别来烦我。"

他安然地坐到她身旁的座位上说："我只需要几分钟。"

"不行，我……"

"雷恩斯小姐，"他语气十分温和，"你别走。"

她的一半身子已出了车门。她觉得最好还是走开，但又一想，没用，她早晚还是摆不脱他的纠缠。于是，她返转身，关上了车门。

"好吧，有什么事？"她恼怒地问道，"上次你说过，绝不再……"

"对不起，"他打断她的话说，"很抱歉又来找你，不过这次是非来不可。有人要我从你这儿打听点消息，只要你告诉了我，我马上就走，绝不伤害你。我保证以后再不打扰你了。"

"这话我上次就听过了。你们到底是什么人？"

"我是什么人无关紧要，"格里辛说道，"但我可知道你是什么人。"

她十分明白他的话锋所指。他们知道她的底细；她过去在底特律与黑手党的关系；她目前在白宫中的地位；她间或与布雷福德总统的通奸偷情；还有她前两次对于讹诈的屈从。

不管过去怎么样，她打定主意，绝不能再让他们这么敲诈下去了。她从一开始就已猜到他们是在给某个外国办事。到底是哪个国家她没想出——但也许可以想得出来。她弄不清，他们这么一次次地找她，究竟是要达到什么目的。但有件事可以肯定，她绝不会再泄露有关总统的秘密了。

"噢，你又来敲诈我了。"她讥讽地说。

"我们只是来找你合作。"他并不生气。

"那好，我不愿再来任何合作了。我讨厌这一切，无休无止地缠个没完。我看你们是绝不会让我清静的，所以最好是就此为止。你们可以去把我过去的事抖出来。最坏的结局无非是丢了我现在的工作，去别的地方并不见得就找不到事干。而且我也不会让你们安安宁宁、逍遥自在，我会去找联邦调查局，把你们的……"

"这样做是不明智的，雷恩斯小姐。"格里辛的话中差不多带上一种遗憾的口气，"那会对你的身体不利。"他停了停，又说道，"至于说叫我们把你的事抖出来，我们无意这么干，我们不想毁了你，请你三思。我向你保证，这次以后，我们绝不会再打扰你了。现在，只要你回答一个很简单的问题，一切就完事了。"

她犹豫了。他的话听来很诚恳，也许他真是这么想。如果同意了，今后他们就不会再来找她的麻烦。她考虑再三，觉得这还应当取决于他们究竟想要知道什么。她得知道是什么问题才能表示同意与否。"那个问题，"她问道，"是什么？"

"是关于——"他竭力想找到一个能明确表达的句子，"关于总统同房的习惯。"

伊莎贝尔顿时怒容满面地说："你不觉得一次次地老问这个太厌烦了吗？天哪，这已经是第三次问我了。"

"我们必须掌握更多的情况。"

"你也必须明白，我不准备告诉你们。这与任何人都无关。

再说，这种事情也是不可明言的。"

"让我说明确点，雷恩斯小姐。"格里辛急忙说道，"让我换一种说法。有人告诉我们——我们从别的渠道了解到——总统不喜欢——嗯，直说吧，总统不喜欢正常的同房。"

伊莎贝尔简直不相信自己的耳朵。她突然放声大笑，哈哈不停。最后，她强忍住自己，问道：谁？谁这么说的？"

"这你别管。有什么好笑的？"

伊莎贝尔从手提包里掏出一张面巾纸，擦擦笑出泪水的眼睛说："我笑有人竟这么想，就笑这个。因为它大错特错了。"

"大错特错？"

"百分之百的错了。"

"你是说……"

她变严肃了："你明白我的意思。好了，你走吧，别再缠我。"

格里辛高兴地点点头。"谢谢你了，雷恩斯小姐。"说着他推开车门下了汽车。

从后视镜里，她看到格里辛渐渐走远。直等到街对面他们的车开出了视线，她才下了她的 BMW 轿车，朝家里走去。

已没有时间在去餐馆前洗澡了。

莫斯科克里姆林宫的那个套房中，比莉双腿蜷曲，坐在起居室的沙发上，想读几页莫斯科印刷出版的杰克·伦敦的小说《野性的呼唤》。她对这本书并无特别的兴趣，仅是想借此来打发晚饭前这两个小时。

突然，她被前门锁的转动声惊了一下，接着便见到亚历克斯·拉辛走了进来。比莉立即将书合上，扔到一边，放下她蜷着的腿。尽管她仍把他当作敌人一边的人，这么做时却带着点迟疑。她喜欢他，他是敌人营垒中唯一正派的人。此外，她需要与人交往，需要有人做伴。

拉辛将近期的报纸放到桌上，朝她走去。"今天好吗，布雷福德夫人？"

她仍像平日一样答道："心烦意乱。"

"我能理解。愿意同我喝一杯吗？"一起喝杯酒，已成了他们下午会面新的例行内容了。

"当然愿意，"比莉答道，"不过给我双料威士忌。"

拉辛走到旁边的餐柜，给她倒了一杯苏格兰威士忌，给自己倒了一杯伏特加，问道："您今天一直没闲着？"

"我是在凑合着过日子啊，直闷得发慌。"

"怎么了？"

他向她递过那杯双料威士忌，自己则呷了口手中的伏特加酒。

她拍拍身边的沙发垫说："坐这儿来。"拉辛慢慢坐到她身旁，听她继续说道，"来听听我的苦衷烦恼。"

"您心情怎么这么糟？"

她喝下一大口威士忌说："先说说英语新闻节目。今天的大部分内容是关于我丈夫和克里钦柯总理他们在伦敦第一天的活动，他们在英国首相举行的国宴上的会面，还有些对于最高级会谈和博恩代问题的政治性预测。此外，还有不少有关苏联保镖遇刺身死，浮尸泰晤士河的报道和评论。"

"很遗憾，这些全是真的。"拉辛说道。

"但对第一夫人，除了提到她陪总统参加国宴之外，便再无只言片语了。于是我看了电视录像新闻。这一次看到了，可真是雍容华贵，光彩照人。在白厅里，她那么妩媚含情地挽住安德鲁的手进入了宴会厅。"她转脸看着拉辛说，"你知道吗？那个可恶的冒牌货穿的是我新在拉德堡时装公司定做的晚礼服，那件金线织的。我真不敢相信我的眼睛了，我直想去杀她。可是周围所有的人，都在朝她欢呼致意。那些围观的市民，那些记者、警卫，那些她身边的人，没有一个识破她。安德鲁更是毫不起疑，这气得我要死。我简直想象不出，她究竟是怎么以假乱真、毫无破绽的。你知道，亚历克斯，"她停住口，"嗯，我叫你亚历克斯，你得叫我比莉才行——如果我还真是比莉。"

"谢谢你，比莉。"

"你知道，看到这些我非常失望，非常不知所措。好像我根本不存在了，成了个被遗忘和被排斥的人，没有任何人知道我还活在地球上。没有人需要我，也没有人惦记我。你会不会对我的这种沮丧感到奇怪？你一点不知道……"

她两眼满是泪水，咬住嘴唇，无言地摇摇头。

拉辛被感动了，他本能地用手搂住她，想给她安慰。

"我能理解您的心情，"他说道，马上又把手臂抽回来，拿起酒杯，"把酒喝了。"

两人默默无言地喝着酒。

拉辛放下手中的酒杯，有好一阵手指都在不停地摩挲着裤上的折缝。"有件事我得和您商量，"他说道，"可您现在的心绪不好，叫我很难开口。"

"现在不要紧了。"她回答，"什么事？"

"这事我本不该对您说，但我又觉得必须告诉您才行。"

比莉的神经越来越紧张了："你说吧。"

"您还记得那天吗，我被追般地问起你们同房的问题？我本不想来逼您，但您知道当时的情形，不得不那么做。您帮我解了急。后来我把您的话给彼得洛夫作了报告，您还记得吗？"

"记得。"

"唔，我向他报告了您说的话。那个情报很普通，事实上对他们毫无用处。只有一点，那是用来检查您诚实性的一个手段。那天报告之后，克格勃立即通过在美国的其他渠道进行了核实，以弄清您所说的您丈夫的情况是否属实。现在，恐怕他们觉得您并没有说实话。根据其后的了解，他们认为您在这问题上撒了谎。"

"荒唐！"比莉义愤填膺，气呼呼地吼道，"什么别的渠道？天底下还有谁清楚我丈夫和我背地里的私事？谁能够说我讲的不是实话？有什么别的渠道？这究竟是什么意思？"

"我可说不上来，因为我不知道。再说我也无权去了解克格勃是怎样行动的。"

比莉还一心想着克格勃所谓的其他渠道。"这件事他们不可能再找到别的人了，"她像是自言自语地说道，"除非他们找到这样的女人，在安德鲁遇到我之前，她曾与他做过爱。或者，他们认为他们找到了安德鲁身边的某个女人，在我们结婚后，安德鲁也同她有过关系。我看也可能实有其事，我说不准。不过就算是有这么个女人，他同我和同那女人的方式可能会是大相径庭的。所以对我们的情况他们仍然一无所知。"她望着拉辛，"你说对吗？他们都是些十足的白痴。"

拉辛摊开双手说："我能说什么呢？我不了解他们的内幕，只能给您通个风，报个信。他们认定您在撒谎，在这件事上您的话是靠不住的。推而广之，在别的事上，他们也认为您没说实话。他们今天开了会，我是后来才听说的。我打定主意要让您有所准备。比莉，我一直深深地为您担心，把我知道的全告诉您，我必须得让您有所提防。为了迫使您改变目前的态度，说出实话，他们可能正打算惩罚您。"

"惩罚我？"比莉不相信地重复道。

"他们会做出冷酷残忍的事来。"

"能说明白点吗？"

"我了解别的一些事例。他们把受怀疑的人绑起来，不分昼夜地审问。如果还不说实话，就对他们断粮断水。要是还硬挺下去，就对他们进行拷打。很抱歉给您说了这些，但……"

比莉被惊呆了："对我他们也会这么干？"

"完全可能。"

"亚历克斯，那我该怎么办？"

她的话还未落音，拉辛已从沙发上站起走到收音机前。他拧开开关，拨到一个正播放音乐的电台，再将音量开大，又过来坐到她的身边。

"您该怎么办？"他重复她刚才的话，"您什么也干不了，除了信任我。我绝不会让您遭受折磨。我时时都在为您担心。从某种意义上说，我俩是美国同胞。"

"噢，亚历克斯，你要是帮了我，不会没有好报的。"

"我已决定来冒冒险。我准备帮您逃出去。"

比莉顿时感动得不知说什么才好。她突然冲动地拥抱住拉辛，亲吻他的脸颊，以此来表达她内心的感谢。而拉辛则被她的冲动弄得颇为窘迫，赶忙将她推开。

"您必须意识到这个行动的危险性——对我俩都是如此。"他严峻地说道，"如果您被逮住了，那我就会受牵连，必死无疑，而您恐怕也只有等死了。"

"我不在乎。"她毫不犹豫地说道，"只是你……"

"别管我。我关心的只是您。"他停了停，"您准备冒这个险吗？"

"是的，是的。"

"那好。"他站起来说，"我制订了逃走的计划，一切都想好了。"

"什么时候？"她迫不及待地问，也站起身来。

"明天。先好好休息一下。穿上您最简朴的衣服，换上平跟鞋。明天这时候要做好一切准备。到时候我会来的。"

拉辛迈步离开。刚到门边，比莉又匆匆追上来，双手搭在他肩上，凝视着他的眼睛。

"亚历克斯，你为什么要这么做？"

拉辛正视着她的目光说："因为我爱您。"说完，转身出了房门。

为英国新闻出版界举行的记者招待会，正在克拉里奇饭店门厅对面的舞厅会见室里进行。会前，诺娜·贾德森向在伦敦的二十四位最著名和最有影响的英国报刊社论撰写人、专栏作家和记者发出了邀请，无一人缺席。现在，他们全坐在背靠椅上，膝上枕放着记录本，面对坐在雕饰有花卉图案的演讲台上的比莉·布雷福德。离比莉不远，诺娜微笑着坐在背靠椅上，注意听着第一夫人回答记者们提出的问题。她不时地随着第一夫人的话点点头，在纸上做些笔记。实际上，她是在给第一夫人的回答做评判打分（从一到十分，十分即为圆满最佳回答）。

这次同英国新闻界人士——大多数外国来宾都觉得他们是些爱摆架子，而又不说实话的人——的短短会见，气氛热烈得就像一次欢庆聚会。整整两年的时间里，英国记者们对这位美国第一夫人只是远远地抱有浓厚的兴趣。现在，目睹了她的风采，他们的热情又转化成了十足的崇拜。

招待会已进行了四十五分钟，根据诺娜的记分制，比莉在每个问题上的回答都得了九分或十分。从比莉极为通达谦和，大获人心的开场白（诺娜为此记了十分）开始，诺娜就断定——即使这篇开场白出自诺娜本人之手——从开场白到比莉对最后一个问题的回答，这个招待会将会比以往任何一次都要成功。

好在比莉事先对记者们可能会提的问题如何回答，全都言简意赅地记住了要点，及至此时为止，还没有人提出过预料之外的问题。诺娜翻开手上的笔记本，重看了一遍记者们刚才提出的那些问题。布雷福德夫人以前来过伦敦吗？过去访问和这次访问的印象有何不同？她在总统的决策中起过作用吗？她对同苏联总理夫人的再次见面是否感到愉快？布雷福德夫人准备怎样度过她在伦敦的空余时间？她会不会独自一人去观光游览？她会去商店买东西吗？买些什么？是否她所有的服装都是在伦敦的莱德伯里时装店定做的？明天在苏联大使馆的招待会上她准备穿什么样式的服装，等等。

诺娜看着她给比莉的打分笑了。她今天的即席回答像丝绸般既平滑又柔和，同时，活跃生动，言辞丰富动人，充满了逸事珍闻，而且，又不失庄重谦逊。太好了，太好了，再过几分钟，招待会便要宣布结束，比莉的这场记者招待会便能以大获成功而告终。

这时，诺娜从她的笔记本上抬起头，见坐在第二排的一名穿棕色西装，个高肩圆的男子正起身自我介绍。"我是《观察家》报社的，"他说道，"我能提一个有关个人方面的问题吗？"

"请讲吧。"比莉·布雷福德有礼貌地回答。

"基于我对您和珍妮特·法利之间长期友谊的了解，"这位《观察家》报的专栏作家问道，"我很想知道您对她的一些感想。"

诺娜转脸看着比莉。大大出乎意料，比莉在回答这个问题时竟满脸微笑。

"我很喜欢她，"比莉说道，"我对她就像对自己家里的亲人。正如你刚才提到的，我们之间已有长久的友谊。我是在第一次访问伦敦时同她相识的，那时我还是个十几岁的小姑娘。她心地善良，博学多才。当她初试锋芒，写下她成年后的第一部小说，并很快在英国畅销时，我为她感到非常骄傲。我真不明白，为什么她的小说对美国人一直是默默无闻。如果我能做到的话，我希望美国人民能认识她，理解她写的书。我很急于再见到珍妮特·法利。我希望下周就能与她重聚。"

诺娜心头一紧，闭上了眼睛。

记者中出现了一阵波动，接着，交头接耳的低语声嗡嗡地响了起来。诺娜睁开眼，见那些记者们全都茫然相顾，一个个脸上现出大惑不解的神情。

一个胸部高耸的女士从后排霍然站起，先介绍说她是《泰特尔》报的记者。接着，她言辞锋利地说："布雷福德夫人，我不能肯定刚才是否听错了您的话。您说您希望下星期见到珍妮特·法利。我想您一定知道，两星期前，法利夫人已经因癌症逝世了。"

屋子里顿时寂然无声。所有的人全都睁大眼睛看着比莉。她脸上的笑容消失了，随即换上了一副哀伤的表情。诺娜直愣愣地盯住她，连一根睫毛都没有闪动。

"请原谅我刚才不当的措辞，"第一夫人沉着地说道，"我只是太不能接受她已逝世的事实了。对我来说，她仍然活着。当然，我是最先得到她家里通报她死讯的人之一。我刚才说我希望见到她——我的意思是希望下星期见到她的安息之地——她的坟墓。"

从记者中又传出一个尖厉的声音："别浪费时间去找她的坟墓了，布雷福德夫人。坟墓根本就不存在。她的安息之地是一个骨灰瓮，现在放在圣詹姆士公寓她家里的壁炉台上。她是火化的。"

"当然，"比莉的口气很坚定，"我指的就是这个。我下星期打算去向她家里的人表示我的吊唁和慰问。还有别的问题吗？"

听着比莉的话，诺娜禁不住心头一震。她舔舔嘴唇，感到上嘴唇已经湿润。她打开手提包，掏出一块手绢，轻轻地擦去上面的微汗。她低头看看打开的笔记本，很快记下了珍妮特·法利这个问题，略略踌躇，给比莉打了个零分。

听着比莉回答完最后一个问题，诺娜立即站起身。

"谢谢您，布雷福德夫人！"诺娜大声感谢道，然后，她又面对记者座，"谢谢，谢谢大家。"

看着记者们纷纷站起离开会见厅，诺娜抓住比莉的手臂，将她拉到门厅边上说："我马上就过来。我先把他们打发走。"

等到比莉在电梯间消失，诺娜才站到门边，向许多记者们道别。不到五分钟，会见室里已空无一人。正要关门，诺娜听见两名落在后面的男记者正在交谈。

"快完时场面有点尴尬，是吧？"其中一人说道。

"奇怪啊，"另一人答道，"令人费解。"

诺娜将门推来关上，转身倚靠着门，想使自己的心绪平复下来。

令人费解，她想。确实令人费解。

诺娜打起精神，出门穿过门厅，急急上楼来到皇家套房。她先敲敲卧室门，接着便推门而入。

比莉·布雷福德坐在梳妆台镜前，正精心地整理头发。

她从镜中见到诺娜进屋，于是，朝她问道："唔，你说，我今天对问题回答得怎样？"

"从没有这么好过，"诺娜热情地回答，"几乎是完美无缺。"

"几乎。是的，几乎。"

"不，真的，您今天是最出色的一次，只除了……"

比莉举起她的两只手掌说："我明白。有关珍妮特·法利那个回答我有口误。我当时有点疏忽，漫不经心。今后再不会出现这种情况了。不过也并不全是我的错。那个坏种急冲冲地就冒出了这么个问题。"

"比莉，那是个非常简单的问题。"

"你太幼稚了。他们的问题没有一个是简单的。哼，英国新闻界都是些坏种、恶棍，比这更坏。我早就听说过他们，再别让我干这种事了，诺娜。别再开什么新闻招待会了。"

"不再开了，我保证。"诺娜低声答道。

诺娜僵直地站着，注视比莉往她的头发又抹上一些发油。她感到为难。她很想对比莉说，今天下午这些英国新闻界人士绝不是什么坏种和恶棍，他们一直很友好，很和蔼，但诺娜没说出口。比莉现在显然是心烦意乱，绝没有心思来听谁的反对意见。她刚才的话中甚至已间接地为新闻招待会的事责怪诺娜了。这与比莉平日的作风真是判若两人啊！

"您还要我办什么事？"诺娜怯生生地问。

"噢，不要了。"比莉立即回答，"你可以走了。嗯，只有一件事，你可以把我同盖伊约定的谈话取消。今天我口都说干了。我想轻松一下，去逛逛商店。告诉特工处，我马上就去哈罗德商场。"

虽然比莉已打发她走开，但诺娜仍站在原地，凝视着梳妆镜里反射出来的比莉的脸庞。

这张脸似乎变得冷酷阴沉了。

比莉从镜子中看见了诺娜。"你在看什么？"

诺娜有些慌张，忙答道："我……我只是很羡慕您。"

说完，她走出了卧室。

到了走廊，她照比莉的吩咐，通知了站在门外的特工，说比莉·布雷福德马上要去商场买东西。然后，她慢慢走到走廊尽头，到了盖伊·帕克的单人房间。她仍沉湎在刚才的一些想法中，心不在焉地敲了敲门。

门很快开了，帕克出现在她面前。他的头发湿漉漉的，十分凌乱，显然他刚刚淋浴过，还没来得及梳理。他光着上身，肩上只披一条浴巾。他的英俊健美是在诺娜意料中的。自他们在白宫第一次相识，她就发现他是个富有魅力的男子，这也是她总是尽力回避他的原因。

帕克装出吃惊的模样说："啊，捉摸不透的宇宙小姐。"

"我带来加西亚①的消息。"诺娜说道，"我是来通知你，第一夫人把今天下午同你的约谈取消了。你自己安排干点别的事吧。"

"怎么又不谈了？"

"哦，一言难尽。走着瞧吧。"正要转身走开，她又略为沉吟道，"也许不应当听之任之了。嗨，你想去酒吧间吗？请你的同事喝上一杯怎么样？"

"这主意不错。"

"我在酒吧间等你。"她说道。

"克拉里奇饭店可没有酒吧。倒是在门厅的休息室能喝点什么。"

---

① 加西亚——1898 年美西战争期间的古巴起义军将军。当时，美军中尉安德鲁·罗万奉命突破西班牙的封锁，去古巴同加西亚将军联系，然后再将加西亚的回话带回华盛顿。此句意为奉命行事，而且要将任务完成。

"快穿上衬衣，"她边说边转过身，"我先去了。"

十五分钟后，诺娜来到克拉里奇饭店的休息厅，在一张清静角落的小桌旁坐下来，有心无心地听着匈牙利交响乐队刚开始演奏的乐曲。不久，帕克走来坐到她的身旁。他身穿一件条格衬衫，系着领带，外面套一件西装，显得格外潇洒俊逸。这时诺娜才真正意识到她是多么高兴同他在一起。

她举起空杯子说："再给烦闷苦恼的姑娘来上一杯冰镇杜松子酒，要双料的。"

帕克不解地仔细看着她说："你看起来像是丢了魂，诺娜。出了什么事？"

"谁说出什么事了？"

"你说你是烦闷苦恼的姑娘。"

"不过是修辞而已。"

他又打量她的脸说："总有点什么事情。先前在楼上，你告诉我比莉取消同我的约谈时，你曾说一言难尽。后来你又说走着瞧吧，还说也许不应当听之任之。究竟是怎么回事，诺娜？"

"请让一个姑娘先喝上一杯，好不好？"她指了指正端着两杯酒朝他们走来的侍者。侍者走过来给他们一人面前放上一杯酒，然后转身离开。诺娜两手端起酒杯，猛地咽下一大口，好像她心里正火烧火燎一般。

她将杯子放到一边，见里面的酒已所剩无几。这时，她触到了帕克投来的凝视的目光。

"盖伊，"她说道，"有个问题。"

"噢？"

"告诉我，你为什么怀疑……嗯，怀疑比莉·布雷福德变了？为什么？"

"哦？"他看来吃了一惊，"没想到你对这个还感兴趣。"

"也许我感兴趣，也许不。但突然我现在感兴趣了。"

他小心地问："如果你真想知道……"

"想知道。"

"你不会把我的头给拧下来？"

"只要你不是胡编乱造。"她冲动地用手指按在他脸颊上说，"对你的头我可是温柔可亲的。"

"好吧，是这样的。"他最早的怀疑，或起码可以说是好奇心吧，是从莫斯科回来后产生的，当时他们正在去洛杉矶的飞机上。比莉谈到她在《洛杉矶时报》求职试用时曾同一个叫史蒂夫·伍兹的新闻记者谈过话。而帕克却了解到根本就没有史蒂夫·伍兹这么个人。在洛杉矶的午餐桌上，比莉被安排坐在她的老友，美国妇女俱乐部主席艾格尼丝·英格斯特洛普旁边，而她对俱乐部主席却称了全名①。午餐时，比莉对牡蛎肉喜爱不已，而诺娜却说比莉过去从不吃牡蛎。在道奇尔体育馆的棒球赛上，作为棒球迷的比莉，却花了很长时间来听人给她解说棒球的比赛规则。在马利布她父亲家里，她竟记不起一个月前才见过她的外甥。那天，他还看见了她最宠爱的小狗哈姆雷特朝她咆哮不已。在早些时候，比莉曾向帕克保证，说她将给他谈谈她和总统间的私事，同时，还要详细讲讲有一次她意外地撞上了布雷福德与之约会的电影女演员的有趣逸事。但正如诺娜已经知道的，几天前，在飞往伦敦的飞机上，她断然拒绝同帕克谈论任何这方面的问题。

"如果仅有一两件这样的事，或许可被解释为是人的记忆之故，"帕克在列举了以上事例后说道，"但这些事全堆在一起，

---

① 英美人习惯，在亲近熟识的人之间，只叫名，不叫姓。

就难免引人大起疑心。你怎么想？"

"我想我还要喝上一杯，"诺娜答非所问，"再来杯双料的。"

帕克叫侍者又给各人倒上一杯。他转脸看着诺娜说："嗯？你对我刚才讲的有什么感想？"

"你怎么看这些，盖伊？"

"我看，起码是从莫斯科回来后，比莉像是变了个人。"

他等着诺娜说出自己的看法。但她一声不吭，装着在听乐队奏出的音乐，实际上，她心里也在琢磨着比莉。侍者给他们端来酒后又走开了，诺娜端起了酒杯。

沉默了半分多钟后，诺娜猛地将酒杯放到桌上，酒溢出了一些。她拿起餐巾，小心翼翼地擦去了桌上的酒点。

突然，她开口说道："就是刚才不久，比莉向英国新闻界举行了一个记者招待会。"

"开得怎样？"

"接近尾声之前，她都回答得蛮不错。后来有人问起了珍妮特·法利。"

"珍妮特·法利？对，我还记得。那是她的老朋友，儿童作家，就住在伦敦，几星期前去世了。"

"就是这个死去的人，"诺娜继续说道，"但只有比莉不知道珍妮特·法利已经死了。她对记者们说，她打算下周去看望她。当有个记者提醒她，说珍妮特已经逝世时，比莉话头一转，说她指的是去看珍妮特的坟墓。又有个记者对她说，没有坟墓，只有她装在骨灰瓮里的骨灰放在死者家里的壁炉台上。她又东拉西扯地狡辩，招待会就这么结束了。"

帕克轻嘘了一声："多么出色的……"

"加倍的出色，就像这杯双料杜松子酒。"诺娜举起酒杯，差不多一喝见底。

"当时那些英国新闻界的人反应如何？"

"像我刚才说的，她东拉西扯地摆脱了追问。这对有些记者来说是天衣无缝，但对我可不是这样。她不过是做得巧妙圆滑罢了。"

帕克再次盯住诺娜的脸说："诺娜，为什么这件事比先前我给你说的那些对你更加震动？"

"我不知道。但这事我是一清二楚。并不仅仅因为它就发生在我的面前，这还因为我们去莫斯科前的那个上午，在白宫——就是她告诉你也做随行人员的前几小时——还记得吗？"

"记得。"

"那时，她已得到了珍妮特·法利的死讯。她当时便心神恍惚，悲痛万分。这是件大事，是很动感情的，不是那种容易遗忘的事情。"

"嗯。她是怎么得知珍妮特死讯的？是信件还是电报？"

"不是从普通的渠道。英国大使亲自送来交给她的。"

"私人函件？"

"是的，大使亲手递交的。只有比莉，还有你、我知道。"

"发过讣告吗？"帕克问道。

"没有。在美国珍妮特是默默无闻的。"

"但是比莉自己是知道这事的。"

"当然知道。"

"那么一个小时前，她怎么会又忘了？"帕克大感困惑。他见诺娜已将她剩下的酒喝得一干二净，说道："再来一杯。"

诺娜推开杯子说："不，谢谢。我已经飘飘然了。"她醉意蒙眬地站起来，"我们上楼到你房间去吧。"

帕克付了账，紧紧挽住诺娜的手臂，带她进了电梯。

几分钟后，他俩来到帕克的房门口。他打开门，正要伸手开灯，却被诺娜拉住手臂说："别开，有台灯就够了。"

帕克走过去打开床边的台灯。诺娜关上门，闩好了链锁。帕克看着她，有点不知所措。她小心翼翼地朝他走近，以免失去身体的平衡。

诺娜抬头望着帕克说："我有点醉了，盖伊。在我做出什么蠢事前，老实回答我一个问题——一定要说心里话。你想要我吗？"

"很想，诺娜。"

"真想？"

"真想。"

"那好。老实说，从一开始我就喜欢上你，喜欢你的脸蛋，喜欢你的身体。但开始我觉得你是那种人，也许是自负利己——以我为中心，指望所有的女人都围着你转。后来，我又觉得你不懂行，是个怪人。明白吗？"

他并不明白她的意思，但还是点了点头。

她继续说道，"我不想同有毛病的人搅在一起，盖伊。我有过丈夫，但很不幸。他是个自私而又任性的人，后来我把他甩开了。但人要有所依托，我给比莉当上了秘书，我可以专心致志于她的事务。但现在——我说不清是怎么回事——我对比莉的依托感突然消失了。后来，又是你占据了我的灵魂。我觉得你是个理想和完美的男人，正派、聪明。现在，我需要有个信得过的人，盖伊。我能信任你吗？"

帕克将她搂在怀里，热烈地亲吻着……

二十分钟后，两人都已尽兴。帕克松开诺娜，紧挨着躺在她的身边。"哎，你有香烟吗？"她问。"我抽烟斗。不过，我总是为你这样的人额外准备了一盒香烟。"然后，他拉开床头柜的抽屉，摸出烟盒。他给自己拿了一支，点燃后，他又递了一支给她。

"说别的事吧，盖伊。一小时前，我还以为今天真是讨厌至极。我为比莉出的纰漏伤心，我觉得郁闷沮丧，心里老是摆不开这事的纠缠。现在好了，我感到非常愉快，再没有她或醉酒的阴影了。你真是个魔法师，叫我忘了一切。"

帕克严肃地看着她说："你不会忘记它的，它也不会消散得无影无踪。你心里明白。"

诺娜朝上吐了一口烟。"我明白，"她答道，"我正要跟你说这个。如果我不把她看作是第一夫人，那就会把她当成别的什么人。如果真是这样，"她凝视着帕克，"那真不堪设想，是不是？"

帕克耸耸肩说："诺娜，我所能说的就是我们最好还是来想想这不堪设想的事。"

七

广播里的音乐更响了。

比莉·布雷福德站在她克里姆林宫套间的起居室里纹丝不动，等着拉辛的评判。拉辛围着她团团转，检查她的衣饰。比莉柔长的金发扎成个圆面包样挂在脑后，这样使自己不那么显眼。她身穿棕色短外套和裙子，里面是灰棕色条纹短衫，足登轻便平底鞋。

"行吗？"当拉辛走到她面前时，她焦急地问。

"很好。看起来像典型的西方有钱的游客，但并不显眼。红场上这种人很多，到处游逛，给列宁墓和圣·巴塞尔教堂拍照。你不会太引人注意的。"他瞧瞧手表说，"你能否脱身，一半要靠准时。"

"另一半呢？"

"运气。"

比莉眉头皱得更紧："你觉得我能成功吗？"

"很可能。我们来说说时间吧。这是我们能够掌握的因素。我已经仔细计算过，你从这幢楼出去，直奔斯帕斯基大门。穿过大门离开那里，我给你十分钟时间，还要用五分钟穿过红场，要不慌不忙地走过橡树百货商店，到十一月七日大街上的沃达餐馆。在那里买杯冷饮。"拉辛从口袋里摸出几枚硬币递给她，"拿着这几戈比，以防万一。喝完冷饮，在那儿等一个提蓝皮箱的男人。你要朝他走去，他是等你的，他会把你带到美国大使馆。到那里后就由你们的大使安排了。"

"你说的听起来很容易。"

"可能容易，也可能不容易。等着瞧吧。"拉辛又看看表说，"要按计划办的话，时间已不多了。我尽量简单地给你讲讲路线，在我画的地图上给你指明一下。我们用一刻钟把逃跑路线说一遍，然后给你十分钟记，十分钟后你必须马上开始，绝不能耽误。"

"我现在的确切位置在哪里？"

"现在你在最高苏维埃大厦的一套用办公室改装的房间里。跟我来，我告诉你从哪里走。"他把她领进厨房，走到离水槽几英尺远的地方停下，跪下腿。"这是个以前的活门。地毯把它遮住了——彼得洛夫疏忽了这点——瞧这里，有两个小凹槽。"他把两手的食指伸进去，把一块方地板揭起来一点。"你看，很好开。"

比莉全神贯注地看着他每一个动作。"之后呢？"

"下面是木梯的台阶，你从那里下去就到了一间地下室。那是一七八五年用作冷藏室的房间，四周是石墙，既冷又黑。把这个盖打开，你就能看到厨房里的光。房间对面另有台阶，爬上去，上面有个洞口，那是第二道活门。我已经把门移开了。你从那里向上走，又是一间放家具的贮藏室，和地面相平。两扇窗户会透进一些光，但只有一个门。走过门就到了外面。所谓外面，我是说走进克里姆林大街了。现在，我最好在地图上告诉你以后的事。"

拉辛把活门放回原处，把比莉领回起居室，示意她在沙发上坐下。他挨着她也坐下来，从上衣口袋里摸出一张折好的纸。他把纸打开，铺在咖啡桌上摸平。

比莉低头凝视着用铅笔画的草图，只有右边那部分画满线条。

"就如你可能知道的那样，克里姆林宫范围极大。三面的围墙形成一个三角形，里面占地二十八公顷——即六十九英亩。因此，为了不使你迷路，我只把和你有关的那部分用铅笔画出来。这个大'X'符号表示你现在所在的最高苏维埃大厦，这个小'x'表示出口。实际上你会发觉自己在走廊里，但一跨过去就是通往外面的门。现在，我讲清楚了吗？"

"完全清楚。"

他的手指随着一条虚线移动说："从这里沿这幢和有拱门的墙相平行的楼走，过街后再沿行政大楼走。这里，你左边是一座顶上有红星的尖塔，看见了吗？叫斯帕斯基或斯帕斯卡娅塔，英语意为救世主大门。这里只有一个卫兵，走过去就是红场。他可能不会叫你站住。如果叫你停下的话，就对他解释说参观奥鲁泽娜娅宫军械馆时和队伍走散了，想去橡树商店和他们会合。卫兵可能不懂英语，你就把橡树商店指给他看，多半他会放你过去。他们大多是些好小伙子，你又这么漂亮，看来像个天真的美国游客。"

她想笑，说："但愿如此。"

"什么？"

"游客、漂亮、天真。"

"那样你就能混过去。像散步一样一直往前走过红场和商店，上街直到沃达餐馆，买冷饮和等那个提蓝皮箱的男人。你明白了吗？"

"我想是明白了。"

"如果还有什么问题现在赶快问。"

她想了几个问题，他都详细做了答复。

"很好，"他说。又从口袋里掏出一张纸，铺在那张地图旁边。这是张白纸，他递给她一支铅笔，"把地图抄下来，我必须把我的撕了，不能给你任何有我笔迹的东西。"

比莉用发抖的手抄下他的地图。

"给。"她说。

"最好你带在身上。"

她把自己画的地图折好，装进外衣口袋。他捡起自己的那张，撕碎后走进盥洗间。比莉听见马桶哗哗水响，他空手走回来。

比莉起身迎住他，抓住他的双臂，面对着他说："亚历克斯，我真不知该怎样感谢你。"

"不用谢，我不能再待在这儿了，必须马上走。记住，注意时间，你只有十分钟记路线，然后马上离开。"

"我的感激无法表达，"她说，"我保证回去后会帮助你的，只有你才使我忍受住了这场噩梦。"

"我将留在克里姆林宫干别的事，直到我确知你已安全出去。如果警报、汽笛不响，我就知道你脱险了。祝你走运，一路平安。"

"谢谢你，亚历克斯。"她亲吻着他的双唇。

他盯着她，正想说什么，但显然又改变了主意，匆匆离开了房间。

又剩下孤身一人。她回到沙发坐下来，摸出地图铺开后细看。每隔一会就瞥一眼那架古式钟。她努力不去想前面的陷阱和失败的后果，唯一的走神就是想到在伦敦和安德鲁的团聚。她凝神考虑出逃的路线，时间已过了九分钟。她重新折好地图，塞进口袋，把钱包挎在肩上，直奔厨房而去。

她打开活门，掀在一边。心跳越来越快。下到活门口，一只脚站在梯子上，然后又跨上另一只，下去时,梯子嘎嘎直响。

贮藏室里的石壁很粗糙，冷气袭人，难以忍受。比莉浑身打颤，竭力辨清方向。她看清远处的阴影中似乎有向上的阶梯，就赶忙走过去。楼梯又窄又朽，她踮起脚尖朝上爬，爬出方形洞口，进入一间昏暗、霉臭的贮藏室，里面堆了盖着帆布的家具。

到门边后她反而犹豫起来。恐惧就像沉重的包袱压着她，思想也迟钝起来。下一步怎么办？她忘记了。她赶紧掏出地图打开，但马上又赶紧放回口袋。拉辛说过，门没上锁，走出去就应该是走廊，对面就是出口。她必须穿过出口，向右拐，沿大楼走，过大街，沿行政大楼继续走就能看见左边的斯帕斯基塔，过了塔就直奔红场。

她怀疑拉辛给的时间是否够用。自从被囚禁以来，每天下午克格勃卫兵都来房间给她送午饭和东西，时间没规律。如果他们很快就来并发现她不在，或者看见厨房的活门被搬开了，一定会拉警报的。

这个想法驱使她加快了步伐。她抓住门把手，一拉门就开了。拉辛没说谎！她是在一个宽大的走廊里，两头都不见人影，对面就是出口，穿过出口，终于出来了。空气潮湿，天空阴沉。她看见了前面的红墙。地图上标明的那个小一点的塔是苏联议会塔，塔对面耸立着列宁墓。四个苏联士兵，都戴有舌帽，制服上缀着红肩章，谈兴正浓。看到右边的人行道了，她向右转——走得漫不经心——拉辛提醒过的。从最高苏维埃大厦朝前走，她来到一条大街，一辆卡车正隆隆驶过。穿过街又是一座大楼，这就是行政大楼了。比莉眼望前方，钱包晃荡，大步走近大楼。再往前，左拐，就是巨大的、顶上有红星的斯帕斯基塔，这是逃离这座堡垒的最后一关了。

比莉刚要离开马路，远处突然传来尖厉刺耳的声音。这声音越叫越响，越叫越久，变成一遍遍的哀号，最后连续不断地叫起来。比莉呆若木鸡，是警报。

拉辛是怎么说的？如果警报、汽笛不响，他就知道她脱险了。

可警报在响，她在危险中，警报是因她而响的。

她浑身冰凉，不能动弹，不知该走哪条路。她向周围看看是否有人对警报有反应，可空无一人，就连她出来时看到的那群士兵也不见了。一闪之间，她在考虑对策，是拼出去，跑出斯帕斯基大门，还是找个地方藏起来，等平静后再说？或者赶快回房间去？

她正举棋未定，斯帕斯基大门的入口处突然跑出许多人。一队穿制服挎步枪的苏联士兵冒了出来，冲上大街。

比莉本能地做出反应。现在除了跑，别无选择。甩开他们，藏起来。她的心怦怦直跳，一转身，沿着身后的大楼拼命跑起来，想找个最近的门。

她听见不远处传来叫声。回头一望，至少三个卫兵正指着她，用俄语号叫着。她紧紧抓住晃荡的钱包带，一下冲进大楼。

她朝楼角跑着，摔倒了又爬起来。跑过一排办公室的门，门口的牌子上写着她不认识的古俄语。比莉想找一间像厕所或浴室样的门，可分辨不出来。突然，又响起声音，她听见身后走廊里传来靴子的奔跑声和咔嗒咔嗒的枪栓声。她放慢脚步，跌跌撞撞地在最近的一间办公室前停下，入口是堂皇的双排门。比莉抓住门把往下一压就开了。推门进去，又随手关上。

她出着大气，迅速转身，看自己是在什么地方。她正站在一间宽大华丽的房间里，有枝形玻璃吊灯、大壁炉和东方式地毯。靠墙放着一排椅子，房间里空荡荡的。谢天谢地！

但紧接着她发现不对，连喉咙也梗塞了！墙边最远那张椅子上靠另一扇双排门的旁边坐着个肥胖的老妇人，身穿印花布衣服，正盯着她！

比莉拼命想缓过气来，朝那妇人走去。想从学过的那点俄语中想出个有用的词，可是不行。她走到那老妇人身旁喘着气说："你……你懂英语吗？"

胖妇人朝她眨着眼睛说："我是美国人，从得克萨斯……"

比莉松了口气，闭上眼，"我的老天，"她喃喃自语地又睁开眼，"你能否告诉我现在在哪里？你知道吗？"

"什么，啊——你是在苏联一个办公室的接待室里，文化部部长今天要在这里接见人。"

"你说，你是美国人？"

"从得克萨斯来的。我是怀特夫人，从休斯敦美术博物馆来的。"

"听我说，"比莉声音压得很低，狠狠地说，"你必须帮助我。"

怀特夫人吃惊地说："可是，我还不……"

比莉紧紧抓住她的肩膀说："照我说的办。你一出去，马上去美国使馆——杨德尔大使是我的朋友——告诉他，我在克里姆林宫被关起来了。告诉他，有人冒充我……"

怀特夫人眼睛瞪得滚圆，嘴巴张得老大，好像被精神病人抓住了。"我……我不……不明白你。"她结结巴巴地说，"你是谁？我……"

比莉又抓住她的肩头说："瞧着我，难道你不认识我？"

"我……我想是这样，你是……"

"我是比莉·布雷福德，总统夫人，我是……"

"你这个样子在这儿干什么？"

"听我解释，我是……"

比莉身旁的那扇门嘎嘎直响。

"我和部长的约会。"怀特夫人激动地说，想要站起身。

通往里间办公室的门正在打开。可比莉已认出秘书的手，因为她在里间办公室正用俄语跟谁讲话。

比莉恐惧地往门口退，以免被人发现。她向怀特夫人投去乞求的一瞥，赶快打开门跨出去，门又关上了。

她转身就跑，正撞在两个克格勃卫兵身上。

她尖叫一声："别杀我呀！"

接着，世界好像从眼前消失，他们粗暴地抓住她。比莉失去了知觉。

如果事情不发生在她身上，她绝不会相信这事可能发生。

比莉·布雷福德完全苏醒了，坐在她的克里姆林宫起居室的一张椅子上，手脚都不能动弹。她的双臂被反绑在椅子背上，很痛。手腕带着手铐，脚踝也被皮带什么的紧紧捆着。

不远处，两个身强力壮、穿克格勃制服的男人站在电话机旁。正在打电话的那个面容丑恶，他说他是伊利亚·米尔斯基上尉。接着他向沉默的同伴跷起手指，清楚地说他是和安德烈·多吉尔上尉在一起。他俄语说得很快，厚厚的上唇向上翻，露出一排镶过的牙齿。他听后就挂上电话。

米尔斯基朝同伴点点头，向比莉走来。

米尔斯基在她面前站住了。"我知道你醒了。"他镶银的牙齿使比莉十分惊慌。他呼气时飘出一股大蒜味。"我的英语嘛，不准确。但你能听懂。你想逃跑，这我们不怪你，但你是怎样跑的，这点我们必须知道。"

比莉坐在那里无法动弹，她被自己的大胆、失败和绝望吓呆了。

米尔斯基脸凑得更近，多吉尔却毫无表情地袖手旁观。

"我必须问几个问题，你一定要回答，你也会回答的。"

比莉一声不吭。

"问题是，"他说，"我必须知道谁——怎么说呢——参与了你这次逃跑？我们看了厨房的地板和你的地图，那可是一张漂亮的地图。是谁帮助你和给你指的路？去哪里？谁是你的同谋？克里姆林宫里有中央情报局的间谍吗？"他停了停，"谁是你的帮手？"

比莉摇摇头，紧闭嘴唇。

米尔斯基直起腰，等待着。"你不告诉我们，我们就不走，你讲了我们才走。"

她绝不回答。

米尔斯基说："我们知道你是大人物，但我们不在乎。对我们来说，你是小人物，懂吗？你如果不讲实话，我们会让你开口。谁是你的帮手？"

"没谁。"她挑战似的说。

"撒谎！"米尔斯基紧握拳头，满脸怒气，"再给你一次机会。我们很忙，快说——谁？"

"没谁。"她还是那句话。

"你这婊子，撒谎！"他大吼一声，右臂一挥，反手就是一个耳光。

疼痛和窒息，她喘息着说："不……别……"

"我说你会开口的！"他粗大的手掌又是一记耳光，接着又是一下。带铜套的手指打在她嘴上，比莉呻吟着，差点连椅子一齐摔倒，舌头感到一股血腥味，眼泪涌了出来。

透过泪眼，比莉看见他们背后的门开了，她认出是亚历克斯·拉辛。

米尔斯基已抽回手，正要再打时，拉辛用俄语咆哮一声。米尔斯基转身挺立。拉辛冲过去，把他推到一边，"在这儿干什么？"他大吼着。

"她想逃，"米尔斯基阴沉地说，"我们得到命令……"

"只有我的命令才行，"拉辛打断他，"这里是我负责不是别人，放开她！"

米尔斯基还想申辩，"但是……"

"马上放开，你要我给彼得洛夫将军打电话吗？把该死的手铐给我打开，放开她。"

两个克格勃卫兵勉强地服从了。米尔斯基走到背后打开手铐，多吉尔跪下腿，解开皮带。一松绑，比莉朝前一倾，拉辛赶紧扶住她。他扭过头说："你们这两个笨蛋，滚出去。"

米尔斯基咕哝地又抱怨一句说："可克里姆林宫卫队司令官……"

"滚出去！"拉辛大声骂道。

米尔斯基和多吉尔尽量做出体面的样子，很快退出了房间。

只剩下拉辛和比莉了，拉辛查看她的脸。比莉双眼紧闭，血还从她口中慢慢地往下流。拉辛一只手扶住她的背，另一只手托起她双膝，把她从椅子上抱起，走进卧室，轻轻放到床上。他更仔细地查看她的脸，手指伸进她的嘴，想找到流血的部位。伤口是在唇后。他走进浴室，拿来酒精和一盒棉球进行消毒。他把东西放在床边的桌上，用湿棉花把比莉脸和下巴的血揩干净。他托起她的上半身，脱去外衣，解开衬衫纽扣，脱下。他洗去她脖子和胸部上残留的血。洗完后，他爬上床，把她的头放在自己膝上，又找到她唇后的伤口，用一块棉球敷在伤口上，最后用酒精清洗。

他一只胳膊搂住比莉的头轻轻地摇着，她双眼慢慢睁开。

"现在好了，比莉。"

"谢谢你。他们抓住我时，我快吓死了。他们打我……"

"没事了，比莉，我不会让他们再伤害你。从现在起，什么也别怕，相信我的话。"

她伸出双臂，紧紧抱住他。

"你真好。没有你，真不知我还会怎样。"她靠得更紧，紧紧地贴在他胸前。

"我跑了，快成功了——可是，他们发觉了。"

"我听说了。"他说，"所以马上就赶来。谁也不能再伤害你了。"

"真的？"

"我保证。"

她双手搂住他的头，拉下来，靠近她，发肿的嘴唇贴上去。一阵感激，一阵慰藉。他的双唇紧紧贴上去，亲吻起来。他抚爱着她赤裸裸的双肩。

因为她是那样孤单、那样害怕，又是那样感激，他的温情浸入了她的心田。一瞬间，她清醒了，猛地挣脱他的拥抱，推开他，想坐起来。她伸手去拉他的手，紧紧抓住，想把它推开。

"不，亚历克斯，请别这样。我从来没干过这种事，不行。"

他的手不动了，望着她的眼睛。

"我说的是真话。"她轻声道，"我不能干这种事。我非常感谢你，可是，别干了。"

他的手慢慢松开："对不起。"

"你知道我对你的感情。"她急促地说，"只是……"

"没什么。"他说着离开她，站起身，"我要使你不再受到威胁。这里乱透了，克里姆林宫的克格勃军官可能不知道你是属于特别案件，对于你，我们是唯一负责的。我给你拿点喝的好吗？"

"不用了。"

"那么，我去看看克格勃军官。我离开前还要来看你。"

"谢谢你，亚历克斯。"

他走了。比莉靠着床后的挡板半坐起身子。想回忆一下拉辛和她之间到底发生了些什么事。虽然有那么一阵子激烈的冲动，使她不能自制，但是并没有肉体的渴望。那只不过是欠了他的一笔债，一笔沉重的债，想报答他，想继续保持他的好意而已。毕竟企图逃跑时，他是冒着自己的生命危险在帮助她啊！刚才，他还制止了对她的殴打、折磨。在这个可怕的地方，他，只有他，才是唯一的伙伴。她是多么感激他，想要回报点什么，表示一点感情。当她试图这样做时，他却误解了。作为一个男人，一个活生生的男人，他整个地需要她，这是可以理解的。总之，她失去了克制力，但不想使他失望。可是归根结底，她不能把自己给他，完全不能。

她回想着拉辛。他是个正派人，这毫无疑问。在这种时候，为了保证她的安全，他还去克里姆林宫的司令官那里。只要他一下命令，谁也不能再害她了。

突然，另一种念头冒出来。拉辛去克里姆林宫给哪个值班军官下命令？找哪个卫兵下达不准折磨的命令？

他离开房间时说什么来着？"你是属于特别案件……我们是唯一负责的。"

我们？

彼得洛夫和他自己？可彼得洛夫是将军，是全苏联克格勃的主席，拉辛仅是个文职翻译，为何有这种权力？

他到底是什么人？

比莉的目光落在他挂在椅背上的运动衫上，他去浴室拿酒精和棉球时把衣服脱在那里。刚才去找克里姆林宫司令官时只穿衬衫，把外套忘了，很快他就要回来找。

但这时他的外套就在眼前，说不定从中能知道他的真实身份。

比莉跳下床，下巴和脸颊的肌肉在颤动。

最后，她走到椅子边，手伸进他外套两边的口袋。里面有一把梳子、一支钢笔、一只扣子，另一只口袋有一包香烟和一个打火机。她把外套拉过来，胸前贴身那只口袋胀鼓鼓的，伸手一摸，是只棕色的旧皮包。

比莉拿着皮包，她怀疑自己是不是真的能发现更多关于他的情况，甚至怀疑自己是不是真的想了解这点。终于她确信自己是想弄明白。装钱的那层有卢布，面值都很高，皮包里有几张用塑料膜蒙住的卡片。于是，她打开钱包，抽出卡片。一张、两张、三张，一共四张，都印有她不认识的古俄文。接着又找到一张小照——竟是她自己的照片！比莉大吃一惊，真是不可思议！她把皮包和照片拿近些，是她的半身照。一切都像，除了那身绣花的农民外衣。她没有这件衣服，但她立刻意识到事情的真相，不觉全身一震。这不是她，而是她的替身，那个正在伦敦扮演她比莉·布雷福德的女演员。比莉端详着这张照片，除了这件陌生的衣服，那女人简直和她一模一样。因为放在拉辛的皮包里，很能说明问题。一开始他就承认是和她的替身在一起的。说不定还爱着那个替身呢！不然为什么把她的照片放在自己皮包里？她又想到，刚才他和她调情的企图——是把她当作他自己真正的情人了吧？

她慢慢地又查看另外三张卡片，都不认得，只有最后那张和他的通行证上贴的那张照片上方的标题好像有点熟悉。
她竭力回忆在哪里见过这几个古俄文的首字母，她想起和彼
得洛夫首次见面时。他曾给她看过他的身份证，并告诉她首
字母的意思是克格勃。

现在，从拉辛皮包里拿出的卡片上的正是这几个字。

诺娜给她的苏联历史书和旅游指南上，用英语拼出来的
意思是"国家安全委员会"，就是克格勃。

很清楚，亚历克斯·拉辛是个彻头彻尾的克格勃间谍。

这个流氓！

比莉赶忙关上皮包，塞回他运动衫的贴身口袋里。她想
找自己的香烟，昏昏然找到一支后点燃，在床边坐下，思考
起来。

想思考也不容易，拉辛的真面目使她害怕。头脑清晰起
来后，被囚禁以来的桩桩事情一一弄明白了。现实很难接受，
但事实又不容否认。

亚历克斯·拉辛，她的恩主和朋友，一半美国血统的家
伙；那个温和、富有同情心的翻译，原来和那些最坏的人是
一路货，是个克格勃间谍。他一直就是彼得洛夫的缓冲工具。
他帮助她逃跑，也曾保护她不受凶狠的克格勃的折磨，但那
全是令人难解的谜。

比莉看过许多电影，读过许多小说，知道这类普通把戏。
彼得洛夫将军恐吓她，拉辛用保护她来取得她的信任，出逃
就是这出戏的高潮，想使她完全相信拉辛，软化她。

但目的何在？

她头脑中涌出一连串可能的动机，最后停在一个可能上。
如果别的一切都存在的话，那他们的目的就很清楚了。比莉
在伦敦的替身，那个苏联骗子、"第二夫人"，遇到了严重麻烦。

她的替身除了一件事，什么都知道，而这件事现在已事关成败。在执行第二夫人阴谋的过程中，克格勃认为不会遇到这个麻烦。可是，医生说过，几天后比莉就可以恢复和安德鲁同房。这就在苏联方面引起了恐慌。对这方面，克格勃一无所知。布雷福德夫妇的私隐对他们来说，是本合上的书。除非他们能告诉第二夫人这些情况，否则他们的整个阴谋就将化为乌有。

克格勃想了解布雷福德夫妇私隐的唯一希望只能是通过比莉本人才行。可是，他们到底打算怎样从她那里得到呢？

比莉马上就意识到了他们的意图。

她打定主意，脸绷得紧紧的。不，她告诉自己。她绝不会让他们得手。

这使她心中升起灿烂的希望——那就是，她的替身在床上会采取错误动作，安德鲁就会怀疑他所谓的妻子，从而暴露克格勃整个阴谋。

她想起尚有一线希望，情绪随之高涨起来。那就是企图逃跑时在接待室碰到的那个胖妇人，那个可怜的来自休斯敦美术博物馆、被她搞得手足无措的怀特夫人。比莉乞求过她（说得也许不清楚），要她去莫斯科美国大使那里转达比莉的话。

问题是她会去吗？

黄昏，莫斯科还很暖和。这一天真离奇。经过一天的活动，从休斯敦来的路易丝·怀特夫人已经热汗涔涔了。

走到柴可夫斯基大街，她停下脚步——这名字真有点浪漫味道——又摸出旅游指南看看。不错，旅游指南使她放了心，街道没错，美国驻莫斯科使馆就在柴可夫斯基大街十九至二十三号。她知道目的地不远了，又迈开脚步。

除了一件事，怀特夫人完全有理由感到满意。她是和一群艺术赞助人一道乘包机在苏联的列宁格勒着陆。参观赫米塔格博物馆令人难以忘怀。但观光不是她的唯一目的，此行的基本目的是在克里姆林宫会见苏联文化部部长，和他讨论借用三十幅苏联的法国印象派画到休斯敦美术博物馆正在举行的一个重要画展上展出一年的可能性。事实证明文化部部长亲切宽厚，他答应向上司提出这问题，一个月内给她答复。

对怀特来说，这本是一次令人兴奋的、成功的会见，只是被部长接见室里那次奇怪的事件给毁了。一离开克里姆林宫，她就打定主意忘记和那个疯女人的相遇，忘记她这个假冒的美国第一夫人。怀特夫人又加入了她的旅游团，决意好好享受在莫斯科的短暂停留，但不知怎么她失去了观光的兴致。克里姆林宫那件事使她心神不宁，部长接待室里突然出现在她面前的那个金发女人确实像比莉·布雷福德。她哀求怀特夫人代她去见美国大使，她显得那样绝望。不管怎样，女人的请求总值得留心，于是怀特夫人决定，即使她在干傻事，也一定要把这事向大使报告。

官方旅行社的导游给她讲了使用苏联电话的方法以后，路易丝·怀特离开了旅游团。在旅游指南上找到美国使馆的号码，在电话亭里，她放入一枚两戈比的硬币后拨了252-00-11。一接通，她就请求说，有重要问题要和杨德尔大使谈。谁知，她的电话被转到一个叫赫勒先生的使馆官员那里。她做了自我介绍后，又恳求说，情况紧急，必须与大使谈。赫勒先生叫她去见他，并告诉她去使馆的方法。

五分钟后，怀特夫人到了美国使馆。有人告诉她，这是一幢九层黄砖大楼，窗户都用铅纱窗，房顶装有错综复杂的天线和金属线。她在旅游指南上查了两次地址才找到。她朝前门走去，两名武装克格勃士兵中的一名把她挡住。她骄傲地出示美国护照。一名卫兵看看护照上的照片，又瞧瞧她，感到满意，挥手让她通过。

在前门口，她按了电铃，知道自己正处于电视监视系统的严密监视之下。扩音器里传来声音，问她的姓名、国籍和职业。她耐心做了回答，又等了一分钟，也许两分钟，前门开了。

怀特夫人跨进门。一个穿褐色衣服，瘦高身材，有点心不在焉的年轻人迎住她，说自己就是赫勒先生，如果她愿意跟他去他的办公室的话，他们就可谈她的"紧急问题"。怀特夫人坚决不让步。

"我来此只见大使。"

赫勒先生带着那种知道客人难侍候的神态，尽量心平气和地对她说："通知的时间太短，恐怕不可能。今天下午杨德尔大使因为重要约会抽不出身。"

"我必须告诉他的事更为重要。"

"可他忙着呢！"

"那我就等。"

"怀特夫人，你如果把事情简单告诉我，我一定会让大使知道。"

"不。"

"这样可以让我们安排你以后和他见面。"

"不。"

争执进行着，但路易丝·怀特毫不退让。在家乡，怀特夫人就以不屈不挠的精神和坚韧不拔的决心闻名。如果有卖票、恳求慈善捐款、寻求赞助这类事的话，总是怀特夫人去做。正因如此，休斯敦美术博物馆才选她到莫斯科和苏联文化部部长商谈借用美术品的问题。

赫勒先生五分钟后就屈服了，他不想让对抗恶化，于是叹口气，让她等着。他走到接待室的电话旁，低声对谁谈着，点点头，挂上了电话。

这位使馆官员转身对她说："很好，怀特夫人，大使要见你。可是只有短短的五分钟，五分钟后他还有另一个约会。他的办公室在一楼，我给你带路。"

立刻，路易丝·怀特就在奥蒂斯·杨德尔大使办公桌对面坐下。大使是明尼苏达人，又瘦又高，头发花白。他对怀特夫人笑了笑，想做出亲切的样子，但双手却神经质地动着，把光滑的桌面上那些文件抚平。

"嗯，好。什么事使你不安，怀特夫人？"

她朝四周望了望说："你肯定我们在单独谈话？"

"当然。"

"不，我的意思是，你的办公室有窃听器吗？"

大使忍不住说："你是说苏联人在这屋里安了窃听器？我不太相信，可谁也料不到一天之内会发生什么事啊！"

"那我不能对你说了，对我太危险。"

大使知道这样可能会没个完，而且，他也想知道这个从得克萨斯来旅游的女人认为这么严重和秘密的事到底是什么，他决定迁就她的偏执狂，这些她都猜得到，因为大使一下站了起来。"很好，"他说，"这里我们有间特别安全的房间，我们举行秘密谈话的小房间。"大使把怀特夫人领进邻近一间只有一张桌子和几张椅子的小卧室里，示意她坐下。他说："这里电磁波不能穿透，墙壁是用有金属网的钢板构成的，能挡住外面的无线电信号，隔断窃听器。"他在她对面坐下，"现在，你能讲了吗？"

怀特觉得一阵激动。她很高兴地点点头，开始说明到莫斯科的原因，讲到她下午很早就去克里姆林宫等待和文化部部长的会见。

"这事发生时，"她说，"我正在他的接见室里等着，简直不可相信。"

她停下来，回忆整个事件。大使催促她，"什么事不可相信，怀特夫人？请告诉我发生了什么事。"

"我正坐在那儿，独自想着自己的事。突然，一个年纪很轻的金发女人跑了进来，气喘吁吁的。看来像是从什么人那里跑出来，想找个藏身之处。后来她看到了我，一直走过来。她问我是否会说英语，她的英语好极了。我告诉她我是谁，她抓住我的手求我帮助她。她说的好像是："你一离开这儿，就去美国使馆。杨德尔大使是我的朋友。告诉他我被关在克里姆林宫，并有人在冒充我。'我不知她说的什么，这时她几乎贴着我的脸说，'难道你不认识我吗？'我瞧着她，她果然像我常在电视、报纸上看到的某个人的脸。她说，'我是比莉·布雷福德，总统夫人。'我没来得及再问她，就被叫去会见了。这时她转身，急忙出了接见室。我不知这是怎么回事，但又没时间去考虑，我忙着见部长。后来，我又参加了旅游，可我越想这个女人越觉得她像布雷福德夫人。几小时后，我决定向你报告这事，所以就到这里来了。"

杨德尔大使沉默了一会儿，打量着她，觉得她像是个给他报告发明天外来客的人。

既然话都说了，在他凝视的目光下，怀特夫人不安地动着，觉得这事好像比以前更不可相信了。

"嗯，怀特夫人，"大使说，"我完全不明白。你什么时候遇见那个年轻女人的？"

"今天下午，将近两点。"

"你认为她是第一夫人？"

"她说她是。"

"嗯，当然谁都能开玩笑地那么说，要不她的神经有问题。"

"对。可我必须承认，她真的像布雷福德夫人。"

大使靠回椅背说："你和布雷福德夫人见过面或见过她没有？"

"只在电视上见过。"怀特夫人觉得很尴尬，"我知道这事听起来很离奇，大使先生。当时我也这么想，可她是在那里呀！"

大使点点头，还是盯着她说："嗯，怀特夫人，我能提个个人问题吗？旅行时，你吃过什么药没有？"

"你这是什么意思？"

"比方任何改变情绪的药？"

"当然没有。"

"你们去克里姆林宫前吃午餐没有？"

"我们旅游团一起吃的。"

"有鸡尾酒吗？"

怀特夫人感到受了侮辱，绷起脸说："大使先生，在克里姆林宫我十分清醒，就像我现在一样。我来这儿只因我来尽美国公民的职责，难道我不应报告这事吗？"

"啊，你当然做得对。"大使若有所思地抓抓脑袋说："怀特夫人，我只能这样告诉你，现在，美国第一夫人和总统一起在伦敦。昨天我还亲自向她问过好，她不可能在我不知道的情况下，一夜间到莫斯科来了……"

怀特夫人打断他的话说："大使先生，我不知我还能说什么。这个女人要我告诉你，她被关起来了，有人在冒充她。她要我告诉你。我能做的就是这些。"

杨德尔大使勉强笑笑说："做得很对。"他说完站起来。

"当然，这是个不平常的故事。"他拉住她的肘部，领她走出安全屋，穿过他的办公室，"我向你保证，我将进一步调查。谢谢你使我对这事引起注意。"他从门口向秘书喊道，"你可以送怀特夫人走了。"

当路易丝·怀特转身要走时，大使和秘书两人交换的眼色并没能逃脱她的眼睛。他们互相在说：旅游季节怪人多。

她觉得愤怒。可一到外面，她又觉得自己做得对。

接着，她又奇怪，克里姆林宫那个可怜的女士到底是谁？现在又怎样了呢？

布雷福德总统在伦敦克拉里奇饭店的工作区是由他的私人套间及套间四周的房间组成的。联结这些房间的是个小小的门厅。工作区又分成一系列办公室，中心是用作总统行政办公室的更宽大的房间。这些卫星房间当中，最重要的是总统秘书多洛丝·马丁用的那间。一道门通向饭店走廊；另一道门通向总统行政办公室；第三道门通向其他人员的房间。

黄昏时，整个工作区只有诺娜·贾德森一个人。

因为总统要秘书在改作会议室的楼下大厅一间屋里召开的会议上做记录，诺娜答应和盖伊·帕克吃晚餐前代马丁守几个小时。

诺娜坐在多洛丝·马丁的办公桌旁，想集中注意力考虑一下第一夫人明天活动的最后安排。可注意力却总是移到帕克身上，移到他俩暗中对比莉·布雷福德产生的深刻怀疑上。

她努力使思想回到比莉的日程表上。这时，听见隔壁办公室里总统专用保密电话清楚地响起来，很可能是国外打来的。诺娜跳起来，穿过打开的门，来到总统办公桌旁，抓起白色电话机。

"喂，布雷福德总统办公室。"

另一端的声音说："比莉吗？我是奥蒂斯，在莫斯科。"

诺娜知道，一定是杨德尔大使。她急忙说："不是，大使先生。我是布雷福德夫人的新闻秘书，诺娜·贾德森。"

"啊，诺娜，你好吗？"

"很好，谢谢。我……"

"其实，诺娜，我是找总统，他在吗？"

"很抱歉，大使先生，他在开工作人员会议，抽不出身。事情如果重要的话，我可以把你的电话转过去。"

"不必了。漫长的一天后，我正坐在这儿，脚放在办公桌上，端着冷饮在休息呢！如果他有空，只想和他闲聊一下，问问他最高级会议怎么样。不过我可以另找时间给他打电话。"

"最高级会议还没正式开始呢！明天上午开首次会议，不过我会告诉总统你打过电话。"

"谢谢，诺娜。随便问问，比莉是否正在附近？"

"对不起，她也去参加博恩代大使馆的招待会了。"

"哦，没关系。"大使说，"我不过想告诉她今天发生的趣事，和她名字有关的事，肯定会使她觉得很好玩的。该死，我告诉你即可，她回来了你再转达给她吧。再说一遍，只是为了好玩。"

"乐于从命。"

杨德尔大使在电话里呵呵笑起来。"告诉比莉，不知她知不知道，现在她是在莫斯科而不是在伦敦。今天，有个休斯敦的美国游客把我逼得够呛——她的名字我忘了，古里古

225

怪的——硬要说今天下午在克里姆林宫看见了比莉·布雷福德。"他接着讲了那个美国游客说那突然出现的女人，是第一夫人，坚持说她被苏联人关起来了，有人在冒充她。

诺娜紧抓着话筒，脸都变白了，如痴如呆地听大使讲着。

虽然他们要晚餐时才会面，可诺娜还是找到帕克，请他早点和她一道喝鸡尾酒。

于是，他们一道坐在克拉里奇饭店休息室一个分隔开的角落里。帕克喝着酒，一字一句，聚精会神地听诺娜讲。

诺娜讲着杨德尔大使告诉她的那个女游客在克里姆林宫和自称是比莉的女人的偶然相遇。诺娜快说完了，声音很低，语气激烈。

"后来，自称是比莉的女人说，有人在冒充她，然后就跑了。"

"有人冒充第一夫人？是那么说的？"

"杨德尔大使说的。"

"自称是比莉的女人说，她被关在克里姆林宫？"

"对。"

帕克喝干威士忌说："大使认为这是否真的？"

"一点也不。他觉得很滑稽，大多数时候都笑个不停。"

"对他讲的你反应如何？"

"我反应如何？最后我只好强使自己和他一起笑。我能有什么别的反应？"

"你想对我们这里的第一夫人说吗？"

"我拿不准。一方面我想看看，如果我告诉她了，她的反应怎样；另一方面，我又不想让她有任何提防。你是怎么想的，盖伊？我应该告诉我们的比莉吗？"

"不，别告诉她。直觉告诉我，把这事忘记算了。"

"好吧。"

帕克盯着诺娜说："老实说，你如何对待这事？"

"使我恐惧。"

帕克玩着眼镜说："当然，大使可能是对的。那个得克萨斯女人可能是他一直在接触的另一种旅游怪人。可能这事根本不会发生，即使有这事，那个自称是比莉的女人也可能精神失常，是个疯子；另一方面，考虑到我们的怀疑，如果确实如此，当然就说明很多问题了。"

"很多问题。"诺娜表示赞同说，"可是盖伊，这怎么可能是真的呢？比莉，在这儿是个骗子，这使我吃惊。苏联人怎么竟敢干这件事？真的，我是说即使他们想干这件事都难以想象。"

"你说得对，"帕克说，"听起来真觉得奇怪。可什么事都是可能发生的，特别从别的证据来看，这事的确证实了我们的怀疑。"

他们喝完酒，帕克又要了一杯。

诺娜看着帕克烦恼的表情说："盖伊，我们怎么办？我不知……"

"我们可告诉总统。"他决断地说。

"总统？"诺娜很怀疑地说，"毫无根据就去找他？他会说是无稽之谈，认为我们神经不正常。他会把我们从这儿赶走或把我俩送进疯人院的。"

"也许会，也许不会，那就要看情况了。要是总统自己也对比莉有怀疑呢？这就肯定了他的疑虑，使他警觉起来。"

"盖伊，你什么也证明不了，一点不能。同时，他确信那是自己亲爱的比莉，会这样的。如果我们把这事告诉他，而他又相信她，我们就完全失去了他的信任。而且，要是他把这事给比莉讲了，不管她是不是比莉，都会当场把我解雇，你也逃脱不了。我们还是不介入为好。"

"好吧，你有什么看法？"帕克问，"我们怎么办？"

"不露声色，尽可能地注意她，等待机会，等待她再一次更大的失误。我们等待确切的证据。"

帕克端起新要的威士忌，思虑重重地喝着。他知道有种想法已不知不觉地萌发了，但到目前为止，他都拒绝让这种想法进入自己的头脑。这就是要在他逐渐尊重的政体中起某种作用，而且要影响它，改变它的几乎令人困窘的局面。这就是参加布雷福德的班子，成为他的一名演讲撰稿人的动机。当他同意做比莉的合作者时，就使自己离开了行动中心，他已被大笔的钱和比莉的魅力搅乱了。可现在又再次接近那个中心。也许不是偶然，而是由于敏锐的观察，他遇到了某种可能严重威胁他所喜爱的生活方式的事。如果他不能改变它的话，那他独自也能有助于保留其最佳部分。但他知道，这些感情他还不能公开表露。这些听起来像童子军手册里的话，甚至对诺娜也不能表示。成熟的人不喜欢那样思考问题或谈论问题。

他抬头望着诺娜。她说什么？我们不露声色……等待机会……我们等待确切的事实。

"警惕的等待对我来说太被动，诺娜。"他说，"我认为，我要做得更多些，我要咬住比莉的尾巴。从现在起，无论她去哪里我都要紧跟在后，像鬼影般跟着她。"

"我不知道。你如果靠得太近，可能会受伤害的。"

"如果我不这样干的话，我们大家都可能受伤害。"

八

比莉·布雷福德的出现，或假定是比莉·布雷福德的人从电梯出来，走进克拉里奇饭店大厅，使盖伊·帕克大感意外，大吃一惊。

这是第二天，刚过中午。一小时前，帕克离开了他那个幽闭的房间，坐在大厅里浏览报纸，重温他的研究。也许还要散散步，消磨一点到四点这段时间，然后和比莉交谈。

整个上午，他都在准备那件告诉过诺娜他必须干的事——留意和密切注视可能的冒牌第一夫人。他租了一辆昂贵的深蓝色"美洲虎"汽车。汽车快速又灵活，只要掌握右手开车的技术，在城里和开阔的公路上都将对他大有好处。他给戴大礼帽的克拉里奇门房一笔慷慨的小费，为他在布鲁克大街对面的主要入口处留个停车位置。然后他找到诺娜，查明第一夫人下午的安排。比莉四点和他见面前不去哪儿，也不会见任何人，他失望了。四点后，等总统工作完结，比莉要和总统一起与全体人员在柯曾大街的米拉贝利饭店共进晚餐。今晚，无论比莉去哪里，帕克都会跟在她身后不远的地方。

因下午又无事可做，却要设法打发和她交谈前枯燥的几个钟头，因此他一直在大厅消磨时间，偶然抬起头，正好看见她走出电梯。

看到比莉单身一人，没有特工人员跟随，真令人吃惊。他不知她怎能办到，但马上他想到这是可能的，而且确实办到了。走进一楼弯弯曲曲的房间，她可以避开安置在走廊里的特工人员而到二楼，再从二楼乘电梯下来。显而易见，她不想被人认出或干扰。她商标式的鬈发埋在一项宽边圆帽里，特大号墨镜遮住了上半个脸，下半边又被拉起的亚麻布外套的衣领遮了一部分。这种伪装可以欺骗一些人，可是骗不了盖伊·帕克。

他急忙把他的研究材料塞进公文包，跳起身，保持一小段距离，尾随她走出去，上了布鲁克大街。当她朝门房走去时，帕克从她身后绕过，快步朝戴维斯大街拐角走去，穿过街走到他的汽车旁。

他坐在汽车里，把它从停车处开出来，刚好见她的腿一闪，消失在一辆出租汽车的后门里，出租车慢慢开走了。帕克不耐烦地等到另一辆车开在他们之间后，接着尾随而去。

她的出租汽车往右拐进邦德街，又往右拐进布鲁顿街，然后往左开进伯克利广场。帕克完全不知道她要去哪里，不过从路线来看，好像她的目的地是在西区什么地方。除了红绿灯外，他毫无困难地跟着她开过菲茨莫里斯地开进柯曾大街。为了看清她的出租汽车，帕克有两次被迫闯了红灯。

沿途，帕克看见贴有《新闻晚报》和《旗帜晚报》关于美苏最高级会议开幕的大字标题广告。

最高级会议是上午在苏联使馆开幕的。午餐时，帕克从总统新闻秘书蒂姆·希巴德那里知道了第一次会议的开幕报告。布雷福德总统概略提出了互不干涉条约——美国或苏联都不向任何非洲国家输出军队、顾问和武器。克里钦柯总理以自己的条约加以反对。他原则上同意两个大国都不向非洲派出军队的提议，但他反对任何关于出口武器的限制。他坚持认为某些非洲国家需要武器进行自卫，反对更富侵略性的邻国。双方都没有提到博恩代的名字。

帕克认为，苏联是想拖延，但为什么拖延呢？回答是很牵强的。如果比莉·布雷福德是假冒的，如果她是——难以置信——苏联骗子，那么克里钦柯就有理由拖延。他可以等待采自苏联的第一夫人或洗了脑的真正比莉·布雷福德送来关于总统秘密计划的情报。但苏联这一行动的大胆又使他的推测似乎不可能成立。

帕克从汽车的方向盘望过去，看见出租汽车往右拐，离开皮卡迪利朝海德公园开去，然后又拐向格罗夫斯罗。他们中间的那辆车开走了，帕克只好小心地和第一夫人的车保持距离。又转个弯、开过一个像私人公园的地方，他们到了贝尔格拉夫广场。出租汽车沿着环形路转，速度慢了下来，紧跟着的帕克也放慢了速度。

出租汽车缓缓开进一条叫莫特柯姆的短短的双行道大街的三分之一时，帕克看见司机指着一间写有"霍尔金骑楼"的地方，第一夫人点点头。显然，这里车辆太多，不能让她在街中间下车，司机还在往前开。然后，往左开到金纳顿大街交叉口，车往左打后停下。帕克一直开过出租汽车，往前开到约五十英尺处，靠路边停下来。他熄了汽车马达后往后瞧，见第一夫人在付钱，挥手推开找的零头。后门打开，比莉走下人行道。帕克揣好钥匙，也开了自己的车门。她大步往街角走去，折回莫特柯姆大街，帕克抬腿跟上去。她四下张望时，他就转身，装着在看那家挂有"优质五金"招牌的商店的橱窗。他抬头再向她的方向望时，她正穿过大街，帕克赶忙跟上。

从拐角处，他可以看见她直往骑楼入口走。过街时，帕克不知她要往这个富人居住的贝尔格莱维亚区的什么地方去。看见她正往骑楼里走，趁她还没完全消失，帕克小跑起来。到了霍尔金骑楼入口，他往里一瞅，里面是一排高级商店，店门前是成排的方形白色木质花盆，门上的玻璃灯笼闪闪发光。比莉走到那排商店中间时，帕克认出了她，她正好打开店门进去。

她刚一消失，他急忙走进骑楼，搞清她的去向。他小心谨慎地挨近她刚进去的商店，怕被她发现。万一被发现了，那可无法解释。终于，他认出优雅的商店前门，镀黄窗框的橱窗里，陈列着一件薄纱深蓝色长袍。窗户上方，乌光锃亮的长方形牌上写着"伦敦莱德伯里"几个金光闪闪的大字，他瞪着这家店面。

莱德伯里。

上周他在白宫见过莱德伯里。那时，这位英国服装设计师和助手来给比莉送新服装，进行最后试穿和修改。

现在比莉找他干什么？为什么这样偷偷摸摸地见他？

帕克边估摸着原因，边快步走起来，只见橱窗玻璃上她的后脑一闪。他匆匆走到骑楼尽头对面，在奶油色的柱子下找了个地方，把莱德伯里商店的进口严密监视起来。

时装店里，留着淡黄色刘海的莱德伯里打着蝴蝶领结，身穿棉布衣，足登麂皮鞋，一溜碎步把薇娜·华维诺娃领进后面他的办公室。把她一领进办公室，他随手就把门关上。

一落座，他显然不高兴地说："你知道，我们是不希望你到这儿来的，除非是……"

"除非紧急情况，"她一下子打断他的话，"现在就有紧急情况。"

"你怎么脱身的？那些特工人员和你一道来了吗？"

"当然没有。我躲开他们的，溜出房间穿过蒂姆·希巴德的办公室走进另一个走廊，再走上二楼电梯。不会有问题。"

"肯定没人知道你在这里？"

"肯定。别恼，请听我说，我遇到了极大的麻烦，需要你帮助。"

"我就是来帮助你的，说吧。"

"总统明晚要恢复和夫人同房。"

"是的，我知道。"

"他今天早上告诉我他不想等那么久。他说让医生的命令见鬼去，他相信我已全好了，今晚就要和我睡觉。"

"你想法让他推迟了吗？"

"难道你想和一个倔强的人争？我尽量使他高兴，想告诉他我们最好再等一天，可他不肯。因此，最后我只好投降，就说我也不能再等了。他才笑着走了。"

莱德伯里紧皱的面孔皱得更紧，说："那么就是今晚了，是吗？"

"而且，更糟的是，我认为他已准备把一切事情都倒出来了——关于博恩代的计划——在我们同房之后。我一直在设法早点得到情报，可是不走运。但今晚，那事之后，肯定他是乐意讲的。早上他对我说，'今晚，等我更轻松时，就给你讲政治问题。'嗯，'更轻松'是他指同房之后的委婉语。如果奏效的话，我就能得到总理需要的一切。"她停住话头，"但也可能不会奏效。对他希望我给他什么我还一无所知。我根本不知道比莉·布雷福德如何做的。一有误差，总统就会意识到我不像他原来那个好妻子。我不知道会发生什么事，要是他怀疑起来……"

"薇娜，请冷静。"

"我冷静不了！莫斯科那些白痴这些天在干什么？为什么他们不提供点东西来？现在我们几乎没时间了。他们要不给我点东西，我就过不了关，过不了。你告诉他们好吗？"

"我会告诉他们的。"莱德伯里站起身，"要克制，等待。我或别的人会和你联系。我保证，今天傍晚。现在，我来叫辆出租车。"

比莉对莱德伯里做计划外拜访后刚回到克拉里奇饭店一会儿，帕克也回来了。他急忙上楼拿了录音机，马上去赴与第一夫人的工作约会。

这时，他和第一夫人坐在克拉里奇饭店皇家用房的起居室里，中间放着录音机。帕克注意到，五十分钟里他们一直在讨论比莉进白宫第一年的情况。他想了几个问题，正准备问她时突然听见房门开了。

安德鲁·布雷福德总统沉思着从门厅进来。他显得漂亮、结实、泰然自若。总统取下眼镜放进上衣口袋，走到临时餐柜前。

"你好，安德鲁。"比莉大声招呼。

"啊，你好，亲爱的。你好，盖伊。"他绕过餐柜走过来，匆匆在比莉脸上吻了一下。

"你真早，"她说，"和苏联人进行得怎样？"

"不出所料。克里钦柯挺和气，可我们很快就顶牛了。不会轻松的。不过我认为，我们将说服他接受我们的条约。后来我参加了我们工作人员的会议，但我觉得够了。"他对妻子笑笑，"我让他们去争吵，我可要和我夫人待一会儿，晚餐前休息一下，恢复精力。"

"太好了。"比莉说。

总统解开领带说："你怎么样？今天忙吗？去哪里没有？看什么没有？"

"真抱歉,安德鲁,听起来很乏味。我什么也没干,"比莉说,"一天都关在这里,脚也没动一下。"她转身对帕克说,"我想今天就这样吧,盖伊。谢谢你,明天可能还要来,去和诺娜检查一下。"

帕克赶紧提起录音机。他来到诺娜房间,门锁住了。他叫了门,诺娜用低沉的声音表示欢迎。他走进去,她正坐在细长的法国书桌前写信。

帕克指指放瓶子的托盘说:"鸡尾酒吗?"

"我马上完。"她答道,放下笔,"好像我们在这儿就是喝酒的。"

"也许很有道理。"他把录音机放在电视机盖上。

她看他倒酒。"今天有什么事,盖伊?"

"有一点。"他在她面前放了杯酒,自己也喝了一口,然后放下杯子,走到录音机旁。他按下倒带按钮,等了一会儿,停下录音机,又按放音按钮,听着,又摆弄了一下,找到自己需要的地方。"刚才,我正和比莉工作时,总统来了。我没关录音机,磁带一直在转。要听点启发性的对话吗? 你听。"

帕克又按下放音按钮,开大音量,磁带里传来总统的声音:"今天忙吗? 去哪里没有? 看什么没有? "第一夫人的声音说:"真抱歉,安德鲁,听起来很乏味。我什么也没干,一天都关在这里,脚也没动一下。"

帕克关上机子,对诺娜说:"你觉得怎么样?"

诺娜被问糊涂了,说:"怎么啦? 她一天都在这里啊。我什么事也没给她安排。"

"你没有? 啊,她可给自己安排了事的。下午,我一早就在大厅里,看见她溜出去了。"

诺娜一下坐起身子说:"你肯定吗?"

"肯定。"

"一个人还是和特工人员？"

"只是比莉自己，而且没用汽车。她匆匆忙忙叫了辆出租汽车。"

"真怪。你知道她去哪里吗？"

"我跟着她，她去伦敦莱德伯里商店了。"

"那个服装师？她的服装设计师。可她现在没有理由去看他呀！上周他才带着比莉的衣服去华盛顿试穿。我们到伦敦时，她的衣服已做好了，放在饭店等她。怎么要去看他呢？"

"你是说，怎么现在要悄悄地去看他呢？"

"我想是这样。说不过去呀！"

"如果她不是第一夫人就完全说得过去，她是去和苏联人联系的。"

"你是说，莱德伯里可能是联系人？"

"怎么不可能？以前他们就用过同样的方法。我要去搞清楚这个莱德伯里先生。"

"怎么搞清楚？"

"通过总统的帮助。"

诺娜把眉毛皱起来说："你真的想去告诉他？"

"只能这样。"

"我不知道，盖伊。不过，我倒知道我觉得奇怪的事。"

"什么？"

"如果我们的夫人不是第一夫人，她是为了什么原因去见她的联系人？她有什么问题？"

"那，我亲爱的诺娜，那可是个人问题。"

莫斯科的傍晚。比莉·布雷福德在卧室里踱来踱去，脑子里还翻腾着那件事。

昨晚她就考虑过了，考虑了那件事的各个方面，一直到睡意把她压倒。今天一睁眼又在想，洗澡时在想，早餐和整个下午也一直在想。对丰盛的晚餐她也没有胃口，吃茶点、饼干时还继续在想。

当然，亚历克斯·拉辛是她考虑的中心人物。一看钟，使她想起，再过一刻钟左右他又要来了，来做指定的、必须履行的拜访。但这次有些不同，不是在下午而是在晚上。她肯定这里面有文章。

以前，她盼望他来，因为相信他是来照顾和安慰她的。但现在，她知道他是地地道道的克格勃，是间谍。他的任务其实是要使她相信他的友谊，解除她的武装，得到她的信任。她已经清楚他的目的：利用她——帮助他那个第二夫人，毁掉她自己的安德鲁。

拉辛——天呀，从知道他的实情以来，她恨死他了。再也不想见到那个流氓、卑鄙的诱惑者、克格勃恶棍。但如果她非得见他的话，她倒很高兴不在下午，而在今天晚上。她需要下午的时间来决定自己的态度，决定如何对付他。她已经快要做出决定，只是还没有完全决定用哪种方法。

要打定主意，还有十分钟。

她大步走进起居室，倒了一杯加水烈性法国白兰地，还要作一次最后的考虑。她应该检查一下那件事的各个方面——对了，两个方面——然后做最后的决定。

比莉坐在沙发扶手上，啜着酒，考虑这个中心问题。为克格勃，也为她自己，这个问题必须要有答案：既然安德鲁，她的丈夫明晚第一次和那个骗子同房，那个骗子如何才会不露马脚？

比莉还没能考虑答案，脑中的一幅图像却使她走神。明晚，丈夫安德鲁要同另一个女人同房——她发觉，那幅图画太搅人，真叫她想不下去。她努力想从脑子里把这幅图画抹去。她告诉自己，安德鲁毕竟对针对他的骗局一无所知，或不知道自己在干啥。这一切都可以作为无意义的卖艺者的特技一笔勾销。要紧的是现在，还有几分钟，是她的作用，她的生存。

显然，苏联已经孤注一掷。他们必须搞清楚，而且必须尽快搞清楚那个骗子明天应该怎样对付安德鲁。要是那个冒牌货靠本能行事，或者按安德鲁的意愿行事，就将赢得他的感激和信任。她多半能知道自己追求的大秘密。比莉知道，安德鲁只要一获得满足，只要一放松，差不多总是要和她谈论总统关切的事。为了觉得和妻子更亲近，他会吐露自己在最高级会议上的忧心事。第二天，骗子就将把这个情报传递给她的苏联上司，而他们必然在最高级会议上获胜。

但另一方面，机会相同——那就是苏联害怕的可能性——骗子事事出错。如果发生这种情况，安德鲁立刻就会知道，这个比莉不是他的比莉。他很快会发现不对头。如果发生反常事情，如果什么人有出乎意料的反应，总会使他奇怪，使他寻根究底。这就可能导致克格勃阴谋的败露。

因此，如果骗子靠机遇的话，对苏联人来说，那就成败各半。直觉告诉她，如果苏联人已干到这程度了，那他们是不会冒成败各半的风险来赌博的。他们一定要百分之百地对他们有利。

那么，她，真正的比莉·布雷福德怎样应付呢？

这里她孤身一人，拥有他们需要的情报。而且，他们需要的东西必须今晚得到，明天就要使用。苏联人想怎样从她身上取得情报呢？今晚，克格勃可能派几个恶棍而不派拉辛来折磨她，逼她讲出最隐秘的实情，但她怀疑他们会这样干。或派几个陌生人来强奸她，对此她也怀疑，因为这样只能给他们一幅扭曲的图画。或最终还是派拉辛来，进行他一直就担负着的主要任务。让他来玩弄她的恐惧、她的孤单，诱奸她。昨天他这样干不是差点就得手了吗？这大概是他们最可能采取的计划。

假如诱奸是拉辛的使命，那她应该如何对待？反抗还是屈从？在争取生存的斗争中，哪种选择更好？从昨晚以来，这种进退两难的困境在她的思想和精神上一直等量齐观。回答了，又等于没有回答。现在，还剩几分钟，必须做出选择，不能再模棱两可了。

反抗怎样？如果不同意他，克格勃将永远不知实情。他们可能命令拉辛或别的人粗暴地强奸她，或者只好拷打她。两种办法都意味着担惊受怕，忍受痛苦，可令人满意的是他们仍然无法知道实情。

屈从呢？除了精神上受损害，她将毫发无伤。这是求取生存的捷径。可他们会得到骗子所需的情报，取得某种胜利。但这想法使她灵机一动，这并非不可避免的结果。向他们屈服也可把他们诱入可怕的失败。

对，也可能按他们的希望做，却把他们的胜利变成失败，提高她生存的机会。她看到屈服中仍可另做选择。她可以欺骗拉辛，而必然的，他又会把第二夫人引入歧途，使她引起安德鲁的怀疑。

原来这样简单。这种机会既能帮助自己，又能帮助丈夫。可又不这么简单，另一件事又削弱了这个想法。竟让另一个男人染指、贬损她！和安德鲁结婚以来，她从未对他不忠过，甚至连想也没想过要和别的男人同房。结婚前和男人们的风流韵事也只有两次，并且短暂、不成熟。有意和一个野蛮的陌生人做爱不是她的性格。更糟糕的是，马上要来的这人是负有毁灭性使命的敌人，是她所鄙视的人。一想到他将占有她就满心反感。但就像意识到丈夫是骗局的牺牲品，从而克服了想到丈夫明天和另一个女人同房而产生的烦恼一样，这时她也明白了拉辛对她身体的亵渎纯粹是体力的耗损。重要的是，这一行动可以成为她回到丈夫身边的手段。拉辛是唯一的导线，通过对骗子的利用，使她把信息送给安德鲁，引起安德鲁的注意，也是对他的警告。

何去何从? 反抗，还是屈从?

她又陷入沉思，踱到食品柜旁又倒了一杯加水白兰地，脚步朝卧室移动，缓缓呷着杯中的烈酒。踱到床脚边时，她已打定主意，不再犹豫了。

从那一时刻起，她就不再去想自己的困境。她决心已下，剩下的就只是行动了。瞟了一眼钟，她开始脱衣服。然后，她光着脚走进浴室，打开淋浴，调好水温，站在下面任水刺激着皮肤。她把全身打满肥皂，又冲去泡沫。淋浴后走出来，站在柔软的玫瑰色地毯上。她边擦身子，边在镜子里端详自己。

她把柜子翻了个遍，挑出件雪白的，长不过膝的睡衣，钻了进去。又走到小橱边找那件薄纱的花边长睡衣穿在身上，自从结婚以后她还从来没穿过这件睡衣。到墙边关了天花板上的灯，落地灯也关了一盏，只留下床两边昏暗的两盏，让它开着。

双人床。

她抽回被单，折好、放到一边，又想了想薄毯子，把它拖开，放回去铺在床上，然后在枕头上扑了粉。

她对自己的亲手布置很满意，又端起酒杯一口饮干。正要去客厅的食品柜再倒一杯，她看见拉辛出现在卧室门口。不知怎么的，今晚他显得更高大，比她记得的更加肌肉发达。他穿着棕色运动衣、开领衬衫、米色便裤。她从他乌黑平整的头发、又浓又密的眉毛看到那只大鼻子和厚厚的嘴唇。细细的腰部上，一双肩膀宽大有力。以前，她从来没有这样仔细地打量过他。

他活生生的人，实实在在地出现，加上她刚做出的决定，使她一阵慌乱，想从计划退却。但她知道，绝不能后退。她需要支持。再来杯酒。

"嘿，亚历克斯。"她说，"我在盼你来呢！"

"我才不会放过陪伴你的机会呢！"他说，脱下外衣，丢在背后的扶手椅上。

"你来，"她把自己的空酒杯递给他说，"我还能喝一杯加水白兰地。有水更舒服。"

"我陪你喝。"他接过她的杯子，消失在客厅里。

"啊，亚历克斯，还有，"她在他身后喊道，"放点音乐——我刚能听见就行了。"

嗡嗡的音乐飘来，比莉又最后查看了一下卧室，然后朝躺椅走去。她舒身展体靠在躺椅上,任凭花边长睡衣松散垂下。

他端着两杯酒回到卧室，停下来，通体打量着她。"真迷人。"他说，"你真是个漂亮的女人，比莉。"

"你在恭维我，亚历克斯。"

"远远不够。"他说，把颜色更浓的那杯递给她。

她举起酒杯说："为你，为你这样一个了不起的男人，也为救了我的命，干杯。"

"为你，"他说，用自己的杯子碰着她的，"为丰富我的生命，干杯。我——我很抱歉只好这样。"

她觉得烈性白兰地淌下咽喉，使她发燥，微微感到眩晕。她埋头看他，他正喝酒，他似乎年轻得令人吃惊。她又喝了一大口，酒杯不离嘴唇，直喝得杯干底现。她放下杯子。

四目相遇。"你好吗？"他问。

"好，不能更好了。"她说，"你好吗？"

他一口喝干说，"你真的想要知道吗？"

"当然，我真想。"

他把手放在她裸露的大腿上。"我爱你，要疯了，比莉。为了得到你我可以不顾一切。"

她握住他的手说："我也一直在想。我感到昨天我太傻了。我也要你。太想了。我们别再浪费时间了。"

她几乎感到一股解脱的狂潮。她豁出去了……

想到自己的所作所为，一股羞耻的浪涛袭来，使她难受，使她觉得自己不贞。她对此也觉心中不安。可是，一想到她做这种牺牲是为了警告丈夫，为了拯救他也为了拯救自己，那种羞耻感和心中的不安又舒缓下来。

拉辛这个狗东西，他们这里所有的人都是狗东西。她已经实实在在地报复了他们。

黑暗中，她独自笑了。她可以想象明天夜里她的替身，骗子和丈夫同房的情景。她看到的全是妓院里的把戏，那将是安德鲁一生中最迷乱、最惊骇的夜晚。她可以想象，他会惊奇这可怕的野猫子女人到底是谁，肯定不是他的比莉，与之共枕七年的妻子。她了解他，知道他不会善罢甘休。他会查出实情。

那个女人可能是个演员，可是却只有她自己，货真价实的比莉·布雷福德才知道，她已成功上演了本世纪最伟大的一幕。

那些狗东西们，他们的花招已几乎完蛋。但对她来说，解放的曙光却已隐隐升起。

她将会美美地睡个好觉。

一小时之后，在静悄悄的警察大楼他的克格勃办公室里，亚历克斯·拉辛拿起他面前的记录本和铅笔，想安下心来进行工作。

这可不是容易事。他的思想舍不得离开比莉·布雷福德那张床。他感到完全满足了，好像是又欣赏了薇娜。他从内心深处知道，这并不完全一样。虽然在女人之间做比较不对头，虽然薇娜从来都使他获得快感，可这个比莉·布雷福德却是再妙不过的了。

但提醒他的是，此时此刻薇娜一定惊惶不安。总统改变了妻子的时间表。今晚，而不是明晚他们就要同房，但薇娜毫无准备。她要是得到他明确叙述总统对她的企求的信息，该有多轻松啊！

想到薇娜就要和总统同房，真使拉辛嫉妒得心痛。她就要给安德鲁·布雷福德一个美不胜收的夜晚。一想到他美艳绝伦的薇娜，那个将要当自己妻子的女人和另一个男人同房，又给他今晚的成就投下一丝阴影。但人总得通情达理。薇娜的不忠，和他自己一样，仅是逢场作戏，刻板机械，按职责要求进行的行动，他应该客观对待。如果他的信息传给了薇娜后，她骗过了总统，苏联就可能赢得最高级会议的胜利。

拉辛突然意识到时间不早了。分分秒秒正在流逝，薇娜也一定迫不及待等着他的消息。

他拿起黑色铅笔，重温和比莉共度的这个夜晚。他把椅子往办公桌前挪了挪，觉得双腿那样酸软。他提醒自己要保持清醒的头脑，不要忘了比莉奇异行为的详情细节。

实际上，重要的是她的各种举动，对情人的总态度及对情人的企求。比莉的总态度是放荡不羁。

这种分析看来可靠，他毕竟拥有第一手证据。可还有些事使他深思。今晚他在床上看到的比莉·布雷福德和过去整整一个星期里他每天知道的比莉·布雷福德相去甚远。

拉辛放下铅笔，靠在椅上，思前想后。

可能真的不可相信。

虽然事不宜迟，但他觉得最好还是忙中求稳为好。在他这方面，危急关头可得考虑任何可能出错的因素。他送给伦敦的消息能决定最高级会议的结果——还有薇娜的命运。对比莉刚才的表现，他务必更为审慎地看待。

他还依稀记得曾经看过一篇美国短篇故事——《美女还是猛虎》，主角是个英俊青年，据说因爱上国王的女儿而犯了罪。他被命令带到斗技场接受裁判。他面对两扇门，也是左右为难。打开一扇门，出来的是美女，他可以占有她。打开另一扇门，出来的是凶猛吃人的老虎。到底开哪一扇门? 拉辛发觉自己现在也正处于相同的困境。与他同床的女人是只猛虎，还是个美女?

他不知道她是不是真的努力想欺骗他。他认为她是单纯、坦率、地地道道的美国女人。可他也意识到，事情可能不止于此。在掩饰的表面后边，可能是个更狡猾、更精明、更有操纵力的人。美国第一夫人是傻瓜的很少。为了自己和丈夫而利用别人的能力是大多数第一夫人共有的特点。利用他毁掉薇娜对比莉来说，可能并不算聪明得太过分。

这时，拉辛还拿不稳，但他必须决定，根本没有犯错误的余地。

他烦躁地离开办公桌，走进隔壁办公室，来到比莉·布雷福德的档案柜旁。他找到装有她私情情报的马尼拉纸文件夹。

他靠着文件柜，翻开备忘录。里面有她遇见参议员布雷福德之前，与之有过风流韵事的两个年轻人的名字。材料泛泛，而且没有关于她与他俩这方面的记载。还有他自己关于对比莉怀疑的笔记。拉辛合上文件夹，放回抽屉里。

他怏怏不乐地回到桌旁。看见时间确实不能再等了，必须尽快决断。

再最后回顾一次今晚的活动。

两种情况，真和假都审思过了，现在做判断。

拉辛闭上双眼，冥思苦想。睁开眼时，他已打定主意。

他一下抓起笔，飞快地写起来。他写的将是薇娜的缓刑令——要不然，就是死刑判决书。但他毫不犹豫，一直写下去。

九

那天晚上，在克拉里奇饭店。盖伊·帕克紧张地坐在秘书多洛丝·马丁的小卧室里，一分一秒地计算着面见布雷福德总统的时间。

虽然诺娜起初恳请他再等些时候，等得到更多确切的情况，但帕克还是打定主意要把自己的怀疑面告总统。自从第一夫人密访莱德伯里以来，她的欺骗一直萦绕在帕克心头。不把这件事告诉总统——实际上是整个问题——势将危害国家和总统。短时间提出来就要安排和总统的私下见面可不是一件容易事，直到九点钟去吃晚餐前，总统的时间事先都被安排得紧紧的。但是盖伊也真固执，"我知道他有多忙，"他对马丁夫人说，"可这是私人性质的事，我必须马上和他谈，和最高级会议关系重大。今晚我必须单独见他。"帕克的催促，加上他孩子气的魅力，最后终于使马丁夫人把最后一次约见时间缩短而给他安排上了。她用铅笔把他添上，会见十分钟。

马丁夫人桌上的电话铃响了。她抓起听筒，听着就挂上说："好了，帕克先生，他现在见你。"

帕克谢了她，急忙走进总统办公室。布雷福德总统已穿好晚餐礼服，正在办公桌旁签文件。他头也没抬地说："坐下，帕克，和你在一起很高兴。"

帕克拉过椅子，不安地瞪着总统的脑瓜顶，心想，是不是还是诺娜说得对，他应该晚些时候再谈这事。也许现在还来得及，他应该退回去。

但他很快明白，来不及重新考虑了。总统已把笔放进笔套，把文件搁到一边，准备听取他非说不可的话了。

"我……我，像这样打扰你真抱歉。"

"没关系，盖伊，我有十分钟。我想是有要紧事吧！"

"我相信，可能极为重要。我觉得，我应当尽快跟你谈。我认为这事对你有直接影响，和最高级会议的成功有关系，所以我不得不私下告诉你。"

总统看来心情很好，说："啊，盖伊，我在听着呢。到底是什么神秘的事？"

"嗯，事关布雷福德夫人，第一夫人。"帕克欲言又止，"我不清楚，不知道该怎么讲。"

"很简单，直截了当，开门见山。"

"好，开门见山。"帕克说，"和你知道的一样，我几乎每天都和你夫人密切合作。"

"我听说你和她在写书，干得不错。比莉告诉我好极了。"

"谢谢你。不过，我常看见她。我必须承认，有些事一直使我不安。我先向你提个问题，总统先生，自从布雷福德夫人从莫斯科妇女会议回来后，你是否发现她有什么变化？"

"她有什么变化？"总统不解地望着他，"那是什么意思？我一点不明白你在说什么。"

对帕克来说，这种反应明确无误地排除了布雷福德自己意识到比莉有什么变化的可能性，当然会使他要告诉总统的事更加困难。他决心尽快、尽量明白地讲出疑点："总统先生，我的意思是说布雷福德夫人自访问莫斯科以来好像有了变化。我觉得，通过密切观察——莫斯科的前后——在很多方面她好像都不是同一个人了。似乎一个叫比莉·布雷福德的女人到莫斯科去了三天，而回来的却是另一个叫比莉·布雷福德的女人。"

总统目不转睛地盯着帕克说："你在说什么，盖伊？你知道这不是你说的浑话。你还想说什么？快点。"

"嗯，我要说的是，布雷福德夫人不再像是她了。难道你毫无感觉吗？"

"我仍然不明白你说的。比莉就是比莉，她是我妻子。她有什么不同？"

来了，帕克想。"很多事情好像都不同了，至少我觉得是这样。比如她的记忆力，她的反常和一般举止。"帕克讲了《洛杉矶时报》的基尔德事件；讲了在洛杉矶妇女午餐会上她不认识自己的老朋友艾格尼丝·英格斯特洛普；讲了道奇尔体育场的棒球比赛，她似乎对棒球比赛既无兴趣又无常识。他还讲到去马利布探望她父亲家的事，布雷福德夫人忘记自己仅仅几个星期以前才见过外甥，而且连小狗也不认识她了。

帕克还没来得及接着谈那些详情就被总统严厉地打断了。布雷福德总统恼怒地说："就是这些事，你给我谈的重要事情就是这些废话吗？我的天，盖伊，你清醒清醒。你把比莉想成什么啦？她也难免有错，和别人一样。人人都会忘事，人的记忆力总在衰退。在人群中又紧张，就会变得心不在焉，认不得老朋友、老相识了。我保证我也出过这种事。碰到多年的老同事我也会认不得的。至于她的狗嘛——荒唐——那么老的狗，眼力不行了。"

帕克拒不退让地说："请听我说，总统先生，再等一会儿，听我说完。有一次，布雷福德夫人提到一件尴尬事，是在晚会上，她遇到你追求过的电影明星。她说以后要再给我谈谈这事。最近我问她时，她硬说从没见过这个明星。可能你已听说了夫人那天举行的记者招待会吧，虽然就在她去莫斯科前就得知珍妮特·法利已死了，她还大动感情，但是她却告诉记者说，她希望找时间去拜望法利。你不觉得这事有点反常吗，总统先生？"

"一点也不，"布雷福德总统大声说，他显然生气了，"这正好证明了人的脆弱性。我再重复一遍，我们都有失去记忆的情况，都有自相矛盾的时候，一天说某件事，另一天对同一件事又有不同的说法。你举的每一个例子，都很好解释。"他不说了，瞪着帕克。"你真的就为这个到这儿来打扰我吗？你一定还有别的什么，如果有就说出来，把它结束了。"

帕克欠欠身，手撑在桌上说，"总统先生，我是说——我有理由这样说——你妻子，第一夫人与一个月前在华盛顿的不是同一个人。"

总统一动不动，眨巴着眼，好一阵看着帕克，说："你是想告诉我，你相信她被洗了脑吗？"

"不，我是想告诉你——等等，我先告诉你一个找你的长途电话，你在别处忙着时，诺娜给你接的。是杨德尔从莫斯科打来的，他说有个美国旅游者跑到我们使馆，很激动，说是遇到一个被关在克里姆林宫的年轻女人，那女人说她是你妻子，是布雷福德夫人，正被苏联人监禁着——有个假装成她的骗子正在伦敦和你在一起。"

都说了，帕克想，看布雷福德总统怎么办。

总统靠在椅子上，瞪大眼睛，望着帕克。好一会儿他一言不发，终于又开腔了："盖伊，说正经的——你刚才在喝酒吧？"

"我清醒得很，先生。我是在老老实实地重复杨德尔告诉贾德森小姐的话。"

"大使也做得那么若有其事？"

249

帕克咬着嘴唇说："老实说，不是，先生。他觉得很有趣，他觉得那个游客是个疯子。"

"我也这么想。"总统说，他恶狠狠的眼光还瞪着帕克，"可你倒当了真？"

"我只是把第一夫人的失言、矛盾、失着说出来了。她一点不像她自己了。"接着，他几乎是用恳求的口吻说，"你真的没看出她有什么不同吗？"

总统可是耐性将尽了，"没有。鬼也没有。我和她早餐，一天到晚我送她走，看见她回来，和她睡觉。我发觉还是我那个妻子。你这下子满意没有？再谈这事就简直荒唐了。"

趁还未被打发走，帕克提高嗓门，拼命想挽救："还有一件事，总统先生。最后一件，昨天才发生的。昨天下午你进来时，我正和第一夫人在工作，记得吗？我听见你问她这天她干了什么。她说她没有出过饭店。嗯，完全不是真话，她对你撒谎。她出去了，我跟着她的，她……"

"等一下，"总统愤怒地插嘴说，"你说你跟着她？你是什么人，到处跟着我的妻子？"

帕克略微后退了一点说："我——我抱歉，总统先生。我是为了你好才这么干的。我担心，非想搞明白她要干什么。"他停住话，"她到莱德伯里那儿去了。"

"你认为可疑？一个女人去她的服装师那儿可疑？她没告诉我？不告诉我可能是因为怕我为她花钱买衣服而不高兴，就这么回事。你浪费我宝贵的时间为的就是讲这个？"

"我来告诉你是我觉得莱德伯里是苏联安插的。告诉你这个第一夫人和苏联间谍有牵连。"

"你能证明吗？"

"我想试一试，"帕克平静地说，"我希望你帮助我，想劝

250

你让英国情报部门调查莱德伯里商店。"

"调查莱德伯里商店？你是说搜捕？如果在那里什么也没有，会当众制造丑闻。正当我们进行微妙的最高级谈判时去引起苏联人的敌对？你疯了吗？"

帕克坚持说："我没疯，总统先生，可是在我们周围发生的事例真的有可能。请相信我的真诚。我是担心你，如果我不觉得……"

"别担心我，"总统大光其火，"关心你自己。要是你还坚持这么想，你倒要当心自己。"他停了一会儿，控制自己的声音，"听我说，帕克。因为我认为你是个聪明、能干的年轻人才请你来。正是如此才把你交给我妻子，因为我认为你有见识，判断力强。可现在我表示怀疑。我觉得你简直是发了疯，产生幻觉了。你是在挑起事端，还想把这种精神病强加于我，可我不会接受。你要马上住手。假如你再这样下去，我会解雇你的。就是这样我还是给你点时间恢复理智。我倒很想把你在这儿讲我妻子的一切告诉她，只是来证明你……"

"别告诉她，请别。"帕克哀求道，他知道，要是冒牌第一夫人知道了他的怀疑，肯定会处决他的。

"你不必担心，"总统冷冰冰地说，"我不打算告诉她，因为我知道她会当场把你撤掉。我不想看见发生那种事，因为你一直干得不错，应该再给你一次机会。"

帕克感激地点点头。

总统接着说："奉劝你住嘴。要是我再听见你向任何人提起这种无稽之谈，我就把你从这儿撵走。所以请你尽快恢复理智，坚守工作。听见了吗？"

"是，总统先生。"

"我们俩都恢复一下理智，咱们达成协议，这种谈话到此为止。够了，帕克。走吧，别再拿一句这样的话来打扰我。"

"是。晚安，总统先生。"

正当总统忙着和盖伊·帕克谈话，她准备去和安德鲁共进晚餐时，事情发生了。那时薇娜紧张的神经还没能松弛下来。

薇娜·华维诺娃一直在等莫斯科的消息，莫斯科仍然杳无回音。她犹豫不决，想换衣服吃晚饭，恐惧使她感觉麻木，考虑着各种选择。最大的可能性是说有病，晚餐后就对安德鲁说生病了——急性消化不良，流感等。但她知道这些办法都不能奏效，因为安德鲁马上会叫卡明斯医生来，卡明斯会发觉她没有任何毛病。即使医生让她休息，薇娜知道也只能把这无法避免的事情推迟一天。另一种可能性是索性退出，要联系人告诉总理，说她得不到情报就无法继续工作。去伦敦郊外的机场，英国交与苏联专用的那个皇家空军的旧基地，回莫斯科换回比莉·布雷福德。可薇娜不想如此，不想在她最具挑战性的角色中作为一个失败者被一笔勾销，这样一个争取光荣的机会可能一去不返。

还剩下唯一的选择——勇敢地面对无法逃避的命运，信赖自己的直觉，今晚和安德鲁同房。

太冒险了。

正当她身陷绝境时，电话铃响了。发话人说他是弗雷德·威利斯。

"就你一个人吗？"

"是的，暂时是。"

"我想给你点东西。是关于你问的迪斯尼乐园卖的东西。"

她的心狂跳起来，好像最后一分钟接到了死缓执行令："啊，弗雷德……"

"再会。"他挂上了电话。

她在前门后面紧张地等着，留心着总统工作间的入口，以防万一威利斯来时总统也走进门。她必须多加考虑。

过了三四分钟，她听见威利斯在走廊里和保安人员说话的声音。她拉开门招呼他。威利斯跨进屋，薇娜把门关上。

威利斯手伸进裤袋，耳语道："记在纸上危险，可是太详细，无法口头讲。"他把一张折好的纸条塞进她手中，笑了，"都在这儿，完全是你要的。看后悄悄毁掉。"

"弗雷德，我不能告诉你……"

但他已走了。

薇娜朝总统办公室瞟了一眼，跑进浴室，从里面把门锁紧，急忙展开纸条。这是一张用英语单行打印的纸，几乎整整一页。她很快扫了一遍，满脸露笑，又一字一句再仔细看了一遍，默记在心。正要看第三遍时，听见安德鲁的声音从卧室里传来。

"你准备好了吗？"

"再给我几分钟，亲爱的。"

她把水槽龙头完全打开，把克格勃的纸条撕成碎片，丢进抽水马桶。她放水冲刷，看着每一点纸片消失。心满意足了，她脱下外套，准备晚餐。

整个晚餐时间她都非常愉快活泼，看得出安德鲁对她很高兴。他们回到克拉里奇饭店的房间时，总参谋长萨姆·里德利海军上将正等着和总统说话。他把安德鲁拉到一边，低声讲起来。

总统点点头，回到薇娜身边。"对不起，亲爱的，出了点事，需要讨论一下。我必须和上将到下面大厅去，不会超过半小时的。"他向她挤挤眼，凑过去，嘴唇擦着她的耳朵说："别睡，等我。为今晚我等了好久啦！"

她在他脸颊上印了一个吻说："我不睡，亲爱的。"

她回来了，擦着身上的泡沫，知道安德鲁很快就要回来，准备和她上床。涂上香水——比莉最爱的那种味道——薇娜在浴室门后，对着落地镜严格地察看自己。然后，薇娜迅速钻进粉红的、蝉翼般薄的丝绸睡衣里。她走进卧室，急忙关上灯，只留下他床边那盏灯。回到双人床边，抖开毯子，把两只枕头拉得更近，抓了一本小说爬上床，等着这场危险事业最后、最关键的一次跨栏。

过了一会儿，她发觉半小时已经过去，接着，四十分、五十分又过去了。想睡，或者假睡都没用，他不允许。

她翻开书，决心分散一下注意力，但不行，脑筋想着别的地方。她把书合上，放在桌子上。提起一只枕头，靠着床头放好，支撑着身子。她收到莫斯科送来的关于对付安德鲁的材料某些方面讲得很一般，有的方面很详细，但总的来说，对她所希望解答的问题有了十分清楚的概念。她奇怪，不知道这个隐秘的材料是怎么搞到的。但她当然知道。薇娜觉得自信，亚历克斯的关切就是要使她平安回到他身边。最近，她没有太想到亚历克斯。可现在，她感到了他以前的温暖和爱情，而且乞求他的忠诚会使她度过这个夜晚。想到下一步行动，对此她已最终觉得准备停当，她意识到她是多么渴望马上开始。如果要她在莫斯科首演《玩偶之家》，她的激动心情可能也会远远不如这次行动给她的刺激这样强烈。

她也想起，今晚将发生的事仅是随之将会产生结果的一种手段。把自己交给总统将给她带来她所期望的回报。从现在起，要不了多久他就会松弛下来，变得喋喋不休。她只要再稍加驱策，就可望他吐露最高级会议的秘密计划。明天她就将把情报送给总理。她扮演的角色也就在胜利中结束了。

后天，尽管比莉·布雷福德要被送回伦敦，但她也将飞回莫斯科。交换也完成了。真正的比莉·布雷福德将作为第一夫人，恢复她所熟悉的角色。她自己呢，重返莫斯科后，也将再次进行轻微的整形手术，稍稍改变一下她十全十美的比莉嘴脸，也就重现以前薇娜的芳容了。光宠有加，心花怒放，薇娜将重操舞台生涯，莫斯科戏院的压轴角色就是她的了。还有亚历克斯，亲爱的亚历克斯，她就能公开与他结婚和生活了。

她瞧着钟，一个多小时已经过去。总统太迟了。肯定有什么重要事情才使他无法脱身。

又过了五分钟，她听见入口的门打开，接着又关上。听见锁从里面旋开了。

安德鲁一阵风似的走进卧室，笑容可掬地望着她，扯下外衣，甩开领带，解开衬衫。他笔直朝她走来说："对不起，我来迟了。我们必须把一些琐事清理好，巩固我们的会谈战略。我告诉你，我很难把思想放在工作上，因为我知道你在这里，我们又可以重温旧梦了。"

"我爱你，安德鲁。我想你。"

"我更想。"他脱下衬衫，"我马上就来。"他消失在浴室里。一会儿他光着脚回到卧室，往床上爬……他干得有规律，上下、上下……她则照报告中说的配合着，直至他达到高潮……

这时，她完全转过身，正对着他。他已移到自己那边床上，脑袋沉在枕头里，仰面躺着，盯着天花板。

"这次什么事情这么紧张，会比哪一次都难？"她问得随随便便，"紧张总是难免，这我知道。可这次会议好像使你特别累，我闹不清楚。"

"嗯，我会把问题告诉你的。"他说，"通常情况下，我们都是从实力出发进行谈判，这样会使事情更简单，可这次……"

他拖长声音，好像沉思着什么。

"这次呢——这次什么，安德鲁？别让我摸不着头脑。"

"啊，对不起。"他说，又把思路回到他们的谈话上来，"这次我们必须靠虚张声势取胜。这可不容易，很复杂。哪天我会全部给你解释的。"

她故作气愤地说："不公平，安德鲁，别把我当成二等公民。你总是对我说心里话的，我也和你说私心话啊！你对我每天干的事情都感兴趣。嗯，我对你的事同样也感兴趣。我们是在一起的，安德鲁，我们分担一切。所以，别一下子傲起来，把我贬到厨房去。告诉我你们正在处理的问题，我要和你共同承担。"

"我不是想对你隐瞒什么，"他抱歉地说，"只是我太累，时间也很晚了，可你有权知道，我就简单告诉你吧。我希望你能暂时满足于概要情况，下一次我再详细讲，可以吗？"

"概要都可不必，一点点我就满意了。肯定是和非洲那个地方——博恩代——有关。是你和苏联人的裁军问题吧？可那算什么问题呢？他们为什么把那事搞得对你这么难办？"

他咧嘴笑笑说："你说得对。"他想了一下，又严肃起来，"苏联人要博恩代那个叛乱分子，叫纳瓦帕的，准备接管那个国家。要是苏联人供应他武器，他就可以轻而易举地接管，可苏联人摸不到我们的底。如果我们已把基班古总统和他的政府武装起来了，就能够粉碎他们。"

"那么，你武装他没有？"她几乎是兴味索然地问，好像仅是个好奇的妻子的问题，随便问问。

"那正好是苏联人必须知道的问题。"他叹了口气，"事实却是我们并没有武装他。"

"你没有武装他？"她重复一句。

256

"没有，我们只是做出要武装他们的样子。这就是我的问题，保持虚张声势。"

薇娜觉得一阵冲动。三年辛苦终获报偿。她已为克里钦柯得到一切，已为他取得胜利。

她把手指插进安德鲁的头发。"亲爱的。"她说得情意绵绵，"难怪你这么心焦。"

他抓住她的手腕，吻着她的手说："你多么可爱。"

"谢谢你，安德鲁。"她不知是否应该把好运气继续推进。她决定小心谨慎地试试。她做出迷惑不解的样子说："还有件事我不明白。"

"什么？"

"即使苏联人知道你是在虚声恫吓，他们采取了行动，你也不准备很快干涉，给博恩代政府空运装备去吗？"

"不，我们会的。啊不，我们不会。这将使我失去任何重新当选的机会。回国后，我要给你看最新的秘密民意调查结果。因此，最后关头我们也不能行动，去挽救博恩代。"他停下来，"幸好，这点苏联人不知道。要是他们知道了，那就会让叛乱分子席卷博恩代，用不了一个星期就会把它接管过去。他们当然就会拒绝在我们的不干涉条约上签字，就会中断最高级会议了。"

"你肯定他们不知道？"

"当然不知道，他们也不会知道的。这就意味着我们的胜利，意味着博恩代大部分的铀。控制住中部非洲的这把尖刀，意味着苏联人势力的终结。所以，你现在知道我的心思了吧。"

薇娜觉得激动之情难以抑制。她已得到需要知道的一切关键问题的答案，得到了他的重大秘密。明天前，她是世界上知道这个秘密的唯一的苏联人。

"安德鲁，我们会赢的，不是吗？"

"你可以打赌。如果我们的牌打得对头，保持虚张声势，我们就会赢。"

你输了，她想。

她打个哈欠说："安德鲁，你不知道能和你同甘共苦会使我觉得有多舒服。现在我明白了你正在进行的事情。"她撑起身子。"晚安，亲爱的。"她吻他。"再次感谢你给了我一个美妙的夜晚，最美妙的夜晚。快忘掉忧虑，想想我们。现在睡一会儿。"

"晚安，我的心肝。最好我俩都睡一下。"

他把毯子拉过肩头，蜷在下面。她下了床，服了安眠药，走到他床边，关了灯，黑暗中摸回自己床边，钻进毯子。

她仰面躺在床上，等待药丸发生效力，这时他已发出鼾声。对她自己，她知道睡神会到得很迟。成功使她过度兴奋，要拒绝成功的欢欣哪能办得到呢？

她又开始重温下一步指示。她已经知道，当万一得到重要情报时，就和弗雷德·威利斯联系，威利斯再联系莱德伯里，莱德伯里就会安排与克里钦柯总理会面。在预定的时间，威利斯将保证给她汽车和司机，避开她的特工，把她送往远离伦敦十英里的韦斯特里奇，那里，皇家空军废弃的机场已交给苏联人做空运专用机场。在机场，将护送她去克里钦柯总理和朱可夫斯基将军等她的汽车里，把从布雷福德总统处得到的一切情报交给他们。在送比莉·布雷福德飞往伦敦的同时，她也动身返回莫斯科。

克里钦柯将取得他的胜利。薇娜·华维诺娃也将取得她的胜利。苏联女英雄，观众要求她谢幕的欢呼喊了一遍又一遍。她蜷伏在毯子下面。她从来没有这么愉快。

薇娜·华维诺娃，女英雄加传奇人物。

这倒是能催眠的事。

✚

下午晚些时分，万物都笼罩在云低天暗的阴空之中。

盖伊·帕克驾驶着他的美洲虎牌汽车又一次驶到了白金汉宫前。他先在维多利亚女王陵园绕了一周，然后在人行道旁踩下了刹车，一面让车的引擎空转着，一面搜寻着眼前这个三岔路口有无诺娜·贾德森的人影。

在这之前，帕克一直驾车绕行于圣·詹姆士公园，在白金汉宫前不时地降慢车速，以期能遇上诺娜，但直至现在，一直未见她的踪影。

他原定在上午同第一夫人交谈，并计划如第一夫人走出克拉里奇饭店，他也要尾随而行。但诺娜一个短短的电话和一张字迹潦草的纸条使得原来的安排骤然改变。诺娜在电话里告诉他，预约簿上的这次谈话得取消。午后她又叫人送来纸条，告诉他："威尔士亲王今天下午要在白金汉宫设宴招待比莉和克里钦柯夫人。我要带比莉前往。下午四点左右你在白金汉宫大门处接我。请照办。"

已经四点二十分了，诺娜还没有来。帕克正欲驾车再绕陵园一圈，却猛见诺娜出现在高高的铁栅栏隔开的庭院内，正急冲冲地穿过警卫室，走向西北面的侧门。她快步跨出门外，穿过一群到白金汉宫参观的游客，止步四下张望。帕克忙跨出车，朝她扬起手臂。终于，她看到了，疾步跑过来，一头钻进了帕克的汽车里。

帕克驾车疾驶进公路上的车流，看了她一眼说："怎么样？"

"我们的夫人还和亲王待在一起。"诺娜说,"我刚才因事同宫里的新闻官争执了好一阵,很抱歉来迟了。我要你来接我并不是想搭你的车,我是急于知道你昨晚的情况。你真去见总统了?"

"是的。"

"你对他讲了你的想法?"

"毫无保留,包括对第一夫人的全部疑点。"

"真的?"

"真的。你没说错,他差不多想要我马上滚蛋。"

"他发脾气了?"

帕克阴沉着脸点点头说:"真是暴跳如雷。他说我是疯了。他对第一夫人的每一处疏漏都有一套解释。他还警告我,要是我向任何人漏了风声,我就会马上完蛋。"

诺娜若有所思地抿了抿嘴唇说:"我想,要是你设身处地地想一想这事,他的态度也是可以理解的。他毕竟同她朝夕相处,她仍是他从前的比莉,没有什么变化和不同。"

路口红灯亮了,帕克踩住刹车说:"问题就在这儿。对他来说,眼前的还是那个比莉,真急死了。你我明明知道这事大有文章,可就是没办法,没人相信我们的话。"路口的红灯变成绿色,帕克一脚踏在油门踏板上。"我当时甚至为总统的下一步行动出了个主意。"

"什么主意?"

"叫英国警察对莱德伯里时装店来一次突击搜查,比莉对它的密访说明这里面大有文章。我敢肯定,苏联人是把它作为一个联络站。突击搜查会找到我们所需的证据的。"

"总统反应如何?"

"一如我的预料。"帕克叹了口气说,"一个相信自己的妻子是无懈可击的男人，绝不会想到他妻子去她服装设计师那儿还会有什么名堂。他对我的建议根本不理。此外，他对我盯比莉的梢大为光火。"

帕克突然觉得身旁一动，扭头一看，诺娜上身挺直，两眼激动得闪闪发亮。

"盖伊，我有好主意了。"她十分兴奋地说，"显然我们原来忽视了。如果总统需要真凭实据，我知道如何给他搞到。比莉的指纹。什么地方一定存有比莉指纹的档案，把它搞到手，就可以弄清第一夫人的指纹是否与档案里的相符。"

帕克沮丧地摇摇头，打断她的话说："没有结果啊。你的思路是对的，诺娜，但为时已晚。我早已想到这事原本想告诉你的。我希望找到能支持我们想法的证据，让总统面对事实。我打电话给白宫，找我的一位在白宫办公厅工作的密友，请他悄悄查找比莉的指纹，并托下一班的外交信使乘飞机送来。我告诉他通过电子计算机程序查找。你猜结果怎样？计算机显示说，指纹档案在联邦调查局和加州汽车管理局，还有好几个地方我忘了。我的朋友要求调一份来看看，结局大出意料，全美国再也找不到一份比莉的指纹材料，全都不翼而飞。干得真漂亮，但又添了一桩疑事，只是找不出证据来。"

"该死！"

"你可以再骂一句。"

他们的车拐入了布洛克街，开向克拉里奇饭店。

"下一步怎么办？"

他耸耸肩头说："我想我还得跟踪比莉，看看到底会发生些什么？"

"今天用不着费神了，比莉要到晚上才从白金汉宫回来。今晚她不会外出，她有些信件需要处理。傍晚你愿意陪陪我吗？"

他几乎没听清她的话。"不，"他答道，一边将车速减慢，"噢，我的意思是愿意，我很想……但是……"他沉思着将车缓缓开上街沿，停在离饭店门仅几码远的地方。突然，他满脸放光，手拍打着方向盘。"诺娜，"他十分激动地喊道，"我有主意了！"

"怎么办？"

"我亲自去一趟莱德伯里时装店。到处看上它一眼，兴许还邀请莱德伯里吃顿饭呢！"

"你让我再想想，"诺娜顾虑重重地答道，"如果我的预感没错的话，那你会惹上麻烦的。"

"你说什么？"帕克对诺娜的担心并不以为然，"第一夫人的传记秘书去拜访第一夫人的时装师，这是再自然不过的事，绝不会引人怀疑的。"

"那可说不准。你打算什么时候去？"

帕克抬起手腕上的表，看了看说："事不宜迟，即刻就去。"

他将车停在饭店门口。身穿整齐制服的门房上前熟练地打开了车门。

诺娜倾身吻了吻帕克说："加倍小心，盖伊。"

"我一定小心。我可是不想与你永别啊，也许晚上就来找你。就在饭店等我吧。"

"我会等你。"她抚摩他的衣袖说，"盖伊，千万要小心。"

她一跨出车门，帕克便驱车疾驰而去。

虽然正是车辆高峰时间，帕克不到一刻钟就赶到了莫特柯姆街。他在霍尔金拱形走道与莱德伯里时装店之间找了个空处，停车锁上车门，走向目的地。

在装修讲究的时装店门口，帕克略略驻足，以清理一下自己的思路。然后，他握住门把手推开了门。一进门，头顶上的门铃叮当一响，向主人通报有顾客到了。

站在米色厚绒毛地毯上，帕克环顾左右，打量着眼前这间时装陈列室。屋里没有售货员，整个屋子装饰得华丽而又精致。门对面的一个座位上，立放着一尊穿黑丝绒服、系绿围巾的时装模特儿。模特儿身后，陈放着一个长形的摆满珠宝饰物的玻璃盒，昂贵的衣料物品挂满了两边的墙壁，一件件毛线衫和罩衫排展成了几个狭长的通道。每个壁柜中则挂满了礼服、裙子、上衣及裤子。房间后部是两面全身大镜和几把古色古香的贵重座椅。沿棚架伸爬上来的蔓藤遮掩了一半的后墙，另一半的后墙则修有一道通向二楼的曲回形楼梯，以及有一个显然是引向试衣间和办公室的走廊道口。

足有半分钟，帕克独自一人站在屋中间——这种随意不拘的姿态和孤单冷淡的气氛，使他陡生趣意。接着，有人从屋后走了出来。这是一个带男子气、身材矮胖的女人。帕克一见，立即记起她是莱德伯里的助手——罗恩娜·夸尔斯，他曾在白宫看见过她。

她走到帕克面前，以打量一个不速之客的眼光望着帕克说："哦，能为你效劳吗？"

"我想见莱德伯里先生，"帕克言辞彬彬有礼，"我是布雷福德夫人的工作人员，她让我来找他。"

"布雷福德夫人？"

"比莉·布雷福德。第一夫人，美国的第一夫人。我相信她是莱德伯里先生的顾主之一。"

夸尔斯小姐面带迟疑地说："她派你来的？"

"是的。"

"噢，莱德伯里先生可能正忙着，不过我可以去看看。我该对他说谁光临？"

"帕克。"

"请你稍候，帕克先生。"

她转身消失在屋后的走廊，留下帕克在静寂得有点害怕的屋子里慢慢踱步，最后停在珠光炫目的玻璃盒前。

透过眼角余光，帕克注意到一个身材修长、额前留有很引人注目的刘海发式的年轻人，踏着有弹性的步子走过来，脸上带着疑惑和探询的神色。

"帕克先生？"他嗓子眼里发出一种假声，"我就是莱德伯里。"他向帕克伸出一只手。"布雷福德夫人叫你来的？"

"也不完全如此。"帕克回答时放开了服装设计师的手，"但从某种意义上讲，也确实如此。我叫盖伊·帕克，在白宫工作。目前我正协助布雷福德夫人写她的自传，她要我来看看她在伦敦的这些熟人，可能她曾对你提过这事？"

"从没提起，"莱德伯里摇摇头说，"不过，最近访问白宫时，是听她说起过她正在写一本什么书。"

"是的，我就是为这本书来的。我很希望你能挤出点时间给我谈谈第一夫人在时装方面的兴趣爱好。谈谈哪些是她喜欢的和不喜欢的式样，你又是怎样来满足她的审美情趣的，再讲上一两件这方面的逸事。也许你愿意同我去喝一杯或吃顿饭，我知道这很仓促，不过……"

"你很客气，帕克先生，谢谢。"莱德伯里打断帕克的话，"我很理解你为这本书做出的努力。我很敬慕布雷福德夫人，因此十分高兴能和你合作，帕克先生。但恐怕现在不行。"他看了一眼他的金表说，"时间不早了，再过几分钟我们就要关店门，下班后我还有个为时不短的晚餐约会。很抱歉，但一两天内你可以打电话给我，我们安排个适当时间，做一番无拘束的交谈，说不定还可以吃顿午饭哩。怎么样？"

"一两天之内。好的。我会打电话给你。"

罗恩娜·夸尔斯从后廊里出来说："莱德伯里先生，您的电话！"她叫了一声，"是从巴黎打来的！"

"马上就来！"莱德伯里回答道。他转向帕克又说，"请原谅我打断谈话，我等这个电话已经好几小时了。很抱歉今天只能谈到这儿，我们有机会再谈。"他转过身，又补充道，"请代我向布雷福德夫人问好。她在伦敦期间我一定去拜见她。"

帕克只得转身走向门口。但刚到门边，他又停住脚步回头看了一下。莱德伯里已在后廊消失了，屋子里又只剩下帕克一人。

莱德伯里最后怎么说？

请代我向布雷福德夫人问好。她在伦敦期间我一定去拜见她。

但莱德伯里已在伦敦见过她了，帕克曾目睹第一夫人走进了这个时装店。

她对此撒谎。如今莱德伯里也在撒谎。

这到底是怎么回事？

眼前又漂浮起一层疑惑的迷雾，他急欲撩开它，弄清这个时装店的真相。

帕克抬眼看看屋后的走廊。可以肯定，莱德伯里的办公室就在走廊后面。

就在这一瞬，帕克拿定了主意。

他伸手抓住前门把手，将门拉开。门上的门铃又叮当一响。帕克身子并不移动，只是将门推回关上，他仍在店内。

他轻轻转过身，踩着地上的长绒地毯，蹑手蹑脚地走向屋后。他朝亮着灯光的走廊略一窥探，正好空无一人。帕克凝神屏息地跨入走廊，刚走到一半，便隐约听到莱德伯里打电话的声音。他继续沿走廊往前，见到左面有几间挂着门帘的房间。他揣摩可能是服装店的试衣间，于是，仍轻脚细步地走向走廊深处，直到已能清楚地听到从右边房间传出的莱德伯里与他在巴黎同行的通话声。几乎与莱德伯里办公室正对的还有一间挂门帘的试衣间，帕克撩开门帘，钻进了屋子。

这是一间不大不小，装饰典雅的女宾试装室。房间两边是高大的三面镜，正对房门的墙壁上有一个无门的壁橱，里面的衣架上挂满了各式各样的女睡袍和长可及地的礼服裙。帕克几步奔向壁橱，掀开礼服，跨进去紧贴着后面的墙壁，隐身在悬挂的衣服之后。他暗自思忖，觉得身后是光秃坚硬的墙壁，面前是这些挂满衣架的长服，藏身其间很是稳妥安全，即使这时有人碰巧进来，也不可能发现壁橱中竟还藏有一个潜入者。

他全神贯注地聆听着外面的动静。从对面办公室传出的莱德伯里打电话的声音，由于透过了门帘和面前的衣服，听起来略有些沉闷，但仍清楚可辨。

帕克纹丝不动地紧贴着壁橱后墙，渐渐地感到胸口有些气闷。他已有点意识到他的这种冒险未免过于仓促轻率，要是有人发现他的踪迹，那他根本就做不出任何令人信服的解释，后果更是不堪设想。如果莱德伯里时装店果真是克格勃特务的联络点，那么，发现他的人便会立即将他干掉。如果这里是个规矩的妇女时装店，那抓住他的人便会把他当成一个寻常的小偷，扭送进当地的警察局。总统一定会听说他被抓的事，他会毫不犹豫地把帕克一脚踢出白宫。从此，他便将受辱而又孤立无援。他开始对自己这些天的业余侦探活动和自己对比莉的种种怀疑产生了动摇。他想放弃这次监视，趁现在还有机会，赶快溜出店门。正想到此，前门铃响了，他忙贴住墙壁，竖耳细听。

前面隐约传来关门的声响，接着又被打开，铃声再次响过后，门闩被关上了。这时，莱德伯里急忙朝电话说道："等会儿（法语）。"帕克又听他对办公室里的什么人说道："一定是他们来了。罗恩娜，你来这儿打电话。你的法语可比我的还好。告诉她，她那批新货下星期准能运到。别对她说细节，不要再同这个浑女人纠缠了。我们还有正事要做……我得马上去瞧瞧是不是他们来了。"

透过面前衣服之间的缝隙和试衣间长及脚踝的门帘，帕克见到莱德伯里那双别出心裁的皮便鞋穿过走廊。显然这时他已看到了前门口的来人，只听见他尖声尖气地叫道："啊，你们可来了，分秒不差！到后面的办公室来！哦，巴基洛夫，得把大门锁上才行。照我的话做，把门上那个栓扣住。钥匙在黑丝绒装的模特儿口袋里，对，就是那个口袋。可别让哪个不速之客闯进来……对了，啊，你真是把好手！"

莱德伯里像是站在他的办公室门口等候来人。接着，门帘下一双褐色羊皮鞋朝莱德伯里走来，紧接着又是一双厚跟的牛皮鞋。

"先生们，"莱德伯里用他特有的尖细嗓音朝他的客人们说道，"我听说有好消息。"

"妙极了。"一个模仿着英国腔，微微有点咬舌的美国口音的人答道。帕克隐约觉得这个声音有点耳熟，但又一时想不起是谁。

"前门很安全。"一个带着含糊不清的苏联口音的人低声说道。

"不会有人来打扰我们了，"莱德伯里说，"到我的办公室去。我有上等的葡萄酒。"

帕克从他的匿身之处，全听清了屋外的谈话。接着是短时的沉默，帕克担心莱德伯里是否关上了办公室的房门。

但马上他又大感欣慰，莱德伯里的声音又响了起来，它有些微弱，像是从一个遥远的地方朝他传过来。"为我们的重大胜利干杯！"莱德伯里说道。显然，刚才那一阵沉默是他们在拿杯子倒酒，现在，这四个人正为他们的好消息举杯共饮。帕克暗自猜测他们祝贺的原因，如果是关于苏联人的胜利，那个美国人到这里来有何贵干？如果是美国人或英国人的胜利，那个苏联人又为何而来？

又传来莱德伯里的声音："这么说咱们的姑娘已把东西送出了？"

"还没有，不过也差不多了。"那个说话咬舌的美国人答道，"她明确告诉我，她已把我们想要的东西搞到了。今晚十一点她将在指定地点同总理会面，向总理当面交出她的情报。"

"你要我们把这些都告诉那边？"莱德伯里问。

"不必了。"美国人说，"等事办完再发报。"

"但是换人的时间安排？"仍是莱德伯里问。

苏联人的声音插了进来："不会有交换了。等薇娜一交出情报，她的作用也就此完结。下一步就该把另一个送回来了。"

一段长时间的沉默。

还是莱德伯里开口打破沉默："这么说要把我们的姑娘干掉？"

"非这样不可。"那个苏联人说。帕克记起他就是那个进门时被莱德伯里称作巴基洛夫的人。

"我想也只能这样了。"莱德伯里不无遗憾地说道，"太可惜了，这个漂亮娘们。是在她见总理后动手？"

"就今晚。"巴基洛夫回答。

"你找到了可靠地方？"莱德伯里话语中流露出担心。

"一切都已安排妥当。"巴基洛夫十分有把握地说。

"如果有一天尸体被发现怎么办？"莱德伯里问，"这会……"

"不用担心，"巴基洛夫回答道，"不会被认出的。脸毁掉，用硫酸。"

又是一阵沉默。

"我们什么时候发报？"莱德伯里又问。

"今晚十一点起，你要一直待在这儿。"巴基洛夫说道，"费丁会给你密码，那边会随时准备收报。"

"清楚了。"莱德伯里回答。

帕克听到了难得的清晰的拖曳声——那是在挪动椅子和走步的声响。接着，他窥见门帘下闪过的鞋子，一共四双。其中有那个叫夸尔斯的女人，她也离开了办公室。稍后又传来关上前门的声响。所有的灯光都熄灭了，显然有人拉下了电灯的总开关。

帕克仍僵直地站在壁橱里，他不能肯定现在店里是否只剩下了他一人。说不定他们还有人留在后面没出门，要是被人发现，无疑意味着死亡。但他毕竟不能一直待下去，早晚要从这里脱身，而且是越快越好。

他决意再停留十五分钟。现在要是那四个人中还有一个人留在店内，那他的任何响动都会引起对方的警觉。

这阵等待使他第一次有时间来思考刚才听见的那些对话。从他们的交谈中，帕克已从原来的怀疑和推测中发现了一个明显的事实，即这班人正在进行秘密活动。他们有一个叫薇娜的女间谍已窃获了一些有重大价值的机密情报，今晚她就要将这些情报传送给"总理"。而眼下在伦敦只有一位总理——苏联总理德米特里·克里钦柯。这无疑是苏联人策划的有关高级会谈的一件阴谋，那三个在时装店里的男人全都是克格勃的特务。巴基洛夫肯定是特务，还有莱德伯里及那个说话略有点咬舌的美国人。那个已取得苏联人垂涎的情报的女间谍薇娜，在将情报交给苏联总理后，便会被自己人杀掉；而且不仅要杀死她，还要毁尸损容。

帕克明白，这一切都已是铁一般的事实。它的每一点都证实了他原先的怀疑，这个薇娜无疑就是比莉·布雷福德的替身。她已从总统那里窃取了最高机密，并且就要把它送交给苏联总理。然后，她将被杀掉，有关她冒名顶替第一夫人的所有证据都会被销毁。将来，她的尸体即使被人发现，也不会找到任何能够揭露苏联人这件阴谋的线索。而"另一个"——即真正的比莉·布雷福德——将会被送回来，继续当她的第一夫人。一切都神不知鬼不觉，好像什么都未曾发生过似的。

这个庞大凶恶的阴谋使帕克脑子里一片混乱。一想到苏联人马上就要得手，帕克便觉惶恐不安，迫不及待地想赶紧从这里脱身。

这十五分钟内，整个店堂没有一点声响。帕克撩开面前的衣服，跨到试衣间昏黑的地上。他像梦游般地伸出一只手，摸索着走向门口。终于，他的手触到门帘，将它轻轻撩开，走进了走廊。一丝微弱的光亮从前面的店堂照射过来，他小心翼翼地顺着这缕光来到时装店的正堂。在楼板上方几英寸的地方，还有几丝同样的光，幽幽地为他指路。外面拱顶走道上的灯光从时装店前面的空隙处渗透进来，使得前堂的部分地方有些光亮。屋外，已是薄暮初降时分了。

帕克一步步地终于挨到了前门口，他明显感到自己浑身在发抖，但也并不对此感到奇怪。他伸手拉拉门，发现它早已被暗锁里外锁死。现在已是刻不容缓，得马上从这里脱身才是，他心中暗暗催促自己。猛然间，他记起先前莱德伯里叫巴基洛夫取钥匙的地方，帕克返身走回到穿黑丝绒的模特儿跟前。衣服上共有两只口袋，一只是空的，而另一只正装有开门的钥匙。

帕克用不停颤抖的手打开了店门，一站到门外便又立即将它重新锁上。

他站在拱顶走道上，十分为难地凝视着手里的这把钥匙。如果将它带走，莱德伯里一会儿便发现钥匙被盗。他感到最好的办法是找到一个锁匠，配一把复制品，再将这把钥匙放还原处。但要配钥匙，就得去找一本伦敦的电话号码簿，查找这个时候还能配钥匙的店铺。也许伦敦有能提供昼夜服务的锁匠。他拖着沉重的双腿走向汽车。突然间，他脑海里一闪，记起在跟踪这个假冒第一夫人从停车的横街口离开时，曾晃眼见过一家像是卖五金的店铺，说不定那儿就能给他解难。

他快步走向汽车，从金纳顿街的街角上，帕克瞥见一家像是他急欲相求的五金店，里面的灯还亮着。走到近旁，他扫视了一眼陈列窗，里面陈放着一排家用小配件和厨房用具，也有亮铮铮的挂锁之类的物件。店里已很冷清，仅有一个秃发的伙计，像在结算现金账目。

帕克进门朝伙计走近。"这把钥匙，"他边说边把它扬起，"你能否再给我配一把，我急用。"

"配什么？"

"照样再配把钥匙。我急需两把。"

伙计皱起眉头说："我在清账，晚饭都已迟了。不过听口音你是美国人，对吗？"

"是的，我……"

"那好吧，"伙计边说边拿起钥匙，"我妻子在美国有个亲戚，算你走运。请稍候，几分钟我就回来。"

他拿过钥匙走向后店。五分钟后，他手托两把钥匙走回到帕克面前。

帕克谢过伙计，付了钱，然后疾步奔向莱德伯里时装店。到了门口，帕克四下打量，见拱顶走道上此刻正杳无行人。他迅速将钥匙插入锁孔，开门闪进，将那把原配钥匙重又装入到先前那个黑丝绒口袋，然后返身倚在门口，向外打量。一切都毫无异常，他毫不迟疑地跨出门外，再用力将门拉上，用那把刚配好的钥匙锁好门，再将钥匙放回自己的外衣口袋。

帕克快步奔向他的汽车。直到发动了引擎，他才靠在车座上长长地喘了口气。

回顾他刚才在莱德伯里时装店里的短暂过程，连他自己都感到惊讶。他是靠什么才渡过险关的？其实，他能如此，仅是因为那一切都未经事先的计划，它全是出自一种自然的本能。同时也因他是一个业余侦探的新手，要是换一个职业老手，说不定早被抓获处死了。他所听到的一切，不仅证实了他没有误入歧途，而且它所造成的震惊令人几乎难以置信。他早就觉察到这里大有蹊跷，而现在，他已探知其中的究竟。确实有那么一个叫薇娜的在假冒第一夫人，而且就在他的面前。她被人毫无觉察地安插到总统身边，直接从美国总统身上窃取情报。同时，也正是由于她的成功——实际上是对内幕知道得太多了——今晚她将被人杀死后毁容灭尸。然后，这帮间谍再将这一切通报莫斯科，把真正的第一夫人送回伦敦取代薇娜。

必须把这条消息披露于世，必须向人们揭露苏联人的阴谋和他们的薇娜。但事虽至此，又能对谁倾诉？世界上有谁能相信他的话？帕克感到虽然他已弄清了敌人的计划，但在这盘棋上，苏联人仍稳操胜券。他们将要把真正的比莉送交回来，而又丝毫不担心她会揭穿他们的阴谋。谁不知道第一夫人一直待在伦敦？如果她执意要揭露苏联人，又有谁会相信她的"天方夜谭"？总统？中央情报局？还是英国首相？没人会相信她的话。医生会说她是劳累过度，精神压力太大，是因她所处地位的紧张而导致神经错乱。而精神病医生则会说她是精神崩溃，她的话是一种幻觉效应。绝不会有人再信她的话，她从此也再不敢表露只言片语。苏联人很清楚，他们处在万无一失的境地。

而谁又会相信他的话？他不敢对任何人讲起他所偷听的谈话，只除了诺娜——一个念头蓦然出现在他的脑海中——还有另一个人。是的，另外那个人必须了解这事情，要用直接或间接的方式对她说明。事到如今，舍此难有良策了。

身上的颤抖已不知不觉地平复下来。帕克一手握住方向盘，一手提高车档。他必须立即见到诺娜，他急需她的协助，要赶在美国人在高级会谈上失利之前，采取几步关键性的行动。

不一会儿，帕克回到了克拉里奇饭店。走近二楼的皇家套房，他见到秘密特工奥利芬特正在走廊值班。

"布雷福德夫人从白金汉宫回来了吗？"帕克问。

"还没有呢。"

帕克不禁为之庆幸，又问道："诺娜·贾德森没出去吧？"

奥利芬特伸出拇指指着隔壁的套房说："在她办公室里。"

"谢谢。"

帕克走向近旁的房门。一名伦敦警察厅的警察正守在门口。帕克向他出示了证件，进门穿过小小的门厅和多洛丝·马丁的办公室，走过连接这间套房和皇家套房的厅堂，来到诺娜的小房间。从她半开的房门外，帕克可以听见她打电话的声音。他径直走进屋里，随手关上房门，又从诺娜的书桌前拉过了一把椅子。一见到帕克走进，诺娜立即放下电话。

愁容满面的诺娜转身朝他走来，急忙问道，"你去莱德伯里时装店了？"

"我？一言难尽。说来你绝不会相信发生的事情。"

帕克低声向诺娜讲述了下午和她分手后他的经历。他讲到他怎样隐身于莱德伯里办公室对面房间的壁橱，听到苏联特务和一个美国人参与的对话，直讲到他怎么冒险逃出时装店。

听着帕克的讲述，诺娜不禁瞪大两眼，用紧握的拳头捂住张开的口。等帕克讲完，她已被震惊得目瞪口呆，沉陷在对这个重大阴谋的忧虑、恐惧之中。

"怎么样？"帕克问。

"我还能说什么？你知道，一个星期来，我和你一直对这事抱有怀疑，但现在像是有证据了。"她摇摇头说，"这么说，这个第一夫人并非真正的第一夫人，确实不是比莉了？"

"她好像叫薇娜什么的？"

"原谅我，盖伊，我确实不知怎么办才好。我脑子都快炸了。他们怎么来实现这个计划？"

"这点并不重要。他们此后的安排，才是至关重要的。"

"那比莉，比莉在哪儿？"

"可能在莫斯科。他们说，要把她或别的某个人送到伦敦来。一旦薇娜送出了我们的机密，她马上就被干掉。我们必须做的是阻止这些机密落到苏联人手中。"

"盖伊，你得马上去见总统。"

"又去见他？他不会相信的。即使他相信了，他也会说这毕竟不是证据。总统？天哪，他会把我赶出去，叫我从此滚蛋的。那我才真正是求告无门了。"

"你是对的，盖伊。"她承认道，"那样做行不通。"她做了个无可奈何的手势，"那该怎么办？"

帕克立起身，沿办公桌走过来站到她面前说："只有一种可能，是我回来的路上想起的主意。现在我们的当务之急不是揭露这个假第一夫人，目前我们还办不到，我们要做的是阻止她把我方最高级会谈的机密传给苏联总理。今晚她就要按计划把所有窃取的情报都交给苏联人，我们一定要阻止她。"

"怎么做呢？"

"让她——这个薇娜——了解她的真实处境。向她说明，一旦她完成使命，等待她的下场将是什么。这一点我得求你帮忙，诺娜。"

"一切照办。"

"那好。听我说。"

他躬身将口凑到她耳旁低语。

说完他的打算，帕克直起身问道："你觉得怎样？"

"能行吗？"

"恐怕只有靠它了。你有没有更好的主意？"

"想不出来。好吧，就这么办。"

"好姑娘。她什么时候回来？"

"就这阵子。"

"她会不会直接回卧室？"

"不太可能。每次回来她总是先到我这儿，看看有没有重要的信件或电话。"

"你能肯定？"

"那当然。"

帕克点点头说："我们准备好等着她。"

两人一齐离开诺娜的小房间，走进连接皇家套房和工作室的小门厅。

"她的起居室门关上没有？"帕克问。

"只有晚上才关的。"

帕克伸手推了一把，门开了。他将门敞开，往后退了几步，站到诺娜身旁。两人都没说话，一心默默等待。每隔几分钟，帕克就要看看自己的表。六分钟、八分钟过去了，帕克越加焦躁不安。正在此时，毗邻门厅的那道门响了一声，他忙把手指放到嘴唇上，示意诺娜不要出声。

接着，他们听见了第一夫人的声音，她正对护送她从白金汉宫回来的特工说着什么。显然，她这时已走进了餐室，声音清晰可辨。"我不知今晚是否出去，"她正说道，"总统会告诉你们的。"

帕克听见了关门的声响，接着，传来她由远而近的脚步声。"诺娜，你在吗？"她喊道。

帕克再次将指头放到嘴唇上，诺娜紧张地点点头，保持着沉默。帕克轻声朝她吐出两个字：开始。

没等第一夫人走进他们所在的门厅，帕克已开始用交谈的口吻大声同诺娜叙谈起来。"是啊，她是个苏联间谍。我们来伦敦后传闻得最厉害的就是这事。据说这个消息是从总统一名助手那里传出的。他也不知道多少内情，只说是苏联人在伦敦安插了个女间谍，她可能已打入了总统的内层圈子。"

诺娜按先前帕克的指点答道："不会是说着玩吧？你真相信？"

"难说。我只是告诉你我听来的话。他们还发现了她的名字，也可能是她的部分名字。她叫薇娜。"

"她是谁呢？"

"毫无所知。我看告诉我这事的人也未必说得清。"

帕克停住口。如果墙外是真正的比莉，她一定会径直走进来，说她听见了他们的对话，并会表示还想知道这个话题的下文。如果这个第一夫人是薇娜，她一定会停步，不再走近，转而倚靠在屋外悄悄地偷听。

帕克已能肯定，她现在正在屋外悄悄地偷听他和诺娜的谈话。

"你朋友是怎么听说这事的？"这时诺娜问。

"还是无可奉告。不过从他告诉我的话来看，估计是我们的特工窃听了某些苏联特务的秘密。"

"我们的人打算怎么对付？"

"不取得确凿的证据，我想很难有什么大的反应，或采取什么行动。这个薇娜已为苏联总理搞到了我方高级会谈对策上的一些情报，但我们眼下对此无能为力。不过对薇娜本人，我们再也见不到她了。"

"这是什么意思，盖伊？"

帕克用小心而又十分清晰的声音答道："我这么说是因为今晚一过，薇娜便不复存在了。据我朋友讲，她一把情报交给苏联总理，就会被苏联自己人干掉。"

"他们会杀死自己的特务？"

"你想想，除此还能怎么办？他们留她又有何用？一等苏联总理拿到情报，薇娜对他们就是一个棘手的危险人物了。

她知道得太多，对他们来说，最好还是弄死她，以防不测。"

"苏联人真会这么干？"

"今晚他们就要干，起码我是这么听说的。"

"天哪，这个世界到底在干些什么呀？"

"我知道该干些什么。你得同我去喝上一杯，再吃顿晚饭。"

"我得想想……"

两人被从隔壁房间传出的第一夫人的刺耳声音所打断："诺娜，你在吗？"

"我在，比莉。"

第一夫人轻快地走进门厅，装作刚刚才到的样子说："有没有重要信件？"

帕克做出自然而又不经意的模样，观察着第一夫人的脸色。此刻，她脸上已是一片灰白，所有的血液好像流光了。

"总统来电话说，十点前他都脱不开身。如果您要等，他会回来和您一起吃晚饭。不然，您可以先去就餐。"

"谢谢，诺娜。我累得筋疲力尽，想先躺会儿，任何情况下都别叫醒我。"

两人看着她离开走向卧室，接着又听到她进屋关上门的声响。

诺娜悄声问帕克："你说她听到我们的讲话没有？"

"一字不漏。"

"接着该怎么办？"

"很难想象。不过有一点我能肯定，在把情报交出前，她会再三考虑的。"

"结局呢？"

"她可能会想到叛逃。不管怎样，我打算促使她走这条路。"

诺娜皱紧了眉头说："那你就得对她摊牌，说你已识破了她。"

"她或许会因之庆幸呢！"

"但也许她会杀了你。"

"那样的话，我们更应该一起吃顿'最后的晚餐'了。"

"对她也可能如此。"

"很难说，走着瞧吧。"

薇娜·华维诺娃独自站在卧室的穿衣镜前，浑身不住地颤抖。她说不出这种颤抖究竟是出于恐惧还是愤怒，抑或两者兼有。

刚才偷听到的盖伊和诺娜之间的谈话，是她自冒名顶替计划实施以来最感震惊的消息。盖伊·帕克的消息来源，就是他说的那个总统助手，怎么会对内情了解得这么多？他又是从哪儿得知的？盖伊提到了窃听的事。官方反间谍机构窃听弗雷德·威利斯或莱德伯里完全有可能，这是中央情报局惯用的手法。或许弗雷德·威利斯在扮演双重间谍的角色，虽然她自己也很难对此相信。她本想用联络方式向苏联人报警，但细一斟酌，又觉得还无此必要。目前，并没有任何线索表明这个美国人颇感神秘的"薇娜"就是第一夫人；再者，不等敌人识破她，她就已远走高飞，今夜就平安地踏上莫斯科的归途了。或许她应另谋出路，如果盖伊的话可信，那她将在把情报交给克里钦柯之后被人残忍地杀死。真是不敢想象啊，她居然一直这么相信那帮冷酷残忍的家伙，那些肮脏行骗的杂种！她自己的同胞，她的援助者和同谋，还有她自己的人民，竟会用死亡来奖赏她的冒险和机智勇敢。那好吧，她不再是他们俯首帖耳的工具。作为第一夫人，她可以利用已有的权力来达到自己的目的。

她一动不动地凝视着眼前的镜子，她明白她该如何采取行动。现在唯一的问题是镜子里照出的这张该死的第一夫人的脸。事到如今，它反变成她的障碍。在这世界上，这张脸被人一望即知，妨碍着她的自由行动，而此刻，她比以往任何时候都更加需要单独、不受人注意的自由行动。

为了达到今天的目的，她遇到一个个困难，但凭着顽强的意志，凭着她的才华和同谋者们的协助，她已顺利渡过。但现在，她再也找不到一个能给她出主意的人，她完全是孤军作战，要去面对和反抗事关她生死存亡的危机。她能战胜它，就像她过去战胜别的危难一样，她对此下了决心，因为时至今日，她已有了可以防身克敌的法宝了。

但怎样才能从这里毫不引人注目地溜走呢？

她开始全神贯注于这个难题。在危难关头居然还能这般镇定自若，连她自己也感到意外。不一会儿，她又十分惊奇她竟然那么快就找到了解决办法。

首先要打两个电话，然后就开始实行自己的计划。

她找出一本小小的皮面地址簿，那是比莉莫斯科之行时随身携带的那本的复制品。在"F"栏下，她找到了"珍妮特·法利"的名字。妙极了，珍妮特已不在人世。薇娜已知道在那次新闻招待会出问题后，珍妮特的丈夫塞西尔和她十七岁的儿子帕特里克，仍住在城堡公寓的套房里，那是在绿岭公园的边上，比莉曾上那儿和他们待过一段时间。薇娜手拿这本记着法利家电话号码的地址簿到床边坐下，看了一眼灰色电话机上的一行话："使用电话须知：要接线员请拿起手机。"她伸手拿起手机，耳机里立即传来了接线员的问话声，薇娜报出了法利家的电话号码。

铃声一响，电话接通了。一个略带沙哑的声音在电话中回答：“您好。我是帕特里克·法利。”

“帕特里克？我是比莉·布雷福德，你妈妈的老朋友。”

“比莉？”年轻人的声音里带有敬畏。

“是的，比莉·布雷福德。我和我丈夫到这里参加最高级会谈。”

“我知道。我在电视里看见了您。报纸上说，您可能来看望我们。很抱歉我父亲不在家。”

“没关系，我也想和你谈谈。我想表示我深切的慰问。我很喜欢你母亲，人人都喜欢她。”

“谢谢您。”帕特里克回答。他声音听起来有些哽咽。

“我打电话还为了件事，”薇娜说道，“有件小事想请你们帮忙。不知我能否顺路到你家里同你们待上几分钟？你会在家吗？”

“哦，我当然在的。您是说什么时候？今晚？”

“就是现在。可能过十或十五分钟就来。你真的不会在意？”

“我荣幸还来不及呢！”

“那过一会儿再见。”薇娜说完，放下了电话。

至此一切顺利。下一个将是事关重大的电话了。在靠她床边的挂物架上，有四本伦敦电话号码簿。她躬身看了看号码簿的书脊，橘红色的那本是A—D字首，粉红色的那本印着E—K字首，绿色的一本是L—R字首，那本蓝色的则写着S—Z字首。她从架上取下橘红色那本，拿过一看，封面上是一行标题大字：伦敦邮政区域。她先翻到后半部，再一页页地翻找到印有多切斯特饭店和其电话号码的那一页，用笔将电话号码抄在自己的小本上，然后弯腰将号码簿放回原处。看着这个新抄下的电话号码，薇娜的脸色渐渐变得阴沉严峻起来。

　　她又坐到床沿，拿起了电话机。电话员回答后，薇娜报出多切斯特饭店的电话号码。经过一段冗长难耐的呼叫，电话接通了，对方是多切斯特饭店电话交换机的接线员。薇娜用一种倨傲的口气，要电话员把电话接通德米特里·克里钦柯的房间。她明白来接电话的不会是总理本人，但起码总是一个副手，那同样再好不过，因为副手会立即把她的话转告给总理。

　　接电话的是一个操着俄语的男人，语气显得粗暴："这里是苏联代表团。"

　　薇娜辨认出了这个声音。她也用俄语说道："是朱可夫斯基将军吗？"

　　电话里的声音变得警惕了："你是谁？有何贵干？"

　　带着一种近乎虐待狂般的快感，薇娜回答道："你没听出来，将军？我是薇娜·华维诺娃。"

　　"薇娜·华维……"他听起来近似暴怒了："不行！这是不允许的！你绝不能给我们打电话！"

　　"但我还是打了，"她继续用俄语镇静地说。接着，她声调突然变得严厉，"请给我接克里钦柯总理。"

　　电话那头的声音迟疑一下，又说："我不能。这做不到。他很忙，分不开身。马上他还得赶去吃晚饭。此后再晚点，你会见到他的。"

　　"我要改变我们的会面时间，"她语气强硬，"不是再晚点，而是早点。事实上就是现在，我要马上见他，我立刻就来多切斯特饭店。"

　　"你不能来！这会使你遇到危险……"

　　她冷冷地打断他说："如我不来，对你们更危险。"

　　说完，她立即挂断了电话。

到现在，如同真正的比莉·布雷福德也会说的那样，一切都还顺利，薇娜·华维诺娃心想。

她并没有做出急于溜出房间的举动。相反，她对采取自己的第一步行动毫不掩饰，而且还是例行旧规。她叫来了护卫她的秘密特工奥利芬特和麦金蒂，告诉二人说她要离开饭店去拜会一个朋友，他住在圣·詹姆士路十一号的城堡公寓。她吩咐他们尽快给她寻一辆美国代表团的高级轿车来。两名特工立即遵命而行，并护送她下楼坐进了轿车。三人一起驱车由匹克蒂利马戏场往东，再后拐草场街到波尔路，经圣·詹姆士宫后，开进窄窄的圣·詹姆士街公寓区的一条前面不再有路的小街。

车在城堡公寓前停下，珍妮特·法利的丈夫和儿子仍住在此处。这是一幢七层建筑，门厅之前，是一道缀着金星的玻璃门壁。望着公寓，薇娜只能做出一副早就来过这里的模样。

特工奥利芬特跨出车外。薇娜正欲随他而出，却被麦金蒂拦住了。他解释道："奥利芬特先在周围转转，只要几分钟就回来。"

薇娜极不耐烦地又坐回座位上，看着奥利芬特走进了公寓。透过车窗，她看到他正和一个站在右边服务台的公寓侍者说着什么。接着，他走出房门，举手表示他们还得在车内等上一会儿。然后他走过大楼边上的一座汽车房，检查一番后，又走向通向后院的一条狭窄的小弄，随即消失在那里。

五分钟后，他回到汽车。他朝麦金蒂说道："我看够保险的。后面有一个用砖墙围起来的草坪，外面还有一圈水泥柱的铁栅栏，后栅栏没有出入口，很安全。你照看前街，麦金蒂，我陪布雷福德夫人进去。"

听说后院没有出口，薇娜不禁忧心如焚，但也只得下车，在奥利芬特前面进了公寓。大厅左边有一道往上的楼梯，两人正朝它走过，奥利芬特说道："法利家住在二楼朝后的房间。"

"我知道。"薇娜嘴里回答，而心中则对他的提示庆幸不已。

"这边有电梯。"奥利芬特接着说。

"在这儿说电梯应当用英国说法。[①]"她纠正道，"不过我倒宁愿从楼梯上去。"

来到门口，奥利芬特停步站到门边上。

薇娜边按门铃边对他说道："我这是安慰性的拜访，至少得要一个小时，也说不定要一个半小时。"

奥利芬特点点头说："我会一直在门口的。"

门开了，屋内此时仅有的主人帕特里克·法利将薇娜迎进屋内，关上了房门。薇娜虽是心急火燎，但仍竭力显出某种上流社会的风度。她吻了这个高瘦年轻人长着丘疹的脸颊，然后拉着他仔细端详着说："哎呀，长这么大了，帕特里克。"她感叹地说。

他十分笨拙地请她坐下，而她则不快地说她只能和他待很短的时间。她很想知道自他母亲去世后他和他父亲的生活状况。为了不使他感到拘束，她坐到屋角的一只大沙发上，要帕特里克谈谈他的学业和他有无像母亲那样当个作家的兴趣。

交谈一阵后，薇娜决定直截了当地说出她的意图。

"我很乐意听到这些，帕特里克，我还想了解你的更多情况，不过得另找时间了。"她说，"我在电话里对你提过，我有事请你帮忙。"

---

① 电梯的英国说法是 lift，美国说法是 elevator。奥利芬特用了后者，薇娜纠正说应用前者。——译者注

"是的。你尽管说吧。"

"实际上，我今天还有一个不让别人知道的私人约会。我是说，不让别人知道为好。你别在意，不是什么不可告人的事，我仅想单独见见一个人。但私下走走不是第一夫人能享受的特权。无论我去哪儿，都得坐官方的汽车，身后老跟着秘密特工。我已告诉过跟我来的人，说我要在这儿和你待一个多小时，这仅是想骗骗他们，不让他们老跟着我。我要让他们觉得，我还是在你这儿，而这段时间里，我必须溜出去，单独赴我的私人约会。你介意吗？"

"一点也不。我只是觉得很有趣。"

"这儿有没有不被我的特工看见就能出去的路？门外就站着个特工。或许楼后就有送货之类的进口——我是说那种送零星杂物的商贩走的入口？"

"没有。商贩们都从前门进来。"

"如果我没记错的话，后院是用砖墙和铁栅栏围着的。对不对？"

"是这样的。"

薇娜的心一沉说："那么后院绝对没有出口？"

年轻人沉默了。不一会儿，他脸上现出了欣喜的神色说："有了。如果你不在乎它的不便，下面的消防出口处有一条路。"

"怎么？"

"草坪上摆放有好几个梯子。有一队建筑工白天在这儿搞维修，他们下班后便将梯子堆放在那儿。我可以把一个梯子靠着铁栅栏，在铁栅栏外面再放一个。如果您不在乎的话，您可以从这边爬上，再从外边下去。"

薇娜从沙发上站起拥抱了帕特里克，说："你真是个乖孩子。当然，我不在乎这么走出去。"她犹豫片刻，又问，"从外面梯子上下来是什么地方？"

"是处在我们这幢楼房和绿岭公园之间的一条柏油路。往前便可走到一条主道了。"

"那儿有出租车吗？"

"很多。主道便是匹克蒂利街了。"

"好极了！"她再次吻了年轻人，他觉得有点害羞而脸红起来。薇娜还有点不放心地说，"我回来时，梯子还会不会在那儿？"

"我负责看着，一定在的。"

"你真是个好小伙子，帕特里克。我一小时之内就回来——记住，这段时间内我要被当成是和你在一起——然后，我才出去见我的特工，乘汽车回去。"她拉住他的手臂说，"好了，能否现在就带我出去？"

出租车沿着街上的行人安全岛绕行，终于将薇娜送到了多切斯特饭店。

她打开手提包，向司机付了车费，然后又加上一笔慷慨的小费。关上提包前，她又从中取出一条手绢，她身穿的那件丝织衣服上围着高领，可以遮掩她那张极易被人认出其身份的脸。但领子只能部分地掩住面部，因此，她想用这条手绢掩住另一部分面部。

门房上前拉开车门，并在她下车时，将手举到帽檐向她致意。她匆匆奔向饭店的旋转门，一推开便疾步走过登记台，进入宽大的门厅。几个正坐在门厅里的阿拉伯人从报纸上抬起头朝她打量，但她一直将那条手绢遮在脸上，边走边找电梯。电梯就在右侧，她几步跨过，闪身进了就近的第一乘。

上了年纪的电梯员关上门，问道："到几楼，夫人？"

"请到克里钦柯总理的那一层。"

电梯员有些疑虑地望着她。

"我是事先约好的。"她补充道。

"好的，夫人。那是第八层。"

电梯平稳地上升，直到门上的小灯在第八号数字上闪烁时才停下。薇娜走出电梯，却迟疑地站住，她弄不清应当走哪儿才对。

电梯员指了指方向说："先往左，然后再右拐，夫人。注意找那个带平台的套房。"

薇娜点头致谢，然后走进长长的走廊。安在两边墙上铜边盒子里的电灯把走廊照得雪亮。她缓步往前直走，途中又问了一位路过的妇女。在第二个走廊交叉口转身右拐时，她便见到四个围在一起的男子，正在写有"彩景平台套房"字样的门前热烈交谈。

见薇娜直向房门走来，一个身穿便服的男子停住口，赶来站在她的面前，用生硬的英语警告说："没有证件任何人不准进去。"

这时，另一个先前背对着她的男子把头扭了过来，薇娜马上认出这是朱克上校。他一见薇娜，大吃一惊，忙上前抓住她的手臂，将她拉到一边。她低声告诉朱克上校，说总理正在等她。朱克点点头，先她一步进门，用俄语朝屋内喊道：来人可以让进。

薇娜走进屋内，见三个全副武装的克格勃卫兵正守候在一道陡直的楼梯前。她朝卫兵们笑笑，握着扶手上了楼梯。在顶端楼梯口，她又见到一扇写有"平台套房"的门。她又对站在门旁的两名克格勃卫兵点点头，按响了门铃。

几乎在她按铃的同时，门打开了。她的国家领导人之一，苏共政治局委员阿纳托里·加拉宁站在她的面前。

他盯住薇娜，脸上带着烦恼说："华维诺娃同志，要过些时候你才能见总理，现在还远远不到时间。"

"我打过电话了，"她大胆而简洁地回答，"我已同他约好，必须现在就见他。"

加拉宁摇摇头说："我没听说这事。"他做个手势将她让进。"请在休息室等，我先去告诉总理。"

不到一分钟，加拉宁又出来招手让她进到里屋。在刚才短短的等待时间里，薇娜已稳定下来，越加感到自己现在是理直气壮，敢于同他们讨价还价了。

加拉宁将她带进一间宽大，摆设得富丽堂皇的起居室。

"总理同意接见你几分钟，"加拉宁说道，"但我必须提醒你，他正在生气。"

"我也在生气。"薇娜毫不胆怯地回敬道。

加拉宁对她的顶撞颇感意外，说："别忘了，他是总理。"

"别忘了，我是第一夫人。"薇娜针锋相对。

加拉宁眉头紧皱说："他马上出来见你。"说完就走出了房间。

心烦意乱的薇娜独自在房内，在这间给人深刻印象的起居室里缓缓踱步。房间里悬挂着昂贵的彩印中国人物画，装有几道法国式的门和能看到海德公园树梢的宽大平台。此外，屋里还有三只沙发、几张古式座椅和一张法国书桌。

不一会儿，她觉察到克里钦柯总理已悄无声息地从卧室里走了出来，于是，她连忙急转过身对着他。他没系领带，身穿在正式场合下的那种衬衫和裤子，正忙着拉上衬衫袖口上的拉链。他那无边眼镜后的眼睛正全神贯注地盯着他的法国衬衫袖口。他一步步朝薇娜走近，但并不抬头正眼瞧她。

"你太冒失了，华维诺娃同志，"他语气很平静，"这很不明智哪！"

他使用的是俄语，这使薇娜感到，总理是要用俄语来进行这场交谈了。她暗下决心，无论他的地位多么可怕，她也绝不在他面前屈服，绝不充当一个奴性十足的角色。她心中不断提醒自己，她也拥有权威，以此来给自己壮胆。

面对总理的责备，她答道："我对风险已习惯了，克里钦柯同志。我为你们干的每件事都担着风险。事情紧急才使我到这儿来。"

"明白了。"克里钦柯自己在法国办公桌前坐下，"把椅子拉过来，我们谈正事吧。"等她在椅子上坐下，他又开口道，"还没祝贺你吧？听说你已把我们要的情报搞到手了。"

"一点不错。"

"我需要的是具有重大价值的情报。"

"重大无比。"

他的眉毛往上一挑说："好极了。请稍等，我叫朱可夫斯基将军也来。"

她断然拒绝道："我不想让他在这儿，我只和你单独谈谈。"

她本以为自己的放肆会激怒他，但他从桌上的蜂鸣器缩回手时，那双认真打量着她的眼睛却换一种目光，也许还带点新的兴趣。

"也好。"他用饶有趣味的口吻说道，"华维诺娃同志，为了这个计划，我们苦心经营了差不多整整三年。为了能使你有这一刻的成功，我们花费了大量的时间和精力，还有一笔数目惊人的金钱。现在，久盼的这一刻终于到了，这就是我们原定在今晚的会面。"他细眯着眼，从无边眼镜后望着她，"你刚才说，你搞到了我们要的一切？"

"是的，一切。"

"是从总统本人那儿搞到的？"

"是的，第一手材料。"

"你相信他的话？他没怀疑你或故意哄骗你，使你上当？"

薇娜笑笑说："他没说假话。当时我们在床上，他那时兴致勃勃，他很感激我。"

他又盯住她看了一眼说："我想他说的是实话。"如果说先前他的话中还带有不太重视的口气，那现在则非常认真，"很好，我听着。告诉我，美国在最高级会议上准备采取什么策略，把你搞到的情报告诉我。"

"不行。"

他一愣，以为自己听错了话，忙说："你说什么？"

"不行，我不会把我搞到的情报告诉你。"

克里钦柯总理明显吃了一惊："你不会告诉我？"

"是，不会告诉你。"她很干脆地回答。

他困惑地望着她说："究竟是怎么回事？是我还是你疯了？我真的没听错你的话？你拒绝交出情报？"

"一点不错。"她鼓起勇气说，"我不会把自己的死亡通行证交给你们。"

他更不解地说："你到底在说些什么？什么死亡通行证？说明白点，别让我对你发火。"

薇娜再也忍不住，干脆抖出了她所知道的实情："我清楚你们要干什么。从一个可靠的消息来源，我什么都知道了。只要我一开口告诉你美国人的计划，我就等于没命了。一把他们的机密传递给你，我走出去就会被人干掉。因为我知道得太多了，而且就在今晚。"

他脸上露出惊讶之色。薇娜不禁想，我们两人中，他的演技可能更高超。但也可能他确实对克格勃暗中所制订的下毒手的计划一无所知。

"什么？"他惊叹道，"这简直是胡言乱语，荒唐至极。你从哪儿听来这些鬼话？"

"从白宫的一个工作人员那儿，他是听总统的一位助手说的。"

"白宫的工作人员？"他重复道，"你和他有什么来往？"

薇娜耸耸肩说："先生，我必须提醒你，我是美国的第一夫人。"

总理哼了一声说："当然，我倒差点忘了。"他那双冷峻的眼睛死死盯住她，"可你被你在白宫的那班新朋友们骗了。可能你在某些方面引起了他们的怀疑，于是，他们想阻止你把搞到的东西送交给我，就想出了这么个花招。当然，这套把戏怎能骗过你呢？你是我们中的一员，就凭这点，咱们也是目标一致，与他们势不两立的。别再为这些小事费口舌了，你把情况告诉我就可以了。你会因为你的爱国主义贡献，而受到你意想不到的奖赏。好了，你说吧。"

薇娜紧咬住自己的嘴唇，同他默然相对。过了好一会儿，她才说了一句："我不相信你。"

她看得出，他正竭力抑制住心中的火气。"华维诺娃同志，"他的语气变得十分温和，但这温和地吐出的每个字中，都带有深藏的威胁，"你太傲慢了。我也许要被迫来教会你怎么相信我。在你走出这房间前，我有的是办法叫你开口。"

薇娜毫不在乎地说："当然，你可随意摆布我，但这倒使我真的相信我听来的是真话了。你手下有的是残酷无情的打手，有的是血债累累的刽子手，但这一回，他们都帮不了你的忙了。你们可以拷打我，可以杀了我，但美国人的情报也将随我一同埋入坟墓。我反正是豁出去了。"

克里钦柯总理呆呆地坐在她的对面，久久凝视着面前这个女人。屋内的气氛寂静沉闷得使人感到压抑，只有那个钟在发出嘀嗒嘀嗒的声响。终于，僵局被打破了。总理的身子颓然往椅背上一倒。他摘下眼镜，先前那张冷峻严厉的脸上堆满了笑容地说："你赢了，同志。"他几乎是愉快地说道，"你是一个坚强的女人，而我素来对这样的女人表示敬重。不错，你说对了，彼得洛夫是打算在你同我会面后将你干掉。愚蠢哪，从一开始我就明白这是个荒谬的计划。我反对他们这么干，但彼得洛夫寸步不让，我只有让他占了上风。过后，我却把这件事全忘了。我承认这是一个粗心的错误，我会对它纠正，我要撤销对这计划的执行命令。我现在负责担保你的人身安全。"

他脸上露出快活的表情。

薇娜摇摇头说："你的话并不足以使我消除戒心，"她固执地说道，"我需要一项明确的保证。"

"那么你要怎样才满意？我怎样做才会使你感到安全？"他心不在焉地拿起支铅笔，在一本多切斯特饭店的便笺簿上乱画了几笔，"究竟如何？你有没有个主意？"

"眼下还没有。"

他将铅笔一扔说："有办法了，这也许会使你满意。一张到中立国去的签证。我们可以再给你整整容，让你永久定居于——比如说瑞典或瑞士吧，并在你任意选择的这个国家用你的名义存上一笔可观的款子。怎么样？"

"并无乐观的指望。"薇娜答道，"我的生命仍是岌岌可危。

彼得洛夫手下的那帮间谍仍可找到我。你们会担心我进行讹诈，因而你和彼得洛夫照样会追踪和杀死我，我需要一种更好的安排，能使我从根本上感到安全。"

两人都坐在桌前，寻思能找到一种彼此都能接受的解决办法。

至少两三分钟后，克里钦柯总理扭动着向她探过身躯，像是找到了新想法而感到兴奋。"我想到了一种可能，"他说道，"这有点危险，但切实可行，无论从哪方面说都可令你满意。"

"说吧。"她急切地想知道他的主意。

"你看，白宫里除了极少数几个人对你抱有怀疑外——而且这种怀疑你完全可以置之不理，因为无人能证实你不是真正的第一夫人——过去几周里，你成功地蒙住了他们每一个人，对不对？总统、他的助手、那班政客，还有布雷福德夫人的亲朋好友和新闻界，全都把你当作美国的第一夫人。"

"确实是这样。"

"很好。你是否愿意继续下去，终身做第一夫人？"

"终身做第一夫人？"她还没弄懂他话里的意思。

"一点不错，只要布雷福德还在白宫，还在他剩下的任期以及他的下届四年任期里，你就是白宫的女主人。总统下台后，就做个前第一夫人，无论到哪里都受到人们的尊敬，一生声名卓著。你愿意吗？"

薇娜从没真正想过这种可能性，也没好好享受过这些天里做第一夫人给她带来的快慰和乐趣。但是不是真的一点没想过？也不尽然。她确实也想过，翻来覆去地想过。过去的几个星期中，她常沉湎于继续将第一夫人这个角色扮演下去的幻想。有时，她会完全忘记自己是个间谍，是个苏联公民。她愿意置身于身边这个镶金镀银的美国，迷恋它的巨大财富，向往它的种种奢华和舒适自由的生活。而她自己，作为美国的第一夫人，处于有权有势的地位，受人尊崇，遍享荣耀和声誉，是世界上最引人注目的女性。甚至同总统——将来的前总统这段夫妻生活，也是愉快惬意的。相对来说，安德鲁·布雷福德对人并不苛求，易于相处，在某些方面还颇有男子的魅力。当然，她绝不会像爱亚历克斯那样去爱安德鲁。她不得不失去亚历克斯，但不付出某种牺牲就绝对得不到权力和地位。她的演员生涯，将会就此终结，但在真实的生活中，她将永远处在聚光灯、镜头和公众前。是的，过去几个星期里她确实暗暗幻想过它，特别是现在，她绝不再可能安居于苏联或世界别的任何一个角落，第一夫人的这段生活更使她觉得灿烂夺目、神往不已。她在这场阴谋中所成功扮演的角色，已使她成了对其主子的威胁。唯一可以保全自己的选择便是继续当第一夫人。总理是否在暗示他能将她的梦想变成现实？

"你说什么？"她小心翼翼地问道，"我怎么可能终身成为美国的第一夫人呢？"

他朝她凑得更近说，"成为唯一的第一夫人，华维诺娃同志。把另外那个第一夫人干掉，如果布雷福德夫人不再存在，你就将是世界上唯一的美国第一夫人了。这是对你人身安全最根本的保证，除此还有什么更可靠的担保？"

这个对把一位国际性的人物置于死地毫不在乎的建议使薇娜不寒而栗，它所包含的冷酷残忍使她一想便觉骇然惊心。

"我不喜欢起杀人的念头。"她说道。

"这个世界讲的是自我维护。用她的命换你的；再说，她早晚也会死于心脏病、中风、癌或别的什么致命的病。我们不过是加快这种自然进程罢了。对一个不知名的女演员来个突然而又毫无痛苦的终结，而让第一夫人仍然活在世上。怎么样？"

"我真不知该怎么回答。"

"你不是要求一种确切的担保吗？这就是确切的担保。你同意不同意？"

"我只同意它是个确切的担保。"

"一旦这事办妥，你就能把你搞到的情报告诉我，再不用担心你的安危了。"

"我想是这样。"

"那么就说定了。我们将悄悄地干掉布雷福德夫人。"

"什么时候？"

"马上动手，不出二十四小时。"他停了停又说，"她将被杀死埋掉，而你则把我们要的东西交出来。一言为定？"

薇娜身上一阵颤抖。她竭力控制住自己不去想那个活生生的、美丽端庄的比莉·布雷福德。眼下，她需要顾及的只有自身的生存，还有那个即将实现的梦想。

她点点头说："我同意，不过有一个条件。"

"哦？"

"我必须得到她确已死亡的证据。"

"你真难对付啊，华维诺娃同志。你当我是轻诺寡信？"

"我有充足的理由这么认为。我在拿我自己的生命下赌注。"

总理沉吟片刻，觉得这并非不可接受。"那好吧，"他沉思着说，"你会看到确切证据的。解决她之后，我会叫人拍下她尸体的照片，用飞机送到伦敦来，然后给你过目。这下该满意了吧？"

"可以这么说。"

"你明天就会看到照片。"

　　"还有件事……"她没想到那么快她就要永别故土，成为真正的第一夫人，从此生活在美国社会之中。异国他乡，早晚会觉孤单寂寞，因为在这块异邦土地上，她没有亲朋密友，她想起了亚历克斯。一点不假，为了自身安全，为了权势和荣华富贵，她曾做好了失去他的思想准备。但如果并不需要付出代价就获得他，重温旧梦，何乐而不为呢? 她完全可以既当上第一夫人而又获得亚历克斯。想到这里，她又有了同总理讨价还价的勇气。她说∶"你是说派人用飞机把照片送到这儿? "

　　"派信使乘专机送来。一旦你要见的东西送到，就立即通知你。"

　　"我想自己选定这个信使。"她说道。

　　"你想选谁? "

　　"克格勃的亚历克斯·拉辛。"

　　他双眉往上一耸说∶"拉辛，你的教练? "

　　"我的朋友。我信任他。我不想兜圈子，我要让他获准留居美国，这样我身边才有个推心置腹的人。"

　　"这会把你在美国的生活弄复杂的。"

　　"不会。"她毫不犹豫地回答，"一定得是拉辛。必须由他把证实比莉死亡的照片带给我。明天我见了照片，确信她已死了，而我成了唯一的第一夫人，我才会把你们所需要的情报交给你。我说话算数，但你得恪守诺言。"

　　"我说到做到。"总理站起来说，"最迟明天早上，比莉·布雷福德便不复存在了。"

十一

一个半小时以前，盖伊·帕克看到假冒第一夫人的薇娜带着护卫她的两名特工离开了饭店。另一名守候在总统房间外的特工告诉帕克，说她外出拜访朋友去了。帕克明白，那仅是她的幌子而已。既然她已知道了迫在眉睫的危险，那毫无疑问，她是溜到苏联代表团下榻的饭店，去见某个权势人物了。帕克不知道她到底能否甩掉特工，走进苏联人所在的饭店。还有，他想不出薇娜使出什么手段才迫使苏联人放弃置她于死地的打算。如今，她既然掌握了美国的机密，那她也就有了讨价还价的筹码。说不定苏联首脑会准许她再度整容，移居他国。但也可能，无论他们能否得到情报，她都难免有杀身之祸。

帕克一直在饭店的走廊和诺娜的办公室间来回踱步沉思，不时地瞥一眼电梯，留意着这位第一夫人到底能否安然而归。

就在帕克几乎认定薇娜已被干掉之时，电梯门突然开了，薇娜满面春风，扬扬得意地在两名特工的簇拥下，迈着轻盈的步子走向她的房间。

一见薇娜出来，帕克连忙从走廊闪进诺娜的办公室。正在接内线电话的诺娜放下手中的话筒，听他说道："薇娜回来了。"

"知道了。"诺娜答道，拿起铅笔和一本便笺，"她马上要见我，叫我记下她日程上的变动。"

帕克抓住诺娜的手臂说："这就是说……"

诺娜抽出手说：“我知道这意味着什么，但我还是得马上去见她。”

诺娜走向位于两个套房中间的会客厅。帕克追上一步说：“留心搞点线索。”

诺娜点点头，走进总统套房。

帕克将耳朵贴在门上。但薇娜和诺娜都离得太远，模模糊糊地听不清她们究竟在说些什么。他焦急不安地在套房中间诺娜的小屋和门厅间徘徊，思索着比莉的这个替身薇娜，到底会做何举动。他竭力想找出一种妙计将她诱入圈套。突然，他想起一个主意。他可以设法去她卧室，兴许可以找出点揭露她身份的东西来。但又一想，觉得屋里不大可能找到说明问题的东西了，在总统房间也同样不会找到。唯一可行的办法，就是她一离开饭店，便继续跟踪不舍。

当帕克再次踱到门厅时，套房门突然打开，诺娜慢慢走了出来。帕克对她这么快就出来感到奇怪。诺娜悄声道：“有人把我们的话打断了。弗雷德·威利斯，就是那个礼宾司的头头，一头闯进来说是有急事找第一夫人。”

“这倒有点怪了。”

“我也觉得……噢，盖伊，我先前没有把她的房门关死。你是不是能……”她迟疑地看了一眼帕克，“你……你要不要去偷听一下？”

帕克蹑手蹑脚地溜进门厅，见套房门口露有一道缝隙，于是便轻轻地躲到了门后。一个使帕克听来熟悉的男人声音透过门缝传进了他的耳内。突然间，这声音令他周身的血液都好像霍然凝固。它太令人熟悉了，模仿的美国腔中略带着一种使人听过不忘的咬舌音。可以肯定，隔壁起居室里确实是弗雷德·威利斯。一点不错，同样的腔调，同样的嗓音，帕克躲在莱德伯里时装店里听到的就是这个声音。难道威利斯在和莱德伯里以及苏联特务一起策划阴谋？这已不容置疑了，这是同一个人的声音。

这个发现使帕克大大吃惊。弗雷德·威利斯是苏联间谍？可能吗？白宫里常有人充当这种角色。苏联人在白宫总安插有他们的间谍，为什么不可能是威利斯？

帕克仍旧待在门口。他想尽力听清起居室里的谈话，但又很难做到。他看不见他们，但他揣测两人是在他背后餐室附近的什么地方。而且，两人谈话的声调都非同寻常，像是在商谈什么秘密。薇娜的声音不怎么听得清，而威利斯的声音却显得有些激动，音调也高得多，隐隐约约地飘过来传进帕克的耳里。

"找我就行，"威利斯在说，"……你会知道……就妥了。"

薇娜在答话，但听不清到底在说些什么。

又是威利斯，他的声调高起来，又马上飘然而逝。

"会发报过去的……过一个小时在老地方……你……今晚就会有回音。"

帕克轻轻将门掩上，转身便见诺娜正目不转睛地看着他。帕克拉着她的手肘到她的办公室里。

他俯在诺娜的耳边说道："弗雷德·威利斯是他们一伙的。"

"真不敢相信。怎么……"

"他是个间谍，诺娜。我敢肯定，威利斯正在向她传达什么指示。过一个小时，他们要发报，可能是往莫斯科，并且会把回报通知薇娜。我想去弄清他们究竟在捣什么鬼，我现在就去。"

"去哪儿？"

"莱德伯里时装店。我得在他们行动前赶到那儿。等着我，我会回来的。"他在门口停下步，又补充道，"但愿如此。"

帕克步履轻捷，走向莱德伯里时装店。

他心里明白，这是一次重大机会。也有可能，他原先在时装店里听见的那个人根本不是威利斯，而仅是某个说话声调像他的人而已。但确确实实，那个声音同刚才与第一夫人——薇娜的谈话声太相像了。他不能放弃这条线索。如果他的假设没错，那么很快就会有人到莱德伯里时装店来，在这个屋子里用暗藏的无线电台发报。

再次来这个苏联人的秘密联络点，可谓重入险关恶境，帕克简直是在碰运气。但事到如今也只得铤而走险了。他已抓住了他们的一些把柄，也许足以使他们受到严格的官方调查。但遗憾的是他投告无门，总统绝不会理睬他所说的这些奇谈怪事。只要总统不相信，那么白宫的其他人，还有中央情报局，都会把他的话当作是痴人说梦。因此所有这一切都只能掌握在帕克和诺娜的手中。只要他们拿得出具体的东西，提出一件确凿的证据，那么他们便能阻止薇娜把情报送交给克格勃或苏联总理的任何计划。

帕克来到了被路灯照亮的时装店门口。他扭头望了望拱形走道的两端。除了远处有一对青年男女正溜达着观看橱窗之外，整个道上已空无一人。他赶忙踏上台阶，从口袋里掏出那把配好的钥匙插入钥匙孔，扭动了门闩，门开了。刚一走进，头顶的门铃便叮当一响，他立即返身将门重新关严锁上。

陈列间亮着几盏灯，但光线十分幽暗。他本想绕过屋子，上楼去寻找可能藏着的无线电台，继而一想，又打消了这个念头，那太费时间了。而且，楼上难有匿身之处，他很容易被人发觉抓住。最好的办法还是到先前的那个衣橱躲藏起来。

帕克再次蹑手蹑脚地走进走廊。到了最远那个面对莱德伯里办公室的试衣间，他撩开门帘，跨入到屋里的沉沉黑暗之中。他伸着一只手，摸索着走向对面的墙壁，碰触到了墙壁和衣架。他伸手将衣服分开，从中钻进，然后靠在满挂衣架的睡袍后，稍稍舒了一口气。

如果发报确实是在"老地方"，而这个老地方就是莱德伯里时装店，那二十分钟后，他们就会开始动手。眼下，他实在是无计可施，唯有静静地等待。

他艰难地忍受着壁橱里的抑闷气息，将身体的重心从一只脚又移到另一只脚。时间像是一条蜗牛，缓缓蠕行。这种等待悠长得像是漫无止境。他的后背开始感到酸痛，对自己的主张也开始产生了怀疑。

也许他对威利斯的怀疑错了，说不定他现在进时装店是误入歧途，那样的话，他就应当立即离开这儿。但又能去哪里？事到如今，已别无他路。

他只得等待。

他开始感到自己先前的判断并不那么可靠，但又不肯相信自己是弄错了。正在他前后矛盾之际，店内的沉寂突然被门铃的响声打破，帕克连忙将背紧贴住墙壁。

他竖耳倾听，听到了由远而近的脚步声。走廊上的灯也随之开亮，光线从门帘透射进试衣间内。帕克从睡袍缝中悄悄窥探，看到了从门帘下移步走过的那双皮制便鞋，这无疑是莱德伯里了。

对面办公室的门被人推开，灯也亮了。但很快门被重新关上。

帕克顿觉沮丧，但又不敢轻举妄动，只能在壁橱中耐心等待。

门铃又响了，接着传来沉重的脚步声。来人的脚在帘下一闪而过。一共是两双鞋，显得有点土气。办公室的门刚一打开，又随即关上。真他妈该死。难道这就是今晚的结果？就这么远远地听人关门密谈？

就在这一瞬，外面响起了第三次门铃声。

一阵匆忙仓促的脚步声之后，帕克看到门帘下走过一双褐色羊皮鞋。办公室的门再打开，从里面射出了一道光亮。但庆幸的是这道光亮却没有再度消失。帕克的心怦然剧跳，莱德伯里没有再关上门了。

帕克屏住气息，等着办公室里的人开口打破沉默。

如果帕克没估计错，那个口齿不清的高音腔是威利斯的声音："莱德伯里……巴基洛夫……费丁。有关的人都来了。现在注意听着。这件事容不得半点马虎。我得到上面的命令，整个计划要改变。我们奉命立即行动。费丁，我们一谈完你就马上去打开电台。"

"没问题。"

"究竟是怎么回事？"这是莱德伯里，"什么改变？听说我们的夫人先前见过总理了。是不是真的？"

"她的确见过总理了，"威利斯回答，"我不知道任何细节，只是听说她已发现我们准备把她干掉。"

"真他妈的，这怎么可能？"莱德伯里想要寻根问底。

"不知道。但她确实对总理进行了讹诈。她要求对她的人身安全提供保障，否则就拒绝交出情报。"

"提供保障？"莱德伯里重复一句，"这无法……"

"她已得到了，"威利斯打断莱德伯里，"你们马上就会明白的。反正，总理亲自撤销了干掉薇娜的计划，不再碰她了。"

"我只是听说，"巴基洛夫低沉地嘟哝道，"但不知道进一步的情况。"

"我会告诉你的。"威利斯接过巴基洛夫的话，"你坐好，巴基洛夫。这个命令是给你手下人的。还有，费丁。"

费丁哼了一声，算是回答。

"费丁，你用最近的这套密码给莫斯科的彼得洛夫发报。"威利斯尽量把每一个字都说得准确无误，"第一夫人，即比莉·布雷福德夫人，须得在拂晓前除掉。"

帕克浑身为之一颤，他连忙抓住面前的几件睡袍，稳住身子。

"你说什么？"莱德伯里惊叫起来，"要干掉比莉？我不相信。你真的没听错？"

"一字不差，"威利斯肯定地答道，"我们这儿已经有了一位夫人。我们不需要第二个了。"

"哼，"莱德伯里恨恨地呼了一口气说，"这就是薇娜要的保障？"

"不错，"威利斯接着说，"真是绝妙至极。听说还是总理本人出的点子。……费丁，就是这件事。你最好把我的话记下来。"一阵沉默之后，又是威利斯的声音，"拂晓前除掉比莉·布雷福德。记下了？干掉她后，还得在尸体毁容前拍照，以证实她确实死了。亚历克斯·拉辛将受命把这些照片送来伦敦。已指定了一架专机将拉辛运到韦斯特里奇，就是你们的那个临时机场。新的第一夫人将会到机场检查这些照片。一旦她的目的达到——算了，那不是你们的事了。你们要按我的布置行动。都清楚了吗？"

"清楚了。"一个听来陌生的声音回答，帕克估计这是那个叫费丁的家伙。

他僵直地站在壁橱内，惊得浑身颤抖。即将处死真正的美国第一夫人所引起的恐怖感使帕克脑子嗡嗡作响。当他第一次听这帮家伙们说，他们用自己的间谍冒名顶替了美国的第一夫人时，他觉得那时他还能挺住，但现在则感到有生以来第一次漫彻骨髓的震颤。眼下，首要的问题是要承认这一切都是现实，而这个现实又是那么不可思议：苏联人绑架了第一夫人，派人取而代之，并且要将她置于死地。

今晚，结局就在今晚。

他纹丝不动地站在女睡裙后，想再听他们说些什么，但办公室已悄然无声。接着，屋里的灯也熄灭了。他瞥见一双双鞋从试衣间的门帘下接踵而过。

一个逐渐远去的声音——可能是巴基洛夫——说道："我们这就上楼去发报。你有今天的密码吗，米卡哈依？"

"在我的公文包里。"费丁回答。

"还有件事，"威利斯喊了一句，"弄清拉辛抵达韦斯特里奇机场的准确时间。"

"等会儿就告诉你。"这是费丁的声音。

接着，莱德伯里说道："你俩出去前先把灯关了。务必要锁好门，有钥匙吗？"

"我没有，"巴基洛夫回答，"但费丁有。"

"注意保持联系。"莱德伯里吩咐道。

在试衣间里，帕克听到了门铃的声响。他想那一定是莱德伯里和威利斯出去了。接着，他听见楼上传来两名苏联特务的脚步声。过了一会儿，便又一切都沉寂了。

虽然帕克急于脱身，但又不敢贸然举动，得再等五分钟，他暗想。黑暗中他无法看清腕上的手表，于是只得在心头用计数来测算时间。终于，他扭动身子，撩开壁橱里的裙袍，踮着脚，走进了走廊。经过楼梯时，帕克抬头朝上望了一眼，见楼上正亮着微暗的灯光。他不敢怠慢，径直走到门口，打开了门锁。他先将门开了一道缝，将一只脚站到橱窗边台上，支身用手捂住了一开门就会叮当作响的门铃，另一只手则将门拉开到刚够他出去的位置。然后，他小心翼翼地松开捂住门铃的手，轻轻跳到地上，侧身出了门外，接着又返身将门重新锁上。

屋外空气十分清新，而且带有一丝畅快的凉意，但这一切都引不起帕克的丝毫兴致。

这时，帕克才感到自己是那么惶恐不安，这既是因为即将发生的那幕惨景，也是因为他现在所处的势单力薄、孤立无援的窘境。

他急冲冲地奔向汽车，同时默想着下一步该如何行动。他急需援助之手，但又能向谁呼吁？他想起上次到总统跟前披露这场阴谋的遭遇，更感无人可倚。太不可能了。要想使白宫这班人相信他追踪听来的这一切全是真事，让他们立即采取与苏联相对抗的行动，并且揭露出苏联人的这桩阴谋以及指控他们杀害第一夫人的罪行，真比登天还难。即使存有这种可能，那也是遥远的将来了。而那时，比莉早已尸凉骨寒，一切都晚了。但如果他或诺娜认识莫斯科方面的某个人，大胆授予办法，而且又能彼此联络上……

没等回到饭店，帕克已想出了一个主意。虽然其成功的可能极为渺茫，但如果不失时机地谨慎行事，或许能获险胜。除此之外，别无良策可觅。主意一定，帕克把不利因素抛在一边，绞尽脑汁思考该如何着手来争取这个渺茫的成功。这还得先找到诺娜。帕克刹住疾驶的汽车，快步走进了饭店。

诺娜不在她自己的房间。帕克弄不清她现在是否和第一夫人待在一起。他又记起第一夫人今晚要外出参加一个宴会。他问守卫在走廊口的特工，布雷福德夫人是否参加宴会还没回来。特工告诉他，总统已取消了那个宴会，布雷福德夫人已独自在房间吃过饭，现在还待在房间里。帕克忙赶到诺娜的办公室，见她拿着杯饮料，正望眼欲穿地盼他回来。

一见帕克，诺娜如释重负。"真是谢天谢地，"她气喘吁吁地从椅子上站起说，"你终于平安回来了，我真不敢去想会出什么事。我还当你被拉长四肢钉在刑架上，受他们拷打逼供呢！"她迎上前，紧紧抱住他。"能见到你回来，我是太高兴了。现在我才尝到盼望人归来的滋味。"她停住口，有些惊骇地打量着帕克，"盖伊，你出什么事了？"

"我无所谓，"帕克语气有些粗鲁，他将她拉到桌后，将一把椅子放到她面前，"我要说的才是至关紧要的。听着，别打断我，我要说的句句都是实情。"

他低声向她讲述了先前在莱德伯里时装店里所听到的一切。没等他说完，诺娜已是脸色苍白，目瞪口呆了。

过了好一会儿，她才开口："他们要杀死她？这……这不可能。"

"千真万确。"

"盖伊，我知道你上次就不愿意，但这次你得再考虑后去向总统报告。"

"我考虑过了。这会有什么结果？他会说，'这就是你藏在一排衣服后面听到的话？凭这几句话你就想要我向苏联总理提出抗议？要我派兵打进苏联救回我的妻子——而此刻我的妻子就在我的身边。算了吧！我绝不相信你听来的这些胡说八道的鬼话。'"

诺娜神情黯然地点点头说："你是对的，帕克。别谈这个了。

找杨德尔大使怎么样？我是说他在莫斯科。他不会像对上次找他的那个美国女游客那样地敷衍了事。他可能会认真对待我们的话。”

"不，"帕克答道，"这不行。即使杨德尔信了我们的话，他也会先向总统核实。试想，如果我们让他参与此事，他会去哪儿？难道直接去找苏联人，叫他们放了第一夫人？苏联人会说，哪儿来的第一夫人？你是疯了不成？他自己又怎么可能找得到她？他能上哪儿？即使他有了某个线索，苏联人也会事先将她转移。"他摇摇头，"不行，诺娜，这些都不可能。但我们也并不就是山穷水尽了，有个办法或许能有点希望。这也会牵涉到杨德尔大使，但与他并无重大关联，不必对他明说在干什么事。"他停了停又说，"这就涉及这个问题了。莫斯科我们有熟人吗？"

"上次访问时我们结识了那么多人。"

"你能否记起一个来？那几天又是介绍，又是握手的，却没把名字给记住。但有个人，起码有那么一个，我记得清清楚楚。只是很难说能不能找到他，而找到他，也不知他肯不肯帮忙。他当时好像特别想从我这儿打听点什么消息。我们可以把他想要的东西给他，只要他肯给我们出力。他就是我们在莫斯科时，那个接近比莉最频繁的人。"

"是那个翻译？"诺娜立即反应道。

"就是他，诺娜。亚历克斯·拉辛。先前我说了，在时装店他们提起过他。他就是那个要把比莉尸体照片送来伦敦的信使。我在想他一定知道比莉的下落。他是苏联人的美国通。他多少与这桩阴谋有点牵连。问题是他究竟会站在哪一边？他知不知道比莉会被干掉？他知不知道他要送的照片的内容？我推想他是一无所知。如果确实如此，我们便可以赶在他们杀死比莉和他动身来伦敦前找到他。这是我们唯一的机会了。我们可以答应拉辛在美国的避难权，这可能是他一生中求之不得的吧。我看这事值得一试。"

"但怎么才能找到他？"

帕克拇指一跷，指了指总统办公室说："用总统直通莫斯科美国使馆的保密电话，直接找杨德尔大使。"

"用这个电话会有麻烦的，只有总统和第一夫人才有权⋯⋯"

"你是第一夫人的直接助手，"帕克打断她说，"就说她让你替她打的。你只负责接通杨德尔，其余的事由我来办。"

她凝视了他几秒钟说："好吧。马丁夫人可能还在这儿，我们得要她帮忙。"

诺娜起身走到隔壁办公室，帕克也跟了进去。

一头灰发的多洛丝·马丁正低头伏案，抄写着什么材料，手边放着一杯浓咖啡。

"马丁夫人，"诺娜喊道，"真走运，你还没走。"

"我得在这儿待到天亮呢！"她粗声粗气地答应道。

"布雷福德夫人要我们来找你，她要我替她给莫斯科的杨德尔大使打个电话。她说用这部保密电话。"

"她应当先对我说才对啊！"

"这得请你原谅了，她确实忙得脱不开身。她说叫我来替她打电话，你不会见怪的。"

"我看只得这样了。"她从桌前站起，咕哝着抱怨了一声才转过身，"我给你把电话锁打开。"

马丁夫人将两人引进那间总统在伦敦的临时办公室，桌上除了两部黑色电话机外，还有一部拨号盘上了锁的白色电话机。马丁夫人取出钥匙，打开并且取下了那个扣锁，随手用铅笔写下了一个号码说："用它来接通军用信号台。先说明你的身份,然后告诉接线员你要哪儿,找谁。打完电话叫我一声。"

说完,她转身走开,顺手关上了房门。

诺娜迫不及待地坐到总统办公桌前,拉过白色电话拨动了号码。电话里一个通信兵上尉接线员立即应答。诺娜说了自己的身份,叫他把电话接通莫斯科美国大使馆的奥蒂斯·杨德尔大使。然后她遵嘱挂上电话,等待接线员呼叫莫斯科。

诺娜抬头,见帕克正躬身在书桌的一张纸上写着什么。

"你准备对他怎么说,盖伊?"

"叫他给亚历克斯·拉辛传个话。"他答道,"马上你就会知道。可我拿不准这是否办得到。只有试着看了。"

电话铃响了。诺娜一把抓起听筒:"喂。"

帕克低头凑近诺娜,把耳朵贴在听筒上。他听见了杨德尔大使细弱的声音:"你好,诺娜。他们对我说是你打电话找我,我这条线是专接总统电话的。"

"他没能来打电话,比莉也走不开,马丁夫人碰巧又走了。他们要我替他们打电话给你。我想这事有点紧急。我吵醒你了吗?"

"啊,我睡得晚。什么事这么急?"

"他们想要你给莫斯科的一个人传几句话。他们把话的内容告诉盖伊·帕克了。"

"谁?"

"盖伊·帕克,总统演讲稿撰写班子的——他正在帮比莉写自传——不久前你见过他的,我们在……"

"哦,对了。我想起来了,是个年轻人。"

"我要把电话交给他了,他会把总统的话告诉你。"

"请稍等一下,我去拿支铅笔。"

诺娜将听筒递给帕克说：“他马上就回来接电话。”

帕克站在总统的桌前，拿起话筒贴紧耳朵，同时，他继续在他刚拟好的词句上做些修改。

“你好，帕克？”杨德尔大使回到了电话前。

“是我，先生。”

“你说吧。总统要我传什么话？”

“大使先生，你还记得第一夫人上个月在莫斯科的事吗？苏联方面给她派了个在美国出生的苏联译员，那个人叫亚历克斯·拉辛。”

“拉辛，拉辛？我记不起，”电话里出现了短暂的沉默，“哦，我想起来了。个子很高，一头梳向一边的黑发，说得一口漂亮的英语，他就坐在比莉身旁，那次……”

“就是这个人，”帕克说道，“你看你能查到他的详细情况吗？”

“我们的情报人员肯定有他的档案。我明天就叫他们查查。”

“不是明天，先生。这事今晚就得办，马上办。”

杨德尔沉默了，然后说：“有那么重要？”

“我相信总统和第一夫人都觉得这十分紧要。而我仅是传达他们的指示罢了。”

“那好吧。”杨德尔大使回答，“我叫情报人员立即就查找。找到后我们要他干什么？”

“给他传个话。”

“给拉辛传个话。好的。什么内容？”

帕克早已把传话内容写在了纸上。这些话既要含蓄，以免引起这位大使的疑心；但同时对拉辛来说，这些话又要明白清晰，一听即知。而且，如果拉辛知道藏匿比莉·布雷福德的地点，这些话又足以使他立刻采取行动，将她救出虎口。

"我开始念了，"帕克说道，"我读得慢一点，好让你把它们记下来。"

"你念吧。"

"告诉拉辛如下内容：第一夫人急需你的帮助。她对克格勃今晚将在莫斯科执行的死刑极为关切。这也意味着你的薇娜将永远保持现在的地位。第一夫人希望你能为她尽力，制止这一阴谋。作为你帮助她的回报，你可以获准留居美国。如有可能，请将结果通过美国驻莫斯科的使馆，转报伦敦克拉里奇饭店盖伊·帕克。签名：盖伊·帕克。"

"这简直叫人摸不清头脑。"电话中传出大使困惑的咕哝声。

"亚历克斯·拉辛会明白的。"

"这是暗语还是密码什么的？"

"有点儿。"

"好吧，管你用的是什么。我最好向你复述一遍。"

"请吧。"

杨德尔大使慢吞吞地又将帕克刚才所述内容逐字逐句念了一遍。

帕克发现这些话真是天衣无缝，"一字不差，大使先生。"他高兴地说道。

"等会儿一查清拉辛的住处，我就叫人送去。"

"不行。"帕克语气坚决，"总统要你本人亲自送去。"

"我？"杨德尔大使显然吃了一惊，"这是否有点过分？你能肯定总统要我亲自去？"

"总统强调说，他要你本人亲自把这些话送到拉辛手上。"

"这倒真不是件马马虎虎的事了。好吧，我想我会送到拉辛手上的。"他迟疑了一下，又道，"我得加倍小心，你知道的。"

"我理解，"帕克回答，"我还得再说一遍，总统要这些话立即传给拉辛，一分钟也不得延误。"

帕克听见大使叹息一声，"我尽力而为吧。"他嘟哝道。

虽然莫斯科已是后半夜，面朝捷尔任斯基广场的那幢旧式大楼里，许多房间依然灯火通明。这是克格勃的夜班人员正在通宵达旦地紧张工作。但有的灯光也并非只是为了值夜班，它们所照射的是那些不知疲倦、不分昼夜在克格勃工作的特工专家的办公室。亚历克斯·拉辛就是这种专家之一。

此刻，拉辛心情舒畅。他已处理完了最后一批文件。接下来，他可以回家轻松几个小时，喝上一两杯，读几页还没看完的小说，再美美地睡上一觉。

他两手抱在脑后，仰靠在他的转椅背上，淡绿色的墙壁使他紧张了一天的神经松弛下来。这几天，他对薇娜极度思念。现在好了，他们即将重新欢聚。他从同行们常有的传闻那儿听说，明天是伦敦高级会谈最关键的一天，克里钦柯总理将拿出极有分量的东西来回敬美国人。这显然意味着薇娜已成功地经受住了总统在床上的考验（这当然也是因为有他机敏的合作），获取了美国人的战略情报，交给了总理。同时，这也意味着薇娜成功地完成了所负使命，一两天内便会用比莉·布雷福德进行交换，凯旋莫斯科了。那时，他便卸去照管比莉的任务，并决定告诉薇娜，他要立即同她结婚，从此相亲相爱，生儿育女，白头偕老。

他觉得世界上再没有什么能引得起他的烦恼苦闷，虽然这几天比莉变得越来越郁闷沮丧，但这也破坏不了他的快慰心境。他理解她日渐加深的绝望，因为他深知其滋生的缘由。自从那晚后，他仍然每天去看望第一夫人。但他觉察出来，她一直在期待着它所引起的某种后果，即薇娜会依样行事。那样一来，至少会引起总统的疑心。这场精心筹划的计谋便会一败涂地。那时，比莉将会得到释放。她会智胜他和他们所有人。因此，每次拉辛前去看望，她都露出期待的神情。但见他并没有带去什么有希望的话，便又陷入了久久的沉默。几小时前，他看见她时，她好像绝望已极，不思饮食，只是一杯杯不停地喝酒。但今晚他对此并不感到负有歉意，因为再过一两天，她便会达到目的了。她会立即离开苏联，和她尚在伦敦的丈夫团聚，然后再回白宫当她的第一夫人。他很希望自己能用这个消息来安慰她，但又无权向她谈起。事实上，说马上就要释放她换回薇娜，也仅是小道流言，并非来自于上边的可靠消息。他只是觉得她的自由已近在眼前。

他起身收拾公文包，却被一阵电话铃声打断。他上前拿起了话筒。

电话里传来彼得洛夫将军那个男秘书的声音："彼得洛夫将军有急事，要马上见你。"

就是这事了，他心中自语，一定是为交换第一夫人和第二夫人的事。

他站到墙上的镜前，稍稍梳理了一下头发，然后走出办公室，下楼来到彼得洛夫的接待室。克格勃主席的秘书用手指示意他进里屋去。

刚跨进门，拉辛便见到彼得洛夫正在看一份长长的电文。一见拉辛走进，他立即将电文反扣在桌上，向拉辛指了指椅子。拉辛上前坐下，两眼注视着彼得洛夫，担心将从他口里说出的这件事不是他指望已久的交换事宜。

"拉辛，"彼得洛夫开口说道，"今晚恐怕你只得在飞机上过夜了。”

“飞机？我不明白，将军？”

“有件紧急任务交给你。今晚我需要一个信使把一件包裹送到伦敦。这件事由你来执行。”

“我怎么进得了英国？”

“你的目的地是伦敦郊外的韦斯特里奇机场。那儿暂时是苏联的土地，就像伦敦的苏联使馆被当作我们自己的领土一样。因此某种意义上可以说，你并没有去英国。除了英国的航空调度员和机场门口那两个讨厌的海关检查员之外，你遇到的都是苏联人，有一个自己人会到机场接你。包裹交出后你再上飞机，返回莫斯科。”

“就这么匆匆忙忙打个转？”

“是很匆忙。”

“但是将军，如果我可以——难道这事不能叫一个普通信使来办？”

“当然可以。不过克里钦柯总理指名要你。就这么回事。”

“明白了，将军。”

“你照下面的话去办。我已安排了一架秘密军用飞机送你去英国。只有你一个乘客。目前飞机停在乌拉科夫机场。三个小时后准时载你起飞。还有点时间，你先回家吃点东西，然后到这里等我。到时我会交给你一个加封的包裹，我的司机再把你直接送到机场。明白了吗？”

“明白了，将军。”拉辛知道，这类事最好别去问其究竟，“我在这儿等您。”

拉辛走出彼得洛夫的办公室。他对这次意外的行动大为不解，但又觉得还是不去想它为好，像往常一样，依令行事就行了。

他上楼回到办公室，整好公文包，顺手拿上他那件轻便雨衣，然后，下楼走向离福科索夫大道只有几分钟路程的公共停车场。

外面已有了一丝凉意。他边走边扣上雨衣纽扣。到了停车场，他找到他的黑色伏尔加牌轿车，躬身坐到方向盘前。他将公文包扔到旁边座位上，掏出车钥匙，发动了汽车。他先让引擎转了一阵。正在此时，他见到一个身体高大、衣着体面的男子匆匆向他走来。由于辨不清来人的面容，拉辛正要往后倒车，却见来人径直走到车旁，一声不吭便拉开车门。他把座位上的公文包推到一边，坐到了拉辛的身旁。

"是亚历克斯·拉辛吗？"来人用英语问。

拉辛看了来人一眼，立即认出了他，话语中掩藏不住满腹狐疑和惊讶："杨德尔大使。你来这儿？"

"我给你带来一个私人口信。"杨德尔开门见山说道，"咱们最好离开停车场，找个僻静的地方，免得惹麻烦。"

拉辛犹豫了片刻，觉得有些为难。但好奇心还是使得他依从了杨德尔的主张。他松开手刹，将车开出了停车场。

趁车在道口红灯前短短停留之际，拉辛侧目看了看这位体态魁伟、上了年纪的美国大使。

"给我的口信？"拉辛很是惊疑。

"不是件小事。口信的内容我并不懂，但我被告知说，你一看就会明白。"

绿灯亮了，拉辛将车开上十月二十五日大街。午夜时分，街上显得冷清空荡，见不到汽车和行人。为了找到一处能让杨德尔放心的地方，拉辛放慢车速，开上了一条岔道。

没行多远，又拐进一条几乎没有光亮的漆黑的碎石小道。路旁草木丛生，不远处高耸着几幢年久失修的住宅楼房。

拉辛将伏尔加轿车开上走道，停在临时围着建筑工地的一道层板前。他踏下刹车，关闭了引擎，然后朝大使半转过脸。

"谁的口信？"拉辛问道。

"同总统班子一起在伦敦的随行人员，叫盖伊·帕克。你肯定是见过他的，当……"

"我记得，"拉辛插话道，"他当时正在给第一夫人写演讲稿。听说还在替她写自传。他找我干什么？"

"我也不清楚，"杨德尔大使回答，"他用总统的保密电话，叫我把他的话记下来交给你。"杨德尔的手从大衣下面伸进去，在他的上衣的里层口袋里摸出了一张纸条。"他只要我把纸条亲手交给你，说事关紧要，不得延误。就是这个。"他把纸条递给拉辛。"下面纸上有我的电话号码，你随时可同我联系。"杨德尔将车门把往上一提，推开车门说："我得和你在这儿分手了。我走回停车场去开我的车。祝你走运，拉辛先生。"他跳下车，随即消失在黑暗之中。

已足足过了十分钟，拉辛的车仍停在这条岔道上，他一动不动地坐在方向盘前，神情呆若木鸡。

他已把盖伊·帕克给他的纸条读了三遍。初次看时，他还感到迷惑不解，再仔细一读，一股寒气顿然升起。等读过第三遍，拉辛不禁心潮起伏，额头上青筋直跳。

一连串震惊的事接踵朝他猛袭过来。他像是挨了当头一棒，大脑受到了剧烈的重创。

许久，他才从麻木恍惚的状态中摆脱出来，继而胸中燃起了一股强烈的怒火。最后，这股怒火又变成了与自己生死攸关的忧虑焦急。他好不容易才渐渐清醒过来，开始前前后后地思考这件事的头绪。

他已完全读懂了帕克的纸条，弄清了那些隐晦词句中所包含的确切含义。它揭示出了比莉·布雷福德今晚将遭杀害的可怖阴谋。纸条上使他悚然的是薇娜的名字。薇娜将从此不再回苏联，永久留做美国的第一夫人了。最后，帕克向他提出，如果他营救出比莉，那他可去美国获得避难权。

第二次读过之后，短短几行字里所隐匿的可怕含义已深印在他的脑海中。首先是这个恐怖消息，美国的第一夫人今晚将遭残害。过去在他们的整个计划中，从没有涉及过干掉她的事，也从没有考虑过使用暴力的问题。为什么现在非得采取这种非人道的行动？如果这是克里钦柯总理授命的，那他不是发了疯便是个十足的冷血动物。要是杀害得逞，以后又泄露给了西方，那它肯定会导致苏美两国断绝外交关系，并且，很可能还会导致一场自毁性的核战争爆发。由于一个女人的毫无意义的死亡，导致成百万生灵涂炭，美国人对此的狂怒程度是难以估量的。苏联在世界上的形象将变为嗜血滥杀的野蛮人。为什么要冒这个险？真不敢想象啊！难道这是要为薇娜扫清障碍，以使她能平安地再当五年①第一夫人，使克格勃在白宫，在美国的上流社会中，永久打入这么一个高级间谍？还是这次谋杀别有动机，出于他尚不得而知的某种无奈或紧迫？对了，很可能有一个更直接、非同寻常的动机，这才使得总理充当了屠夫的角色，谋杀这位在美国最为杰出、备受爱戴的女人。

使他同样感到惊奇，并且百思不得其解的是，这些美国人——起码有那么一个，职位并非显赫的盖伊·帕克，他怎么会这么确切地发现，真正的第一夫人被囚禁于莫斯科，而

---

① 美国总统的一届任期为四年。此时离布雷福德的第一任期满还有一年，由于他极有希望连任，所以此处说是五年。——译者注

成功地进行了冒名顶替的是个叫薇娜的苏联人呢? 而他又怎么会了解到这件事会涉及他拉辛? 现在, 他已知道世界上有了两个第一夫人, 真正的第一夫人将要被杀掉。他是怎么发现的? 当然, 这一点也许并不重要了。但为何帕克不立即将这桩阴谋公之于世, 直接去找美国总统, 找五角大楼或中央情报局, 使得苏联在世界上丢人现眼, 丑行毕露呢? 但事实上, 直至今夜, 好像无人知晓这桩阴谋, 因为最高级会谈平平稳稳地接近尾声, 并没有风浪乍起, 闹出过大的惊慌。

帕克纸条上有关他的那段话, 使他的灵魂受到巨大冲击, 从而使他将生活调转了方向:"这也意味着你的薇娜将永远保持现在的地位。"帕克不可能知道他拉辛和薇娜私下里的关系啊! 但它确实动摇了拉辛对未来的希冀。帕克所说的这个结论一点没错。如果今晚秘密杀死了比莉·布雷福德, 薇娜仍然是薇娜, 但是美国和世界会把这个薇娜当作第一夫人。她将在伦敦的高级会谈后返回美国, 同总统一起, 在白宫度过这一届所剩下的任期和下届任期的整整四年, 然后她将作为布雷福德的妻子终了一生。而他拉辛,则永远再见不到她的倩影。

失去薇娜是对他的莫大打击。拉辛真不敢再往下想。

他充分意识到:薇娜和他自己的命运已同比莉·布雷福德的生死紧紧连在一起了。如果比莉死了, 那他同薇娜的关系也就从此完结。而如果比莉活下去, 他对薇娜的爱和他们的未来便将是一片光明。那时, 薇娜将恢复她的本来面目, 两人可以双双移居美国。帕克纸条上已许诺过了这种回报——这就清除了他得以永久定居美国的障碍。

那时, 他们便会有了幸福美满的未来。拉辛不禁对此思绪万千。只要他制止了这次谋杀, 将比莉营救出来带回伦敦——事前由帕克做出安排, 让他和薇娜立即到一家诊所整容，然后再到美国。那时，他们便能心心相印，朝夕相处，共享天伦之乐了。而比莉也就能免遭于难，重享她第一夫人的荣华富贵。

这能做到吗？

同样就在这个莫斯科，陀思妥耶夫斯基曾面临行刑队黑洞洞的枪口，在临刑前最后一分钟遇到改刑最终得救①。难道美国的第一夫人在遭谋杀前，不能因他最后一分钟的介入而死里逃生吗？

他再一次自问，这能办到吗？

他自问自答，为什么不能办到？

当然，即便有这种可能，希望仍然十分渺茫。得靠机会，靠环境创造出可能的条件。首先，死刑执行命令是秘密下达的，他的上司不会觉察他已得知了这个消息；其次，离莫斯科二十八公里的机场正有一架飞机在静静等待，将载他飞往伦敦送递包裹。能不能将比莉·布雷福德当作包裹？

有好一阵他都在苦思冥想，彼得洛夫为什么不把杀死比莉，让薇娜继续留做第一夫人的计划告诉他？也许这是因为彼得洛夫已知道了他和薇娜间的隐情私恋。或许是刽子手们想让杀人这件事知晓的范围越小越好。

拉辛竭力把思绪集中到下一步该如何行动的问题上。如果死刑还没有执行，那不用一会儿，彼得洛夫将会赶去克里姆林宫，他和他那些训练有素的帮凶将强迫比莉离开房间，在轿车中绑上她的手，堵上她的嘴。他们将把她带到郊外一处僻静的树林，从背后向她头部开枪，将她击毙。她将被毁容，

---

① 陀思妥耶夫斯基——苏联 19 世纪著名作家。1849 年，他因朗读具有反农奴制思想的别林斯基致果戈里的信及筹备秘密印刷而被判死刑。在即将行刑时，沙皇官员突然改判死刑为四年苦役、六年充军。——译者注

从此再不会被人认出，然后，被埋葬于毫无标记的荒野。人们再不会记起她，因为第一夫人正在伦敦陪伴总统，而后将是在华盛顿，在美国度过一生。

显然，第一步是要抢在彼得洛夫之前，赶到克里姆林宫找到比莉。

可是不行，他又告诉自己，这样做太仓促、太轻率了。她的失踪会遭人发现，没等赶到机场，他们便会双双被擒。到克里姆林宫找比莉应当是第二步，他首先应当赶回家里做些必要的准备，只有那时，他才敢于从克里姆林宫救出比莉，逃离虎口。他们可以马上赶去机场，那里有正等着他和他的包裹的飞机，登机前还应当给杨德尔大使去个电话，然后立即上机直飞伦敦。两小时后，薇娜便能与他团聚了。

这也许能成功，也许。

计划起来容易，而一旦行动起来则是险象丛生，危机四伏。只要走错一步，第一夫人仍然逃不脱死亡的命运。而他拉辛也必死无疑。

他摆脱思绪，目光落在放在膝盖的帕克那张纸条上。他伸手从纸条上撕下大使的电话号码，装进上衣口袋，然后捏着纸条打开了车门。他掏出打火机啪地点燃，注视着它腾起的火苗，然后点燃了纸条。纸条立即燃成了红色，直到已烧着了他的手，才被扔到地上，变成一小撮灰烬。

他用脚踏散灰烬，上车发动了引擎。

时间已容不得他再犹豫了。分分秒秒都必须用于行动。

他看清了他所面临的敌手。

他的敌手便是时间。

十二

拉辛驾车驶离莫斯科的金钟路，十二分钟后便到了家。他一边将伏尔加轿车开进与四间屋子相邻的小院，一边想着这一切真像是一场幻梦，今天竟是他最后一次回家了。这幢涂成柔和的绿色，窗口正亮着灯的老式木屋，是政府赠送给他父亲的礼物，后来，他又从父亲那里继承了这幢乡间宅邸式的房屋。就是在这幢屋里，拉辛被父亲一手哺育成人，生活舒适地步入了中年。现在，这幢房里还住着他的鲁托夫叔叔。他已年近七旬，因患关节炎而变得形容消瘦，弯腰驼背。

车一停，拉辛便下来赶到车后，打开车尾的行李门，掀开一看，它的空间足以使它实行自己的计划。

他大步走向屋子，刚踏上门前窄窄的台阶，门便开了。鲁托夫叔叔像往常一样正等着他归来。

拉辛从老人身旁走进屋子，说道："我马上要去趟伦敦。您帮我看看过去家里的那口旧箱子是否还在，就是爸爸从美国带回来的那口皮箱。"

"我记得在贮藏室里。"

"把它空出后拿来。如果您拿不动，叫我一声，把上面的灰尘也扫扫。另外，家里有没有手摇钻？要没有，找把凿子和榔头也行。把它们一起拿来。"

老人点点头，一瘸一拐地走向贮藏室。

拉辛走进他自己的卧室。他抬头望了一眼座钟，脱掉了外衣。在屋里翻找一阵后，他找出了他的那件有两个深筒口袋的毛里黑皮夹克衫（一个口袋里仍装有一小瓶伏特加酒）穿在身上。然后走近衣橱，猛地拉开第一个抽屉。他的手伸到几件短裤和袜子里摸索一阵，碰到了一个子弹盒，接着，又摸到了那支用惯了的 PM 手枪。他将两样东西取出来，把子弹放到床上，仔细地检查这支九毫米口径的马卡罗夫式手枪。他熟练地将枪机拆开，发现它完好无损。于是他将枪又重新装好，并往弹匣里压上了八发子弹。他又像记起了什么，重又到第一个抽屉翻了翻，没有。在第二个抽屉中，他取出一支造价昂贵的消音器，迅速旋在手枪筒上。接着，他关上手枪的保险，将它放进夹克衫的第二个口袋。

接下来，他从床上那件短上衣中掏出他旧损了的皮夹，翻开一找，见他的克格勃证件还在里面。于是，他合上皮夹，将它揣进裤子的后口袋。他又记起还得带上彼得洛夫给他的外交护照，还有——还有险些被忘了的杨德尔大使留下的电话号码。他将两样东西都找出来，贴身藏好。考虑到从此不再回来，他四处看了看，想着还忘了什么东西。对了，他记得什么地方放有一张已磨损退色的母亲的相片和他父亲生前的最后一张相片，但时间来不及了。为了救比莉，他只得舍弃将它们带在身边的欲念。

正要离开卧室，他又记起一件事情。他打开壁橱，从最上层架上取下一床叠好的褐色毛毯，捧着它走到起居室，见鲁托夫叔叔正打扫完那个有五英尺来长、黄铜包边的黑皮箱。拉辛将毛毯扔到箱子旁边，跪下身打开箱锁，拉开箱盖看了看里面。箱子很大，但要装下他略显狭小了些。不过，比莉比起他要矮小苗条得多，他估计这个箱子完全可以把她装下。她得蜷曲着身子，会觉得难受，但在箱子里待的时间也不会太长，至少他希望不会太长。

拉辛站起来抖开毛毯，像铺衬垫般地将它展铺在箱内。然后，他将箱子锁上，侧放在地上。

"找到手摇钻了吗？"他问鲁托夫叔叔。

"没有。但我找到了一把凿子和榔头。"

"那也行。"

他从老人手里接过凿子和榔头，一手将凿子抵着箱盖，一手用榔头敲击凿子，想在箱子上打些小洞。但皮箱盖又厚又硬，一榔头下去只钻了一个凿尖印子。拉辛又使劲敲了两下、三下、四下，直到第五下，凿子才穿过箱盖，打出一个V形凹口来。接着，他又将凿子移到箱边上，使劲举起了榔头。直到打穿了六七个小洞，拉辛才兴奋地停手。任何人被关在箱子里都会因缺氧感到窒息，这些小洞可以救比莉。

拉辛将凿子装进衣袋，只把榔头递还给了鲁托夫叔叔。他掏出身上的皮夹，抽出好几张卢布放到箱子上。接着，他走进起居室，在桌上找了一张纸和一支钢笔，匆匆写下了日期和几段话，声明将他所有的财产和物品统统留给叔叔鲁托夫，并在上面郑重其事地签上了自己的姓名亚历克斯·拉辛。他将这张纸和箱上那些卢布抓在一起，硬塞到老人的手中。

"留给您了，叔叔。"他恳切地说道，"要是我出了什么事，所有的东西都留给您了。"

"不，不会的。"鲁托夫叔叔惊吓地推辞道，"快别这么做，什么事也不会发生的。"

"别推辞了，来帮帮我吧。"拉辛语气坚决地说道，抓起了箱子上的皮带扣，"我们一起把箱子搬到汽车的行李厢里，一秒钟也不能耽误了。"

晚间这个时候，克里姆林宫的停车场足有三分之二的地方没有停车，这使得拉辛很方便地将自己的车停在了一个既容易进出而又不引人注目的地方。穿过克里姆林宫的路上。虽然碰上的都是些熟识的警卫，但他还是公事公办地出示了他的克格勃证件。

到了关着比莉·布雷福德的套房前，拉辛停下来同门口熟悉的警卫聊了几句："你好啊，鲍里斯？"

"还好，拉辛同志。"

"你儿子好些了吗？"

"烧退下去了，再过一个星期又会到处乱跑了。"

"真是不错呀。"接着，他又漫不经心地问了一句，"今晚有人来看过咱们的客人吗？"

"一个人也没来过。"

拉辛顿时松了一口大气。他一直担心着彼得洛夫会抢在他之前赶来这里。那样一来，第一夫人便会惨死在那班人的手里，而他自己的计划和希望则会统统落空。他尽力装出同平日一样的神态，没事般地摸出钥匙，开门走进去。

他本来以为比莉这时一定睡了，那他还得赶快叫醒她一起离开。但进屋一看，她身上随便地穿着件睡衣，正兴味索然地在咖啡桌前玩着单人纸牌。她抬头看见拉辛进屋关上门，感到有点吃惊。

拉辛赶忙将食指放到嘴上，示意她不要声张。他几步走到正低声播放着交响乐的收音机前，霍然将音量开大，使屋子里轰响着音乐声，然后才走近她。

比莉注视着他说："这么晚你还来这儿，恐怕不合情理吧？"

"我有急事得告诉你。"他低声急语地说道。

她放下纸牌说："什么消息？"她按捺不住急欲知晓的心情。

"是有消息了，比莉。不过，并不是你一直盼望的消息。"

"快对我说吧。"她端详着他的脸。

"我会讲的，不过你别慌张，我来就是为了帮你，千万记住。"

"好的。"她答应一声，像是在给自己鼓气，"你是否要说，他们还不会把我送回去？"

"还要坏，坏得多。他们要干掉你！"

"什么？"她好像没听清拉辛的话，"干……"

"他们要干掉你！"拉辛重复道。

她终于听清了，脸上露出震惊的神色："天哪，不，不会。"

"这不会实现了，"他立即宽慰她，"但那确实是他们的计划，他们想杀死你。"

"杀死我，真的杀死我？"她难以置信地重复道。

"就在今晚，"他说道，"他们想要他们的第二夫人永远留下来当第一夫人。"

"但那绝不可能。"

"他们认为是可能的。"

"我去找他们，要他们明白……"她急忙抗辩道。

"不行，这没用。一旦他们决定加害于你，那可是在劫难逃。现在只有一个办法了，我帮你立即逃走。今晚我将作为信使去一趟伦敦。我有个办法，我打算冒冒险，把你一起带走。不能再耽搁了。"

他本想她会立即依他的话而行，从椅子上跳起来直奔卧室穿上衣服。但相反，她木然地凝视着他，脸上显出痛苦的表情。她慢慢恢复了镇静，又从桌上拿起纸牌。

拉辛见她变得无动于衷，大惑不解地说："比莉，你没听清我的话？"

她两眼盯在纸牌上，语气淡然而又固执，"我听清了。但我不相信你的话。"

"你不信我的话？比莉……"

她朝拉辛摇摇头说："不信。你上次也说要帮我逃走，却骗了我。你利用了我，我绝不会让它重演了。我知道你是克格勃的特务，这你也要否认吗？别玩花招了，我见过你的身份证。"

拉辛惊愕地站在她面前，一时竟是目瞪口呆。

"你们都是些口是心非的人，"比莉毫不留情地指责道，"你也是其中之一。我不知道这一次你又要搞什么鬼。也许你想杀了我，也许是你的头头想让你毫不费力地把我从这儿弄出去，不管你们玩什么鬼把戏，我都不会再上当了。你是在撒谎，我不会轻信你的，我不想……"

拉辛在她面前跪下一条腿，使劲抓住她的双臂，痛得她赶忙缩回。"比莉，你听着。你说的一点不错，我是个克格勃特务，我曾利用过你，那完全是依命而行，我当了帮凶。但这次不同了，我说的全是真话。你想，我为什么还要利用你？我有什么理由还得这么干？"

比莉似有所动。四目相碰，拉辛眼光中强烈的期待和真切使她有所犹豫。"那……那怎么能使我相信你说的是真话呢？"她仍有疑问。

"比莉，如果我还站在他们一边，就不敢对你说刚才那些话了。他们计划今晚处死你。我还能怎样利用你？还有什么比你命丧黄泉更糟？我要是骗了你，又能指望得到什么呢？"

"就算你说的是真话，那你为什么要自寻烦恼来帮助我，拿你的前程和生命来冒险呢？"

"我自有原因，"拉辛站起身说，"现在无暇细说了。我再重复一句，我们得赶紧离开，不然一切都完了。"

她站到地上："真是这样? 他们真的要杀死我? "

"我起誓，他们马上就要这么干。"

她神情紧张忙乱地说："你……你要帮我逃走? "

"我只能来冒冒险。彼得洛夫将军要来这儿将你带走。我没打听到他来这儿的确切时间，也许还要再过一会儿，也许马上就到。我们得马上走。我的车停在外面。现在你照我的话行事。"

"那好吧。"

"马上去卧室穿衣服。"她立即转身，边走向卧室边听他说道，"把那件貂皮大衣穿上。"

她停在卧室门口说："貂皮大衣? 你怎么会知……"

"我了解你的一切情况。你忘了吗? 穿上你的貂皮大衣，还有你的棕色衣服、罩衫，你的褐色蜥蜴皮鞋。一定得穿上那件米色貂皮大衣，等会儿带你经过外面的警卫可能不会有大麻烦。但我想最好走另一条路线，走厨房通向贮藏室的那个活板门……"拉辛说。

"他们已把它封死了。"

"知道。不过我能打开，赶快。"

在比莉奔进卧室的同时，拉辛走向了厨房。他踢开盖在地板门上的草席，跪下身子，发现门已给八颗大钉钉死。他的手伸入皮夹克的口袋，摸出了那把凿子，用它使劲撬松铁钉。但钉子已陷得很深，要撬松它并非易事。五分钟后，他撬出了两根铁钉，撬的速度也越发加快了。

但仍有一件事使拉辛担心。他们的逃跑成功与否，完全取决于彼得洛夫将军到达这间屋子的时间。如果他俩刚离开他就赶到，见比莉已失踪，那他一定会疑心拉辛，而在机场将两人双双逮捕。即使飞机上了天，彼得洛夫仍可以用无线电命令飞行员返航。但真正使拉辛忧心忡忡的倒还不是飞机返航，而是可能会在机场等待着他们的被捕。因为即使飞行员听到彼得洛夫的命令，想要调转航向，他仍可用手枪顶住飞行员的脑袋，强迫他继续向前飞行。现在的问题是要赶在彼得洛夫发现他们已逃跑之前离开地面。

拉辛用力拔出了最后一颗钉，用两个食指紧抠住门两端，用力摇松，然后将它取出地板，放到一边，看到了通往黑黝黝的贮藏室的台阶。

比莉该穿好衣服了吧。拉辛正要起身叫她，忽然从屋内音乐声的短短间隙中，听到了另一种清晰的声响。他立即意识到那是一把钥匙正咔嗒地插入前门锁孔的声音。只那么一瞬，声响又消失了，他不禁怦然心跳。

拉辛蹲伏着侧耳细听。门嘎地开了，接着又砰的一声关上。

从他蹲伏的角度看不到来人，但他感觉得到有什么人进了起居室。他轻轻地站起，悄悄后退到电冰箱背后。从这里，他可以看得到大半个起居室和卧室门。

几乎是在拉辛退到电冰箱后的同时，一个体态臃肿的人进入了他的视线。彼得洛夫将军正穿过厨房走向卧室，刚要到门口，却撞见身穿貂皮大衣的比莉正从卧室里出来。她也听见了门上传出的声响，意识到一定是彼得洛夫或他的手下人来抓她了，没想到一出来正面对着满脸杀气的彼得洛夫。虽然她想竭力保持镇定，但仍然掩不住自己的惊慌和恐惧。

收音机震耳欲聋的音乐声重又响起，使彼得洛夫不由得一惊，停下了脚步。"晚上好，布雷福德夫人。"他大声打着招呼，同时满腹狐疑地将她从头到脚打量一番，问道，"你打算出去呀？上剧院还是去看芭蕾舞？"

"不，不，"她顿时语塞，结结巴巴地回答，"我闲得无聊，不过是穿上衣服看看。"

彼得洛夫沉默了片刻，像是在捕捉她话中的破绽。但马上他做出十分愉快的模样说道："真太巧了，我也是刚刚才想起来看看你，邀你出去一趟。"

比莉像是要拖延时间。说："邀我出去? 去哪儿? "

"啊，去一个使你感到惊奇的地方，你会知道的。你闷在这里太久了。跟我来吧。"

"我……我不想出去，我打算睡觉了。"

"有的是睡觉的时间，我建议你还是跟我走吧。"

"真的，我不想出去了，将军。如果你不介意……"

"我介意，"他换成了严厉的口气，"事实上，你必须跟我走。"

"嗯，如果我必须……"

"马上走。"他命令道。

她脚下迟疑不定地说："我的钱包，我去把钱包带上。"

"你用不着什么钱包了。"彼得洛夫用不容人违抗的语气粗暴地说道，"跟我走，别让我来强迫你。"

比莉只得挪动脚步，走进起居室。她避开彼得洛夫的眼光，从他身边缓缓经过，走向前门。彼得洛夫转过身，跟在她身后几步远的地方。

躲在厨房的拉辛将这一切全看在眼里。彼得洛夫来得比他原来估计的要快。他脑海里迅速掠过种种可能，但只有一个答案，彼得洛夫正在把第一夫人引向死亡。必须不惜一切来制止他。但用什么办法? 拉辛的右手伸入了夹克衫的口袋。必须先缴下彼得洛夫身上的枪，然后逼他到下面的贮藏室，堵上口捆起来。这样，等彼得洛夫手下的人找到他，他们也许已安全出逃了。

彼得洛夫和比莉已快要走出拉辛的视线。拉辛的手抓住了马卡罗夫手枪的枪把，他悄无声息地把枪从口袋里抽出来，按下保险栓，高举着猛然冲进起居室。

"彼得洛夫！"他猛地喊了一声。

克格勃头子骤然止步。他回过头，脸上禁不住惊恐失色，睁大着两眼看着拉辛。

拉辛连眼皮也没眨一下，命令道："过来！"

彼得洛夫用投降的姿势缓缓举起双手，顺从地朝拉辛走来。突然，他的一只手闪电般迅速插入藏在肩腋下的枪套。等拉辛急忙对他瞄准时，彼得洛夫的枪已抽了出来。

拉辛的枪先响了。消音器里发出了一声闷哑的响声。彼得洛夫喘吁一声，枪飞落在地，两手捂住了腹部。他弯曲着身子，踉跄着朝前晃了一步，跪在地上。他本能地伸出一只手想稳住身子，但终于还是倒伏在地。

比莉和拉辛紧张地看着眼前这个俯伏的躯体，注视着他的抽搐的全程。但他已毫无动静，鲜血浸湿了他身下的地毯。

拉辛从一种催眠般的恍惚中清醒过来，用握枪的手招呼比莉跟他进厨房。比莉也像刚清醒，急匆匆地走过失去知觉的彼得洛夫身边，让拉辛领着来到地板门口。

"现在我相信你了，"她在拉辛耳旁小声道，"我们能出去吗？"

"不知道，但得试试。现在只有这样了。"

除了一次短暂的耽搁外，他们一直是畅通无阻地走出了克里姆林宫。一走出贮藏室，拉辛便叫比莉把她貂皮大衣的领子翻起来，遮住她脸的下半部。然后，他挽起她的手，不慌不忙地走向路对面那幢四层的黄色行政楼。他若无其事地向途中巡逻的几位相识的警卫招招手，警卫们一见是熟人，也都向他招手致意。

到了停车场，拉辛带着比莉走向停在一溜官方黑色大轿车中显得有些土气的他的伏尔加汽车。他先打开车门，让比莉坐到客座上，然后才绕过来坐到方向盘前。车倒出之后，直开向了斯巴斯基大门。

一个拉辛不认识的警卫拦住了去路。他先透过车窗往车内瞅了一眼，然后朝拉辛说了一声："你的证件？"

拉辛掏出皮夹，递上他的克格勃证件。

警卫眯起眼看着证件，又抬头看了看拉辛的脸，他觉得不会有什么错了，又用他的步枪指着比莉问道："这位夫人的证件？"

"她是一件犯罪案的证人，"拉辛朝警卫回答，"彼得洛夫将军要她到卢布扬卡参加审讯。"

"谢谢你，先生。"警卫检查完毕说，"你们可以走了。"

汽车开出大门，将克里姆林宫抛在身后。拉辛一语双关地说道："还得再走一步——长长的一步。"

比莉不太明白他话里的含义。见她脸上的迷惑神情，拉辛解释道："抢在他们之前赶到机场。早晚总会有人觉察彼得洛夫不见的事，他们会找到他的。那时他们便会盘问鲍里斯，就是你的那个警卫。他们会了解到是我进了房间，并且发现我们已从地板门逃走。他们会想方设法在机场截住我们。但那已不太可能了。"

比莉浑身哆嗦地说："到了机场我怎么办？"

"不要紧的，待会儿你就知道了。一切由我来对付。"

在黑沉沉的夜晚载着这么一个极易被人认出的客人穿过莫斯科，不禁使拉辛感到一阵阵的紧张和担心。当汽车飞驰过加加林广场，继续沿列宁大道奔驰时，他还能看见不远处的帕特里斯·卢蒙巴友谊大学和斯帕特里克饭店透出的模模糊糊的灯光，及黑影幢幢的诸如皮鞋大厦、纺织品大厦和莫斯科商场等商业建筑群。他明白不用多久就要出城了。

一开过维兰德斯基大道，便看见了两旁伸展的乡村田野。但他心中的恐惧并没有因出了城而消失。他一言不发地弯身坐在方向盘前，而比莉则蜷缩着靠在她座位的角落。再往前，过了列宁大道，上了名为基夫查西的四车道水泥路面的高速公路。他紧张留意着每一辆迎面开来或从旁超过的轿车、军用摩托车和公共汽车，小心警惕着从岔道上射来的每一束汽车灯光。

借着车灯的光亮，他看了一眼路旁的里程碑，发现距机场只有四公里了，之前一直紧踏在油门上的脚这才松了松。车慢下来，缓缓驶向了高速公路的边道。远处是一片茂密的森林，拉辛边减缓车速边寻找路旁的岔道。突然，他将车拐出大道，开向一条泥面小路，又经过一座小斜坡来到了一个十字路口。他驱车而过又猛转方向盘，将车拐向一条直通向黑沉沉林区的宽阔的马车道。沿着两旁的白桦和云杉树，他又弯弯曲曲地开了约有一百米，终于将车停在一个小空地上。

拉辛关灭车的前灯，转向比莉，而她则充满恐惧和疑虑地呆坐着，一动也不动。

"得走最后一步了。"他朝她说道，"你要准备受半个小时，也许一个小时的苦。你可能会被弄得鼻青脸肿，头晕眼花，而且还得担惊受怕。不过如果这一步顺利，你总还会是活着的。但愿这一招能够奏效。"

"什么奏效？"

他打开身旁的车门说："在汽车的尾厢有个皮旅行箱，你爬进去，让我把你锁上。你得蜷曲着藏在箱子里，而且还不能出一点声响。箱子里有一条毛毯，另外，你还有貂皮大衣，不至于被颠得乱动。我已在箱子上打了几个小孔，免得你呼吸不到空气。你看能对付过去吧？"

"那么多的罪我都受过了，你还说这个？"

"那就好。赶快吧。"

两人分别从伏尔加车门的两边下来走到车后。他打开后厢，掀起厢盖，现出了那个旧皮箱。他心中暗想，但愿箱子能把她装下。他边想边解开箱上的皮扣，揭开皮箱盖。

"你看能挤得进吗？"他朝比莉问道。

她面露迟疑地说："如果我不穿貂皮大衣可能会容易些。"

他摇摇头说："不行，你不能没有这件皮大衣的遮护。先看看能否把你装下。"他伸出一只手，"先抓住我的手，踩着保险杆，我再帮你躺进去。"

她抓住拉辛的手踏上后厢，然后，一只手抓住皮箱边沿，另一只手将大衣和裙子撩过膝盖，战战兢兢地将双腿放进箱子，然后低身跪下。

"这就对了。"他满意地说道，"现在侧过身去，让膝盖靠着下巴。对，就这样。还有一点，就看你了。"他俯身将貂皮大衣理好，裹围住她的身体，"感觉怎样？"

"真难受。不过总比躺在棺材里强。要待多久啊？"

"半小时，最多一小时。一上了天就会让你出来。要挺住，比莉。好了吗？我们走吧。"

他轻轻地放下皮箱盖，锁上铜扣，关好了皮箱。

一关上后厢盖，拉辛立即回到驾驶座上。虽然他心里十分紧张，但仍小心翼翼地调转车头，决心不让他后厢里的"货物"受到颠簸和损伤。终于，伏尔加轿车摇摇晃晃地顺马车道原路返回，又开上了那条泥面小路。

几分钟后，车已拐上了高速公路，直奔向机场。

拉辛的脑子里只翻腾着一个念头：在机场等待着他们的是彼得洛夫的贴身警卫还是冷酷残忍的行刑队？

汽车平安地到了机场。谢天谢地，并没有杀气腾腾的人在等候他们。拉辛长长地舒了一口气。

不久前拉辛才到过这个机场，但现在走近一看，竟一时弄不清方向。出现在面前的航空大楼已从原来的一幢变为了两幢。右边那幢奶油色拉毛水泥面的较小的楼，一望就知已使用了多年，它的前面是八级台阶和一个游廊。离这幢楼约十到十五英尺，是一幢拔地新起、楼层高耸、更为气派堂皇的大楼，外部设计成玻璃幕帘式，配有三排铝框反光镜。楼顶上竖立着一个足有五英尺高的泛光灯字牌：乌拉科夫。

观望审度后，拉辛判断他要去的不会是这幢新楼。

他将车开向旧楼，没有理会路面上标有停车场的标记，径直开向宽阔的边道，在道上一块嵌在水泥柱上，写有"不准停车"字样的金属牌前的路沿上将车刹住。拉辛四下环顾，发现旁边的这幢旧楼在深夜显得冷落沉寂，但整个乌拉科夫机场仍然熙熙攘攘，一片繁忙。拉辛走下车，想找到两个值夜班的搬运工，将皮箱抬进机场。

正在这时，一个人从旧楼的前门突然出现，急匆匆地直奔他而来。拉辛一眼便看见来人是一个身穿克格勃制服的军官，心上突然一惊。但再一看，这个军官并没有拿着武器，这才暗暗松了一口气，等他走近。

来人站到拉辛面前说："对不起，您是亚历克斯·拉辛吗？"

"是的。"

"我是克格勃的米西洛克上尉，奉命在这儿等您。我的任务是在各方面进行协助，送您起飞。但首先请出示您的证件和护照。"

拉辛将两样东西递上。

米西洛克上尉看过证件，点点头说："好了，已为你准备了一架宽敞的安东洛夫－12型运输机。除了机组，机上只有你一个人，机组有驾驶员、副驾驶员、领航员、一名工程师及一名无线电报务员，他们都隔在前舱。命令上说，你们相互不得接触。飞机正待令起飞，立即送你去伦敦的韦斯特里奇机场。"他又上下打量着拉辛，"上边告诉我说，你随身带有一个包裹。"

拉辛双手一摊，笑道："哦，在我汽车的后厢里。准确点说，不能把它称做包裹，而是一口旅行箱，我想是带给伦敦的克里钦柯总理的吧。"

"旅行箱？嗯，不错，我看有些人真会把它称作包裹的。"

"我去打开车的后厢。不过得找两个搬运工把它搬上飞机。"

"我马上去找人来搬。"上尉转身大步走进了机场。

拉辛走到车后打开了后厢，比莉藏身的皮箱出现在面前，他不知她目前如何，他很想同她说两句话，但又不敢冒险。

他抬头观察被灯光照亮的四周，没有发现危险的迹象。此时，他心中唯一希望的是接下来的一切也能使他们顺利逃脱险关。

他焦急地盼望着米西洛克上尉能立即找来搬运工。结果如愿以偿，上尉重又出现在机场时，身后紧随着两个穿灰色斜纹布衣服、年纪较大的搬运工。

三个人走到了车旁。"就是这件东西。"拉辛指着皮箱说，"搬运要小心，千万小心。箱子两边各有一根皮扣带。"

搬运工将旅行箱挪到了身边，一人抓住一根皮扣带，哼哟一声将它从车上抬起。

"务必要把箱子放到客舱里。"拉辛朝上尉说，"我奉令一刻也不能离开它。"

上尉点点头，然后大声对搬运工喊道："把它搬上那架安东洛夫地–12型运输机的客舱里。"

目送搬运工走远，拉辛这才关上了汽车后厢盖，将钥匙递给米西洛克上尉说："你能否帮我把车开到停车场去？大约过八个小时我就回来。"

"我会在这里等你的。"上尉说道，"上飞机吧，不必检查护照了。"

两人走进了机场。突然拉辛一把抓住上尉的胳膊。"差点忘了，"他十分急迫地说道，"起飞前我先得报告。哪儿有电话？"

"好，跟我来。"

上尉将拉辛引到近旁的一个小办公室。他打开门，拧亮电灯，然后将拉辛让进屋里。"桌上有电话。我去看看搬运工是否已把你的包裹安全搬上飞机了。我在出口处等你，带你上飞机。"

等上尉走出办公室，拉辛伸手从夹克衫里掏出了杨德尔大使给他的那张写有美国驻莫斯科的大使馆电话号码的纸条。他站在桌前伸手拿起话筒，拨通了美国大使馆的电话。

使馆夜班电话员立即回话。拉辛要她将电话接通杨德尔大使，他有急事相告："告诉他这事和一个叫盖伊·帕克的先生有关。"

过了约十五秒钟，电话里传来了大使困倦的声音："我是大使。你是亚历克斯·拉辛？"

"是的。我有消息转告第一夫人或她的秘书。"

"你说吧，我已准备了笔和纸。"

"消息如下："拉辛缓慢地口述，"我已带上包裹直飞伦敦。预计拂晓可以抵达。请到韦斯特里奇机场接我。来时务必穿上貂皮大衣。因停留时间有限，请直接登机会晤。届时我再做下一步安排。签名：亚历克斯·拉辛。"他略略停顿，"消息完。清楚了吗，大使先生？"

"我弄不懂。不过第一夫人也许会明白。"

"如果不介意，请将我的话复述一遍。"

大使将拉辛的话逐句重复。

"一字不差。"拉辛满意地说道，"您现在就向布雷福德夫人转达吗？"

"我立即转达。"

"谢谢您，大使先生。我必须离开了。"

挂上电话，拉辛这才感到自己已是热汗涔涔。他掏出手帕擦了擦额头和上唇，然后放回手帕，关灯走出办公室，走进仅有微灯幽影、空旷无人的大厅。举目一望，签证处和行李检查台那边的出口处，米西洛克上尉正在向他招手。

拉辛疾步奔向上尉。这时，米西洛克已将出口处的门拉开。"一切均已就绪，先生。"

"谢谢。"

两人走出大楼。一出门，拉辛顿感一股寒气袭来。上尉忙向前跨了几大步，拉辛紧跟不舍，一前一后走向高耸在他们面前的巨型军用涡轮喷气飞机。它正发出沉闷的轰鸣声，喷出的气流将地上的灰尘和碎屑纷纷扬到空中。

上尉开始登上机旁的活动扶梯。拉辛匆匆往后望了一眼，也上了阶梯。到了机舱门口，上尉停住脚往里一指说："这是您的皮箱，"他提高嗓门以压住飞机的尖啸声，"已放下了一排座位，您请坐好。"说完他伸出手，"一路顺风。明早再见。"

"盼望再见到你。"拉辛边说边同上尉握手，"再次感谢你的帮忙。"

拉辛走进客舱，回头望时，见上尉倚在舱门口，头伸进舱内，接着便返身走下了扶梯。这时，从机舱走出一个机务员，他瞧也没瞧机上这个孤独的乘客，只是径直走来关上了刚才拉辛进舱的舱门，将它闩牢，然后又一语不发地回到了机舱。

拉辛打量着客舱。这架安东洛夫飞机的内舱里，仅在靠舱壁才有长长的座凳——这显然是为了运载伞兵——和一溜四座相连的座位。那个旅行箱就放在离座位几英尺远的地方。

拉辛精疲力竭地呼了一口气，倚靠在最后一排座上，两眼凝视着那个皮箱。就在这个皮箱里，竟然躺着美利坚合众国的第一夫人，简直不可思议。

同样不可思议的是到现在居然诸事顺利。他又想起了那班想杀害比莉的人。彼得洛夫将军究竟是死是活？如果他还没死，是否已被人发现！

如果彼得洛夫还活着，而且被人救起，那他和比莉仍处于险境之中。他拍了拍口袋，还好，手枪还在里面。

他支起身看了一眼窗外，飞机正在跑道上滑动，即将飞上夜空。

破晓的第一线曙光已隐约映出了克里姆林宫的轮廓。宫内那辆克格勃主席深蓝色流线型的吉尔轿车，自昨晚开来后，一直停在路边，未曾移动分寸。

轿车里的四个人还在焦急地等待。靠在驾驶座上的是司机康斯坦丁，他的身边是摄影师苏霍洛夫。在宽敞的后座厢里，有三个舒适的扶手座椅，其中的两个座位上坐着彼得洛夫将

339

军最为信任的警卫,上尉伊里亚·麦尔斯基和上尉安德烈·道杰尔。

长时间的等待后,麦尔斯基阴沉畸形的脸上露出了不耐烦的神情。他坐卧不安地窥视窗外。"天眼看就要亮了,"他抱怨道,"我可不喜欢在大白天里干。现在已误了时间了。"

"不是说好趁黑把这事了结吗?"

"白天黑夜又有什么两样?"道杰尔反驳了一声。

但对麦尔斯基确有不同。计划就是计划,如人们都不按计划行事,那这个世界和世上的人不全乱了套?要是不遵守计划,事情可能出乱子,会半途而废,按计划行事是彼得洛夫将军最为人称道的品性之一。他一切都有计划和按计划行事,因此总是事事必成。

麦尔斯基感到他上司今晚的拖延多少有点令人费解。

为了驱逐等待所生的厌烦,麦尔斯基至少已是第十次在回顾检查这次已被拖延的行动计划。他们全被指派了确切的任务,事前,也只有他和道杰尔知道这次行动的内容。司机康斯坦丁的任务是,一旦彼得洛夫带上了他们所等的那个人,他便将车开往五公里外伊茨表洛夫公园旁边的那片密林,在那片原始松林中有一个古老的墓地,抵达后他继续留在车内。摄影师苏霍洛夫在受命带上摄影机去森林之前也得同他在一起。彼得洛夫带上的那个女人必须失去知觉。所以,她一上车,道杰尔就将用一块浸了乙醚的破布捂住她的脸,然后将她掀倒在汽车地板上。车停后,麦尔斯基和道杰尔一起将她拖向林中的墓地,那里早已挖好了一个墓穴。这时,麦尔斯基便用枪射击她的心脏,再离开,等摄影师苏霍洛夫拍摄她已失去生命的脸部和她身上的枪眼。苏霍洛夫拍完照离去后,道杰尔再用硫酸浇她的脸进行毁容,使她永远不会被辨明身份。

尸体将被踢入墓穴，由麦尔斯基和道杰尔两人用锹铲盖上泥土，再在墓堆上铺上一层草皮。一切干完后，他们立即返回克格勃总部复命。洗印出的照片将上交给彼得洛夫，再由他转交给亚历克斯·拉辛。

这就是整个计划，但现在却卡了壳，没能得以执行。

麦尔斯基点燃一支烟，噗的一声狠狠地将打火机吹灭。他低头看看自己的表。"已等了三个多小时了。"他说道，又抬头看着窗外，"天已亮了。我敢说他不会耽搁这么久的。"他摁灭香烟，"我得去看看到底是怎么回事。"

"不知道。"道杰尔吐了一口气说，"给我们的命令是在车里等候。你要是进去，说不定会撞上他……"

麦尔斯基打开了车门说："我还是得去碰一碰。"说着，他下了车。

麦尔斯基步履匆匆，不到十分钟就到了关押布雷福德夫人的套房，见门口仍站着值夜班的警卫。

"你好吗，鲍里斯？"麦尔斯基招呼道。

"还好，上尉。"

"现在谁在屋里？"

"哦，当然是第一夫人啰。再就是拉辛。"

"拉辛？"

"他进去快四个小时了。后来彼得洛夫将军也来了，现在将军也在里面。"

"没有谁离开过？"麦尔斯基顿时变得紧张，"他们都还在屋里？"

"是的，都在。"

"那我只得打扰彼得洛夫将军了。能让我进去吗？"

鲍里斯掏出钥匙打开房门。

一推开门，麦尔斯基便见到彼得洛夫将军肥胖的身子——没错，是彼得洛夫——正俯伏在地上。这大大出乎麦尔斯基的意料，他平时稳如铁石般的镇定变成了抑制不住的惊慌。

但他立即恢复过来，吼叫声压过了震人耳鼓的音乐："鲍里斯！"

麦尔斯基几步冲进起居室，单腿跪倒在他上司的身边。警卫鲍里斯也冲进了屋内。

麦尔斯基小心翼翼地翻转过将军的身体，见到了他身上浸染的鲜血和可怖的枪伤。"他中弹了，"他重把彼得洛夫的身子放到地上，伸手去摸他腕上的脉搏，发现它还在微弱地跳动。麦尔斯基抬头看着鲍里斯说："他还活着，赶快去叫辆救护车！拉响警报！"

警卫忙转身冲出房间。

这时，麦尔斯基的震惊稍稍减轻。站起身，从枪套里抽出手枪，开始仔细搜查房间。屋里应当还有两个人啊，怎么不见了？

麦尔斯基急急地奔向卧室，小心进去。但卧室仍是空空的，寂静无声。他又奔入浴室，发现浴室和淋浴间也是杳无人影。他退进厨房，仍是空无一人。他们的被囚者、第一夫人已经同拉辛一起逃之夭夭了。麦尔斯基心里豁然明白了所发生的变故。但这两个人是怎么从这戒备森严的地方脱身逃走的？

刹那间，他记起了那个地板门和上次第一夫人逃跑的事。他重回到厨房，地板门好像还在原处，但他马上就发现钉在上面的铁钉已被拔掉了。他猛力拉出地板门放到一边，从口袋里摸出一支微型手电，探下身将手电光射入洞口。但光亮所照之处仅是一个空空的贮藏室。

麦尔斯基起身收起手电。现在，他已能肯定第一夫人和拉辛已从这个地板门逃出了克里姆林宫。他真不明白，他边弹着身上的灰尘边在想，为什么像拉辛这样深得宠信的老牌克格勃人员会干出这种事来？他是否被中央情报局收买了？难道他是个一直在拿美国人佣金的双重间谍？还是他在探知马上要处死第一夫人的密令后，用救出她来获取某种补偿？但无论哪种情况，拉辛他怎么能带着美国的第一夫人逃出莫斯科，逃出苏联？他们的行动肯定会遭到重重阻碍，最后以双双被擒而告终。

麦尔斯基转身走进起居室，见彼得洛夫倒下的身子已被由一名医生、两名护士和两名抬担架的助手所组成的医疗小组团团围住。他停住脚步，看着他们将彼得洛夫抬出了屋子。那医生在门口大声说道：“一到克里姆林宫诊所，我们就能断定他到底有无危险了。”

麦尔斯基刚走出房间，便迎面撞上了莫斯科警察局派来的刑警和几名共事的克格勃军官。他简要地向他们讲述了他在屋里的发现和自己的推断后，匆匆奔向了吉尔轿车。途中，他停下来看了看那辆有红“卜”字符号的白色救护车，见它顶上红灯闪烁，正以最快车速开向彼罗维茨基大门。

一进轿车，麦尔斯基便命令司机康斯坦丁以最快速度将车开到仅几分钟路程的克里姆林宫门诊大楼。“救护车刚开过列宁图书馆，追上去！”他又补了一句。车开动后，麦尔斯基才向感到奇怪的道杰尔和苏霍洛夫讲述发生的事情。不一会儿，车到了红色花岗岩建造的五层门诊大楼前，麦尔斯基用结论性的口气说道：“只有彼得洛夫自己才说得出事情的原委——如果他还活着的话。”他推开车门，对道杰尔招呼一声：“下来吧，去看看到底是怎么回事。”

外科手术室对面是个房间不大，但使人感到气闷的候诊室。接下来的这段时间里，麦尔斯基一反常态，变得坐立不安。他不停地在屋里来回走动，香烟一支接一支。而道杰尔则坐在椅子上，翻动着一本杂志。两人都缄默无声。足足一个多小时后，才见脸上仍戴着白色口罩的主治医生从手术室里出来。

"除了先前未曾料到的几种并发症外，情况还不太糟。彼得洛夫将军不会有危险了。"医生对焦急不安的麦尔斯基和道杰尔说道，"我知道你们需要了解情况。但两三天内你们别指望能从将军那里得到点什么，他还不会完全清醒。不过，每天你们都可以得到他身体的情况报告。"

走出医院，麦尔斯基已清楚下一步该如何行动了。他必须命令司机立即将他们送到克格勃总部的彼得洛夫办公室里。

从莫斯科到伦敦大约要飞行三个半小时。现在，这架安东洛夫型飞机已飞临北海，再用不了一小时便可抵达目的地了。

飞机一离开跑道，拉辛便打开了皮箱，比莉·布雷福德蜷曲成一团待在箱里。她双眼紧闭，脸上现出痛苦的神情。看来她像是已失去了部分知觉，拉辛两手插到她的腋下，慢慢将她扶起，抱出皮箱，搀着她站在座椅前。但刚刚站定，她便两膝一弯，倒在拉辛的怀中。于是，拉辛只得将她扶住，放在座椅上。

拉辛静静地守候在她身边，而她则昏迷不醒，说不出一个字来。

足足半小时后，她才半睁开眼睛。

"您没事吧？"他焦急不安地问道。

"我……我不知道。"

"伤着哪儿？"

"浑身不好受。"

"要我给您按摩一下吗？"

她微微点了点头。

他拉着她的手，轻轻按摩她的肩头和两肋，然后又轻轻揉动她的腿部和双脚。还没等他按摩完，她已歪倒睡着了。

他坐在旁边的座位上，点燃了一支烟，回想起过去几小时里紧张的冒险经历，并揣度着即将面临的遭遇。想着想着，他也昏昏欲睡。

等他猛然清醒过来，发现飞机已飞离莫斯科两个小时，比莉早已苏醒，两眼直直地凝视着前方。

"感觉怎样？"他急不可待地问。

"好多了。我们在哪儿？"

"离伦敦大约只有个把小时了。"

"还有危险吗？"她仍不放心。

"我想不会了。"

"上帝保佑。"她扭过头贴着他的面颊，"太感谢你了。这一切真亏了你！"

"也幸亏我给您找了那么多麻烦！"拉辛回了一句。

"也幸亏你使我从麻烦中摆脱出来。"她补充道，"真是一场历险。哎，你为什么要救我？"

"说来话长，比莉。飞机着陆前我会把这事原原本本都告诉您。不过我觉得我们先来点什么上劲的喝一口。"

"我也想给自己打打气。"

他从衣袋里掏出一小瓶伏特加，旋开瓶盖递给比莉。她接过来喝了一口，呛得连连咳嗽，从座位上站起来。但她还是又喝了一口才把酒瓶递还给拉辛。"真够劲，"她说道，"我现在是真正醒了。"

拉辛猛喝两口，盖上瓶盖将酒收起。

比莉两眼盯住拉辛说："现在可以告诉我了吧？"她脸上露出急切的神情。

"告诉您什么？"

"为什么我们会在这飞机上？你刚才说它是一言难尽。"

他笑笑说："那我就长话短说。不错，我认为您应当知道所有的细节，因为我们正面临一种很尴尬的局面，并且仍具有潜在的危险。发生的一些事您已知道了。我只是来补充那些您还蒙在鼓里的细节。"

拉辛从彼得洛夫将军偶然在基辅发现当地一个女演员薇娜·华维诺娃的事讲起，谈到彼得洛夫对薇娜同当年美国两名总统候选人之一的妻子的长相几乎一模一样十分感兴趣。而后来，那位候选人的妻子成了美国的第一夫人。于是，彼得洛夫便着手实施他的"第二夫人"计划了。起初彼得洛夫脑子里对这计划要达到何种目的并无具体打算，只是朦胧地感到要是将我们所训练的第一夫人送进白宫，对苏联将有重大的情报价值。因此，彼得洛夫花了差不多整整三年和大量的卢布，致力于将薇娜·华维诺娃训练成比莉·布雷福德的替身。

"从一开始我就参与了这个计划。"拉辛讲，"之所以要我插手，如您所知，是因为我对美国有一定研究，而且能说一口流利的英语。我的任务是使薇娜·华维诺娃从语言到生活方式都美国化，但在此期间，我俩深深相爱了。我憎恨将她送到华盛顿去替代您，但又不得不按上司的旨意行事。顶替行动开始后，我一直盼望她能顺利地完成任务，不引起别人的怀疑。这倒不仅仅是出于保护她的目的，而主要是想使她能平安回到我的身边。"

拉辛接着讲，在薇娜出现在总统身边之后，克格勃给他的任务是负责软禁比莉的一切活动。正如比莉所知道的，他所进行的每项活动——从第一次帮助比莉逃走，到阻止克格勃人员对她实行惩罚——全都是彼得洛夫的命令。后来，他们所遭遇的最大障碍，是薇娜急于了解和总统同房的情况。

"我奉命弄清这方面的细节。"拉辛继续说，"当时我想利用您，而您也想利用我。那天完事后，我发现您是在把我引向歧途，于是我大胆地照您的表现，向薇娜发出了完全相反的指示。后来证明我的推断没错。"

"我那时就怕你想到这一层。"比莉满脸惊讶地说。

"那是我的职责。"拉辛接着说，"但现在我把这种职责抛到一边，我不再对他们唯命是从。后来不知怎么回事，在伦敦苏美最高级会谈期间，协助您写书的那位作家，那个叫盖伊·帕克的年轻人，发现了您还在莫斯科并且当晚就要被处死的秘密。他通过你们在莫斯科的大使向我转达了这一消息。帕克估计我会设法制止这个阴谋。他算想对了。我不会对此听之任之。一想到他们要杀害您，猛然间，那些我一贯盲从的人，在我眼里全成了恶魔，我决定冒险行动。这出于我的两种动机：首先是自私的，如果您遇难了，那么薇娜将终身成为总统的伴侣，而我则永远失去了她；其次是出于人道，事实上，我开始真正喜欢您了，并在某些方面把你当作薇娜的化身。杀死您未免太为残忍，我绝不能让自己的双手沾上您的鲜血。救出您，我也许能恢复自己做人的良知，同时也救出了自己所爱的女人。就是这些，比莉，我全讲出来了。"

比莉一直全神贯注地听着他的讲述。她对拉辛的看法从愤怒又转为好感，带着宽慰的心情理解了他所经历的这种变

347

化，感激他能冒死将她救出虎口。沉默一阵后，她开口说："为了救我，你朝彼得洛夫将军开了枪。今后你怎么办呢？"

"今后怎么办？那全在于您了，比莉。"

"我？我能为你做什么呢？你要什么？"

"我要我和薇娜的生命不会受到侵害。"拉辛直截了当地说道，"我已安排好了，等一会儿薇娜会到机场来接我们。见到您她一定会惊慌失措，甚至可能被吓坏的。不过我能想法使她镇定下来。你们俩马上就交换位置，为了不使这种交换引人注意，我特地叫她穿上和您现在一样的衣服。然后，就马上将我们藏起来，把我们带出机场对您是费不了吹灰之力的事。没有人会阻拦第一夫人和她的随从。您必须立刻给我找个藏身之处。"

"伦敦西区有个地方。有套公寓只住有一个鳏夫和他的一个儿子。"

"给我们搞到两张美国护照。您开始已经答应过我了，但还得给薇娜弄一张，用假名。"

"这没什么问题。"

"在英国给我们找个冷僻点的诊所和一个整容医生，立刻安排给我们整容。薇娜再不能像您了，也不能像她过去的相貌，而我从此也再不能被人认出是亚历克斯·拉辛，这可以使我们免遭克格勃的追杀。"

"这可以马上办到。"

"一旦我们获准在美国定居，请帮我找一份诸如新闻记者或教师之类的工作，并帮助薇娜重返舞台。"

"我想这可以做到。"

"最后一件事情，"拉辛严肃地看着比莉说，"无论在公开场合还是私下里，都绝不能提起您所遭遇到的事情。一定要守口如瓶，因为要是您丈夫或美国政府其他人知道您曾被劫持和被苏联间谍冒名顶替，那美国和苏联，"他朝她做了个绝望的表情，"两国的友谊与和平都会毁于一旦，两国的关系也将成为一场可怕的噩梦。"

比莉完全明白拉辛揭示的这种危险前景，她答道："我尽量克制自己，报复的欲望确实强得难以抑制，但我会保持清醒的头脑。不会的，亚历克斯，别担心我会报复。我答应你，绝不说出一个字来。"

拉辛微露笑意说："这样我也得到回报了。"说完，他探身望着窗外。"天快亮了。"他靠在座背上，双眉紧锁，"不知道莫斯科现在是何种情景了。"

在克里姆林宫隔街相望的克格勃总部里，麦尔斯基气汹汹地站在彼得洛夫将军的办公桌后，面前摊放着一堆彼得洛夫昨晚的备忘录、笔记和从伦敦发来的密码电报。麦尔斯基的对面是道杰尔上尉和另外三个了解"第二夫人"计划的克格勃军官。

麦尔斯基再次查过彼得洛夫将军的这些文件和材料。过去所发生的事情渐渐趋于明了。虽然并不是所有的事都能理出头绪，但起码其中的大部分情况已掌握，足以使他们明白事情的真相了。

最为重大的问题是在总理下达干掉布雷福德夫人的密令后，也是在拉辛受领了将一个包裹（装有第一夫人尸体的照片）送去伦敦的任务后，拉辛通过某种渠道得知了对第一夫人执行死刑的消息。不知出于何种原因，他将比莉·布雷福德救出了克里姆林宫，并通过指定用来送他和包裹的飞机，将第一夫人带往了伦敦。

问题断定后，麦尔斯基抓起电话，接通了乌拉科夫机场的米西洛克上尉。米西洛克告诉他，载着拉辛的那架安东洛夫运输机已飞往伦敦三个多小时了。

"这个拉辛，他身边带没带一个女人？"麦尔斯基连忙问。

"没有，他是单身一人，只带着他的包裹，那是口大旅行皮箱。"

"啊，皮箱，大旅行皮箱。"

麦尔斯基立刻意识到将要发生的事情的可怕后果。克格勃的第一夫人，薇娜·华维诺娃现在平安地在伦敦，但用不了几小时，真正的第一夫人，比莉·布雷福德也会出现在这个雾都名城。真假第一夫人赫然相见，将使得克格勃苦心经营了三年的这个宏大计划功亏一篑。事情还不止于此，接下来对于苏联的揭露和它所引起的后果，都会令人触目惊心，不堪设想。

麦尔斯基绝望地摇摇头，看看面前的几位同事说："大家都知道发生的事了。现在的问题是我们能对此采取什么行动？"他两眼盯住道杰尔，"你确实能肯定那架飞机不能再返回了？"

道杰尔两个拇指往下一指说："不可能了。飞机上的油料不够了，它得在韦斯特里奇机场加油。再说，拉辛身上带有枪。"

"那么，"麦尔斯基咬咬牙，铁青着脸说道，"我们只能做一件事了，火速向克里钦柯总理报告。他现在伦敦，只有他才能挽回败局了。"

伦敦的克拉里奇饭店里，盖伊·帕克将诺娜·贾德森从她的办公室里叫出来，引着她穿过多洛丝·马丁的办公室去餐厅，其目的是想在那里守着，看薇娜会不会突然离开饭店。

両人正走着，突然听见总统保密电话的铃声清脆地响起。马丁夫人离开椅子，走向电话。

帕克一把将诺娜按在门边说："这很可能是打给我俩中谁的电话。"

这时，马丁夫人已将听筒放在耳边说："哦，您好，大使先生……嗯，我想她还没起床呢，不过诺娜在这儿。您想同她谈谈吗？"她听到听筒里回了一句话，然后，手按在电话机上喊道："诺娜！杨德尔大使从莫斯科打来的电话。她要你接。"

诺娜意味深长地看了一眼帕克，朝马丁夫人答应了一声："来了！"然后快步走进总统的办公室，并打了个手势要帕克同她一道进屋。

她伸手拿过电话说："您好，大使先生。我是诺娜·贾德森。要我去叫醒布雷福德夫人吗？"

"不了，给你讲也一样。"

"那请讲吧。"

"首先，告诉帕克，我已照他的吩咐办完了那件事。我找到了拉辛，并向他传递了口信，我本人亲自送去的。后来，拉辛先生简短地给我打了个电话。他也有口信要转达给第一夫人，布雷福德夫人。"

"我很乐意向她转达。"

"我已把拉辛的口信记下来了。我现在复述，你准备好记下。"

"请稍等。"诺娜从桌上抓过一本便笺纸放到面前，拿起了一支铅笔。"请念吧。"

"好的。"杨德尔大使开始念着，"口信全文：我已带上包裹直飞伦敦。预计拂晓可以抵达。请到韦斯特里奇机场接我。来时务必穿上貂皮大衣。因停留时间有限，请直接登机会晤。

351

届时我再做下一步安排。签名：亚历克斯·拉辛。就是这些了。"

"布雷福德夫人一起床我就转交给她。"

"很抱歉这么晚才打来电话。本来几小时前就该告诉你的，但电话出了点毛病，刚修好。不过，总算打通了。请代我向布雷福德夫人问好。"

"谢谢您，大使先生。"

放下电话，诺娜从便笺本上撕下了这张写有拉辛口信的纸，转身对帕克说道："拉辛已上路了。他要比莉到韦斯特里奇机场去接他。我得把这张纸条交给第一夫人。"

帕克面露不安说："比莉会不会对你生疑，因为你知道了美国的第一夫人要去机场见一个苏联人。"

"我装聋作哑就是了，盖伊。我就说这是给她的信，我一点也不明白，仅此而已。"她停了停又说，"还好，不用打扰他俩了。她独自睡在另一间卧室里。她说总统感冒了，她害怕传染上。"

帕克皱起眉头，若有所思地说："再等等，诺娜。"他从诺娜手指中抽出这封口信，匆匆读过。接着他又重新读了一遍，抬起头，面色严肃地看着她说："拉辛是带着包裹来的。他的任务就是把包裹带到伦敦，而里面装的是比莉尸体的照片。可信上一个字也没提比莉。"

"他怎么可能提她呢？比莉在这儿，你忘了。"

帕克又往信上扫了一眼，将它还给了诺娜说："难道说拉辛没能救出比莉？"

"我也闹不清信上到底是什么意思，盖伊。不过，拉辛口述给杨德尔大使时，也不可能说得太多。"

"那他为什么要薇娜去机场相见呢？"

"这可弄不明白了。"诺娜也苦思不出。

352

"我看这一定是他没能救出比莉，而只带来她尸体的照片。他想让薇娜马上得知，从此她可以稳当地做第一夫人了。"

"别瞎猜。我们都不知究竟是何事。听着，我得去叫醒比莉，把信交给她，她现在仍是我们的第一夫人。你就待在这儿吗？"

"不。"帕克边说边走出总统办公室。

"你去哪儿，盖伊？"

"去韦斯特里奇机场。"他降低声音，朝诺娜小声说道，"我得去弄个水落石出，到底比莉是死是活，到底以后同我们相处的是哪一位第一夫人。"

踏上多切斯特饭店通往平台套房的台阶，克里钦柯总理颇觉惬意，脸上不禁露出了踌躇满志的得意神色。

在苏联驻伦敦大使馆吃的这顿早餐真是不错。他同大部分助手们围坐在一起，讨论了明天上午将在美国大使馆举行的最高级会谈的议事日程，他希望那是这次会谈见分晓的最后一次会议。到现在为止，他和苏联代表团所有成员在每次会议上都采取拖延战术。到了明天，他便要对博恩代不侵犯条约明确宣布苏联的立场。

那个她妈的死不松口的婊子薇娜·华维诺娃一直在吊他的胃口。她仗着手里握有重要情报，就居然敢颐指气使地同他讲条件。不过，由于他情绪颇佳，对此也就显得通情达理，而且很明智地没有对她指责。她无非是要得到人身安全的保障而已。她这个愿望马上就会实现的。现在，那个叫布雷福德的女人肯定已一命呜呼了。再过一阵，拉辛便要带着证实比莉死亡的照片到达伦敦，一旦薇娜看过照片，他就会得到他梦寐以求的情报。如果情报对自己大为有利，那明天，哼，他就要那班美国佬统统跪在他的面前。

登上最后一级台阶，他心中暗暗揣测是否拉辛提前到达伦敦了。这样的话，一定是薇娜在等着同他谈话。要不然，为什么朱可夫斯基将军会在二十分钟前，打电话把他从使馆的早餐桌上请回来呢。朱可夫斯基在电话里要他立即返回多切斯特饭店，说有件极其重要的事需要他处理，电话里不便提及。

他就为这事匆匆赶了回来。他对向他敬礼的警卫点头致意，带着良好的预感，满脸笑意，步履轻捷地走进了平台套房。

身穿军服，胸前缀满勋章的朱可夫斯基正在屋中焦急地踱步。克里钦柯总理眼睛四下一扫，奇怪，怎么没见薇娜·华维诺娃的影子？总理心存疑惑，走向办公桌，沉重地坐到椅子上。

"好吧，朱可夫斯基，是什么要紧的事啊？"朱可夫斯基没有答话，只从口袋里掏出一张纸条，打开放到总理面前。"这是刚从莫斯科来的电报。"克里钦柯抓起纸条，眼睛落在上面的字上。他眉头紧皱，边看边将些关键的话喃喃地读出声："彼得洛夫被枪击——拉辛带第一夫人出逃——乘上您指派去伦敦的飞机——"克里钦柯只觉一股血冲上脑子，怒火猛然中烧。他一把将电报捏在手里，眼睛上下翻动，脸像是因中风剧痛而扭曲。

他用俄语破口大骂："究竟是他妈的怎么回事？"

朱可夫斯基畏畏缩缩地答道："我……我也弄不清楚，总理。我所了解的就是你刚才看的电报内容。看来拉辛事先知道了处决第一夫人的事情，他想要阻止这事。可能是他枪击了彼得洛夫，然后带第一夫人逃出了莫斯科。他和比莉·布雷福德现在还坐在那架信使专机上。他带着活着的比莉到伦敦来了。"

"真他妈糟糕透了。"总理咆哮不已，一拳砸在办公桌上，将桌上的那个空墨水瓶也震翻了。"这会彻底毁了我们，毁了我们致力奋斗的一切。薇娜会遭到揭露。我们再也拿不到她的情报。如果美国人发现，简直不堪设想！"他暴跳如雷，"我们不能听之任之，得赶快动手！"

"可电报上说已为时太晚，飞机不能返回莫斯科了。"

总理沉思片刻说："干点别的什么恐怕来不及吧。"他缓慢然而凶狠地说道。接着，他看了一眼手表说："他们马上要着陆了。"他抬起头，咬住下嘴唇又说，"好吧，我们没能在莫斯科干掉这个第一夫人，可我们能在这儿让她去见上帝。"他啪的一巴掌打在桌子上。对，就这么办。必须立即动手。他又看了一眼手表说，"时间紧迫，机不可失。这种事谁最在行？"

"毫无疑问，巴基洛夫。"朱可夫斯基回答。

"立即带他来见我！"

十三

韦斯特里奇机场的候机大厅里，盖伊·帕克站在与跑道和机坪相望的落地玻璃窗前，盼望着将从莫斯科飞来的那架飞机。他到机场已足有半小时之久，越等心中越觉焦躁不安。

一接到杨德尔大使的电话，帕克便驱车驶离了伦敦。黑沉沉的夜色中，他驾着租来的那部美洲虎牌轿车，风驰电掣般地疾驶在行人车辆越来越少的高速公路上。不一会儿，他按着道旁路标指示的方向，将车拐上了通向机场的公路。前方，原属英国皇家空军的小型机场上的灯光渐渐映入了眼帘。他慢慢减低车速，将车开进了机场大门对面的停车场。

跨过路口之际，帕克看到候机大厅仅敞开了一扇玻璃门。两旁，两名未佩武器的英国海关检查员正懒懒散散地站在门边抽烟。见到帕克走近，其中一人很有礼貌地要他出示证件。帕克递上他的白宫身份证，检查员接过来，向对面的同事报出了帕克的姓名。检查员将他姓名的英文字母一一键入一部袖珍计算机中。显然，计算机屏幕上的信息与证件相符，帕克立即得以放行。他暗自思忖，要是第一夫人——或那个所谓的第一夫人——从克拉里奇饭店抵达这里，肯定无须受到类似的身份验证。

帕克大步跨过已有裂痕的混凝土地面，来到通向机场内的入口。两名苏联武装卫兵虎视眈眈地站在门前，其中一人用很蹩脚的英语朝帕克喝道："任何人都不得进入机场。你只能在窗外等候。"

帕克只得顺从地离开，沿落地窗走了约三十公尺，站到一个能将跑道情景尽收眼底的位置上。隔窗正视，有一块容纳两架飞机的机坪，上面停有一架大型直升机。帕克认出那是用作输送和货运的 MilMi–B 型直升机。飞机边上，停有一个活动平台，一名穿海军蓝工装的地面技师在一支搁放在工具车上的手电光照射下，正修修打打地摆弄着飞机上的故障零件。直升机旁的机坪上空空如也。两名苏联技师闲坐在一个供旅客上下飞机使用的折叠扶梯上，等候着将从莫斯科飞来的那架不同寻常的飞机。

这已是半小时前的情景了。

此刻，东方已微露晨曦。透过眼前的玻璃窗，帕克看到机场上的灯光已经关闭。那个用作停放第二架飞机的机坪，依然空旷如初。

帕克点燃了烟斗，将身体的重心移到另一只脚上，想驱走因睡眠不足而生出的困倦。趁着这段空闲，他再次思考了促使他来机场的缘由。他敢肯定，过不了多久，薇娜也会赶到机场，与从莫斯科飞来的亚历克斯·拉辛相聚会晤。帕克一时还难以想象她会找什么借口从总统身边脱身。但他马上又记起诺娜对他说过的话：今晚薇娜是睡在另一间卧室。她可以轻而易举地脱身出走。

对于帕克，他之所以守候在机场，不过是为了取得他一直期待着的答案：拉辛要么是只身一人，携带着一包拍摄有比莉尸体的照片到来，要么是带着安然无恙的第一夫人走下舷梯。当然，薇娜还不会想到有这后一种可能。她一心想要实现的目的，是要见到那些照片，使她确信比莉已不复存在。而她自己，将从此平安无事地成为唯一的第一夫人。此外，她的第二个目的将是给拉辛办妥移居伦敦的手续，把他那令人感到不快的外国人身份变为一个不会引起麻烦的移民。这对她不过是举手之劳而已。同拉辛在机场见面后，薇娜的下一步行动将是秘密地同克里钦柯总理取得联系，向他披露她所探知到的有关布雷福德总统高级会议决策的高度机密。

帕克被他自己的思绪弄得心烦意乱，竟然没有注意到那架苏联飞机已经飞临机场并开始着陆。他马上回过神，看清这是一架有四个单轴螺旋桨发动机的飞机，它机身上漆印有红旗，高高的尾翼上还有颗红星。他注视着飞机在水泥跑道上逐渐减速滑近。这必是那架飞机，这架他盼望已久的飞机将会解开比莉·布雷福德的命运之谜。

他扭过头，想看看薇娜是否会在入口出现。恰巧就在这时，帕克见到她正匆匆忙忙地走到候机厅的大门。她身上穿着那件为人们所熟悉的米色貂皮外套，上翻的领子遮住了她大半个脸庞，身旁一个衣冠楚楚的男子挽着她的手臂。帕克定睛一看，认出这个男子是弗雷德·威利斯，礼宾司长，美国的叛徒。

威利斯挽着薇娜停在门口，向两名海关检查员说着什么。那两人一齐转向薇娜，恭敬地向她躬身致意。威利斯又向薇娜说了几句话，只见她颔首表示同意。随即威利斯转身离开她，走向停在路旁的一辆像是奥斯汀牌的汽车，薇娜则步入大厅。

帕克在注视薇娜的同时，眼角的余光仍留意着窗外的情景。那架刚降落的苏联飞机由远而近，显得越来越大，缓缓地滑入了直升机旁的草坪。那两名地面机组人员开始将折叠扶梯推向飞机。

帕克的目光在窗外稍稍停留，又立即转回到薇娜身上。她已经拉下了立起的貂皮领子，朝机场入口处的两名苏联士兵露出了微笑，两人尊敬地向她点头表示敬意。薇娜顺当地穿过入口，走进了机场。

巨大的苏联飞机已在停机坪稳稳停住。两名机组人员将扶梯推来靠在飞机的舱门口。薇娜只身站在梯下，待顶上的飞机机舱一开，便迫不及待地登上梯子，奔向舱门。

帕克紧张地注视着薇娜，对接下来将会出现的情景充满了忧虑。

过去的四十五分钟里，直升机旁平台上的那个地面技师，一直背对着候机大厅和旁边刚降落的飞机。虽然他早已知道飞机就停靠在他的身边，却并不抬头朝它观望。他没有看到扶梯推靠住飞机，没有注意到薇娜·华维诺娃的到来和她已消逝在飞机中的身影。

他尽可能对一切都茫然无视。由于不希望事后有人对他进行描述，他尽量地避免引人注意。

机上的人随时都可能拾级走下飞机。这时，这个装扮成技师的巴基洛夫才第一次抬头，四下打量了一番。他用一只满是油污的手揩抹着他宽大的脸膛，瞥见了大厅窗户边上的高个子男人和入口处的两名苏联卫兵。他转过头，见两名机组人员已离开舱梯。远处，几名靠在一起的苏联地面工作人员正在朝飞机注目观望。

他毫不引人注意地下了平台，将手电放入工具车中。然后，他推着车离开飞机，对着这架安东洛夫飞机的机头方向缓缓移动步子，走向靠着候机大厅的飞机修理库。

来到庞大的飞机头下，巴基洛夫才第一次举目望了望他的四周。映入他眼帘的是高高的折叠扶梯，以及飞机上已全然敞开的舱门，既看不到有人从飞机里出来，也望不到舱门内有任何人影。

妙极了，巴基洛夫自语，真是天赐良机。

他继续推着工具车往前慢行，直走到扶梯与修理库的中间，他才停下脚步，漫不经心地把手伸进工具车，取出一个匣子。他打开匣子顶盖，将匣子放在工具车面上，右手放在工装上来回擦拭，使他自己确信它已无任何湿润的感觉。

他面朝扶梯，眼睛紧盯着飞机舱门口。

他在捕捉时机。

薇娜·华维诺娃上气不接下气地跨入舱门，直奔空荡荡的客舱，指望着拉辛会激动地迎上来与她相逢。但走到主舱前，她却惶惑地站住了。拉辛不在舱内，一个机组人员都不在，整个舱内空荡无人。

失望之际，她听见了脚步声，立即转过身。打开舱门并半隐在门后的拉辛大步向她走来。一重见到他，薇娜双腿顿时变得瘫软无力。同拉辛的分别好像恍如隔世，他现在是那么英俊，那么气宇轩昂，那么使人感到欣慰，同时，令她惊异的是，他显露出那么陌生的严峻。

薇娜伸开双臂直扑向他："啊，我的亚历克斯！"

她扑倒在拉辛的怀中，两手紧紧地拥抱住他。她真想舒心地大喊大叫一场。

"薇娜，"拉辛细声柔语地说道，"我爱你。"

薇娜抱住拉辛，将嘴唇紧贴在拉辛的嘴唇上。但马上她就感到拉辛的手仅仅搭在她的肩头，并试图把她往外推开。

薇娜抽身后退，惊异地看着他。

"薇娜，有件事情……"拉辛目不转睛地注视着她的脸庞。

"亚历克斯，"薇娜打断他，"你终于平安地来了。一切都会安排妥当的，你应当从此留在西方。我已将一切都计划好。"她停了停又说，"那些照片你带来了吗？我必须亲眼看见，在我……"

"什么照片也没有，"拉辛直言不讳，"但我带来了别的。"他半转过身，朝后舱招了招手。

从飞机后舱没有灯光的地方站起一个人影，向前走来。

一个女人正一步步朝他们走近。

薇娜目瞪口呆，不禁发出了一声惊叫。

在面前凝视着她的这个女人，是比莉·布雷福德。

薇娜凝神聚目盯着比莉，从她身上看见了自己的头发、眼睛、鼻子、嘴唇，看见了自己的下巴、胸部，甚至她身穿的貂皮外套。一时间，她觉得是在一面全视镜中观望她自己。薇娜看着薇娜。但她面前的毕竟不是镜子，她所看见的是活生生的比莉·布雷福德。她竭力控制住自己，强使自己不失去理智，意识到面前才是真正的第一夫人，而她，则不过是个假冒的替身而已。

这阵可怕的相遇将会导致的后果猛烈地撞击着薇娜。她惊骇地睁大双眼望着亚历克斯。他站到了两个女人的中间。"你们彼此用不着介绍了。"他简短地说道。

薇娜只觉心凉骨寒，身子也开始发颤："亚历克斯，我……我不明白，这是……"

"我不得不这么做，"亚历克斯说道，"我别无选择。这是为了你，为了我们。请你相信我，薇娜。"

薇娜的恐惧变成了愤怒："你这个蠢货！根本就用不着你这么干，我完全可以把事办妥。但如今你毁了我，出卖了我们的人民。你把一切都给毁了！"

"住口！"拉辛大喝，抓住她的双肩，"这是唯一的出路。我们不是刽子手！"

"你已经杀了我。"薇娜的喊叫中透露出极度的空虚。

这时，比莉·布雷福德说："你们都会平安无事的，薇娜，我向你们保证。别责怪亚历克斯了，他是个有良心的人，他不想看着我去死，同时也不希望失去你。不管我受到什么折磨，我的生命是亚历克斯拯救的。作为报答，我将为你们提供帮助。我们已计划好。"

薇娜感到失去了自制："不，不，一切都无济于事！"

比莉靠近薇娜，拉起她的一只胳膊说："我说了，薇娜，我能够而且也一定会帮助你们。作为第一夫人……"

"第一夫人？"薇娜喃喃重复，毛骨悚然地摇摇头。

"我已算是大难不死，"比莉说道，"现在你们陷入了困境，也一定会幸免于难的。"

薇娜着迷般地凝视着比莉，想要弄明白她所做的保证。随之而后的短短时间里，薇娜尽量控制住自己的情绪，想更为冷静地看清和了解这个和她完全相像的女人。她想到了过去那些天中加附在这个女人身上的磨难，想到她自己突然从权力和声誉的峰巅跌落进孤立无援的境地，渐渐地，她意识到了眼下自己的惨况凄景。"我很抱歉。"她低声说道，"我对你的遭遇感到十分抱歉。"

"我知道，那也是你们不得已的事情，"比莉打断薇娜的话，"我原谅你。亚历克斯也只能这么做，为了你们，也为了我。我们把什么都计划好了。"

"能办到吗？"

"现在我们就在迈第一步了。"比莉接着说，"顺便说一句，如果作为你最严厉的公正的批评家，"她淡淡地一笑，"你无疑是历史上表演最杰出的女演员。"

薇娜心中交织的敌意与恐惧感开始消融，对面前这个女人产生一种敬意。

"你现在得扮演另一个角色了。"比莉顿了一下又说道，"基于事态已发展到这个地步，我得说点听来荒唐的话。我感谢你蒙骗住了我丈夫，还感谢你对他的照料和充当了我的角色，使我得以在今天便能恢复自己的身份。并且，为亚历克斯，为他最终所表现出的大度而感谢你。"

"好了，"拉辛接上话，"我们得马上离开。要干的事还多着呢！"他挽起两个女人的胳膊，"我们马上下飞机。为提防以后的流言蜚语，你们都把领子翻起来，把脸遮住。事不宜迟，得赶快走了。你有一辆车，薇娜？"

薇娜点点头。威利斯会在车上等候的。他绝难想到会出现两个第一夫人。顾及他自己的地位，他也绝不敢对此声张。

"我们上路后，"拉辛说道，"比莉就是第一夫人了。大家走吧，你们俩谁走前面？"

盖伊·帕克一动不动地站在大玻璃窗前，凝视着扶梯顶部苏联飞机敞开的舱门。已有好一阵了，还没有人出来。帕克毫不放松，仍然全神贯注地盯着那个舱门。

他已料到此刻的飞机里是几个人，他知道如果出现两个第一夫人会意味着什么。

如果仅有一位第一夫人出现，那肯定是刚才上去的薇娜。这也意味着比莉已身亡，而苏联人获得了成功。

如果两位第一夫人同显风采，那就意味着比莉幸免于难，而苏联人遭到了失败。

帕克两眼直盯着空空的舱门。

突然，一个体态优美、丰姿艳丽的女人，身穿米色外套，脸半掩在她卷起的衣领里，出现在舱门口。她极为优雅地伸手扶住扶梯的一条栏杆，缓缓移步下行。几秒钟后，一个身穿皮夹克的黑发阔肩男人走出舱门，也踏下扶梯。这是拉辛，帕克隔窗相望的合作者。

帕克仍然看着舱门，期待着还有一人倏然而出。

他感到自己的心跳骤然加快。

距扶梯底部不远，巴基洛夫一边留意着扶梯上的动静，一边推着工具车缓缓蠕行。他的眼睛随着梯上那个女人的身体徐徐往下，同时，看到了紧随在她身后的苏联克格勃特务拉辛。

巴基洛夫注视着她的脚触到了最后一级金属梯，拉辛也随之而至。此刻，她的一只脚已离开梯阶，接着是另一只脚。一下到地上，她稍稍驻足，让拉辛跟上来站到她身旁。

巴基洛夫将这一切全看在眼里，手伸向了工具车的顶端，伸进那个已打开的匣子，抓住了轻巧的金属杀伤炸弹。在这个金属圆壳中封装着致人死命的炸药。在他飞快地将炸弹抓到手中之际，他脑子里闪过了第一次看见试验它的情景。那是在距莫斯科三十公里远的地方，苏联用一个死刑犯当作试验靶子。炸弹在那人的脚下轰然爆炸，待烟尘散过，那人已杳无踪影，能找到的他身体的最大残块，是一片仅两英寸大小的碎皮。

巴基洛夫望着他们——穿米色外套的女人和那个叫拉辛的男子——离开了扶梯。

是时候了，他告诉自己。

他用拇指扳开了炸弹左侧的瞬发定时引信。再过八秒钟即将爆炸。他将它举过头顶，向后用力一扬。炸弹从他手中猛然飞出，在空中朝着前面的两人划出一道弧线。炸弹出手后，他一边眼睛追随着弹道，一边在脑子里记数着引信燃烧的秒数。正在这紧张得令人窒息的瞬间，他突然发现扶梯顶部的机舱门口有什么一晃。又一个女人出现在机舱口，正在踏上扶梯的顶部平台。巴基洛夫惶然注目，见飞机上的这个女人同已在地面的这个女人宛如一对孪生姐妹——同样的头发、眼睛，而且穿着同样的衣服。他顿时变得茫然无措，连记数也顾不上了。

投出的炸弹引信已燃到了第六秒，他本能地猛转过身，扑倒在工具车旁的地上。

七秒，八秒，炸弹飞腾而起，爆炸声震耳欲聋。

他匍匐的地面在剧烈地震颤，浓烟呛得他几乎透不过气来，那些被炸起的破片碎石纷纷降撒到他的身上。

巴基洛夫两耳轰鸣，一时间眼前什么也看不清。他艰难地撑起身子，加快动作跪爬向他事先选好的安全口——那个用作修理苏联飞机的机库。到了已被爆炸震坏的门边，他两手一推，翻滚着爬进了机库之中。在从机库脱身前，他还想要确切证实，他已有百分之百的把握向上司报告他已成功地完成了使命。

他扭过头，想看清灰黑色浓烟幕后的情景。有东西正在燃烧。透过光焰，他可以看到被炸出了一个窟窿的飞机机腹。在先前停放扶梯的上方，那个本已站到了扶梯平台的女人被爆炸气浪掀退回机舱门边。烟雾逐渐升腾，滚滚浓烟渐渐变得淡薄。方才那位米色装束的女人和拉辛所在的位置上，此刻人影全无，一切都已灰飞烟灭，两人都遭到彻底的毁灭，永远从地球上消失了。

巴基洛夫终于看到了他所期待的结局，烟尘满面的脸上浮现出得意的微笑。但仅仅一瞬，他又笑意全消。还有一个不属于计划所要处置的女人。他觉得总有什么地方出了点毛病。他已经精确无误地完成了任务，但仍说不清是什么地方出了岔子。

他停住爬行，在黑森森的修理库中摇摇晃晃地站起来，蹒跚着走向将使他安全脱身的那条小道。

盖伊·帕克头晕眼花，满脸是血地躺倒在候机大厅的地上。

可怕的爆炸完全震碎了他面前的玻璃窗，他也被强大的爆炸气浪仰面掀翻在地面上，玻璃碎片四散飞溅，将他的右脸和膀子扎得血迹斑斑。

他翻坐起身，想要弄清这片混乱的究竟。

他首先反应的是，在爆炸发生前共有两个女人——两位第一夫人。对此他完全相信自己的眼力。一个女人是在扶梯底部，另一个正出现在机舱门口。一眼望去，两个女人像是同一件复制品，这说明拉辛已设法救出了比莉，并同她一起逃出了莫斯科。同时，这也意味着走下飞机前，比莉与薇娜已在飞机内匆匆相遇。

帕克支起身，迅速打量了候机大厅四周。守卫在机场入口的那两名苏联卫兵也同样被爆炸掀倒，正茫然惊恐，不知所措。其中一人仍倒卧在地，另一人已翻身坐起，候机大厅门口的两名英国海关检查员已从他们的岗位上跑开，一人奔向机场，另一人冲向电话机。在他们后面，弗雷德·威利斯跨出他停在路边的汽车，朝候机大厅飞奔而来。

帕克强忍住疼痛站起身，试着往前走了几步，双腿仍是颤抖不已。他竭力稳住自己，以免摔倒在地。他又试着迈了几步，还可以走动。他转身对着已被炸得支离破碎的玻璃窗，看到面前出现了一个炸缺的大口。他挣扎着走到缺口前，略略跨踌便抬腿跨过，进了机场的水泥跑道。

他站在跑道边，仔细打量眼前这片灾难的景象。在跑道的另一边，一群惊恐万状的苏联地勤人员正像无头苍蝇似的四处乱窜。离帕克不远，一名身穿军装的苏联人惊呆似的望着折叠扶梯被炸飞散成的许多扭曲的金属块。那个英国海关检查员已上气不接下气地冲过机场入口，用英语高呼抓住刺客。

对这一切，帕克都漠然视之。他所要找的只有一个目标。透过从炸弹坑升腾起的已变淡薄的烟尘，他望到了被炸伤的飞机和仍然打开的舱门。第一夫人幸免于难，正艰难地稳住脚跟朝机舱后退。她惊恐地张望着脚下空旷的机坪和散落在机场上的折叠扶梯的残条余块。飞机上立刻又出现了其他人影，两个，三个，接连几名苏联机组人员出现在她的身后。

帕克长长舒了一口气，第一夫人总算逃脱了杀身之祸。

帕克明白，他必须立即行动。第一夫人需要有人帮助。

他掏出手绢捂住口鼻，低头冲进滚滚烟雾。他侧步跨过那个巨大的弹坑，尽力不去看坑边已烧焦的几根米色布条和一块令人恐怖的人耳。

他咳呛着冲出烟柱，跌跌撞撞地跨过水泥道，冲到第一夫人的下方。

他朝比莉挥动手臂，以引起她的注意。"这儿，比莉！"他大喊，"是我在这儿！"

比莉听见了帕克的喊声，将头伸出舱门外。

帕克朝她伸开双手说："快，快跳下来！别怕！乘务员会帮你的！你只管往下跳，我会接住你！"

她无声地回过头，将手伸给两名机组人员。他们一人抓住她一只手，将她夹在当中，然后两人紧抓住舱门框，移到舱口。她坐到门边，两腿悬空，然后，小心翼翼地挪动身子，离开了飞机。上面，两名机组人员紧抓住她的双手，缓缓将她下放。

图书在版编目（CIP）数据

第二夫人 / （美）华莱士著；王爱飞译. —— 南昌：百花洲文
艺出版社，2014.5
（外国文学经典阅读丛书.美国文学经典）
ISBN 978-7-5500-0930-1

Ⅰ.①第… Ⅱ.①华…②王… Ⅲ.①长篇小说 – 美国 – 现
代 Ⅳ.①I712.45

中国版本图书馆CIP数据核字(2014)第072477号

第二夫人

［美］欧文·华莱士　著

王爱飞　译

出 版 人	姚雪雪
责任编辑	余 茬 张 英
美术编辑	彭 威
制　作	周璐敏
出版发行	百花洲文艺出版社
社　址	南昌市红谷滩世贸路898号博能中心A座9楼
邮　编	330038
经　销	全国新华书店
印　刷	江西千叶彩印有限公司
开　本	787mm×1092mm 1/16　印张 24
版　次	2014年9月第1版第1次印刷
字　数	280千字
书　号	ISBN 978-7-5500-0930-1
定　价	39.00元

赣版权登字　05-2014-106
版权所有，侵权必究

邮购联系　0791-86895108
网　址　http://www.bhzwy.com
图书若有印装错误，影响阅读，可向承印厂联系调换。